KB057245

황태자비
납치사건

대한민국 스토리DNA 003
황태자비 납치사건

초판 1쇄 발행 | 2015년 8월 3일
초판 6쇄 발행 | 2022년 6월 3일

지은이 김진명
발행인 한명선

주소 서울시 종로구 평창길 329(우편번호 03003)
문의전화 02-394-1037(편집) 02-394-1047(마케팅)
팩스 02-394-1029
전자우편 saeum98@hanmail.net
페이스북 facebook.com/saeumbooks
인스타그램 instagram.com/saeumbooks

발행처 (주)새움출판사
출판등록 1998년 8월 28일(제10-1633호)

ⓒ 김진명, 2015
ISBN 978-89-93964-97-4 04810
      978-89-93964-94-3 (세트)

• 잘못된 책은 바꾸어 드립니다.
• 책값은 뒤표지에 있습니다.

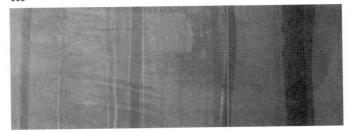

대한민국
스토리DNA
003

황태자비
납치사건

김진명 장편소설

새움

명성황후 죽음의 비밀을 좇아

독자 중심의 대한민국 문학사를 재정립해 보겠다는 원대한 포부를 품고, 그 속에 들어갈 내 작품 하나를 꼽아 달라는 출판사의 요청을 받고 나는 『황태자비 납치사건』을 지목하는 데 주저하지 않았다.

작가로서 오래 글을 써오다 보면 어쩔 수 없이 다른 작품에 비해 더욱 애착이 가는 작품이 있기 마련이다. 그 작품에 대한 세상의 평판이 어떻고 독자들의 선호도가 어떻고 하는 객관적 시각과 달리 작품을 생산한 사람만의 각별한 감회가 있는데 내게는 『황태자비 납치사건』이 바로 그렇다.

나는 젊은 시절 철학, 그중에서도 논리학에 심취하여 사물과 사연을 이해하고 표현할 때 논리적으로 명징하지 않으면 기분이 별로 좋지 않거나 얘기할 마음이 사라지곤 했다.

소설을 쓸 때에도 나는 다른 작가와 달리 개인의 의식이나 주관적 시각보다는 어느 나라 어떤 사람의 뇌리에도 보편적이고 이성적으로 받아들여지는 방법론을 쓰고 싶어 했는데, 이 방법론의 결정적 요체는 '팩트'라고 할 것이다. 그래서 나의 소설은 늘 팩트에 기반을 두어 왔고 나는 이 팩트를 찾아내기 위해 많은 사색과 노력을 기울이는 것이다.

가령 『1026』을 쓰기 위해 나는 박정희 대통령이 피살당한 며칠 후 전역원을 내고 미국으로 돌아가 버린 주한미군 정보공작 책임자 존 천(John Chun) 중령을 오랜 시간 추적했고, 『몽유도원』은 광개토대왕비를 태우기 전 비에 있는 원문을 옮겨 적어 둔 초록에서 그제껏 세상에 드러나지 않았던 글자 '東(동)'을 찾아내고 나서 글을 쓰기 시작했다.

　심지어는 『무궁화꽃이 피었습니다』를 쓰고 나서도 그 팩트를 검증하기 위해 이휘소 박사의 아들을 미국에서 찾아 그로부터 과거 박정희 대통령과의 관계에 관한 증언을 들어 내기도 했던 것이다.

　나는 팩트를 좇아 시간과 노력과 비용을 물 쓰듯 했지만 그중에서도 팩트 찾아내기의 절정을 이룬 작품이 바로 『황태자비 납치사건』이다.

　1895년 경복궁에 난입한 일본인들은 명성황후를 잔인하게 살해했는데 이 사건은 전세계 언론에 보도되었음에도 불구하고 명성황후가 살해된 실제 상황은 온갖 부실한 증언과 헛소문으로 점철되어 역사를 왜곡시키고 있었다.

　미국인 교관 다이 장군과 러시아인 건축기사 사바친이 명성황후의 최후를 목격한 증인으로 등장해 이들의 증언이 세계의 언론과 우리나라 학자들의 논문을 지배했지만, 실제로 이들은 사건 당시 현장으로부터 제법 떨어진 곳에 구금되어 살해 장면을 목격하기는커녕 비명 한 줄기도 듣지 못했던 것이다.

그렇다 보니 세계 역사상 그 유례를 찾아볼 수 없는 명성황후의 참혹한 죽음은 그 장면 하나만으로도 일본인들의 눈물 어린 반성을 이끌어 내기에 충분함에도 불구하고 100년 이상의 세월을 허위와 거짓에 뒤덮여 왔던 것이다.

나는 극소수의 일본인 연구자들 사이에서만 알려져 있던 이시즈카 에조의 비밀 보고서를 찾기 위해 무진장한 시간과 노력을 허비해야 했다. 일본인들 중 가장 양심적으로 명성황후의 죽음을 파헤친 쓰노다 후사코조차 차마 내게 이 문서의 존재를 가르쳐 줄 수 없어 정말 구하기 어려운 희귀한 자료만 예닐곱 가지 언급했기 때문에, 이 자료들을 찾는 데만 1년 정도 걸렸던 쓰라린 기억도 떠오른다.

어쨌든 나는 한국인 중 최초로 일본의회도서관 헌정자료실에서 이시즈카 에조의 보고서를 찾았고, 명성황후는 살아 있는 상태에서 일본인들에게 능욕을 당한 후 기름이 부어져 소실되었다는 사실을 밝혀냈다.

　나는 『황태자비 납치사건』이 한국보다도 오히려 일본에서 출판되어야 한다고 생각하지만 일본의 출판사는 번역까지 다 마친 원고를 우익의 압력에 의해 15년이 되도록 아직 묵히고만 있다. 그러나 나는 무슨 일이 있어도 기어코 일본인들의 눈앞에 이 책을 들이밀고야 말겠다는 일념으로 애를 써왔고, 그 노력의 결과 우선 중국에서 2015년 2월에 출판이 되고 영화도 준비 중인 사실에서 위안을 얻는다.

　이런 세월들이 흐르다 보면 언젠가는 일본에서 이 책이 출판되고 선량한 보통 사람들의 눈물과 반성을 담은 역사의 기관차가 과거 한국과 일본이 우정을 나누었던 아름다운 시절로 두 나라 사람들을 실어 나를 것으로 희망한다.

2015년 7월

제천 지은제에서 김진명

차례

일러두기

1.원본 : 2010년 새움출판사에서 출간된 개정판을 원본으로 삼아 작가의 교정을 거쳤다.
2.표기는 작품의 원형을 해치지 않는 선에서 2015년 현재의 원칙에 따랐다.

가부키 극장

　시마쓰의 창가가 계속되는 동안 마사코는 연신 고개를 내밀
며 아래층을 살폈다. 오랫동안 기다려 오던 일이라 은근한 기대
감에 약간 몸이 달아올랐다. 무대 위에서는 여전히 배우가 혼신
의 힘을 다해 노래를 부르고 있었지만 황태자비의 시선은 계속
아래층을 훑었다. 맨 오른쪽 중간에 앉아 있는 두 명의 젊은 여
자들 역시 모두가 열중해 있는 가부키에는 관심이 없는 듯 어둠
속에서도 2층만 올려다보고 있었다.

　"아!"

　눈에 익은 얼굴들이었다. 20년 가까운 세월이 흘렀지만 아직
도 먼 옛날의 추억을 조금씩은 간직하고 있는 모습이었다. 두 여
자도 마사코를 알아보았는지 고개를 숙여 보였다.

　"고마코! 스미코!"

　마사코의 입에서는 자신도 모르게 옛 친구들의 이름이 흘러
나왔다. 관객들은 모두 창가에 열중해 있었지만 세 명의 여자는
서로를 살피느라 정신이 없었다.

　　　　　　　　　　　　　　　　황태자비 납치사건

"이봐, 마쓰모토."

"왜 그래?"

"보고 있어?"

"그래."

"왜 저러시지?"

"가만, 눈길 가는 곳을 잘 봐."

"알아, 두 명의 여자야."

"누구지?"

"낸들 어떻게 알겠어?"

"잘 살펴봐."

"자네나 두 눈 부릅뜨고 있어."

그러나 다음 순간 두 사람은 깜짝 놀라고 말았다. 황태자비가 자리에서 조용히 일어나 문을 향해 걸어가고 있었던 것이다.

야마다는 날렵한 동작으로 황태자비를 뒤쫓으며 무전기에 대고 낮은 목소리로 빠르게 물었다.

"어디로 가시는 겁니까?"

황태자비의 두세 걸음 앞에서 걷고 있던 수행비서는 무전기에 대고 나지막한 소리로 대답했다.

"경호원들은 절대로 따라오지 말라고 분부하셨어요."

"무슨 소리예요?"

"엄명이세요."

"어디로 가시는데요?"

야마다의 볼멘 목소리가 약간 신경질적으로 터져 나왔다.

"잠깐 휴게실에 가세요. 고등학교 동창생들을 만나신답니다. 여자 두 분이에요. 경호원들은 절대 눈에 띄지 말고 누가 오더라도 막거나 신분 확인 같은 것은 하지 말라고 하셨어요."

"알겠습니다."

대답은 공손하게 했지만 야마다는 뒤따라오는 마쓰모토에게 들릴락 말락 한 소리로 내뱉었다.

"또 시작이야."

"어떡하겠어? 유일한 취미신데."

마쓰모토는 오히려 툴툴거리는 야마다가 한심하게 생각됐다. 방위청 출신인 야마다는 오직 업무밖에는 모르는 친구였다. 그의 굳고 굳은 머릿속에는 낭만이란 없었다. 그러나 석사 출신 경호원인 마쓰모토는 황태자비의 심정이 충분히 이해되었다. 그는 황태자비가 궁중 생활에 한없이 권태를 느낀다고 생각했다.

"지난번 신사에 참배 가셨을 때도 말이야. 지방에서 견학 온 중학교 선생들 무리에 갑자기 섞여 버리셔서 얼마나 놀랐는지 알아? 간이 콩알만 해져서 쫓아갔더니, 글쎄 그 고지식한 선생들하고 난상토론을 벌이고 계신 거야."

"그럴 수도 있지. 황태자비는 사람 아닌가."

마사코는 진정 자유를 동경하는 여자였다. 미국의 하버드대학에서 오래 유학하면서 거칠 것 없는 서구의 자유를 맛본 그녀에게 황실의 법도와 예절은 때때로 도저히 참아 내기 어려웠다.

그러나 현명한 황태자비는 오랜 세월 동안 이어져 온 황실 생활에 저항하지 않았다. 대신 그녀는 스트레스를 해소하는 자신만의 방법을 찾아냈다. 그것은 바깥나들이를 할 때 예정에 없이 기습적으로 보통 사람들과 어울리는 것이었다. 아마도 역대 황실 사람들 중 마사코만큼 일반인들과 아무 데서나 스스럼없이 어울리는 사람은 없었을 것이다.

야마다는 무전기로 극장 밖의 복도를 지키고 있는 히라타를 불렀다.

"이봐. 히라타. 지금 B1께서 휴게실로 가셔. 모습을 숨기고 은밀히 경호해. 혹시 두 명의 여자가 휴게실로 따라 들어가더라도 검문하지는 마. B1의 고등학교 동창생들이니까."

"벌써 극이 끝났습니까?"

"아니야."

히라타는 야마다의 목소리가 별로 부드럽지 않다는 느낌에 서둘러 대답했다.

"알겠습니다."

2층 복도에서 혼자 외곽 경호를 하던 히라타는 경호팀에 들어온 지 얼마 되지는 않았지만, 황태자비가 누군가를 만날 때 경호원이 눈에 띄는 것을 싫어하는 줄 알고 있었기에 얼른 몸을 기둥 뒤에 숨기고 황태자비가 나오기를 기다렸다.

얼마 지나지 않아 날씬하고 세련된 모습의 수행비서가 나오고. 이어 아담한 몸매에 기품 있는 황태자비가 점잖은 걸음걸이로 뒤따라 나왔다.

'유키코.'

히라타는 수행비서 유키코의 모습을 보는 순간 황홀한 기분에 사로잡혔다. 세상 남자들은 모두 황태자비의 은은하고 영민한 모습을 사랑한다지만, 히라타에게는 유키코가 하늘의 태양과도 같은 존재였다. 약간 통통한 모습의 황태자비와는 달리 유키코는 날씬하게 쭉 뻗은 다리에 하늘하늘한 허리, 그리고 몸매와 잘 조화된 갸름한 얼굴이 전체적으로 서구 미인형이었다. 게다가 시원시원한 언행이며 드물게 한 번씩 경호원들에게 휙 던졌다 돌려 버리는 매정한 눈길이 히라타에게는 더없이 매력적이었다.

황태자비는 푸르스름한 바탕색에 간간이 노란 은행잎 무늬가 그려져 있는 재킷을 걸치고 있었다. 한눈에 보아도 황태자비의 모습은 정갈하고 신선해 보였다.

황태자비와 수행비서가 기둥을 향해 걸어오자 히라타는 조심스럽게 기둥을 안고 돌았다. 눈에 띄면 안 되었기에 히라타는 두 사람이 기둥 가까이 왔을 때쯤 발소리를 듣고 조심스럽게 몸을 움직였다.

황태자비는 물론 수행비서조차 히라타가 기둥 뒤에 숨어 있는 것을 전혀 눈치채지 못하고 지나쳐 아래층으로 내려가는 계단을 밟았다. 1층에는 히노키라는 이름의 휴게실이 계단 바로 오른쪽에 있었다.

황태자비가 우아한 걸음걸이로 계단을 내려가 휴게실로 들어가자 히라타는 그림자처럼 조용한 동작으로 계단을 미끄러지듯 내려가 휴게실 맞은편의 큰 기둥 뒤에 몸을 숨겼다.

곧이어 두 명의 여자가 극장 문을 열고 나와 조금도 망설임 없는 걸음걸이로 휴게실을 향해 걸어가는 것이 보였다. 야마다가 말하던 황태자비의 동창들이었다. 먼저 들어간 황태자비와 유키코에 비교될 정도는 아니었지만 동창들의 자태도 괜찮아 보였다.

히라타는 저녁 외출에 맞게 짙은 화장을 한 그녀들이 틀림없이 멋을 아는 여자들이란 생각이 들었다. 여자들이란 이상한 존재였다. 황태자비처럼 거의 화장기 없는 얼굴에서도 은은하고 우아한 매력이 풍겨 나오지만, 이렇게 진한 화장을 한 얼굴에도 사람을 빨아들이는 묘한 아름다움이 배어 있었다.

한 여자는 아담한 체구를 가진 보통의 체격인 반면 다른 한 여자는 눈에 띌 정도로 키가 컸다. 히라타의 스치는 짧은 눈길에도 두 사람은 화려한 의상에 한껏 멋을 부린 듯 보였다. 특히 키가 큰 여자는 빨간색 스커트에 다채로운 빛깔을 내뿜는 보석들로 화려하게 치장하고 있었다.

히라타는 그녀가 여자치고는 너무 큰 키에 대한 콤플렉스 때문에 저 많은 보석으로 치장했을 것이라고 생각했다.

신참 경호원인 히라타는 황태자비의 동창들을 편하게 해주기 위해서 모습을 보이지 않는 편이 좋겠다 싶어 아까와 마찬가지로 다시 한 번 기둥 뒤로 몸을 숨겼다. 남자의 진정한 매력은 여성에 대한 세심한 봉사라고 믿는 히라타의 진가는 지금 이 순간에도 어김없이 발휘되고 있었다.

황태자비는 휴게실에서 그리 오래 지체하지 않았다. 오랜만에 만난 동창들과 회포를 풀자면 턱없이 짧은 시간이었을 테지만 가부키 도중에 나온 그녀로서는 아무래도 오래 지체할 수 없었을 것이다. 황태자비의 성품이라면 배우에 대한 예의를 우선적으로 고려하지 않을 리 없을 테니까.

사려 깊은 황태자비는 들어갈 때와는 달리 동창들을 먼저 내보냈다. 자신이 먼저 나온 후 마치 시녀나 수행원처럼 동창들이 뒤따르게 하지는 않았던 것이다. 역시 그런 점이 황태자비의 매력이었다. 그녀는 아무리 비천한 사람이라 하더라도 인간적인 세심한 배려를 아끼지 않았다.

두 명의 여자는 처음 들어갈 때와 마찬가지로 꼭 붙어 팔짱을 끼고 나왔다. 걸음을 옮길 때마다 키가 큰 여자가 꾸민 보석들이 다양한 각도에서 샹들리에의 불빛을 반사해 냈다. 히라타는 기둥 뒤로 몸을 숨기면서 잠시 후면 유키코를 다시 볼 수 있다는 생각에 행복했다.

집표를 하는 두 중년의 여자들은 키가 큰 여자의 온몸에서 번쩍거리는 보석을 보고 넋을 잃었다. 저기 달려 있는 보석들이 전부 진짜라면 도대체 저 여자는 몸에 얼마를 감고 다닌다는 말인가.

한편 안내데스크의 직원은 화려하게 꾸민 두 여자가 가부키자의 현관을 빠져나가는 모습을 보고 다른 급한 일이 있는 모양이라고 생각했다. 가부키 관람 도중에 나가는 사람들에게 일일이 사정을 물어볼 수도 없기에 보고 있던 잡지로 눈길을 되돌렸다.

다음 날 아침, 조간신문들은 일제히 일면 톱으로 황태자비 납치사건을 보도했다.

황태자비 납치사건

황태자비는 어젯밤 가부키자에서 가부키를 관람하던 중 고등학교 동창생인 두 명의 여자와 휴게실에서 잠시 만났다. 약 10분 후 동창생으로 보이는 두 여자가 나오고 한참 지나도록 황태자비가 나오지 않자 이상하게 생각한 경호원들이 휴게실로 가보았으나 황태자비는 없었다. 휴게실에는 수행비서 유키코와 스미코라는 이름의 여자가 정신을 잃고 쓰러져 있었는데, 경찰은 스미코의 신원을 확인하고 있는 중이다.

기사는 계속해서 쏟아져 나왔다.

스미코는 자신이 황태자비의 고등학교 동창이라고 주장했는데, 경찰 확인 결과 그녀의 주장은 사실이었다. 황태자비와 고등학교 시절 가깝게 지냈던 스미코는 또 다른 동창인 고마코로부터 졸업 후 근 20년 만에 편지를 받았다고 한다. 편지는 가부키 관람 도중 시마쓰의 창가가 시작되면 1층 휴게실에서 황태자비를 만나기로 했으니 아예 극장의 지정석에서 만나자는 내용이었으며, 극장표는 고마코가 미리 예매해서 보내 주었다고 했다.
스미코는 고마코가 시마쓰의 창가가 시작되기 직전에야 도착해 두 사람은 서둘러 휴게실로 갔다고 경찰 신문에서 진술했다. 그녀는 또 극장 문을 나와서 휴게실까지는 불과 얼마 안 되는 짧은 거리이고 황망 중이라 고마코와 제대로 이야기를 나누지 못했다고 했다.
경찰은 실제로 고마코라는 이름의 고등학교 동창이 있다는 것을 확인했으며, 그녀의 신원을 파악하고 있는 중이다.

신문들은 호외까지 내보내며 수사 속보를 전했다.

경찰은 동창생 고마코를 집에서 체포해 신문 중이다. 하지만 경찰의 한 수사 관계자는 그녀가 그날 가부키자가 아니라 집에 있었다는 알리바이가 확실해 범인이 아니라는 결론을 내렸다고 전했다. 또한 스미코는 그날 워낙 오랜만에 만난 데다 학창 시절 가장 키가 컸던 친구라 당연히 동창생 고마코로 생각했다고 진술했다.

경찰에서 범인의 도주에 관해 확실한 정보를 발표하지 않자 각 신문은 스스로 의문점을 제기했다.

범인은 어디로 사라진 것일까? 경찰은 사건 발생 시점으로부터 30분 만에 비상검문을 실시했지만 범인을 검거하지 못했다. 물론 30분이라는 시간은 범인이 도쿄를 빠져나가기에 충분한 시간이지만, 황태자비를 납치한 범인으로서는 교묘한 루트를 이용했을 것으로 추측된다. 경찰은 도쿄 일원에서 범인 검거에 실패하자 곧 전국으로 비상검문을 확대했다.

드디어 보도는 선정적 색깔을 띠기 시작했다.

　　　　　　　　　　　　황태자비 납치사건

희대의 여성 범죄자 탄생. 단신으로 경호원들을 모두 따돌리고 황태자비를 납치한 여자의 정체에 관심이 집중되고 있다. 이 여자의 황태자비 납치 목적은 무엇일까? 어쩌면 그녀는 황태자비를 흠모하는 수많은 동성애자 중의 한 명일지도 모른다. 황태자비를 흠모하는 사람들 중에는 여성도 많다는 소문이 있어 오던 터이다.

황태자비 납치사건 뉴스는 하루 종일 일본 열도를 뒤덮었다. 아니 일본 열도만이 아니었다. 전세계가 경악했다. 각국의 정상이나 언론은 물론 FBI나 CIA 같은 정보기관도 촉각을 곤두세우고 사건의 추이를 파악하느라 분주했다.

황태자비 납치

　자동차 트렁크에 갇혀 있던 황태자비는 범인이 차를 세우는 소리에 정신을 차렸다. 짐작으로는 도쿄에서 상당히 멀리 떨어진 것 같았다. 황태자비는 트렁크 문이 열리는 순간 손목시계를 들여다봤다. 오전 7시. 자동차로 열 시간 이상을 달려온 거리였다.

　'도쿄에서 열 시간 이상을 달려온 곳이라면 도대체 어디일까? 납치범은 도대체 어떤 자이기에, 무슨 목적으로 나를 납치한 것일까?'

　황태자비는 지난 밤 범인이 마치 사과 상자를 다루듯 자신을 트렁크에 밀어 넣던 생각이 났다. 그녀는 좁은 트렁크에 몸을 부딪치지 않기 위해서 양손으로 콧날을 감싸고 머리를 잔뜩 수그리고 있어야 했다.

　일국의 황태자비로서 참으로 체면이 안 서는 일이었지만, 그것보다 더 치욕적인 것은 범인이 그녀의 몸을 트렁크에 구겨 넣을 때 치마가 말려 올라가 다리가 무릎 위까지 드러났던 일이었다. 새하얀 피부가 드러났지만 다행히도 상대의 눈길은 다른 곳을 향하고 있었다.

황태자비는 트렁크 안에서 무수한 상념에 시달렸다. 그러나 트렁크가 열리는 순간 자신은 황실의 위엄을 지켜야만 한다고 생각했다. 그리고 지금 이 순간 황실의 위엄을 지킬 수 있는 길은 범인에게 어떤 요구도 하지 않고 오직 침묵하는 것이라고 판단했다.

이런 상황에서는 어떤 말도 범인에게는 애원쯤으로밖에 들리지 않을 것이었다. 황태자비인 자신이 누군가에게, 그것도 자신을 납치한 범인에게 애원을 한다는 것은 견딜 수 없이 모욕적인 일이었다.

트렁크가 열린 후 황태자비는 몸을 일으키려고 했으나 다리에 힘이 들어가지 않았다. 무디고 저린 통증만 느껴질 뿐 도저히 일어날 수 없었다. 황태자비는 자신이 마치 한 마리 벌레처럼 비참한 모습으로 노출되어 있다는 생각에 혀라도 깨물고 싶은 심정이었다.

그러나 이런 모습을 범인에게 보이는 것 자체가 황실의 위엄을 떨어뜨리는 일이라 생각한 황태자비는 이내 손을 뻗어 차체를 잡았다. 그러나 팔에도 역시 힘이 들어가지 않았다.

황태자비는 일어나려던 노력을 포기하고 두 손으로 얼굴을 가렸다. 너무도 환한 아침 햇살이 얼굴에 와 닿아 눈을 뜨지 못할 정도였다. 황태자비의 망막에 얼핏 범인의 모습이 맺혔다. 순간 범인의 눈길이 황태자비의 종아리에서부터 허벅지, 그리고 옆으로 누워 더욱 윤곽이 뚜렷한 둔부에 이르기까지 재빠르게 스치는 것 같았다. 황태자비는 수치심을 느꼈지만 다행히 범인의 눈길은 무심한 듯했다.

범인은 황태자비가 혼자 일어나지 못하는 것을 보고는 손을 내밀었다. 아무런 감정도 실리지 않은 손이었다. 그러나 황태자비는 범인의 손을 거부했다. 그러자 범인은 이내 자신의 양팔을 황태자비의 허리 밑으로 넣었다. 그러고는 비좁은 트렁크에서 마치 어린아이라도 다루듯 손쉽게 황태자비를 밖으로 들어냈다.

황태자비는 두 다리의 마비가 심해 범인이 땅에 내려놓자 쓰러질 듯 비틀거렸다. 잠시 지켜보던 범인은 다시 황태자비를 안은 채 건물을 향해 발걸음을 옮겼다.

범인은 근육질의 남자는 아니었으나 황태자비를 들고 옮기는 데 전혀 힘들어하지 않았다. 범인이 들어간 방은 다다미였지만 침대가 놓여 있었다. 범인은 황태자비를 침대 위에 눕혔다.

"아아!"

황태자비의 입에서 자신도 모르게 신음이 흘러나왔다. 열 시간이 넘도록 불편한 자세로 웅크리고 있다가 푹신한 침대에 몸을 눕히자 끝없는 심연 속으로 빨려 들어가는 듯했다.

잠시 후 범인은 방 안을 한번 휘둘러보더니 밖으로 나갔다.

철커덕.

자물쇠 걸리는 소리가 나자 황태자비는 눈물이 쏟아질 것만 같았다. 그러나 눈물을 보이는 것은 범인에게 지는 것이란 생각이 들어 가까스로 참았다. 무슨 일이 있더라도 황실의 위엄을 지켜야 한다는 생각에 황태자비는 이를 악물었다.

황태자비 납치사건

남편인 황태자 나루히토와 시아버지 천황의 근심 어린 표정,
그리고 친정 부모님의 얼굴이 눈앞에 어른거렸다. 황태자비는
마음을 다잡았다.

　'범인이 시키거나 바라는 대로는 아무것도 하지 않으리라.'

기자회견

경시청 앞에 장사진을 치고 있던 기자들 사이에서 갑자기 웅성거리는 소리가 들렸다.

"다나카 경시정이 왔다!"

"다나카야!"

"마침내 그가 왔어!"

누군가가 큰 목소리로 외치자 웅성거림은 갑자기 취재 경쟁으로 번져, 기자들은 한 사람을 둘러싸고 카메라 플래시를 터뜨려 댔다.

"하와이에서 오는 길입니까?"

"황태자비 납치사건은 언제 알았습니까? 범인에 대한 감이 잡힙니까?"

"수사팀에 합류하게 됩니까?"

그러나 다나카라는 이름의 사나이는 아무런 대답도 없이 담담한 표정으로 현관을 향해 걸어갈 뿐이었다. 그의 선선한 눈길은 부드러운 인상을 풍겼지만, 꽉 다문 입술과 유난히 검고 숱이 많

황태자비 납치사건

은 눈썹은 의지가 강한 인물이라는 느낌을 갖게 했다.

아우성치는 일본 기자들 사이에 낄 틈이 없어 한편에 물러나 있던 외신 기자들은 이 상황을 의아한 표정으로 바라보았다.

"도대체 저 사람이 누구야?"

"글쎄, 나도 궁금하던 참이야."

그러자 옆에서 듣고 있던 고참 특파원이 대신 일러 주었다.

"다나카 마사오. 일본 제일의 민완 형사지. 도쿄대학교 법학부에서 줄곧 수석을 차지한 수재지만 수사의 묘미에 이끌려 경찰을 지원했다더군. 누이동생이 괴한에 의해 살해되고 그 사건이 영구 미제로 남자 자신이 직접 수사관이 되어 사건을 해결했다는 얘기도 있고. 그에 대해서는 뜬소문도 많지만 어쨌든 일본 제일의 수사관이지. 이제껏 해결하지 못한 사건이 하나도 없다지, 아마."

"대단하군요. 그래서 기자들이 저렇게 몰려드는군요."

"사건이 사건인 만큼 기자들이 그에게 몰려드는 것은 당연하지. 경시총감도 그의 얼굴만 쳐다볼 수밖에 없을 거야."

FBI의 초청으로 미국에 갔다가 황태자비 납치사건 때문에 급히 귀국한 다나카는 익숙한 걸음으로 수사부장의 방을 향해 걸어갔다. 공항에서부터 그를 안내해 온 젊은 형사가 뒤따르며 말을 건넸다.

"앞으로 경시정님을 모시고 수사에 참여할 모리입니다."

"그래? 그럼 먼저 이 사건과 관련된 모든 보고서와 신문 기사를 하나도 빠뜨리지 말고 내 책상에 갖다 놓아 주게."

"알겠습니다."

모리는 목례를 건넨 후 재빠른 동작으로 한두 걸음 옮기다 말고 다시 돌아서서 약간 수줍은 목소리로 말했다.

"경시정님, 개인적으로 큰 영광으로 생각하고 있습니다. 앞으로 수사관 생활에 잊지 못할 기억으로 남을 겁니다."

"그래, 열심히 하게."

다나카는 미소를 지어 보이고는 손을 내밀었다. 모리는 당황스러워하며 황송하다는 듯 두 손으로 다나카가 내민 손을 잡았다.

다나카는 모리와 악수를 한 후 수사부장의 방으로 들어섰다.

"부장님, 저 왔습니다."

"아, 다나카. 급히 오느라 수고했어."

수사부장은 보고 있던 보고서를 내던지면서 자신도 모르게 자리에서 벌떡 일어나 다나카를 포옹했다. 사건 발생 후부터 내내 곤혹스러운 표정만 짓고 있던 수사부장의 얼굴에 갑자기 생기가 돌았다. 다나카는 산전수전 다 겪어 웬만한 일에는 꿈쩍도 않던 수사부장이 이럴 정도라면 초동수사에서 아무런 단서도 못 찾은 것이라고 직감적으로 간파했다.

"자, 앉게. 앉아."

수사부장은 다나카에게 자신의 자리를 내어 주고 그 옆자리에 앉았다.

"부장님, 이러지 마세요. 평소대로 하십시오."

황태자비 납치사건

"아니야. 이 사건 수사가 종결될 때까지는 자네가 상관이야."

수사부장은 다나카의 만류에도 자신이 직접 커피까지 대접했다. 여비서에게 시키지 않는 것은 노회한 부장의 제스처였다.

"자, 들게."

다나카는 수사부장이 자신에게 묵직한 압력을 준다고 생각했다. 하긴 사건의 성격을 생각하면 그러고도 남을 일이었다. 다나카는 쓸데없는 제스처나 말보다는 사건 속으로 직접 들어가는 것이 낫다는 생각에서 단도직입적으로 물었다.

"부장님. 도대체 어떻게 된 일입니까?"

"경호팀의 결정적 실수야. 그치들은 황태자비의 핑계를 대지만 말도 안 되는 얘기지. 아무리 황태자비께서 경호원들의 노출이 동창생들과의 자연스러운 만남에 방해가 된다고 했더라도 그렇게 기둥 뒤에 숨어서 빙그르르 도는 경호란 게 세상에 어디 있나? 멍청한 놈들!"

수사부장은 불만으로 가득 찬 목소리를 토해 냈다.

다나카는 고개를 끄덕였다. 어떤 상황이 벌어졌는지 충분히 짐작이 갔다. 경호팀의 어떤 물렁한 인간이 마사코의 구미에 맞는 경호를 하다가 문제가 생겼을 것이다.

마사코. 다나카의 기억 속에 마사코의 대학 시절 모습이 떠올랐다. 대학 후배인 그녀가 도쿄대학교의 호숫가를 거닐며 미래의 꿈을 야무지게 펼쳐 보이던 모습이며 밤이 깊어 가도록 일본의 미래에 대해 토론하던 열정이 그대로 떠올랐다. 대학 시절부터 격식을 싫어하던 마사코의 온몸은 자유 그 자체라 할 만했다. 다나카는 경호팀이 느꼈을 애로 또한 충분히 짐작할 수 있었다.

"사람들이란 일이 터지면 평소 칭찬하던 것도 도매금으로 넘겨 비판하기 마련이죠. 총감님도 평소에는 경호팀의 그 소리 없는 그림자 경호를 칭찬하지 않았습니까?"

수사부장은 잠시 말이 없었다. 자신도 찔리는 바가 있었기 때문이다. 그러나 이내 수사부장은 현안으로 관심을 돌렸다.

"어쨌거나 자네가 즉각 수사팀에 합류해야겠네. 총감님도 일이 해결되고 나면 사임하실 모양이야. 하지만 수사가 미진하면 즉각 파면될지도 몰라."

"알겠습니다."

이때 전화벨이 울렸다. 수화기를 들고 잠시 통화를 하던 수사부장은 전화를 끊지 않은 채 다나카에게 물었다.

"총감실인데, 시간이 얼마나 필요한지 물으셔. 기자들이 다그치는 모양이야. 내각에도 언질을 줘야 하고."

다나카는 본능적으로 고개를 가로저었다.

"누구도 예측할 수 없습니다. 범인은 절대로 허술한 존재가 아닙니다. 더구나 황태자비를 납치한 자입니다."

수사부장은 묵묵히 고개를 끄덕였다. 상상할 수도 없는 이번 사건에 이미 세계는 경악하고 있었다. 그리고 그것이 여자에 의해 저질러진 범행이라는 게 알려지자 놀라움은 극에 달했다.

수사부장은 일단 전화를 끊고 일어섰다.

"자네, 나와 같이 총감님께 가야겠네."

수사부장은 황급히 양복 윗도리를 입고 사무실을 나섰다. 뒤따라가던 다나카는 수사부장의 걸음걸이를 보며 고개를 가로저었다. 평소 침착하기 그지없던 수사부장의 서두르는 모습에 마음이 착잡했다.

두 사람이 경시총감실에 들어서기가 바쁘게 다나카의 입에 마이크가 들이대어졌다. 이미 총감실은 기자들에게 완전히 점령당한 상태였다.

"단서가 잡혔습니까?"

"이제 막 도착해서 아직 수사 기록도 못 봤소."

다나카는 나지막한 목소리로 점잖게 기자들을 제압하며 총감에게 다가가 인사를 했다. 총감 역시 다나카를 보자 얼음장같이 굳은 얼굴에 한 줄기 봄기운이 솟아나는 듯했다.

"다나카 경시정, 부탁하네."

다나카는 말없이 고개만 숙였다.

총감은 수사부장과 다나카를 배석시키고 기자회견을 시작했다.

"고마코의 신원은 확인했습니까?"

"네, 확인했습니다."

"고마코는 정말 황태자비의 동창이 맞습니까?"

"네. 고마코는 황태자비의 고등학교 동창으로 확인됐습니다. 학교를 졸업한 후 오랫동안 소식을 나누지는 못했지만 황태자비는 물론 스미코와도 고교 시절 같은 반 친구였습니다."

"그렇다면 고마코가 범인입니까?"

"아닙니다. 범인은 고마코를 사칭했을 뿐입니다."

"범인과 고마코는 어떤 관계입니까?"

"지금까지의 수사에 의하면, 고마코는 범행을 저지른 여자와 아무런 관계도 없는 것으로 드러났습니다. 고마코는 범인이 어떤 사람인지도 모릅니다. 범인은 황태자비의 모든 것을 철저히 연구하여 성품뿐만 아니라 고등학교 시절에 대해서도 훤히 아는 자로 보입니다."

"범인이 황태자비의 고등학교 동창 관계를 범행에 이용했다는 뜻입니까?"

"그렇습니다. 범인은 고등학교 시절의 친구인 고마코를 가장하여, 학창 시절 가까웠던 스미코와 같이 황태자비를 만나고 싶었지만 경호가 워낙 엄중하여 만날 수 없었다는 불만을 토로한 편지를 황태자비께 보내 가부키 극장에서 잠시 만나자는 승낙을 받아 낸 것으로 보입니다."

"범인은 황태자비의 심리를 예리하게 파악하고 있었단 얘기로 들리는데요. 경호원들 때문에 동창인 황태자비를 만나지 못했다고 했으니 황태자비로서는 가슴이 아팠을 테고, 결국 자동적으로 경호원들을 따돌리게 된 결과를 낳지 않았습니까?"

"그렇습니다. 범인은 황태자비의 성격을 잘 아는 자입니다."

"범인에 대해서 더 밝혀낸 것은 없습니까?"

"없습니다."

총감은 침통한 목소리로 대답했다.

"황태자비는 현재 안전합니까?"

황태자비 납치사건

"……."

총감의 표정이 참혹할 정도로 일그러졌다. 치안 총수로서 일
국의 황태자비가 정체도 모르는 납치범의 손에서 어떤 상태에
있는지조차 알 수 없다는 것은 말도 안 되는 일이었다.

"총감, 세계적 망신이 아니오? 대체 세계 어느 나라에 이런 일
이 있을 수 있단 말이오? 일본을 이렇게 망신시키고도 당신은
그 자리에 그냥 앉아 있을 참이오?"

탁한 목소리의 주인공은 대표적 우익 언론인 〈산케이신문〉의
구로다 기자였다. 구로다의 날카로운 눈빛이 굵은 안경테 위를
스쳐 총감의 얼굴에 머물렀다.

"음……."

총감의 입에서는 대답 대신 낮은 신음 소리가 흘러나왔다.

"총감, 어서 대답하시오. 언제까지 범인을 찾아낼 수 있소?"

구로다는 불같이 호통을 쳤다.

"……."

"그 자리가 그렇게 입만 다물고 있으면 되는 자리요? 국민들
에게 뭔가 책임 있는 얘기를 해줘야 할 것 아니오?"

구로다는 계속 총감을 몰아세웠다.

"……."

"당신은 경찰의 총수로서 허술한 경호의 책임을 지고 즉각 사
임해야 하는 것 아니오?"

총감은 분노와 고통으로 일그러진 얼굴을 억지로 펴며 단호
한 목소리로 힘주어 말했다.

"본인은 책임을 통감하고 있으며, 천황 폐하와 황태자 전하 및 국민 여러분께 죄송스러운 마음 금할 수 없습니다. 언제라도 사임할 각오는 되어 있으나 일단 사건이 해결되고 나서 사임하는 것이 책임 있는 행동이라 생각합니다. 오늘 기자회견은 이것으로 마치고, 앞으로의 수사 진행상황은 수사본부장인 수사부장이 브리핑하도록 하겠습니다. 감사합니다."

총감은 쉰 목소리로 서둘러 기자회견을 마쳤다.

"만약 황태자비를 못 찾아내면 당신은 파면은 물론이고 형사 책임까지 져야 할 거요. 당신뿐만 아니라 경찰 간부들은 모두 물갈이를 해야 해!"

구로다의 고함소리는 경찰 간부들의 귀에 노골적인 협박으로 들렸다.

"저런 건방진 작자가 있나."

수사부장의 입술에서 들릴락 말락 한 소리가 새어 나왔다. 수사부장뿐만이 아니었다. 그 자리에 있던 모든 경찰 간부들은 분노를 억누르고 있었다. 하지만 현실적으로 아무런 수사 성과가 없는 상황이니 누구 하나 일어나서 반박할 처지는 아니었다.

기자들이 모두 나가고 나자 총감은 간신히 분노를 억누르고 다나카의 손을 잡았다.

"다나카 경시정, 두 눈으로 직접 보고 두 귀로 직접 들었지? 이 사건에 일본 경찰의 사활이 걸려 있네."

"……"

다나카의 가슴속에서도 뜨거운 것이 치밀어 올랐다. 직접적인 책임선상에서 물러나 있는 자신도 그럴진대 지금 총감을 비롯한 간부들이 느끼는 자괴감은 어떠할 것인가. 다나카는 아무 말 없이 총감의 눈을 응시했다.

비록 대답은 하지 않았으나 다나카의 가슴 깊숙한 곳에서는 불길이 활활 타올랐다. 그것은 비단 일본 경찰의 미래를 짊어진 한 경찰관으로서의 의무감만은 아니었다. 그의 눈에서는 이 희대의 범죄를 연출한 범인과의 격돌에 대한 투지와 기대가 불꽃처럼 타오르고 있었던 것이다. 어쩌면 그는 이런 존재와 맞붙기 위해 경찰에 지원했는지도 모를 일이었다. 그런 점에서 범인의 존재는 다나카의 인생에 등장한 하나의 큰 의미였다.

대담한 범죄

　수사팀에 합류한 다나카는 먼저 그간의 수사 기록을 살핀 후 곧바로 사건 현장인 가부키자로 갔다. 관계자들의 진술을 듣기 전에 먼저 현장 구조를 파악하는 것이 필요했다.

　긴자의 중심가에 위치한 가부키자는 수사팀의 요청에 따라 공연을 무기한 중지하고 있었다. 다나카는 가부키자의 중앙 현관에 들어서는 순간 깜짝 놀랐다. 도저히 자신의 눈을 믿을 수가 없었던 것이다.

　'이럴 수가!'

　이렇게 단순한 구조의 건물에서 어떻게 황태자비를, 아니 황태자비가 아니라 하더라도 사람을 납치할 수 있었는지 상상이 가지 않았던 것이다.

　"이런 바보들!"

　곁에 있던 모리가 격분해 내뱉었다.

　"바보 같은 경호팀이 아닙니까? 경시정님, 이런 곳에서 황태자비가 납치당했다는 게 말이나 되는 일입니까?"

　　　　　　　　　　　　황태자비 납치사건

모리도 같은 생각인 모양이었다. 아니, 모리뿐 아니라 누구라도 이런 곳에서 사람이 납치당한다는 것은 이해되지 않을 터였다. 가부키자는 중앙 현관을 들어가면 바로 옆에 안내데스크가 있고, 거기서 몇 안 되는 충계를 올라가면 오른쪽에 집표원 두 사람, 왼쪽에 기념품을 파는 한 사람이 있었다.

"바보 같은 새끼들!"

모리의 입에서 다시 한 번 분한 목소리가 터져 나왔다. 1층 객석으로 들어가려는 관객은 다섯 개의 문을 통해서만 출입이 가능했고, 출입객은 모두 안내데스크 직원을 제외하고도 세 사람의 눈에 띄게 되어 있었다. 누구라도 이들의 눈에 띄지 않고 극장 밖으로 나올 수는 없는 일이었다. 모리는 그 점이 전혀 이해되지 않았다.

다나카는 시간이 지나면서 비로소 상대방의 실체가 느껴졌다. 짐작하지 못했던 바는 아니지만 상대는 상상 이상으로 대담한 존재였다. 아니, 대담한 정도가 아니었다. 범인은 남들이 생각조차 못하는 불가능을 가능케 한 존재였다.

'범인은 과연 여자일까? 이 세상 어떤 여자가 이렇게 대담한 범죄를 저질렀을까?'

다나카는 입술을 깨물었다.

"황태자비께서는 2층 로열석에서 관람하고 계셨습니다."

구속 상태에서 불려 나온 경호원 야마다가 기어들어 가는 목소리로 말했다. 다나카는 아무 말 없이 2층으로 올라가 로열석에 앉았다.

"음……."

생각할수록 기가 차는 일이었다. 이런 곳에서 황태자비가 납치당했다니. 다나카는 머릿속으로 연속되는 그림을 그려 나갔다. 상대방은 비단 범행 장소만을 연구한 것이 아니었다. 아주 입체적인 그림을 그리고 모두가 그 그림 속으로 들어가도록 상황을 유도했던 것이다.

"경시정님, 경호원들 중 누군가와 짜지 않고서야 이런 일이 가능했겠습니까? 경호원들 중 혹시 범인과 내통한 자가 있는 건 아닐까요?"

"음, 그럴 경우 내통한 경호원이 노리는 것은 무엇이겠어?"

"돈이 아닐까요?"

다나카는 고개를 가로저었다. 다나카의 특기인 범행 수법만으로 범인을 알아내는 범인상분석에 의하면, 이것은 돈을 노린 범행이 아니었다. 돈을 노리는 납치는 은밀히 이루어지는 법이다. 그리고 부유한 사람들을 골라 납치하는 경우에는 신속히 돈을 요구하는 것이 전형이다.

"이것은 아주 오랜 기간에 걸쳐 계획된 범행이야. 게다가 상대는 일본에서 가장 납치하기 어려운 로열패밀리라구. 결코 돈을 노린 범행은 아니지."

"그렇다면 경호원 중 가담한 자는 없다는 결론인가요?"

"아마도. 사건 당시 눈에 띄도록 경호 업무를 교란시킨 경호원도 없었으니까."

다나카는 몸을 기울여 아래층을 내려다보았다. 황태자비는 공연 도중 아래층에 와 있던 고마코와 스미코를 발견하고는 약속대로 밖으로 나갔을 것이다. 다나카는 모리가 갖다준 보고서에서 읽었던 스미코의 진술을 떠올렸다.

— 고마코는 저에게 시마쓰의 창가가 시작되면 1층 휴게실 히노키에서 황태자비와 만나기로 되어 있다고 했어요.

다나카는 다시 경호원들의 진술도 떠올렸다.

— 수행비서 유키코가 경호원들은 절대로 눈에 띄지 않도록 하라고 엄명을 내리셨다고 했어요. 공연 도중에 우르르 따라 나가는 것도 그렇고 해서 밖에 있는 경호원에게도 그렇게 지시했습니다. 우리는 황태자비께서 1층으로 내려가실 줄은 몰랐어요. 그냥 2층 레스토랑에서 동창들을 만나실 줄 알았습니다.

범인의 범행을 도운 절묘한 곳, 그곳이 바로 사건이 일어난 1층의 히노키였다. 이 휴게실은 가부키자 직원이 항시 있는 곳이 아니었다. 공연과 공연 사이의 쉬는 시간에 사람들이 커피를 사 가지고 들어가서 마시거나, 어떤 때는 가부키자 직원이 커피를 준비해 가지고 있다가 손님들에게 팔기도 하는 그런 장소였다.

중요한 것은 공연 중에는 어떤 종업원도 우두커니 그곳에 혼자 있는 법이 없고, 그럴 때에는 문을 잠그지는 않은 채 그냥 닫아 놓는다는 사실이었다. 출입구가 유리로 되어 있다거나 창이나 있지도 않았다. 가부키자의 실내장식 때문에 휴게실 문의 바깥에는 벽과 구분이 되지 않도록 벽지를 발라 놓아, 히노키라는 글자를 보지 않는다면 문과 벽을 구분하기도 어려운 곳이었다.

다나카는 2층에서 내려와 바로 계단 옆에 붙어 있는 이 히노키의 문을 열어 보았다. 텅 빈 공간에 의자만 옆으로 길게 늘어서 있었다.

'무서운 자로군.'

다나카는 여기서 벌어졌을 장면들을 추측해 보았다.

'비록 여자라지만 세 사람이 아닌가. 혼자서 세 사람을 그토록 간단히 제압할 수 있는 것일까?'

다나카는 혼자서 열두 명의 여자를 강간한 오카야마가 떠올랐다. 그는 여자 간호사들의 합숙소에 침입해 열두 명의 여자들을 모두 벽을 향해 무릎을 꿇게 한 다음 한 명씩 불러내어 강간한 후 살해했다. 그때마다 나머지 여자들은 모두 겁에 질려 아무도 저항하지 못했었다. 한 여자가 강간당할 때 꿇어앉아 있던 그들 중 한 사람만이라도 일어나 저항했다면 범인은 열두 명의 여자에게 무너졌을 텐데도 말이다.

다나카는 막상 공포의 순간에 봉착하면 이해가 되지 않을 정도로 굳어져 버리고 마는 인간의 속성을 떠올렸다. 더군다나 황태자비는 경거망동을 하지 않았을 것이다. 그렇다면 저항할 수 있는 여자는 두 명이었다. 다나카는 여러 가지 생각이 뒤엉켜 머릿속이 복잡했다.

"정말 황당하군요."

또다시 모리의 격분한 목소리가 등 뒤에서 들렸다.

"한 사람이 세 사람을 제압하는데 눈치도 못 챈 놈들이 경호원이라고 할 수 있습니까? 더군다나 범인은 여잔데요."

다나카는 고개를 가로저었다. 모리는 자신의 말이 맞다는 것인지 틀리다는 것인지 고갯짓만 가지고는 가늠할 수 없었다. 모리는 처음 가부키자에 들어설 때와는 달리 다나카의 얼굴빛이 많이 어두워져 있음을 느꼈다.

그랬다. 범죄 현장만 보고도 범인을 짚어 낸다는 일본 제일의 민완 형사 다나카는 분명 당황하고 있었다. 현장만 보면 당장이라도 단서를 찾아낼 수 있을 것 같았던 자신감이 자꾸 수그러들면서 어쩌면 이 사건은 시간을 오래 끌지 모른다는 불길한 생각이 들었던 것이다.

다나카는 다시 2층으로 올라가 로열석에 앉아서는 수십 번이나 눈길을 아래층으로 보냈다.

'그림 속으로.'

범인은 현장의 모든 사람과 모든 상황을 자신이 그린 그림 속으로 집어넣었다. 그 그림 속의 시간과 공간은 모두 범인이 만들어 낸 것이었다. 누구도 범인의 의사를 거스르지 못했고 눈치채지도 못했다.

다나카는 당시 현장에 있었을 사람들의 수를 꼽아 보았다. 고등학교 동창인 황태자비와 스미코의 눈을 속이고 경호원들을 따돌리며 가부키자 현관의 직원들 앞을 유유히 빠져나간 범인은 이 모든 사람들의 날카로운 시선을 자신의 호주머니에 슬쩍 거두어 버린 것이 아닌가.

다나카는 다시 한 번 자리에서 일어나 1층의 히노키까지 걸어가 보았다. 불과 20초도 걸리지 않고 50보도 채 안 되는 거리였다. 그 짧은 시간 동안 경호원들은 안중에도 없다는 듯 범인은 희대의 납치극을 자행하고 이제 다나카로 하여금 그저 감탄할 수밖에 없게 만들고 있었다.

다나카는 다리에 힘이 빠져 히노키의 의자에 잠시 앉았다가는 다시 황태자비가 앉아 있던 2층 로열석으로 올라갔다. 하지만 안타깝게도 아무런 단서도 떠오르지 않았다.

"썩을 놈들!"

다시 모리의 목소리가 들렸다. 어느새 그의 손에는 가판의 석간신문이 들려 있었다. 신문에는 대문짝만한 글자로 '경호원 구속'이라는 제목이 뽑혀 있었다.

어쩔 수 없는 일이었다. 책임을 다하지 못한 경호 태만은 범행에 결정적이었으니까. 황태자비가 납치당한 그 시각, 가부키자 외곽 경비를 맡고 있던 경호원들이 바로 옆 카레 전문점에서 식사를 하고 커피를 마신 사실을 집요한 기자 한 사람이 밝혀냈던 것이다.

경시청에서는 경호 책임자를 비롯해 당시 현장에 있었던 경호원들을 즉각 구속했다. 황실의 경호를 경찰이 맡고 있는 일본에서는 경호원들이 같은 경시청의 직원들이라 동정이 가지 않는 바는 아니었지만, 여론의 질타를 나 몰라라 할 수는 없는 일이었다.

모리의 질타가 이어졌다.

"한 놈이라도 제대로 지키고 있었어야 할 게 아닙니까?"

그러나 다나카는 고개를 가로저었다.

"나오자마자 대기 중인 자동차를 탔을 테니 경호원들이 있었다 해도 황태자비를 즉각 알아보지 못하는 한 소용이 없지. 범인이 황태자비의 모습 그대로 데리고 나갔겠나? 황태자비를 변장시켰다면 경호원들도 못 알아봤을 거야. 그리고 자동차를 타야 하는데, 어떤 자리에 황태자비를 몰아넣어도 범인이 운전석의 문을 여는 동안 황태자비가 빠져나오거나 저항할 수 있었겠지?"

모리는 고개를 끄덕였다.

"그럼 이 사건에는 틀림없이 자동차에 미리 타고 대기했던 공범이 있을 수밖에 없군요."

다나카는 밖으로 나와 가부키자를 몇 번이나 빙빙 돌면서 건물의 바깥 구조를 살폈다. 가부키자는 긴 담으로 에워싸여 있었고, 그 사이사이로 몇 개의 작은 문이 있었다. 분장실이나 무대의 뒤편으로 통하는 문들 같았다. 보통의 납치범이라면 이런 작은 문을 이용했을 것이다. 하지만 범인은 정문을 이용했다. 건물 구조를 살펴볼수록 경호원들과 극장 직원들의 정면에서 황태자비를 데리고 나온 범인의 대담함에 감탄하지 않을 수 없었다.

정면에서 볼 때 건물의 왼편에는 간이식당을 비롯한 몇 개의 가게들이 붙어 있었다. 다나카는 건물 오른쪽 도로를 살펴보았다. 이 측면도로는 양방향으로 주차를 할 수 있게 되어 있었고, 제법 많은 차량들이 주차되어 있었다.

"그렇군!"

다나카의 혼잣말에 모리가 조심스럽게 물어 왔다.

"뭐, 떠오른 게 있습니까?"

"바로 이 자리야. 공범은 자동차를 이곳에 대고 기다렸어. 극장을 나와서 몇 걸음도 되지 않는 이 거리의 골목으로 들어오면 그만이니까."

"그러고 보니 골목 안이 약간 어둡군요."

"극장을 나와 황태자비를 차에 태우고 좌회전하기까지는 불과 몇 초밖에 걸리지 않았을 거야."

"범인이 여기서 어느 방향으로 달아났을까요?"

다나카는 모리의 질문에 아무 대답도 하지 않더니 곧 지시를 내렸다.

"모리, 범행 당일 전국의 검문 상황 기록을 체크하게. 컴퓨터에 모두 기록되어 있을 테니, 출력해서 내 책상에 올려놓도록."

"알겠습니다. 하지만 검문에서는 별다른 게 없었는데요."

"알아. 하지만 수사란 겉으로는 아무 관계도 없을 것 같은 자료를 검토하는 데서 출발하는 거야."

모리는 자신의 답변이 경솔했다는 것을 느끼고는 즉각 큰 소리로 대답했다.

"알겠습니다, 경시정님. 죄송합니다."

경시청으로 돌아온 모리는 즉시 컴퓨터로 사건 당일 밤 전국의 검문 상황을 검색했다. 경찰 컴퓨터에는 모든 검문 상황이 하나도 빠짐없이 기록되어 있었지만, 황태자비가 탄 차량을 발견했다는 기록은 말할 것도 없고 별다른 혐의점이 느껴지는 차량에 대한 검문 기록도 없었다.

다만 수십 명의 지명수배자가 검거된 것과 음주운전자 적발만 약 100여 건 있을 뿐이었다. 이런 기록으로 보아서는 대단히 엄중한 검문을 한 것이 틀림없었다. 모리는 모니터에 뜬 검문 기록을 프린터로 뽑아 꼼꼼히 살폈다.

다나카의 한마디가 모리에게 준 영향은 강력했다. 모리는 일일이 검거된 지명수배자들의 전과를 살피고 수배 요청을 낸 경찰서에 전화로 확인을 해 납치 등의 전력이 없는지 확인했다. 그러나 아무런 소득이 없었다. 음주운전자들 역시 마찬가지였다. 모리는 검문 일지를 다나카의 책상에 올려놓았다.

다나카는 경시청 직원들이 흔들리고 있는 것을 느꼈다. 범인이 오리무중인 상태에서 여론은 경찰을 때리기 시작했고, 그것은 바로 경찰 내부에 피바람을 예고했다.

수사부장은 경호뿐만이 아니라 비상검문 등 문제가 되는 것은 모조리 문제 삼겠다고 나섰다. 그럴 수밖에 없는 것이, 여론의 압력이 엄청났던 것이다. 다나카는 수사부장에게 말했다.

"프랑스혁명 직후 로베스피에르가 곁에 있던 사람들을 닥치는 대로 단두대에 올렸던 것과 비슷한 상황이군요."

"무슨 소리야, 그건?"

"사태를 일파만파로 확대시키지는 마십시오. 지금 모든 경찰관들은 사시나무 떨듯 떨고 있으니까요. 혹시나 범인이 자기 관할을 지나가지나 않았나 해서 현장 근무자는 말할 것도 없고 관할 경찰서장까지 잔뜩 움츠려 있어요. 경찰 내부 분위기가 이러면 수사에도 도움이 되지 않습니다."

"그렇긴 하지만……."

"도쿄라는 도시에서 검문으로 뭘 할 수 있다고는 생각지 마십시오. 어차피 범인은 검문에 걸릴 정도의 인물이 아닙니다."

다나카는 담배를 빼물고는 다시 한 번 그림을 그려 보았다. 이미 수십 번도 더 그려 본 그림이었다. 히노키라는 절묘한 공간에서 범인은 그곳을 완전히 자기 것으로 만들었다. 모든 경호원을 따돌린 후 세 명의 여자만 남겨 거기에서 황태자비를 완전히 변장시켰다. 집표원을 비롯한 어느 누구도 황태자비인지 알아볼 수 없도록 변장시킨 것이 틀림없었다. 그리고 범인 자신은 누가 보아도 주의를 확 끌 만큼 화려한 복장에 갖은 보석을 달아, 황태자비가 아닌 자신에게 사람들의 시선이 고정되게끔 만들었다.

다나카는 시간이 지날수록 이 납치범이 이제껏 자신이 상대해 온 어떤 인물보다 대담한 자라는 생각이 들었다.

황태자비 납치사건

신문

다나카는 첫 신문 상대인 유키코와 마주 앉았다.

"이 편지들을 본 적이 있습니까?"

유키코는 말없이 고개만 끄덕였다. 그중에는 자신이 직접 황태자비에게 건네준 편지도 있었다.

"내용을 본 적이 있습니까?"

유키코는 고개를 가로저었다.

"황태자비께서는 이 편지들을 보고 어떤 반응을 보였습니까?"

"그것은 알 수 없었습니다. 개인적인 서신은 혼자서 읽으시니까요."

"그렇겠군요. 하지만 같은 사람에게서 온 편지를 계속 전해 받으실 때의 표정을 보면 그 편지 내용을 유추할 수 있지 않을까요? 예를 들면 반가운 편지다, 혹은 무엇인가를 부탁하는 편지다 하는 것쯤은 말입니다."

유키코는 이 수사관이 아주 예리한 사람이라는 생각이 들었다. 또 비서로서 그런 것도 모르느냐고 힐난당하는 것 같은 기분도 느꼈다. 비록 말씨는 점잖았지만 소문대로 다나카에게는 상대방을 압도하는 힘이 있었다.

"이 여자에게서 온 편지를 받으면 표정이 밝아지셨어요. 무언가를 회상하는 듯한, 기분 좋은 추억을 떠올리는 듯한 표정을 지으셨던 기억이 나는군요."

"황태자비께서는 이 편지들을 읽고 나서 무엇을 지시하거나 물어보지는 않았습니까?"

"지시하신 것은 없고, 다만 가부키자에 언제 가느냐고 날짜를 물어보신 적은 있어요."

"그랬군요. 유키코 씨는 현장에서 황태자비와 같이 휴게실에 앉자마자 두 명의 여자가 들어왔는데, 한 여자가 들어오면서 바로 다른 한 여자, 즉 스미코를 뒤에서 끌어당기며 마취 수건으로 입과 코를 틀어막았다고 했죠. 맞습니까?"

"네."

"스미코는 바로 쓰러졌나요?"

"네."

"그런데 왜 유키코 씨는 비명을 안 질렀죠?"

"스미코 씨를 마취시킴과 동시에 범인이 너무도 예리한 칼을 꺼내 전광석화같이 황태자비 전하의 목에 들이댔어요. 숨소리라도 내면 바로 찔러 버릴 기세였어요."

"그러니까 그 모든 동작들이 동시에 이루어졌다는 말입니까?"

"네."

"그러니까 범인은 최소한 신체나 정신이 박약한 사람 같지는 않았다는 얘기군요."

"오히려 그 반대예요. 너무나 강한 사람에게서 풍겨지는…… 저항할 수 없는 그런 힘이 느껴졌어요."

"알겠습니다. 범인은 그다음 어떻게 했죠?"

"준비해 온 화장품을 제게 주었어요. 그러고는 자신의 얼굴과 황태자비 전하의 얼굴을 번갈아 가리키며 얼굴을 두드리는 손 짓을 했어요. 황태자비 전하를 자신처럼 진하게 화장시키라는 것이었죠."

"그대로 했나요?"

유키코는 고개를 끄덕였다.

"그러고 나서는요?"

"쓰러진 스미코 씨의 코트를 가리키며 황태자비께 입으라는 손짓을 했어요."

"황태자비는 그 코트를 입으셨나요?"

"제가 입혀 드렸어요. 비록 품위는 유지하셨지만 황태자비께 서는 두려워하고 계셨어요. 저도 마찬가지였구요. 범인에게서는 이상한 기운이 뻗쳐 나왔어요. 화장을 짙게 한 그 얼굴에서는 마치 귀기와도 같은 것이 느껴졌죠. 저는 반항을 하기보다는 일 단 시간을 끄는 것이 낫다고 생각했어요."

다나카는 고개를 끄덕이며 말했다.

"그다음은요?"

"범인은 황태자비 전하와 저에게 뒤로 돌아서라고 손짓했어요. 처음에는 약간 망설이다 주춤거리며 뒤로 돌자 범인은 순식간에 마취 수건을 저의 입과 코에 갖다 댔어요. 그 후로 저는 의식을 잃었어요. 경호원들이 깨울 때까지요."

다나카는 담배를 빼물었다. 유키코에게도 권했으나 그녀는 말없이 고개를 가로저었다. 다나카는 머릿속을 정리라도 하려는 듯 처음 했던 질문을 반복했다.

"처음에 범인이 스미코와 같이 들어왔을 때 두 사람은 서로 아는 사이 같던가요?"

"네, 둘이 팔짱을 끼고 들어왔어요."

"스미코가 마취당할 때 저항하지는 않았나요?"

"워낙 신속한 동작이라 스미코 씨는 반항할 틈도 없었어요."

"칼도 동시에 꺼냈구요?"

"네."

"자, 유키코 씨. 그때의 상황을 잘 떠올려 봐요. 혹시 말입니다, 범인이 남자라는 생각이 들지 않던가요?"

유키코는 당황하며 기억을 더듬었다. 범인에게는 확실히 강인하면서도 묘한 느낌이 있었다. 유키코는 화려하게 치장한 그 여자가 자신과 황태자비를 압도하며 내뿜었던 힘을 떠올리며 다나카의 질문과 연관시켜 보았다. 순간 유키코는 온몸에 소름이 끼쳤다.

"아, 어쩌면 범인은 남자일지도 모르겠네요."

"어째서 그런 느낌이 들죠?"

"그 귀기 말이에요. 그때 느꼈던 귀기는 아마 제가 그 사람을 여자라고 생각한 데서 나온 것 같아요. 남자가 여자처럼 분장을 한 데서 오는 낯설고 무서운 느낌 말이에요. 그래요, 남자였을지도 몰라요. 범인에게서는 저항할 수 없는 강력한 힘이 느껴졌거든요. 남자의 힘 말이에요."

"그런데 이제껏 왜 한 번도 남자라고 의심하지 않았죠?"

"아마 화려한 치장과 보석에 현혹되어 당연히 여자라고만 생각했기 때문일 거예요. 여자들은 감각적으로 그런 데 민감하거든요."

"다시 한 번 기억을 잘 더듬어 봐요. 범인이 남자라고 생각할 수 있는 다른 특징은 없었나요?"

유키코는 한참 생각하더니 말했다.

"범인이 황태자비 전하를 짙게 화장시키라고 할 때 손으로 화장품을 듬뿍 찍어 바르는 흉내를 냈어요. 그런데 그 동작이 화장을 늘 하는 여자들처럼 자연스럽지가 않았던 것 같아요. 제가 그게 무슨 뜻인지 곧바로 알아듣지 못하자 서투른 손동작을 몇 번이나 반복했어요."

"말로 하면 편하고 정확했을 것을 손으로 거북하게 지시했단 말이죠?"

"네. 그리고 범인은 단 한 번도 입을 열지 않았어요. 그것은 아마도 얼굴은 여자로 바꿀 수 있었어도 목소리는 불가능했기 때문이 아닐까요?"

유키코는 범인이 남자라고 거의 확신했다. 그러나 다나카는 다시 집요하게 물었다.

"신체적 특징은요? 혹시 범인의 손이 기억나나요? 남녀의 손은 차이가 분명하잖아요."

"그래요. 범인은 손이 무척 컸어요. 확실해요. 남자 손이었어요. 게다가 그 사람은 그렇게 많은 보석으로 치장했으면서도 가장 기본적인 반지는 끼고 있지 않았어요. 이상하잖아요?"

다나카는 비로소 만족스러운 표정으로 고개를 끄덕였다.

"고맙습니다. 아주 중요한 증언을 해주었어요. 수사에 도움이 될 만한 다른 사실이 떠오르면 내게 바로 연락을 주세요."

다나카는 명함을 내밀었다. 유키코는 범인이 남자라는 사실을 자신에게서 끄집어내는 다나카의 추리력에 놀라워하며 자리에서 일어났고, 다나카는 현관까지 친절하게 그녀를 배웅했다.

불길한 징조

"범인이 남자일지도 모른단 말인가?"

모니터로 조사실을 지켜보던 수사부장은 현관까지 쫓아나와 확인했다.

"틀림없습니다."

"그렇다면 여장을 한 남자?"

"그런 것 같습니다."

"그래, 그럴지도 모르지. 여자로서는 불가능한 사건이야."

"그러니 기자들에게 신속하게 브리핑을 해서 동성애자니 정신이상자니 하는 쓸데없는 추측보도를 멈추라고 하세요."

"그런데 다나카, 자네 자신 있나?"

다나카는 말없이 고개만 끄덕였다. 그제야 수사부장은 안도의 미소와 함께 사건 이후 처음으로 만족감을 얼굴에 나타냈다. 그는 내처 물었다.

"자네 느낌은 어때? 상대가 어떤 자일 것 같은가? 그리고 황태자비는 지금 어떤 상태일까?"

"아직 알 수 있는 것은 아무것도 없습니다. 범인이 어떤 성격의 소유자인지, 범행 동기가 무엇인지 전혀 알 수 없습니다."

"범인이 황태자비를 살해할 생각은 아니겠지?"

"알 수 없는 일이죠. 하지만 범행의 대담함과 계획성을 보면 살해할 생각은 없는 것 같습니다."

"정신적으로 문제가 있는 자의 범행일 가능성은?"

"전혀 없습니다. 상대는 수행비서와 황태자비를 완벽하게 제압했습니다. 도저히 저항할 엄두도 못 냈을 정도로 강인한 자인 것 같습니다."

"음……."

수사부장은 신음을 내뱉었다. 그렇다. 수행비서 한 명을 조사하고 알아낼 수 있는 것에는 한계가 있지 않은가. 범인이 남자일 가능성이 있다는 사실을 밝혀낸 것만 해도 지금 상황에서는 오랜 가뭄 끝에 내린 단비였다. 수사부장은 즉각 상부에 이 사실을 보고하고는 언론에 브리핑을 했다.

"범인이 여장 남자라구요?"

"그렇습니다."

"범인이 남자라고 생각하는 근거는 무엇입니까?"

"여자로서는 이런 대담한 범행을 저지를 수 없습니다."

"그런 이유로 범인이 남자라고 주장하는 것은 어설프지 않습니까?"

"수행비서도 범인이 남자일 가능성이 크다는 것을 확인해 주

황태자비 납치사건

었습니다."

"그렇다면 지금까지는 왜 그런 얘기가 한 번도 안 나왔죠?"

수사부장은 답변이 궁해졌다. 잠시 머리를 굴리던 그는 아예 솔직히 얘기하는 것이 낫겠다고 판단했다.

"다나카 경시정이 좀 전에 밝혀낸 사실입니다."

기자들은 고개를 끄덕였다.

"다나카 경시정이 더 밝혀낸 것은 없습니까?"

"아직 없습니다. 하지만 관련자들을 차례로 조사하면 차츰 진실이 밝혀질 것입니다. 밝혀지는 대로 바로 브리핑하겠습니다."

빈약하기 짝이 없는 브리핑이었지만 기자들은 핸드폰이나 노트북을 꺼내 들고 본사로 송고하기 바빴다. 사건 이후 처음으로 나온 성과물이었기 때문이다.

하지만 브리핑을 마치고 자신의 방으로 돌아온 부장의 심경은 참담했다. 다나카는 범인이 정신이상자일 가능성이 전혀 없다고 했다. 그렇다면 경찰의 책임을 조금이라도 덜 수 있는 시나리오는 물 건너간 게 아닌가.

수사부장이 은근히 기대했던 시나리오는 황태자비를 흠모하는 정신이상자가 저지른 범행이라는 것이었다. 그런 자라면 곧 행적이 드러날 터였다. 운이 좋으면 황태자비에게 사랑을 고백한 후 스스로 황태자비를 동궁으로 데리고 올 수도 있을 터였다. 사실 많은 사람들이 이런 시나리오에 기대를 걸고 있었다. 언론에서도 가장 가능성이 크다고 보도했던 시나리오였다. 그러나 다나카의 한마디로 그 시나리오는 날아가 버렸다.

자신의 방으로 다나카를 부른 수사부장은 조바심에 질문을 쏟아 냈다.

"범인은 지금 어디에 있을까? 어디에 황태자비를 감금하고 있을까?"

"알 수 없는 일이죠."

"전국이 완전 비상검문에 들어갔고 방위청에서도 나서서 군사위성까지 정찰에 투입하고 있는 형편인데 왜 종적을 찾을 수 없는 걸까?"

"그렇게 해서 잡힐 자가 아닙니다. 신이라 한들 그 좁은 가부키자에서 일국의 황태자비를 납치하려는 계획을 세울 수 있겠습니까? 범인은 상상조차 하기 힘든 불가능한 일을 가능하게 만든 자입니다. 경찰의 검문을 따돌리는 일 따위는 식은 죽 먹기였을 겁니다. 어쩌면 수백 수천 번의 도상 연습을 했을지도 모르죠."

수사부장은 자기도 모르게 고개를 끄덕였다.

"그럴지도 몰라. 가부키 극장 근처의 모든 주차 단속 모니터나 주차 관련 업무에 종사하는 사람들을 상대로 강력한 탐문조사를 벌였지만 티끌만 한 증거도 안 잡히고 있으니 말이야. 어쨌거나 상대가 그 정도의 대담함과 계획성을 가진 놈이라면 아주 불길해. 불길하기 짝이 없는 징조란 말일세."

단서

고마코는 여자로서는 드물게 큰 키였다. 그녀는 처음에는 겁에 질렸지만 한밤중에 수사본부로 연행되어 이틀째 반복된 조사를 받다 보니 짜증이 날 대로 나 있었다. 고마코가 그녀의 이름을 도용한 범인과 아무런 관계가 없다는 사실이 밝혀지자 수사관들의 고압적인 태도는 좀 누그러들었지만 경찰에서는 그녀를 돌려보내지 않았다.

"도대체 무슨 얘기를 더 하란 말이에요?"

"범인이 아무런 단서도 남기지 않은 상황에서 유일한 단서는 당신을 아는 사람일 거라는 사실입니다. 그러니 일단은 당신이 아는 사람 중에 의심 가는 사람이나 이런 일을 저지를 만한 사람을 수사하는 것이 가장 쉽고 빠른 길입니다. 마음을 가라앉히고 한번 생각을 해보세요."

그러나 보험회사에서 사원 교육을 담당하는 고마코로서는 이런 엄청난 짓을 저지를 만한 사람을 전혀 알지 못했다. 직장 동료들도 대부분 지극히 평범한 인물들뿐이었다.

"몇 번을 말해야 하는 거예요? 저는 맹세코 황태자비께 그런 편지를 보낸 적이 없어요. 그리고 이런 일을 저지를 만한 사람도 알지 못해요. 아시겠어요?"

"그러나 틀림없이 당신의 이름으로 황태자비께 두 통의 편지가 왔단 말이오."

"그러니까 누군가가 내 이름을 도용했다는 것 아니에요? 도대체 몇 번을 말해야 알아듣겠어요? 당신들 모두 귀머거리예요?"

지칠 대로 지친 고마코는 이제 가시 돋친 목소리로 수사관들을 힐난했다. 고마코로서도 황태자비이자 자신의 고등학교 친구이기도 한 마사코의 납치사건 수사에 기꺼이 협력하고 싶었지만, 알고 있는 사실이 전혀 없는 상황에서 수십 회나 반복되는 똑같은 질문에 지쳐 있었던 것이다.

저녁때가 가까워졌을 무렵, 고마코 앞에는 처음 보는 수사관이 와 앉았다.

"고마코 씨, 저는 다나카 경시정입니다. 괜찮다면 자리를 옮기실까요?"

"자리를 옮긴다고 모르는 사실을 알게 되나요? 도대체 어디로 옮기잔 말이에요?"

"일단 식사를 하는 것이 어떻겠습니까? 저녁때이기도 하구요. 부인이 좋아하는 식당으로 가시죠."

고마코는 순간 무엇보다도 이 지리한 조사실을 떠날 수 있다는 것이 반가웠다.

　　　　　　　　　　　　　황태자비 납치사건

"좋아요. 하지만 제가 좋아하는 식당은 멀리에 있는데요. 그냥 가까운 데서 먹는 게 더 편하겠어요."

"아닙니다. 그동안 힘드셨을 테니 기분전환이라도 하셔야죠."

고마코는 다나카라는 이름의 이 형사가 편안하게 느껴졌다. 무엇보다도 이 사람은 다른 수사관처럼 서두르지 않았다. 말쑥하게 면도한 얼굴이며 깨끗하게 다림질한 양복, 하얀 칼라의 와이셔츠가 수사관이라기보다는 전도가 양양한 사업가처럼 보였다.

다나카는 자신의 자동차로 고마코를 안내했다.

"경시청 조사실에서는 똑같은 말을 반복해야 하는 앵무새 같았어요."

자동차에 탄 고마코는 운전하는 다나카의 얼굴을 곁눈으로 슬쩍 쳐다보며 뼈 있는 말을 던졌다.

"죄송합니다."

다나카는 금세 무슨 말인지 알아듣고는 마치 자신의 잘못인 양 고개를 숙였다.

"하긴 이해는 돼요. 황태자비께서 납치당하셨으니 모두가 정신이 없겠죠. 경시총감님도 곧 물러나신다면서요."

"하지만 빨리 납치범을 잡으면 최악의 경우는 피할 수 있을 겁니다."

"그래서 모두들 그리 다급하군요. 그런데 다나카 경시정님은 이상하네요."

"무엇이 말입니까?"

"전혀 서두르시는 것 같지 않으니까 말이에요."

"그렇게 보입니까?"

"네, 그러니까 이렇게 멀리 있는 식당까지 가는 거 아니에요?"

"참, 그렇군요."

다나카는 천연덕스럽게 웃었다.

"어째서 그렇게 혼자서만 여유가 있으시죠? 모두가 서두르는데 말이에요."

"제 느낌으로는 이 사건이 그리 쉽게 해결될 것 같지가 않습니다. 시간이 걸리는 사건은 처음부터 여유를 가지고 접근하는 것이 중요합니다. 서두르면 나중에는 결국 다시 원점으로 되돌아오기 마련이죠."

고마코는 이 다나카라는 수사관에게 신뢰감이 생겼다. 다른 수사관들은 줄곧 무리한 요구만 반복해서 해댔지만 다나카에게서는 차분함과 여유가 느껴졌던 것이다.

"수사관과 참고인 사이에는 날카로운 대립보다 인간적인 관계가 더 중요하다는 게 저의 지론입니다. 식사 후에는 댁으로 돌아가실 수 있도록 해보겠습니다. 저에게 결정권이 있는 것이 아니라 자신은 못하겠지만 말입니다."

"말씀만으로도 고마워요."

고마코는 다나카와 함께 편안하게 식사하는 동안 만약 자신을 아는 사람이 범행을 했다면 과연 누구일까 생각해 보았다. 식사가 끝나고 경시청으로 돌아오자 다나카는 수사부장에게 고마코를 더 이상 붙잡아 둘 필요는 없다는 자신의 소견을 얘기했다.

수사부장은 내심 불안해하면서도 다나카의 의견에 수긍하지

황태자비 납치사건

않을 수 없었다. 사안이 워낙 중대해 언론이 눈을 감아 주기는 했지만 명백히 그것은 참고인에 대한 인권유린인 셈이었다.

"자네 정말 확신하나? 그 여자는 정말 이 사건과 관계가 없나?"

"네."

다나카는 분명한 목소리로 대답했다.

"더 이상 신문할 것도 없고?"

"있겠지만 지금은 돌려보내는 것이 좋겠습니다. 아마 뭐라도 생각나면 그 여자가 먼저 연락을 해올 겁니다. 지금은 자신을 방어하느라 지쳐 있지만 일단 누명을 벗고 나면 자진해서 협조할 겁니다. 그 여자는 범인이 자신의 이름을 도용한 데 대한 책임감과 황태자비에 대한 안타까움을 느끼고 있으니까요."

수사부장은 잠시 생각에 잠겼다. 다나카가 자신에게 큰 모험을 강요한다는 생각이 들었다. 고마코는 자신이 알든 모르든 범인과 관련이 있는 사람이고, 그런 만큼 그녀를 내보낸다는 건 위험한 일이었다. 하지만 부장은 다나카의 의견을 무시할 수 없었다. 그만큼 그는 다나카에게 많이 의지하고 있었다.

"알았어. 자네 말대로 하지."

수사부장은 즉각 고마코를 돌려보내라고 지시했다.

고마코가 집으로 돌아가고 나서 얼마 안 있어 그녀는 수사본부로 전화를 걸어 다나카를 찾았다.

"다나카 경시정님. 만약 범인이 저를 아는 사람이라면 그건 직접적으로 아는 사람은 아닐 거라는 생각이 들어요."

"그럴 수 있죠. 수사를 하다 보면 전혀 알지 못하는 사람이 명의를 도용하는 경우가 아주 많습니다."

"아마 저를 간접적으로 아는 사람일 수는 있겠다는 생각이 들어요."

"간접적이라면 어떤 경우를 말하는 건가요?"

"우리 회사의 여직원들요. 저는 가끔 여직원들에게 황태자비와의 학교생활이라든지 하는 것들을 얘기해 주곤 했거든요."

다나카는 고개를 끄덕였다. 드디어 단서를 찾아낸 것이다.

"어떤 직원들이지요?"

"얘기해도 될지 모르겠네요."

고마코의 목소리에는 직원들에게 괜한 피해가 갈까 봐 걱정하는 기색이 역력했다.

"그분들에게 피해가 가지 않도록 제가 약속하겠습니다."

"특히…… 세 여직원이 제게 꼬치꼬치 물어 왔어요. 지금 생각하니 황태자비에 대한 그들의 관심은 지나칠 정도였던 것 같아요."

"그들의 이름을 말해 주시겠어요?"

"미치코, 아라이, 요시코예요."

"알겠습니다. 감사합니다."

수화기를 놓는 다나카의 가슴은 기대에 부풀었다. 드디어 사건을 풀 수 있는 단서 하나를 찾아낸 것이었다.

의문의 편지

그날 밤 수사부장은 긴급히 수사 회의를 소집했다.

"다나카 경시정이 고마코로부터 밝혀낸 정보에 의해, 고마코가 근무하는 회사의 세 여자가 용의선상에 떠올랐소. 와타나베 경시정은 이 세 명의 여자를 따로따로 연행하시오. 수사본부로 데려오지 말고 언론에 절대 노출되지 않도록 안가로 데려가시오. 스즈키 경시는 그들의 남자관계를 비롯한 주변 인물들을 철저히 조사하고, 이시다 경시는 영장을 발부받아 그들의 집을 압수수색하시오. 모든 수사는 은밀히, 그리고 신속히 진행하시오."

"알겠습니다."

안가로 연행되어 온 세 명의 여자는 모두 20대의 미인들이었다.

"음, 이상한 일이군."

각각 다른 방에서 조사를 받고 있는 세 여자를 모니터로 훑어본 다나카는 고개를 갸웃했다. 옆에서 다나카의 혼잣말을 듣고 있던 모리 형사 역시 고개를 주억거렸다.

"그러게 말입니다. 세 여자에게 공통점이 있군요. 모두 미인에, 같은 회사에 다니고, 나이도 비슷하며, 황태자비에 대해 보통 이상의 관심을 가졌다는 점이 말입니다."

"납치범의 윤곽이 대충 드러나는 것 같군."

"네?"

모리 형사는 자신의 귀를 믿을 수 없었다.

"어떤 자인지 알 것 같아. 납치범은 젊은 미남자일 거야. 아마 세 여자를 정신적으로 지배하고 있겠지. 세 여자에게 각각 다른 정보를 요구했을 테고."

모리는 고개를 끄덕였다. 그럴 법한 추리였다.

"이해가 갑니다. 그런데 각각 다른 정보를 요구했다는 것은 무슨 의미입니까?"

"납치범은 혹시라도 여자들이 자신을 의심할까 봐 알고 싶은 정보를 삼등분하여 각각의 여자에게 분담시켰을 거야. 자네 '미야자와 사건' 생각나나? 여자 셋을 따로 이용하여 '표범의 눈'이라는 보석을 훔친 희대의 절도사건 말이야. 납치범은 어쩐지 그 미야자와를 모방한 듯한 느낌이 드는군. 납치범은 아마도 이 세 여자에게서 얻어 낸 정보를 조합해서 자신이 원하는 정보를 캐냈을 거야."

수사 결과는 다나카의 예상과 정확하게 일치했다. 세 여자의 남자관계를 확인해 본 결과 이들 뒤에는 가네히로 요시아키라는 남자가 있었다. 이 남자가 세 여자를 통해 고마코와 황태자비의 관계를 살살이 파악해 왔음이 틀림없었다.

그러나 더 이상 수사에 진전이 없었다. 세 여자는 아직도 범인에 대해 거의 숭배에 가까운 감정을 가지고 있었다. 황태자비를 납치하기 위해 범인이 의도적으로 접근한 것이라고 수사관들이 설명해도 여자들은 곧이듣지 않았다.

"어떤 놈인지 몰라도 부럽네요. 저런 미인들을 하나도 아니고 셋이나 거느리고 있으니. 게다가 엄청난 범죄를 저질렀다는데도, 게다가 자신만이 아니고 다른 두 여자가 더 있다는데도 저토록 순정을 포기하지 않으니 말입니다."

"어디, 내가 한번 설득해 보지."

수사부장은 이런 젊은 여자들이 이해가 되지 않는지 자신이 직접 조사실로 들어가 설득을 했다.

"여러분들은 한 남자의 연인이기 이전에 일본의 국민이오. 아니 그전에 한 사람의 인간이오, 인간. 범인은 우리 일본의 상징인 황태자비를 납치했소. 아니 그전에 한 사람의 인간을 납치했다는 말이오. 지금 천황 폐하와 황태자 전하는 물론 모든 일본 국민들이 가슴을 태우고 있소. 여러분들은 범인에 대해서 아는 모든 것을 얘기해 주어야만 합니다."

수사부장의 절규에 가까운 호소에도 불구하고 여자들은 흔들리지 않았다.

"큰일이군. 시간은 없는데 여자들이 저렇게나 완강하니. 설득도 협박도 전혀 효력이 없으니 말일세."

수사부장은 초조한 기색을 드러냈다.

"역시 시간이 필요합니다. 우리는 아직 저 여자들의 심리를 파악하지 못하고 있습니다. 제 판단으로는 여자들은 범인을 보호하려 하고 있습니다. 시간을 주어야 합니다. 우선 제가 저들의 심리를 좀 안정시켜 보겠습니다."

다나카가 막 조사실로 들어가려 할 때 인터폰이 울렸다. 경시총감이었다.

"자넬 바꾸라는군."

수사부장이 심드렁한 표정으로 수화기를 다나카에게 넘겼다.

"여기로 전화를 걸어 보게."

경시총감은 아무 말 없이 전화번호만 불러 줬다.

"어딥니까?"

"일단 해보게. 무슨 일인지는 나도 모르네. 다녀와서 내게도 얘기해 주게."

"알겠습니다."

다나카는 이상한 생각이 들어 전화번호를 훑어봤다. 아무런 특징이 없는 일반 전화번호였다. 다이얼을 돌리고 이름을 대자 잠시 후 점잖은 목소리가 들려왔다.

"수고가 많소. 다나카 경시정. 나 나루히토요."

"아, 네! 황태자 전하."

다나카는 놀라지 않을 수 없었다.

"지금 좀 만나고 싶소. 동궁으로 와줄 수 있겠소?"

"알겠습니다. 바로 가겠습니다."

다나카는 자리에서 바로 일어섰다. 옷매무새를 가다듬고 동궁으로 향하는 다나카의 머릿속에는 의문이 떠올랐다. 황태자는 왜 이 한밤중에 자신을 오라고 한 것일까? 수사 격려라면 경시총감이나 다른 간부들에게 하는 것이 상례일 터였다. 수사부장도 있지 않은가. 게다가 경시총감조차도 왜 황태자가 다나카를 부르는지 모르고 있었다.

동궁에 도착하자 의전비서관이 다나카를 접견실로 안내했다. 접견실에 들어서자 바로 황태자가 다른 문을 열고 들어왔다. 다나카는 고개를 숙여 공손히 인사를 했다. 먼저 와서 자리에 앉아 있다가 황태자가 들어오자 동시에 일어나는 사람이 있었다. 전임 문부과학상 마치무라였다. 다나카는 그에게도 인사를 건넸다. 황태자는 초조한 중에도 애써 여유를 갖춘 목소리로 다나카에게 자리를 권했다.

"앉으시오, 다나카 경시정. 노고가 많소."

"성과가 없어 죄송할 따름입니다."

"앞으로 진전이 있겠지……."

다나카는 황태자를 대하자 송구스러웠다. 누가 경호 실수를 했든 간에 범인을 잡는 것은 바로 자신의 임무였다. 황태자가 한숨과 함께 마치무라를 바라보자 그가 말문을 열었다.

"작년 9월경 나는 신원 미상의 인물로부터 편지 한 통을 받았소. 아주 이상한 편지라 몹시 불쾌했소."

다나카는 고개를 끄덕여 경청하고 있다는 반응을 보였다.

"먼저 이 편지를 보시오."

마치무라는 테이블에 놓인 편지를 다나카에게로 밀었다.

마치무라 문부과학상. 우리가 당신들의 KBS 음모를 중단시켰소. 경고하건대 이 시점에서 모든 것을 되돌리시오. 아니면 우리는 당신들의 상징인 인물을 납치하겠소.

"으음……"

다나카의 입에서 신음이 흘러나왔다.

"누구를 암시하는지 알겠소, 그 상징 인물이?"

다나카는 고개를 끄덕였다.

"일이 이렇게 될 줄은 꿈에도 몰랐소. 그냥 불만을 표시하는 정도인 줄로만 알았소. 그래서 아무에게도 알리지 않았던 것이오. 그런데 이런 일이 벌어졌으니……"

"이 편지를 쓴 자와 황태자비를 납치한 범인이 동일인이라고 생각하십니까?"

"그렇소."

다나카는 이 편지를 보낸 자 역시 용의선상에 올려야 한다는 생각이 들었다.

"그런데 KBS 음모라는 건 뭡니까? 상대의 정체를 알아내려면 그들이 말하는 KBS 음모가 무엇인지 알아야겠군요."

"음모란 건 가당찮은 얘기요."

"그들이 생각하는 음모를 말하는 겁니다."

다나카는 황태자 앞에서 마치무라를 조사할 수는 없는 일이라 생각했다.

"그러면 내일 제가 찾아뵙겠습니다."

황태자비 납치사건

"그렇게 하시오. 기다리고 있겠소. 참, 이 일은 절대 보안을 유지하시오. 경시총감에게도 말이오."

"그러나……."

다나카는 황태자에게로 고개를 돌렸다. 황태자가 고개를 끄덕였다. 입을 다물라는 뜻이었다.

마치무라는 다나카를 안심시키기 위해선지 한마디 보탰다.

"총리를 비롯한 여러분께는 적절한 시기에 내가 얘기하겠소."

다나카는 두 사람에게 고개를 숙이고 접견실을 나왔다. 각료 임명은 모두 총리에 의해 이루어지는데, 각료 중에 이렇게 황실과 직접 접촉하는 사람도 있다는 사실이 놀라웠다. 하지만 얼마 전 말썽이 되었던 모리 전임 총리의 발언을 떠올리자 다나카는 이내 그럴 수도 있겠다는 생각이 들었다. 모리는 대담하게도 언론 앞에서 이렇게 말했던 것이다.

'일본은 천황을 중심으로 한 신의 나라다.'

자살 기도

다나카가 동궁에서 황태자를 만나는 동안 세 여자들이 입을 열 때까지 기다릴 수밖에 없다는 사실에 수사부장은 마음이 초조했다. 이때 거칠기로 유명한 와타나베가 수사부장의 조급함을 건드렸다.

"부장님, 제가 한번 해보겠습니다."

"자네가?"

"네. 모든 수사를 다나카 혼자 할 수는 없지 않습니까? 그러니 다나카 혼자 북 치고 장구 친다는 얘기가 나오죠. 이러다간 사건이 해결돼도 부장님이나 저희들은 찬밥 취급밖에 못 받습니다. 지금 신문을 한번 보십시오. 오로지 다나카, 다나카뿐입니다."

평소 와타나베의 거친 수사에 대해 회의적인 시각을 가지고 있던 수사부장이지만 공명심을 부추기자 귀가 솔깃했다.

"그럼 자네가 한번 해봐. 하지만 너무 심하게는 다루지 말게. 알겠나?"

황태자비 납치사건

"네, 머리채만 몇 번 흔들어 대면 바로 뱉어 낼 암캐들입니다."

"......"

와타나베는 세 여자의 신상 명세를 훑었다.

아라이. 그녀의 학력은 고졸이었다. 다른 두 여자가 대학을 나온 데 비해 아라이는 나이도 어리고 학력도 낮았다.

"아라이를 불러와."

와타나베는 셋 중에 가장 약해 보이는 아라이를 찍었다. 아라이가 조사실로 불려 오는 것을 투시 유리를 통해 보고 있던 와타나베는 윗도리를 벗고 시계와 반지를 뺐다.

이 신문에 자신의 운명이 달려 있다고 생각한 와타나베는 인생의 승부라도 걸 듯한 태세였다. 그리고 이런 식의 승부에는 얼마든지 자신이 있었다.

고졸의 애송이. 30분 안에 모든 것을 불게 할 자신이 있었다. 와타나베가 비장한 표정으로 조사실에 들어가려는 순간 동궁에서 돌아온 다나카와 마주쳤다.

"뭘 하려는 거야?"

"건방진 년들이 여기가 어딘지 알고 저렇게 뻔뻔하게 버틴단 말이야. 내가 손을 좀 봐줘야겠어."

다나카는 의기양양한 와타나베를 향해 경멸에 찬 욕설을 내뱉었다.

"비열한 자식!"

안색이 변한 와타나베가 다나카에게 더욱 거친 욕설을 퍼부었다.

"뭐라고? 이 개자식아! 일본 경찰이 너밖에 없는 줄 알아?"

다나카는 수사부장에게 노골적으로 항의했다.

"부장님. 저 자식을 수사에 투입하면 저는 손을 떼겠습니다."

"그래, 네놈 말 잘했어. 네놈이야말로 이 사건에서 손 떼. 이제 저년들만 족치면 범인은 밝혀져. 알았어?"

와타나베가 달려들었다.

"바보 같은 놈! 너는 이 사건의 성격조차 제대로 파악하지 못하고 있어. 이 사건의 범인은 너같이 비열하고 무지한 놈들 백 명이 달려들어도 못 잡아. 그리고 부장님. 수사란 초조하면 실수를 범하는 법입니다. 지금 우리는 주변의 참고인과 힘을 합쳐 범인을 잡아야 합니다. 저는 절대로 이렇게 불법적인 수사에는 가담할 수 없습니다!"

다나카는 자리를 박차고 나가 버렸다.

경시청 사람들은 결국 부딪치고 말 사람들이 부딪쳤다고 생각했다. 전세계가 주목하는 사건이다 보니 결벽하리만큼 원칙적인 수사의 다나카와 터프한 수사의 와타나베가 부딪치지 않을 도리가 없었다.

"부장님, 우린 지금 시간을 다투는 수사를 하고 있습니다. 다나카 식으로 기다리다간 황태자비가 시체가 되어 돌아올지도 모릅니다. 그땐 누가 책임을 질 겁니까? 납치사건에 있어서 제일 중요한 건 바로 시간 아닙니까?"

"그래, 자네 소신껏 한번 해보게."

수사부장 역시 엄청난 긴장과 공명심에 사로잡혀 있었기 때

황태자비 납치사건

문에 당장 결과를 가져올 와타나베에게 기대를 걸었다.

와타나베는 조사실에 들어서기가 무섭게 고함을 지르며 아라이가 앉아 있는 의자를 걷어찼다.

"일어나, 이년아!"

"악!"

외마디 비명과 함께 아라이는 바닥으로 떨어져 뒹굴었다.

"여기가 어딘지 알고 죽치고 앉아 있어! 차렷!"

얼굴을 마주하기도 전에 와타나베는 아라이의 혼부터 빼놓았다. 이것이 온갖 강력범들을 다루어 온 와타나베의 수법이었다.

아라이는 순간적으로 차렷 자세를 취했다.

"지금부터 그 개새끼에 대해 아는 대로 말한다. 만약 조금이라도 망설이는 눈치가 보이거나 했던 말이 거짓말로 판명되면 너는 살아남지 못해!"

와타나베는 손바닥으로 아라이의 가슴을 확 덮쳤다.

"아악!"

아라이는 비명과 함께 바닥에 쓰러졌다.

"일어나! 차렷!"

아라이는 고통스러워하면서도 겁에 질린 얼굴로 바닥에서 일어나 다시 차렷 자세를 취했다. 아라이의 온몸이 가늘게 떨렸다.

"따라해. 아는 것은 하나도 안 빼고 모두 얘기하겠습니다. 만약 거짓말을 하거나 알고도 말하지 않는 것이 있다면 죽어도 좋습니다."

아라이는 기어들어 가는 목소리로 와타나베의 말을 따라했다.

"앉아!"

와타나베는 틀림없이 기선을 제압했다고 생각했다. 수사에서 기선을 잡았다는 것은 모든 것이 끝났다는 얘기와 다름없었다.

"말해! 처음 그놈을 어떻게 알게 됐어?"

"물 좀 주세요."

"뭐라구?"

"목이 너무 말라요."

"물? 그래. 물을 주면 말할 거야?"

아라이는 고개를 끄덕였다. 와타나베는 슬며시 미소를 지었다. 그는 투시 유리 저편에서 이쪽을 보고 있을 수사부장에게 눈짓을 보냈다. 아마 부장도 회심의 미소를 짓고 있으리라. 그러나 와타나베는 노회한 수사부장이 불법 수사의 현장을 피해 있으리란 생각은 전혀 하지 못했다. 와타나베는 인터폰을 눌렀다.

"어이, 여기 물 좀 가져와."

와타나베가 이미 그 자리를 떠난 부장에게 눈짓을 보내는 동안 아라이는 살그머니 재킷의 주머니에 손을 넣었다가 뺐다.

투시 유리 건너편에 있는 수사관들도 와타나베의 몸에 가려 아라이의 은밀한 동작을 보지 못했다. 그리고 물을 따르는 아라이의 손에 숨겨져 있던 몇 개의 알약이 물과 함께 그녀의 목구멍으로 흘러들어 가는 것도 보지 못했다.

"어때, 이년아! 물 마시니 정신이 나?"

아라이는 대답이 없었다. 두어 번 더 호통을 치던 와타나베가 말이 없는 아라이의 얼굴에 세 번쯤 따귀를 날렸을 무렵, 갑자기 아라이가 축 늘어지며 바닥으로 미끄러졌다.

투시 유리를 통해 지켜보던 수사관들은 아라이의 미끄러지는 모습이 이상하다는 생각과 함께 불안한 느낌에 휩싸였다.

"일어나란 말이야! 차렷!"

그러나 와타나베는 쓰러진 아라이를 보고도 고함을 지르고 있었다.

"경시정님, 멈춰요!"

급히 조사실로 뛰어든 수사관들은 와타나베를 거칠게 밀어 내고 바로 아라이의 코에 손을 대보았다. 다행히 숨도 붙어 있고 의식도 있었다. 곧이어 들이닥친 수사부장의 분노에 찬 목소리와 함께 와타나베의 얼굴에 따귀가 날아갔다.

"이 멍청한 놈 같으니!"

다행히 아라이의 자살 기도를 일찍 발견하고 위세척을 한 결과 생명에는 지장이 없었다. 마음이 여린 아라이는 가네히로가 아무 말도 없이 연락을 끊어 버리자 실연에 괴로워하며 약을 가지고 다니던 참이었다.

수사부장은 즉각 와타나베를 대기발령 내고 아라이를 찾아가 사과를 했다. 아라이는 노회한 수사부장의 눈물 섞인 설득에도 아무런 말이 없었다.

"모든 게 끝났어. 이제 모든 게 끝이야."

다음 날 아침 다나카 앞에서 수사부장은 두 손으로 머리를 감싸고 절망적인 목소리로 말했다.

"제가 해보겠습니다."

"뭐라구? 지금 또 아라이를 신문한다고? 안 돼! 아라이가 입만 벌리면 나는 끝이야, 파면이라구."

"부장님 파면은 다음 문제고 저는 우선 수사를 해야 합니다."

다나카는 아랑곳하지 않았다.

"다나카, 무슨 방법이 없겠나? 내가 살아날 길 말이야."

"지금 수사를 하면 별문제가 없을 겁니다."

"뭐라구? 그게 무슨 말이야? 아라이는 지금 감정이 극도로 복받쳐 있는데."

"그러니까 더더욱 지금 수사를 해야 한다는 겁니다."

"아라이는 자살을 하려고 했어. 다나카, 자네 지금 나를 끝장낼 셈인가?"

다나카는 고개를 가로저었다.

"아라이는 와타나베의 신문 때문에 자살하려던 게 아니었습니다. 세상에 신문당하는 것이 두려워 약을 숨기고 다니는 사람이 어디 있습니까?"

수사부장은 뭔가 퍼뜩 떠오르는 게 있는지 다나카의 두 눈을 정면으로 응시했다.

"가만, 그러면 아라이가 혹시 공범이 아닐까? 그래서 자살하려고?"

"아닙니다. 범인은 세 여자로부터 조금씩 정보를 빼냈습니다. 한 가지 이유는 의심을 받지 않기 위해서이고, 또 한 가지 이유는 여자들을 보호하기 위해서였습니다. 범죄가 되지 않을 정도

황태자비 납치사건

로만 이용한 거죠. 납치범은 교활하면서도 세 여자를 배려한 인
정미 있는 작자인 겁니다."

부장은 실망한 듯 기가 빠진 목소리로 물었다.

"그런데 왜 아라이는 약을 가지고 다녔던 거지?"

"범인을 사랑했으니까요. 아마 세 여자 모두 그랬을 겁니다.
저 여자들은 지금 환상에 의해 지배당하고 있습니다. 그 환상을
깨주기만 하면 아는 대로 다 얘기할 겁니다."

"그래?"

부장은 다나카의 말에 일리가 있다고 생각했다.

"그러니 지금 신문해야 합니다. 괴로울 때이기 때문에 조금만
흔들어도 무너질 겁니다."

"다나카, 역시 자네는 달라. 부디 잘 좀 해봐. 날 살려 주게."

다나카는 여자들을 모두 같은 방에 모으도록 지시했다. 비록
피의자 신분으로 연행돼 오긴 했지만 빼어난 미모의 세 여자가
모이자 조사실은 눈이 부실 정도였다.

하얀 원피스 차림에 오똑 선 콧날이 보기 좋은 요시코, 순백
색의 치아에 덧니가 매력적인 미치코, 금방이라도 울음을 터뜨
릴 것 같은 순진한 얼굴의 아라이. 모두가 한번 보면 쉽게 눈길
을 떼지 못할 정도로 매력적이었다.

다나카는 깔끔한 정장 차림으로 조사실로 들어갔다. 그는 아
라이에 대해 전혀 내색하지 않고 다른 두 여자와 똑같이 대했다.

"여러분, 먼저 한 가지 생각해 볼 일이 있습니다."

아라이는 차가운 얼굴로 눈길조차 돌리지 않았다. 그러나 요시코와 미치코는 갑자기 달라진 분위기를 느끼며 이번엔 또 어떤 사람인가 하는 눈길로 다나카를 주시했다. 다나카는 먼저 아라이에게 물었다.

"아라이 씨, 범인이 왜 황태자비를 납치했다고 생각합니까?"

"몰라요. 그걸 제가 어떻게 알 수 있겠어요?"

역시 얼음장 같은 목소리였다. 그러나 다나카는 개의치 않고 침착하게 말했다.

"거두절미하고 결론부터 얘기하면, 그는 아라이 씨를 도구로 이용했다는 겁니다. 그의 진짜 마음은 황태자비께 가 있습니다. 생각해 보세요. 마사코 황태자비, 그분은 황태자비이기 이전에 매력적인 여자입니다. 모든 일본 남자들이 연모하는 이상형이죠. 좋은 집안에 도쿄대학과 미국의 하버드대학을 졸업한 재원입니다. 그 어려운 외교관 시험도 우수한 성적으로 통과했고, 결혼하기 전에는 외교관으로 두각을 나타냈던 여자입니다. 모든 남자들이 바라는 현명한 여성이죠. 납치범은 세 분을 이용해서 자신의 이상형인 황태자비를 납치한 겁니다."

"……."

"나는 이런 종류의 인간을 잘 알고 있습니다. 범인은 황태자비로서의 마사코를 납치한 것이 아니라 엘리트 여성으로서의 마사코를 납치한 겁니다. 범인은 황태자비의 우아함이 그 학력과 지식에서 나왔다고 생각하는 것이죠. 범인은 일종의 지적 차별주의자입니다. 그자는 여자에게서 미모 이상의 것, 즉 학력과 지

황태자비 납치사건

성을 추구하는 겁니다. 이런 조건을 갖춘 여자에 대해서 범인은 목숨이라도 거는 자입니다. 하지만 그렇지 않은 여자에게는 전혀 중요성을 느끼지 않죠. 차가운 마음으로 철두철미하게 이용만 하는 겁니다."

"……."

"잘 생각해 보세요. 범인이 왜 그렇게 황태자비께 집착했는지. 만날 때마다 범인은 여러분에게 황태자비에 대한 정보를 집요하게 요구했을 겁니다. 좋은 정보를 가지고 온 날은 잘해 주고, 그렇지 않은 날은 어딘지 모르게 마음을 불편하게 하지 않던가요?"

두 여자는 그다지 동요하지 않는 듯했지만 아라이의 옷깃은 가늘게 떨렸다.

"범인은 황태자비를 사랑했고, 그 사랑을 위해 여러분을 이용한 겁니다."

다나카의 차분한 말에 아라이는 조금씩 흔들렸다. 이제껏 자신은 황태자비를 일본이라는 나라의 상징으로만 받아들였고, 애국이라든지 하는 단어는 자신과는 무관하다고 생각했다. 그러나 지금 다나카의 말을 듣자 황태자비가 한 사람의 여성으로 다가오기 시작했다. 같은 직장의 미치코나 요시코에게 느꼈던 경쟁심 같은 것은 문제가 아니었다.

아라이는 자신의 경쟁 상대가 외국 명문대학에서 유학한 재원이라고 생각하자 겨우 고졸 학력인 자신이 너무 초라하게 생각됐다. 어떤 남자라도 자신보다는 황태자비를 택할 것이었다.

"지금 아라이 씨는 자신도 모르는 사이 범인의 납치 행각을 도운 공범이 되어 있습니다. 빨리 그 누명을 벗어야 합니다. 사실 그대로만 진술해 준다면 우리는 아라이 씨가 이 사건과 직접적인 관련이 없는 것으로 생각할 겁니다. 그러나 그렇지 않을 경우 우리는 어쩔 수 없이 아라이 씨를 공범으로 구속할 수밖에 없습니다."

다나카는 최후통첩과도 같은 말을 마치고 자리에서 일어났다. 그리고 문을 열고 나가려는 순간 아라이의 힘없는 목소리가 들렸다.

"그의 요구사항이 뭐래요?"

"요구사항은 없습니다. 그게 무엇을 뜻하는지 아시겠죠?"

"……."

"그는 자신의 이상형인 황태자비를 수중에 넣었습니다. 범인의 목적은 그것으로 이미 이루어진 겁니다."

"아……."

아라이는 이제 완전히 무너졌다. 나머지 두 여자도 마찬가지였다. 황태자비를 자신들의 남자에 대한 경쟁 상대로 이끌어 내자 세 여자는 모두 가네히로에 대한 배신감과 황태자비에 대한 열등감에 사로잡혔다.

이미지 조작

　납치범에 대한 여자들의 인상은 일치했다. 가네히로 요시아키라는 그 남자는 신사적이었고 다정다감했으며 무엇보다도 대단한 미남이었다. 나이는 스물일곱, 작가 지망생이었다.

　세 여자 모두 비슷한 시기에 그를 사귀기 시작했고, 일주일에 한두 번 정도 만나서 데이트를 했으며, 범인이 요구하는 대로 황태자비에 대한 정보를 전해 주었다.

　범인은 자신이 소설을 쓰기 위해 황태자비에 대한 정보가 필요하다고 얘기했으며, 누구도 그 사실에 대해 의심하지 않았다고 했다. 여자들이 가네히로에 대해 이성적으로 사고하고 냉철하게 관찰하기에는 그의 외모가 너무 준수했고, 또 그녀들을 위해서 온 정성을 다했기 때문에 먼 미래까지 기대하고 있었다.

　그러니 여자들은 그가 황태자비를 납치하기 위해 자신들을 이용한다고는 꿈에도 생각하지 못했던 것이다.

　"그가 어디에 사는지 알고 있습니까?"

　"우에노의 오피스텔에 산다고 했지만, 오피스텔이 어디냐고 물으면 정확하게 대답하지 않았어요. 한 번도 그의 집에 가본 적은 없었어요."

이제 세 여자는 수사관의 질문에 아는 대로 순순히 대답했다.

"그의 전화번호는요?"

"핸드폰으로만 연락했어요."

"핸드폰 번호는요?"

세 여자가 일러 준 핸드폰 번호는 물론 일치했다.

"좋습니다. 모두 피곤할 텐데 휴식을 좀 취합시다."

수사관들은 이제야 사건이 풀려 간다고 쾌재를 불렀다. 그리고 범인의 핸드폰 번호를 확인하자마자 급히 전화국으로 출동했다.

"이제야 단서를 잡을 수 있겠군."

모리는 주먹을 불끈 쥐었다.

"그래, 그 핸드폰 번호 하나로 범인이 잡힐 것으로 보이나?"

다나카의 목소리를 듣는 순간 모리는 기대했던 결과에 대해 불안함을 느꼈다. 아니나 다를까, 출동했던 형사들은 힘없는 걸음으로 돌아왔다.

"이 번호로 등록된 가네히로 요시아키라는 자는 없었습니다."

범인의 인적사항은 허위로 기재되어 있었던 것이다.

"전화요금이 자동이체되는 은행 구좌도 확인해 봤나?"

모리는 마지막 한 가닥의 기대로 물었다.

"네, 그런 이름은 어디에도 없었습니다."

"그렇다면 그자는 어떻게 핸드폰을 신청하고 요금을 결제했단 말이지?"

"그 핸드폰의 주인이 누구로 되어 있는지 아세요?"

모리는 무슨 소린가 싶어 또 다른 부하의 얼굴을 멍하니 바라보았다.

"아라이, 바로 그 여자예요."

"아라이?"

"네, 범인의 애인으로 연행되어 온 여자 말이에요."

"그럼, 요금 결제는?"

"그것도요."

"그렇다면 아라이가 핸드폰도 신청해 주고 요금도 내고 있었단 말인가?"

"바로 그렇습니다."

"세상에!"

모리는 입이 딱 벌어졌다.

"아라이를 데리고 와."

아라이는 무슨 일인지 이미 간파한 모양인지 고개를 푹 숙이고 들어왔다.

"아가씨가 가네히로 요시아키의 핸드폰을 사주고 요금도 대신 지불해 왔나?"

"네."

"그럼 아까 왜 말 안 했어?"

"말하려고 했는데 워낙 서두르시는 바람에 말할 기회가 없었어요."

"내 참, 기가 차서."

모리는 갑자기 무언가가 떠올랐는지 부하에게 급히 물었다.

"핸드폰의 통화 내역은 뽑아 왔겠지?"

그러나 희망 섞인 모리의 얼굴을 향해 돌아온 목소리는 다시 한 번 그의 기를 꺾어 놓고 말았다.

"네. 하지만 아무것도 없습니다."

"무슨 얘기야?"

"그 핸드폰은 오직 세 여자와 통화하는 데만 쓰였을 뿐입니다. 다른 사람과 통화한 적은 한 번도 없었습니다. 심지어는 안내전화 한 번 안 걸었을 정도입니다."

그제야 모리는 물론 곁에서 듣고 있던 수사부장까지도 범인의 치밀함에 당황스러워했다. 수사부장은 결국 다나카가 추리한 계획된 범행의 실체를 깨닫고, 이 사건에 다나카가 없었다면 단한 조각의 단서 부스러기도 잡을 수 없다는 사실을 통감했다.

"앞으로는 자네의 뜻을 따르겠네."

"그렇다면 이제 불법 수사는 절대 없어야 합니다. 맹세하시겠습니까?"

"물론이야. 이 사건 끝날 때까지 불법 수사란 죽어도 없네."

"부장님, 그래야만 범인을 잡을 수 있습니다. 이것은 우리 생각보다 훨씬 복잡한 사건입니다. 가네히로는 세 여자를 동시에 속였습니다. 소설을 쓰기 위해 황태자비에 대해 알아야 한다는

　　　　　　　　　황태자비 납치사건

논리, 간단하지만 얼마나 자연스럽고 완벽합니까? 지금까지 납치범이 보여 온 수법은 하나하나가 너무도 자연스럽고 치밀하게 계획된 겁니다. 수많은 시간에 걸쳐 공을 들이고 도상 연습을 거쳐 자행된 범죄입니다. 솔직히 저는 범죄 현장을 봤을 때 그런 곳에서 황태자비가 납치당했다는 사실이 도무지 믿기지 않았습니다. 그러나 그는 납치를 했습니다. 범인 검거는 생각보다 시간이 오래 걸릴지도 모릅니다."

"그러면 그간 황태자비가 위험에 빠지지 않을까?"

"그렇지는 않을 겁니다."

"다나카 경시정, 범인은 세 여자를 번갈아 가며 만났어. 그걸로 본다면 그자가 황태자비를 납치한 것은 여성편력 때문일 수도 있지 않을까?"

다나카는 말없이 고개만 가로저었다. 그러나 수사부장은 미련이 남는지 그냥 물러서려 하지 않았다.

"범인은 스물일곱 살의 미남자라고 하지 않았나? 거기에서 그자의 주된 관심사가 무엇인지 짐작할 수 있지 않을까?"

"그것은 좀 더 조사해 본 다음에 판단하시죠."

다나카는 부장의 문제 제기에 간단하게 대답하고 끝냈다. 지금 부장의 심정은 어떤 논리로도 안정시킬 수 없다는 것을 다나카는 너무도 잘 알고 있었다.

다나카는 세 여자를 다시 한자리에 모았다. 모리는 그 점이 납득하기 어려웠다. 수사란 것은 한 사람 한 사람씩 해야 피의자든 증인이든 남의 눈치 안 보고 사실대로 말하는 법인데, 다나카는 기본적인 수사의 원칙조차 무시하고 있었던 것이다. 모리는 여느 수사관과는 다른 다나카의 일거수일투족에 주의를 집중했다.

세 여자는 다나카의 설명을 듣고 놀라지 않을 수 없었다.

"어머, 설마 그가 그렇게까지……."

"그래요. 애초부터 가네히로에게는 사랑 같은 것은 없었습니다."

다나카의 설명에 여자들은 분노를 삭이는 모습이었다. 여자들은 자신들이 가네히로에 대해 모든 것을 알고 있다고 생각해 왔지만 사실은 아는 게 아무것도 없었던 것이다. 경시청 안가에 와서야 자신들이 범인에 대해 너무도 무지했다는 것을 깨달았다.

"여러분들에게 일러 준 이름조차 가짜입니다."

다시 신문이 시작되었을 때 여자들은 이제까지와는 달리 수사에 적극적으로 협조했다.

"그가 자신을 작가 지망생이라고 말했다고 했죠?"

"네."

아라이가 분노와 자포자기가 겹친 힘없는 목소리로 대답했다.

"미치코 씨에게는 뭐라고 말했나요. 자신의 직업을?"

"소설가라고 했습니다."

"요시코 씨에게는요?"

"네, 비슷해요. 저에게도 소설을 쓰려 한다고 말했어요."

다나카는 잠시 무언가를 생각하다 다시 캐물었다.

황태자비 납치사건

"작가 지망생이라는 그의 말을 들었을 때 느낌이 어땠습니까? 뭔가 좀 이상하던가요, 아니면 아주 자연스럽던가요?"

세 여자는 서로의 얼굴을 쳐다봤다.

"이상하네요. 지금 생각하니 두 가지 느낌이 다 들었던 것 같아요. 자연스럽기도 하고 이상하기도 하고……."

미치코의 대답에 두 여자도 같이 고개를 끄덕였다.

"먼저 어떤 점이 자연스러웠죠?"

"그는 정말 작가 같았어요. 그가 작가라고 말했을 때 저는 내가 짐작했던 것이 맞았구나 하고 생각했으니까요. 저는 그의 직업이 작가이거나 아니면 그쪽 분야의 문화 활동에 종사하는 사람일 거라고 생각했거든요. 그에게서 그런 느낌을 받았어요."

"나머지 두 분도 같은 생각이었나요?"

두 여자 역시 고개를 끄덕였다.

"이상하군요. 그가 그토록 잘생긴 남자라면 작가보다는 배우나 모델 같은 직업이 더 어울릴 거라고 생각했을 것 같은데?"

"배우같이 가벼운 느낌이 드는 사람은 분명 아니었어요."

다나카는 고개를 끄덕였다.

"세 사람 모두 작가라는 그의 직업이 자연스러웠다면, 그가 자신을 작가라고 마음 놓고 얘기했다는 것엔 간단치 않은 이유가 있을 것 같군요. 단순히 여러분들에게 황태자비에 대한 정보를 의심받지 않고 빼내려는 그 이상의 무언가가 말입니다."

세 여자는 다나카의 말이 이해되지 않아 서로의 얼굴만 쳐다보았다.

"이번에는 요시코 씨가 대답해 보시죠. 범인이 자신을 작가라고 했을 때 어떤 점이 이상하게 느껴졌죠?"

"저는 그가 글을 쓸 정도로 어휘력이 풍부하다는 생각은 들지 않았어요. 어떤 때는 보통 사람이 잘 쓰지 않는 어려운 말도 하지만, 간혹 아주 쉬운 단어조차 잘 몰랐거든요. 그래서 종종 이상하다, 작가가 어떻게 어린애도 아는 그런 말조차 모를까 하고 생각했죠. 언젠가 한번은 제가 그에게 물어보았어요. 어째서 그렇게 쉬운 말도 모르느냐고, 혹시 유치원도 안 나온 게 아니냐고요. 그때 저는 웃자고 한 말이었는데 의외로 그는 무척 당혹스러워했어요. 그래서 얼른 화제를 딴 데로 돌렸는데 지금 생각하니 좀 이상하네요. 그전까지는 대수롭지 않게 생각했는데 막상 질문을 받고 보니 이상한데요."

요시코의 말이 끝나기가 무섭게 다나카는 급히 물었다.

"가네히로는 사귀는 내내 그렇게 어휘가 부족하고 쉬운 말조차 잘 몰랐나요?"

"그런 건 아니에요. 처음 만났을 무렵에는 좀 어눌했는데 차츰 만날수록 어휘가 풍부해졌어요. 작가답게 말이에요."

다나카는 고개를 끄덕였다. 요시코 앞에 있던 모리가 비아냥거리는 투로 물었다.

"작가가 되려는 이가 그렇게 어휘력이 부족했다면 이상했을 텐데 왜 의심 한번 안 해봤죠?"

"그때는 꿈에도 그런 생각을 하지 못했어요. 그가 진심으로 나를 사랑한다고 생각했거든요. 그리고 작가 지망생인 그가 멋

황태자비 납치사건

있게만 보였어요."

모리는 혀를 끌끌 찼다. 그러나 다나카는 그녀의 말이 옳다고 생각했다. 지금이야 황태자비 납치사건이 발생하고 그자가 범인으로 지목되니 그렇지, 그 당시는 누구의 의심도 받을 이유가 없었을 것이다. 가네히로는 아주 매끄럽게 자신에 대한 각종 이미지를 조작해 냈을 것이고, 따라서 세 여자 모두 그에 대한 인상이 비슷했을 것이다.

단서가 될 만한 더 이상의 내용은 나오지 않았다. 다나카는 조사실을 나왔다. 조사실 앞에서 기다리던 수사부장은 다나카의 입에서 무슨 말인가 떨어지기를 기대했지만, 그는 아무 말도 하지 않고 안가를 나가 버렸다.

다나카는 안가에서 나와 마치무라를 만나러 갔다. 자동차를 타고 이동하는 도중 관계에 있는 동창과 통화해 마치무라에 대한 몇 가지 정보를 수집했다. 동창은 마치무라가 과거 국정 교과서 파동의 장본인이라는 사실과 지금은 '새 역사교과서를 만드는 모임'에 은밀히 관여하고 있다는 사실을 알려 줬다.

KBS 음모

마치무라는 자신이 황실 요인의 납치를 예고하는 편지를 받고도 대응하지 못한 것에 대해 깊이 후회했다.

"나는 그 상징 인물이 오직 천황 폐하를 의미한다고만 생각했소. 그래서 믿을 수가 없었소. 천황 폐하를 납치한다는 건 있을 수 없는 일이니까. 황당한 얘기에다 음모 운운하는 편지를 공개하는 것도 우스운 일이라 대수롭지 않게 여겼소."

"그런데 그 편지를 보낸 자들이 주장하는 KBS 음모란 도대체 뭡니까?"

"낸들 어떻게 알겠소?"

마치무라는 음모라는 단어에 대해 다시 한 번 거부감을 나타냈다.

"음모든 뭐든 좌우간 그 KBS란 무엇을 말하는 겁니까?"

마치무라는 황태자비의 수사상 어쩔 수 없이 다나카를 만나기는 했지만 내밀한 사정을 말하기는 꺼려지는 모양이었다. 다나카는 그것이 황태자의 지시가 작용한 때문이라는 생각이 들었다.

"음, 그 편지를 받던 무렵 우리가 계획했던 일이 있었소. 후소 샤의 역사교과서와 관련된 일이었소."

"잠깐. 우리라면 문부과학성을 말하는 겁니까?"

"문부과학성뿐만이 아니오. 더 넓은 의미요."

"황실도 포함됩니까?"

"가쿠슈인 교수 다수가 참가하고 있으니……."

가쿠슈인이란 일본의 천황가나 상류층의 자제들만이 다니는 대학이었다. 다나카는 묵묵히 고개를 끄덕였다.

"새 역사교과서가 완성될 무렵 문부과학성 검증을 받기 위해 대기 중이었는데, 돌연 〈아사히신문〉이 물고 늘어졌소. 교과서의 내용이 적절치 않으니 문부과학성에서 통과시켜서는 안 된다는 내용의 기사를 톱으로 실었던 거요. 그러자 평소 새 교과서를 못마땅하게 여기던 자들이 대거 들고일어나 거센 비판을 했소."

"그래서요?"

"우리는 새 역사교과서가 모두의 축복을 받으며 화려하게 등 장하기를 바랐소. '새 역사교과서를 만드는 모임'은 5년 전부터 전국에 47개의 지부를 두고 식자층 회원만 해도 1만 명이 넘는 규모였소. 수백 명의 교수들이 5년간 전국을 누비며 새 역사교 과서의 필요성과 당위성을 주장한 결과, 전국의 초중고 교사들 이 무서운 속도로 힘을 합하기 시작했던 것이오. 우리는 이 교과 서의 성공을 확신했소. 왜냐하면 이 교과서의 등장을 알리기 위 해 쓴 니시오 회장의 『국민의 역사』가 100만 부 넘게 팔렸기 때문이오. 일본의 영광은 되살아나고 있었소. 물론 문부과학성의 통과도 확실했소."

당연한 일이었다. 국정 교과서 파동 때의 직원들이 그대로 있는 데다가 '새 역사교과서를 만드는 모임'의 이론가인 도쿄대학교 후지오카 교수의 제자들이 문부과학성의 요직을 독차지하고 있는 상황이었으니 말이다.

다나카는 놀라지 않을 수 없었다. 검인정 교과서 하나를 만들고 통과시키는 데 이렇게 엄청난 세력이 깊이 관여하고 있을 줄은 생각지 못한 일이었기 때문이다.

"이것은 단순한 교과서가 아니오. 자학의 역사를 버리고 자랑의 역사를 되찾기 위해 일본을 움직이는 거인들이 힘을 합해 만들어 낸 56년 만의 대역사란 말이오."

다나카는 고개를 끄덕였다.

"그런데 생각지도 않았던 반대의 물결이 거세게 일었고, 그래서 우리는 논의를 거듭한 끝에 한 가지 묘안을 쓰기로 했소."

"그게 KBS 음모군요."

"음모가 아니라 계획이오."

"……."

"KBS란 한국의 국영방송을 말하는 거요."

"알고 있습니다."

"우리는 마침 한국의 KBS가 모리 총리와의 인터뷰를 요청한 사실을 기회로 이용하기로 했소."

"후소샤의 역사교과서를 위해 한국 방송인 KBS를 이용한다

황태자비 납치사건

구요?"

"그렇소."

"어떤 방법이었습니까?"

"결국 문제는 여론이오. 일본 국민들의 여론 말이오."

"그런데요?"

"모리 총리는 KBS와의 인터뷰에서 아주 단호한 어조로 독도
는 우리 일본의 영토라고 선언했소."

"……."

"한국인들이 그 방송을 보면 모두 거리로 뛰쳐나오게 되어 있
었소. 흥분한 국민들, 반일 데모, 여론에 쫓긴 정부, 외교 파탄.
생각을 해보시오."

다나카는 그제야 음모의 실체를 알 수 있었다.

"그렇게 일본의 반응을 이끌어 낸다는 얘기군요."

"바로 그거요. 한국인들의 반일 감정보다 강한 게 일본인들의
혐한 감정이오. 한국인들은 일본인이 싫다는 말을 자주 하지만
막상 일본인들을 만나면 친절하기 그지없소. 손님으로 반갑게
대한단 말이오. 그러나 일본인들은 결코 한국인들이 싫다는 말
을 입 밖에 내진 않지만 한국인에게는 집도 빌려주지 않소."

다나카는 혀를 차지 않을 수 없었다. 한국인들이 들고일어나면
일본인도 들고일어나는 현상을 이용하여 후소샤 교과서를 화려하
게 등장시킨다. 그걸 위해 총리가 한국과의 인터뷰에서 독도가 일
본 영토임을 선언한다. 무서우리만치 섬뜩한 음모였다.

"그런데 제 기억으로는 한일 양국이 최근 독도 문제로 거세게

대립했던 적은 없는 것 같은데요."

"그렇소. 어떻게 된 영문인지 한국의 KBS에서는 모리 총리와의 인터뷰 중 문제의 그 발언을 빼고 방송에 내보냈소. 대신 날아온 것이 바로 그 편지요."

"그들이 음모를 중단시켰다는 얘기군요."

"그래서 우리는 KBS에 왜 인터뷰를 온전히 다 방영하지 않았느냐고 항의했소. 생각해 보시오. 한 나라의 총리에게 부탁하여 기껏 인터뷰를 해놓고 자기들 마음대로 편집을 한다면, 국제 신의에 어긋나는 일 아니오?"

"KBS에서는 뭐라고 했습니까?"

"처음에는 여러 이유를 대다가 결국 나중에는 이렇게 대답했소. 일본에서 신원 미상의 어떤 사람이 전화를 걸어와서는 우리의 계획을 알려 줬다는 거요. 그래서 일리가 있다고 생각되어 그 부분을 편집했다면서 오히려 우리에게 항의를 해왔소. 인터뷰를 그렇게 악용할 수 있느냐고 말이오."

"부끄러운 일이군요."

"부끄럽다니? 그렇지 않소. 정치 외교 아니오? 좌우간 우리 대화의 핵심은 그게 아니니 계속 본론이나 얘기합시다. 내 말은 그때 KBS로 전화를 걸었던 인물, 그 사람을 추적하면 황태자비를 찾을 수 있다는 거요."

다나카는 고개를 가로저었다. 그가 증거를 남겼을 리 없었다. 다만 마치무라의 진술은 범인의 성향을 가늠하는 데 큰 도움이 되었다.

"그 편지를 제가 가져가도 될까요?"

"그건 곤란하오."

어차피 컴퓨터로 작성한 편지였기에 필적 감정에도 도움이 되지 않을 터라 다나카는 그냥 자리에서 일어났다.

"혹시 더 생각나는 게 있으면 연락 주십시오."

"알았소. 하지만 무엇보다 중요한 것은 보안 유지요."

"알겠습니다."

돌아오는 길에 다나카는 황태자비 납치사건은 신국사관을 타파하고자 하는 사람들의 주변에서 일어났을 가능성이 높다는 생각을 했다. 그렇다면 일본인 외에 한국인이나 중국인도 수사 대상에 포함될 수 있을 것이다.

긴급 수사 회의

일본 전 경찰과 공무원에 의해 대대적으로 개시된 전국적인 황태자비 수색 작업은 나흘째 아무런 성과가 없었다. 그들은 가가호호를 방문하여 수사 협조전을 전달할 뿐 아니라 은밀히 집안 형편을 살피는 한편 약간이라도 의심이 가는 집에 대해서는 영장 없이도 노골적으로 조사하곤 하는 형편이었다.

그럼에도 불구하고 사람들은 별 불평 없이 조사에 적극 협조했다. 그만큼 황태자비 납치에 대한 일본인들의 당혹감은 컸고, 사건 해결에 대한 염원도 컸던 것이다.

경찰은 일단 경호팀 팀장을 비롯해 당시 현장에 출동했던 모든 경호원들을 구속했지만 그것만으로는 여론의 압력을 버텨낼 도리가 없었다. 〈산케이신문〉의 구로다 기자가 앞장서서 여론몰이를 해댄 결과 경시총감은 본인의 의지와는 상관없이 중도 사임하고 말았다.

새로 임명된 경시총감이 주재한 긴급 수사 회의는 분위기가 무거울 수밖에 없었다. 누구보다도 세 여자에게서 무언가를 잔

황태자비 납치사건

뜩 기대했던 수사부장의 얼굴에는 근심이 가득했다.

"이 급한 판에 다나카 경시정은 왜 연락이 없나?"

"아마 전화기를 꺼놓은 모양입니다."

"이런 참, 계속 연락해 봐. 연결이 될 때까지."

수사부장은 불안한 마음으로 신임 경시총감 및 경찰 간부들을 상대로 브리핑을 시작했다. 이 회의장에는 검찰에서 온 납치 사건 전문가들도 있었다. 경시총감은 수사부장의 브리핑을 하나하나 수첩에 메모하며 거듭 확인했다.

"그간 밝혀진 점은 우선 납치범이 여자가 아닌 여장 남자란 사실이다. 그건가?"

"그렇습니다."

"그 남자는 스물일곱 살의 가네히로라는 자고."

"네."

"범인이 황태자비의 동창인 고마코라는 여자가 다니는 회사의 세 여자를 통해 황태자비에 대한 정보를 얻어 냈는데, 아무도 그 남자의 정체에 대해서는 자세히 알지 못한다는 말이지?"

"그렇습니다."

"범인은 자신이 우에노의 오피스텔에 산다고 했지만 그곳의 어떤 오피스텔에서도 범인의 몽타주를 보고 알아보는 사람이 없었다는 얘기고."

"네."

"그럼 그자가 황태자비께 편지를 보내고 가부키자에 나타난 자와 동일 인물인가?"

"그것은 아직 정확하게 확인되지는 않고 있습니다. 다만 그럴 걸로 짐작은 하고 있습니다."

"어떤 근거에서 그렇게 생각하는 거지?"

"수법 때문입니다. 가부키자에서 황태자비를 납치한 자도 대담하리만큼 자연스러운 범행 수법을 보였고, 세 여자를 만나 황태자비에 대한 정보를 캐낸 자도 세 여자가 눈치채지 못할 만큼 자연스럽게 관계를 유지했기 때문입니다."

"음, 둘의 몽타주 사이에 일치하는 점은?"

"몽타주 비교는 실패했습니다. 가부키자에 나타난 자의 모습이 워낙 괴이했기 때문입니다. 여장은 그렇다 치더라도 워낙 진하게 화장을 하고 있어 얼굴의 윤곽을 제대로 파악하기가 어려웠던 것 같습니다."

"그리고 다나카 경시정은 이번 사건에 공범이 있다고 생각한다는 거고."

"네, 그렇습니다."

"다나카 경시정의 말에 따르면, 가네히로라는 자가 주범인지 공범인지는 확실하지 않군."

"……."

회의장에는 잠시 침묵이 흘렀다. 그 이상은 밝혀진 게 없었기 때문이다.

"다나카 경시정은 지금 도대체 어디 있나?"

신임 경시총감은 주변을 둘러보다 다시 수사부장에게 다나카의 소재를 물었다.

"저어, 그게 아직 확인이 되지 않고 있습니다."

"뭐야?"

경시총감이 갑자기 언성을 높였다.

"조금 전 참고인에 대한 조사를 마치고 외출했습니다."

경시총감은 못마땅한 표정이었다. 다나카가 이 자리에 있으면 물어보고 싶은 게 한둘이 아닌데 그가 없다니. 결국 수사 회의는 그렇게 끝나고 말았다.

선정적인 기사

스캔들 전문 잡지 《핑크》의 사장 겸 편집장인 기쿠지는 하루 종일 기자들을 닦달했지만 아무런 성과가 없자 화가 머리끝까지 솟구쳤다.

"이 밥통들아! 이러고도 너희들이 기자야? 지금 이건 천 년에 한 번, 아니 만 년에 한 번 있을까 말까 한 엄청난 사건이야. 무슨 톱 탤런트가 어쩌고저쩌고하는 저질 기사가 아니란 말이야. 1년을 써대도 다 못 쓸 그런 엄청난 기산데, 사건 발생 며칠이 지나도록 기사 하나 못 만들어 내는 너희 놈들도 기자라고 할 수 있어! 내일부터 너희들 전부 나오지 마. 너희 같은 놈들은 공사장에 가서 벽돌이나 날라야지 기자라고 폼 잡고 다닐 자격이 없는 놈들이야."

기자들은 모두 고개를 푹 숙인 채 뭐라고 대답해야 할지 몰라 전전긍긍하고 있었다.

"내가 너희들에게 사건의 전모를 다 알아 오라는 게 아니잖아. 최소한의 사실, 아니 사실이 아니라도 괜찮아. 언제 우리가

황태자비 납치사건

사실 가지고 기사 썼어? 최소한의 근거, 아니 솔직히 말하면 꼬투리 말이야. 그 꼬투리 하나만 물어 오란 말이야. 꼬투리 하나면 다 되잖아. 얼마든지 써제낄 수 있잖냔 말이야. 가령 범인이 젊은 남자다 하는 정도라도 괜찮아. 수사본부에서 범인이 남자라고 했으면 대충 윤곽을 잡고 있단 얘기 아냐? 자세한 건 몰라도 최소한 대략의 나이 정도는 알 수 있잖아. 그런데 지금 너희들은 범인이 젊은 놈인지 늙은 놈인지조차 확인을 못하고 있으니. 한마디만 해줘. 범인은 젊은 남자다라고 말이야. 그러면 한 시간 만에 일주일 치를 다 팔아 버릴 기사를 쓸 수 있잖아."

편집장은 잠시 숨을 고르고는 다시 말했다.

"'황태자비 젊은 남자에게 납치되다'라고 제목만 뽑고 그 밑에는 황태자비를 짝사랑한 한 젊은이의 목숨을 건 납치극, 지금 그들은 어디에서 뭘 하고 있나, 과연 황태자비는 황실의 위엄을 지켜 낼 수 있을까, 아니 그 이전에 연약한 자신의 한 몸을 지켜 낼 수 있을까, 범인은 사디스트일까, 아니면 어린 시절부터 황태자비를 짝사랑한 주변 친구일까, 아니면 미국 유학 시절 황태자비에게 무슨 일이 있었을까 등 얼마든지 쓸 수 있잖아. 나오는 즉시 매진이야. 그런데 그 한 줄, 오직 한 줄을 뽑을 수 있는 최소한의 근거도 너희들은 못 찾아 온단 말이야, 이 밥통들아!"

편집장의 호통에 기가 질린 기자들 중 이케다가 슬그머니 고개를 들며 특유의 쉰 목소리로 말했다.

"편집장님, 그냥 젊은 남자로 내버리시죠. 어차피 노털들이 그런 일을 벌일 수 있는 것도 아니고……."

편집장의 눈초리가 이케다의 얼굴에 화살처럼 꽂혔다.

"뭐? 임마, 너 지금 나하고 농담하자는 거야? 만약에 그랬다가 어떤 정치 단체나 황실에 유감을 가진 노땅이 했다고 밝혀지면 우리 잡지 망하는 건 말할 것도 없고 나도 형무소 가야 되는데, 네가 대신 가줄래? 이 건달놈아!"

이케다의 목소리가 기어들어 가면서 한 번 더 편집장의 비위를 긁었다.

"제 생각으로는 틀림없이 이번 일은 젊은 남자가 저질렀을 것 같습니다. 만약 정치 단체나 황실에 유감이 있는 노땅이 일을 저질렀다면 즉각 무슨 요구나 발표를 하지 않았을까요? 아마 지금 그 작자는 은밀한 곳에 황태자비를 가두고 나름대로 황태자비에 대해 품어 왔던 꿈을 실현하고 있을지 모를 일이라는 얘깁니다."

편집장은 이케다를 향해 손에 잡히는 대로 물건들을 마구 집어던졌다.

"납치범이 너 같은 놈인 줄 알아? 이 정신병자 같은 놈아!"

순간 편집장의 눈에 프리랜서인 하루코가 급한 걸음으로 문을 열고 들어오는 것이 보였다. 하루코는 대학을 졸업하자마자 《핑크》에 기고하기 시작하여 주로 특집 기사를 써왔는데, 여느 큰 신문사의 민완 기자 못지않은 재능이 있었다.

하루코 본인의 말에 의하면 큰 신문사의 입사 시험에도 합격했지만 이런저런 스캔들을 잡지에 내는 것이 더 재미있어 《핑크》를 위해서 일한다고 했다. 편집장은 이런 하루코를 매우 아꼈다.

하루코는 숨이 턱까지 차오른 채 간신히 말했다.

황태자비 납치사건

"편집장님! 특, 특종이에요."

"뭐야? 특종이라니?"

"황태자비 납치사건 말이에요."

"그래? 뭐 알아낸 거라도 있어?"

"네, 얼른 찍어야 해요."

하루코는 숨도 찬 데다 특종에 대한 기대로 잔뜩 흥분해 있었다.

"뭐야? 뭘 알아 왔어?"

편집장도 하루코 못지않게 흥분했다.

"보험회사의 젊은 세 여자, 모두 미모의 여자들인데, 이들이 어제 오후에 경시청 특별수사본부에 연행된 후부터 지금껏 소식이 없어요. 세 여자의 집에 형사들이 찾아와 압수수색을 했는데, 가져간 것이 모두 황태자비와 관련된 기사니 스크랩이니 사진 같은 것들이래요."

"그, 그게 정말이야?"

"네, 100퍼센트 틀림없어요. 제가 직접 확인했는걸요."

"오, 하루코! 정말 어마어마한 걸 알아 왔군. 그런데 특종이라니? 다른 신문사에서는 그 사실을 전혀 모르나?"

"네, 저만 알고 있어요."

"어떻게 된 거야? 어떻게 그런 엄청난 사실을 알게 된 거야?"

"연행된 세 여자 중 한 명이 제 친한 친구거든요. 미치코. 아주 예쁜 애예요. 만나기로 약속을 했는데 나오지 않기에 집에 연락을 했더니, 부모님이 아주 당황하고 계시더라구요. 경찰과 약속을 했는지 처음에는 입을 꾹 다물고 계셨는데, 아무래도 이상해서 캐묻기 시작했죠. 그랬더니 하나씩 나오더군요. 아직 아무도 몰라요. 저밖에는요."

"잘했어. 하루코. 하루코 만세!"

다음 날 《핑크》는 가판대에 내걸리기가 무섭게 팔려 나갔다. 사람들은 《핑크》의 제목을 보자 경악했다.

황태자비와 세 여인의 미스터리
— 그들 사이의 남자가 범인인가

제목만으로도 세상의 모든 눈길을 끌기에 모자람이 없었다.

수사본부에서는 P 보험회사의 세 미녀 사원을 전격 연행하고 그들의 가택을 수사하여 황태자비에 대한 각종 정보가 수집된 스크랩북을 압수했다. 기이하게도 이들 세 여자는 모두 황태자비에 대한 많은 정보를 스크랩하고 있었으며, 경찰은 이 세 여자가 황태자비의 납치와 밀접한 관계가 있는 것으로 보고 밤샘 수사를 하고 있다.

이런 간단한 사실 기사 아래로는 범인이 황태자비를 납치한 이유에 대한 여러 추측이 잇따르고 있었다.

세 명의 여자는 각각 세 명의 남자 애인과 온갖 형태의 섹스를 즐긴 것으로 추측된다. 그들은 요즘 젊은이들 사이에 유행하는 '불가능한 섹스 게임'을 했을 것이다. 이 게임은 도저히 접근할 수 없는 상대를 지목하여 결국 섹스까지 가는 것으로 승패가 갈라지는데, 그 지목 상대의 신분이 접근하기 어려울수록 승리가 굳혀진다. 황태자비는 이 게임에서 모든 남자로부터 최고의 어려운 상대로 간주되어 왔는데, 결국 이번에 그 세 명의 남자들에 의해 납치된 것으로 보인다.

"죽일 놈들!"

수사부장의 주먹 쥔 손이 부들부들 떨렸다. 이런 터무니없는 선정적 기사가 나돌 바에는 차라리 언론에 수사 상황을 공개하는 것이 훨씬 나았을 터였다.

납치 이유

마사코는 사흘 만에 맞는 시원한 바람에 가슴을 활짝 펴고 심호흡을 했다. 밝고 찬란한 햇살이 산록에서부터 따스한 손길을 뻗으며 달려와 마사코의 온몸을 감쌌다. 마사코는 아늑한 기분마저 느꼈다. 긴장과 불안에 움츠러들 대로 움츠러든 마음이 이틀 밤을 보내면서 눈곱만한 희망을 갖게 된 것이었다. 그러나 그동안 식사를 거부한 탓에 현기증이 일었다. 그래도 처음 트렁크 안에서 생각했던 최악의 상황에 비하면 지금은 견딜 수도 있겠다는 생각이 들었다.

납치.

처음 가부키자에서는 범인의 변장한 얼굴을 보았을 뿐이고, 그 후로 몇 번 얼굴을 볼 기회가 있었지만 마사코는 일부러 자세히 보지 않았다. 얼굴도 제대로 보아 주지 않는 것이 납치범의 행위에 대한 자신의 반응이고, 무엇보다도 상대의 얼굴을 보는 데서 오는 쓸데없는 기분을 피하고 싶었기 때문이다. 따라서 어렴풋이 보았던 납치범에 대한 조합된 인상은 거의 없는 것이나 마찬가지였다. 그러나 오늘 똑바로 바라본 납치범의 얼굴은 무게가 느껴지는 신중한 모습이었다. 마사코는 납치범의 얼굴에서 뜻밖에도 안도감을 느꼈다.

마사코는 햇살을 세어 보기라도 하는 양 손가락 사이로 햇빛을 굴리듯 만졌다. 늘 몸에 와 닿던 햇살이 이렇게 신선하게 느껴질 줄은 몰랐다. 마사코는 불과 10미터도 안 되는 거리에서 자신을 지켜보고 있을 범인의 존재를 의식하면서 생각에 잠겼다.

범인은 오늘 처음으로 자물쇠를 열고 잠시 밖으로 나와 햇빛을 볼 수 있게 해주었다. 마사코는 처음에는 납치범의 호의랄까 지시일 수도 있는 배려를 거절하려 했지만 결코 현명한 태도는 아닌 것 같아 방을 나섰던 것이다.

'앞으로 어떻게 할 것인가?'

비록 납치범의 태도가 달라졌다고는 하나 언제 올지도 모르는 경찰을 이대로 마냥 기다리고 있을 수만은 없는 일이었다.

탈출.

마사코는 반드시 탈출하겠다고 결심했다. 지금 갇혀 있는 건물은 외딴 산속에 있어 사람들의 발길이 닿지 않는 곳 같았다. 따라서 다른 사람의 도움 없이 감시가 소홀한 틈을 타서 혼자 산 밑으로 내려가야 했다. 이 건물은 산장 같기도 했고 별장 같기도 했다. 그래도 몇 개의 산에 의해 가려져 있었고, 특히 산으로 올라오는 임업 도로는 산장에서 보면 훤히 내려다보여 범인의 감시를 벗어나기란 쉽지 않을 것 같았다.

마사코는 산장 뒤편에 주차되어 있는 범인의 자동차에 힐끗 눈길을 던졌다. 자동차 키만 손에 넣으면 모든 문제가 한꺼번에 해결될 수 있을 것 같았다. 마사코는 아늑한 오후의 햇살을 온몸에 받으며 탈출 계획을 생각하다가 방으로 돌아왔다.

"저녁이오."

노크와 함께 들어온 납치범의 손에는 쟁반이 들려 있었고, 쟁반에는 깨를 뿌린 하얀 밥에 된장국과 김, 단무지, 생선구이, 그리고 한 잔의 물이 놓여 있었다.

"생각 없어요."

마사코는 싸늘한 얼굴로 거부했다.

"먹어 두시오. 본인만 손해요. 며칠은 참을 수 있겠지만 그 이상은 어려울 거요. 그럴 바에는 처음부터 먹어 두는 것이 좋아요. 탈출을 생각하고 있다면 더더군다나 먹어 두어야 할 거요."

"……"

납치범은 건조한 음성으로 쟁반을 테이블 위에 놓아둔 채 나가 버렸다. 마사코는 계속 식사를 거부했기 때문에 사실 몹시 배가 고팠다. 마사코는 젓가락을 들었다. 눈물이 나려 했지만 꾹 참았다. 젓가락으로 밥을 집어서는 기계적으로 입 안에 넣고 밥알을 씹었다. 납치범에게 나약한 모습을 보여서는 안 된다는 생각에 마사코는 눈물을 삼켰다.

식사를 하면서 마사코는 납치범이 남긴 한마디에 신경이 쓰였다. 탈출을 생각하고 있다면 먹어 두라는 납치범의 말이 의미심장하게 다가왔다.

황태자비 납치사건

'납치범은 왜 그런 말을 했을까? 혹시 나의 마음을 읽어 버린 것은 아닐까?'

마사코는 신중해야 한다고 생각했다.

식사를 끝낸 마사코는 잠시 어떻게 해야 할지 망설였다. 먹고 난 밥그릇을 테이블 위에 그냥 두기는 싫었다. 그렇다고 깨끗이 정돈해 방바닥에 내려놓을 수도 없는 노릇이었다. 마사코는 앞으로의 일거수일투족이 모두 이와 같은 갈등으로 곤란을 겪을 것이라는 생각이 들었다. 앞으로 자신의 운명이 어떻게 될지도 몰랐지만 이런 갈등 또한 정말 싫었다.

어떤 여자라도 모르는 남자에게 납치당해 오랜 시간 단둘이만 산장에 있다면 생각과 행동에 많은 곤란을 겪겠지만, 황태자비는 특히 자신의 신분이 더욱 어려움을 겪게 한다는 것을 깨달았다. 모든 격식과 문화가 송두리째 뿌리 뽑힌 이 기막힌 상황에서도 황실의 위엄을 지켜 내야 한다는 사실이 마사코를 끊임없이 긴장하게 만들었다.

어떤 위험이 있을 경우 목숨을 버리더라도 황실의 존엄성을 지킬 각오는 되어 있지만, 설사 아무런 일 없이 자신을 잘 지켜 낸다 하더라도 사람들이 그대로 믿어 줄 리 없을 거란 생각을 하자 가슴이 답답했다.

마사코는 이렇게 복잡한 생각이 결국은 자신을 더욱 약화시켜 상대에게 약점을 보이고 말 것이라 여겨지자 마음을 다잡았다. 어쩌면 상대는 묘한 사디즘에 빠져 있을지도 모를 일이었다. 마사코는 나약한 여인의 모습을 보이는 것이 범인으로 하여금 더욱 승리감에 도취되게 할 것이란 생각이 들자, 아무리 납치된 상황이라 하더라도 강하게 행동해야 한다고 판단했다. 이런 상황에서는 황태자비로서의 마사코가 아닌 인간 마사코로서 납치범을 상대하고 싶었다. 이렇게 생각할 수 있는 것이 황태자비 마사코의 강점이었다.

다음 날 납치범이 아침 식사를 가지고 나타났을 때 마사코는 감정을 최대한 배제한 담담한 목소리로 질문을 던졌다.

"왜 나를 납치한 거죠?"

"……."

납치범은 대답이 없었다.

"개인적 동기인가요, 아니면 정치적 동기인가요?"

"둘 다요."

납치범의 대답은 모호했다.

"확실하게 대답을 해줘요. 당신이 무슨 의도로 나를 납치했는지 나도 알아야 하는 거 아닌가요?"

납치범은 마사코의 말에 아랑곳하지 않고 나가려다 무슨 생각이 떠올랐는지 그 자리에 우뚝 멈춰 섰다. 그는 뒤를 돌아보며 짤막하게 물었다.

"당신은 인질이오. 나는 당신을 담보로 일본 정부에 어떤 요구를 할 참이오."

"어떤 요구를요?"

"외무성에서 435호 전문을 본 적이 있소?"

황태자비 납치사건

"435호 전문? 그게 뭐죠?"

"외무성에서 비밀문서를 분류하는 일을 했잖소?"

"하지만 내용에 대해서 관심을 가지진 않았어요. 워낙 많기도 하고, 매우 중요한 비밀문서라 쉽게 볼 수도 없었어요."

"사무관이 볼 수 있을 정도의 문서는 아니지……."

범인은 고개를 끄덕였다. 마사코는 무슨 말이 이어질지 몰라 기다렸지만 시간이 흘러도 범인의 입에서는 더 이상 아무런 얘기도 나오지 않았다.

마사코는 비밀문서를 본 적이 있느냐는 의외의 질문에 놀랐다. 외무고시에 합격하고 외무성에서 내근할 무렵 비밀문서를 정리하는 작업을 한 건 사실이었다. 비밀문서 정리라지만 기껏 하는 일이라고는 담당 사무관으로서 오래된 문서들을 정리하고 관리책임자인 과장의 이름 옆에 자신의 이름을 기입하는 정도였다. 하지만 정말 중요한 비밀문서는 과장이라 하더라도 못 보는 경우가 있었다.

마사코는 범인이 납치 이유와 관련해 435호 전문에 대해 묻는 것으로 보아 그것이 아주 중요한 문서일 거라는 생각이 들었다.

'그런데 이 사람이 어떻게 그런 비밀문서를 안다는 얘기지?'

마사코는 납치범의 정체가 더욱 궁금해졌다.

"나를 인질로 그 문서를 넘겨 달라는 요구를 할 건가요?"

납치범은 묵묵히 고개를 끄덕이고는 나가 버렸다.

'외무성의 435호 전문이라고?'

납치범의 스타일로 보아서 빈말을 할 사람은 아닌 것 같았다.

그렇다면 그 비밀문서는 어떤 내용을 담고 있단 말인가? 황태자비는 자신이 외무성에 근무하는 동안 435호 전문이라는 게 있었는지 기억해 내려 애썼다.

비상검문 기록

경시청으로 출근하던 다나카는 자동차가 신호에 걸려 멈출 때마다 그동안의 수사 상황을 정리해 보며 자신의 추리를 반복했다.

'범인이 어휘력은 부족했지만 작가의 인상을 풍겼다는 사실은 무엇을 말하는가? 또 마치무라 앞으로 보내진 납치를 경고하는 편지와 범인의 관계는 어떻게 되는가?'

생각을 거듭하는 동안 아주 미약하지만 범인의 정체에 대한 어떤 감이 잡히는 것 같았다.

그러다 무심히 스치는 거리에 늘어선 주택들의 풍경이 다나카의 생각을 끊어 놓았다. 개인주택 단지와 아파트가 섞여 있는 곳이었다.

'혹시 저 속에 마사코가 감금되어 있는 것은 아닐까?'

감금되어 있을 마사코의 모습이 떠오르자 괴로웠다. 몇 번에 걸쳐 대대적인 수색을 했지만 마사코에 관해서는 티끌만 한 정보도 나오지 않았다. 아무리 많은 공무원과 경찰관이 수색을 한다 해도 범인이 어딘가에 은신하고 있는 한 찾아낸다는 것이 쉬운 일은 아니었다.

범인의 종적을 더듬을 수 있는 유일한 기회는 납치되던 날 밤 범인이 황태자비를 태우고 이동하고 있을 때뿐이었을 거라는 생각이 들자 다나카는 수사부장의 심경이 이해가 갔다. 수사부장은 검문 근무상황에 대해 감찰조사를 실시하겠다고 하지 않았던가.

다나카는 일본 경찰이 그렇게 허술하게 검문을 하는 존재라고는 생각하지 않았다. 특히 비상검문 시 거의 모든 경찰관들은 꼼꼼하게 신원 확인을 하는 것은 물론 트렁크까지 열어 보지 않는가.

다나카는 두 가지 경우로 나누어서 생각했다. 범행 후 30분 이내에 도쿄 일원에 쳐진 비상검문 망에 걸리지 않았다면 범인이 저런 주택가에 마사코를 잡아 두고 있을 가능성이 없는 것도 아니다. 범행의 계획성으로 보아 납치 후의 탈주 계획도 완벽했을 것이다. 범인은 비상망이 쳐질 때까지의 시간도 계산에 넣었을 것이고, 그 안에 은신처에 도달할 수 있도록 계획을 짰을 것이다.

'정말 도쿄의 어느 곳에 마사코가 감금되어 있는 걸까?'

다나카의 머릿속에는 또 하나의 가능성이 떠올랐다. 범인은 비상망을 통과해 도쿄를 멀리 벗어났을 수도 있는 것이다. 전국에 비상망이 쳐진 가운데 황태자비를 싣고 장거리 주행을 한다는 것은 위험한 계획이지만, 성공만 하면 도쿄에 은신하는 것보다 훨씬 안전할 것이다. 경찰은 도쿄 일원에 대해서는 거듭된 수색을 하고 있지만 지방에 대해서는 아무래도 그 빈도나 강도가 떨어질 수밖에 없었다.

'범인이 도쿄를 벗어났다면 그 코스는 어떻게 짰을까?'

곰곰이 생각하던 다나카는 평소와는 달리 히가시긴자역으로 방향을 틀었다. 역의 출입구 바로 옆이 가부키자였다. 다나카는 가부키자 앞에서 자동차가 사라졌을 방향을 생각하며 입속으로 되뇌었다.

'도쿄에 있을까, 아니면 지방으로 갔을까?'

다나카는 자신이라면 어떤 계획을 짰을까 생각해 보았다. 이런저런 장단점이 있지만 자신이라면 지방을 택했을 것 같았다. 그러나 다음 순간 다나카는 고개를 가로저었다. 지방은 너무 위험했다. 전국적 비상검문이라 지방도로를 타면 목적지에 따라 다르긴 하겠지만 최소한 두세 번은 검문을 받아야 한다. 그렇다면 납치범은 과연 어떻게 일본 경찰의 그 깐깐한 검문을 피할 수 있었을까?

가부키자에서처럼 화려하게 화장을 했다면 금방 의심을 받았을 테고, 두 사람 모두 화장을 지웠다면 금방 황태자비의 얼굴이 드러났을 텐데, 그럼에도 불구하고 도쿄보다는 지방이 매력적이었다.

'검문을 통과할 어떤 대책이 있지 않았을까?'

다나카는 핸드폰으로 모리에게 전화를 걸었다.

"모리, 전에 내가 비상검문 일지를 복사해 달라고 했던 것 어떻게 됐어?"

"책상 위에 놔두었습니다."

다나카는 출근하자마자 책상 위에서 비상검문 일지를 찾았다. 일지는 범행이 일어나던 날 밤 전국의 비상검문 상황을 기록한 것이었다.

"저도 몇 번이나 살펴보고 전국의 각 경찰서마다 전화로 다시 확인을 해보았지만 비상검문에 걸린 용의 차량은 없었습니다."

모리가 다가와 자신도 그냥 있었던 건 아니라는 듯 말을 건넸다. 다나카는 고개를 끄덕이며 검거된 수배자의 명단을 눈으로 훑었다. 가네히로라는 이름은 물론 없었다. 다나카는 수배자들의 혐의를 확인하며 혹시라도 납치사건 등의 전력이 없는지 살폈지만, 수배자들은 고작해야 사기 혐의자들이거나 폭력사범들이었다. 일지를 덮으려던 다나카는 음주운전자 명단으로 시선을 옮겼다.

"고래 싸움에 새우 등 터진다고 그날 밤 음주운전자들만 애꿎게 걸려들었어요."

"그래?"

다나카는 건성으로 대꾸하면서 눈길은 계속 음주운전자 명단을 살폈다. 음주운전자 명단을 한창 살피고 있던 다나카의 눈동자가 빛났다. 그의 눈은 강렬한 광채를 띠며 음주운전자 명단 사이를 몇 번이나 오갔다.

'음, 하시모토…… 하시모토라?'

다나카는 음주운전자 명단에서 하시모토라는 사람이 각각 다른 세 장소에서 계속 적발되었다는 사실을 발견했다.

"설마? 모리, 시즈오카 검문소를 대주게."

다나카의 유난히 큰 목소리에 놀란 모리는 반사적으로 되물었다.

"네? 시즈오카경찰서 말입니까?"

"그래. 이 일지에서 음주운전자 명단을 보고한 검문소 말일세."

"알겠습니다."

모리는 시즈오카경찰서에 전화를 걸어 사건 당일 밤 음주운전자를 적발한 검문소를 알아낸 후 전화를 그쪽으로 연결시켰다.

"시즈오카경찰서에서는 세 개의 검문소를 운용했습니다. 음주운전자는 그중 나고야 쪽으로 내려가는 검문소에서 붙들렸다고 합니다."

"알았어. 그 검문소의 그날 근무자와 연결해 주게."

"알겠습니다."

황태자비 납치사건 이후 전국의 검문소들은 계속 운용 중이었기 때문에 그날의 검문소 근무자들 역시 그대로 근무 중이었다. 모리는 조장을 불러 다나카에게 전화기를 넘겼다.

"조장, 수고가 많습니다. 저는 특별수사본부의 다나카 경시정입니다."

"저희들이 수고는 무슨……. 그런데 무슨 일이십니까?"

조장의 목소리에는 긴장감이 잔뜩 배어 있었다.

"비상경계령이 내려진 그날 밤 말입니다. 음주운전자를 검거했던데, 그때 일이 생각납니까?"

"물론입니다. 젊은 친구였는데…… 이름이 하시모토던가 그랬죠, 아마."

다나카는 기대에 들떴다. 조장이 음주운전자의 이름까지 외우고 있다는 데서 오는 기대감이었다.

"어떻게 그자의 이름까지 기억하고 있죠?"

"그날 해프닝이 있었거든요. 우리가 검문 근무를 하고 있을 때였습니다. 차가 대여섯 대쯤 서 있었는데 자기 차례가 된 그 친구가 갑자기 차를 홱 꺾어 반대편으로 달아나더라구요. 그때 우리가 순찰차에 시동을 걸어 두기를 참 잘했습니다. 우리는 반사적으로 순찰차를 향해 뛰었습니다. 비상근무 상황이었으니까요. 경광등을 울리며 쏜살같이 따라갔더니 이 친구가 도저히 자신이 없었는지 가다가 곧 멈춰 버리더군요."

조장은 자랑스럽게 무용담을 늘어놓았다. 다나카는 대꾸 없이 조용히 듣고만 있었다. 조장은 다나카의 맞장구가 없자 헛기침을 한 번 하고는 다시 얘기를 이었다.

"일단 그 사람을 검문소로 연행하여 운전면허증을 확인하고 음주 정도를 측정해 보니, 그리 심한 음주 상태는 아니었습니다. 법정 규정치에 걸릴까 말까 할 정도였죠. 그냥 훈방할 수도 있는 경우였지만 도주한 것도 있고 해서 음주운전으로 일단 적발했습니다."

황태자비 납치사건

"그다음은?"

다나카가 긴박감을 띠며 물었다.

"세수도 시키고 심호흡도 시킨 다음 훈방했습니다. 본인이 차를 가지고 가기를 원했기 때문에 다시 음주 정도를 측정하여 확실히 규정치 이하로 나오는 것을 확인하고는 통과시켰습니다."

"음……."

조장은 자랑스럽게 자신이 조치한 결과를 보고하고 있었지만 다나카는 낮은 신음을 토해 냈다.

"경시정님, 걱정 마십시오. 틀림없이 음주 기준치에 걸리지 않는 상태에서 통과시켰으니까요."

조장의 자랑스러운 목소리를 다나카의 아쉬운 듯한 목소리가 가로막았다.

"그사이에 빠져나간 차는 몇 대나 됐을까요?"

"그사이에요?"

조장의 목소리가 입술에서 튀어나오다 갑자기 묘하게 변했다. 다나카가 묻는 내용에 왠지 허를 찔린 것 같았던 것이다.

"그사이에 통과한 차라고는, 아마 한 열 대, 아니 그만큼 안 될지도 모르구요."

"그사이에 통과한 차량에 대해서는 검문을 하지 못했겠죠?"

"네, 우리 모두 그 차를 쫓아갔으니까요. 음주운전자를요. 아니, 그때는 음주운전자라기보다는 도주 차량이었습니다. 검문 중인 것을 보고 도주하는 차량이라면 당연히 추격해야 하는 것 아니겠습니까?"

"……."

다나카는 잠시 생각에 잠겼다.

"경시정님! 뭔가 잘못된 게 있습니까?"

조장은 다나카의 태도에 불안해진 모양이었다.

"아니. 아닙니다. 당연한 근무를 하신 것 같군요."

전화를 끊는 다나카의 얼굴에 묘한 기대감이 스쳤다.

"모리. 이번에는 나라 검문소를 대줘."

"알겠습니다."

바로 곁에서 다나카의 통화 내용을 듣고 있던 모리는 다나카의 기대감을 눈치챘는지 얼른 나라경찰서에 전화를 해 검문소를 확인했다. 당시의 근무 조장을 불러낸 모리는 다나카에게 전화기를 넘겨줬다.

"아니. 자네가 확인하게. 나는 좀 생각할 것이 있으니까."

"뭘 확인하면 되겠습니까?"

"음주운전으로 적발했을 당시의 상황을 확인해 봐."

신기한 일이었다. 나라 검문소에서도 시즈오카 검문소에서 발생했던 것과 똑같은 일이 벌어졌다는 것이었다. 젊은 음주운전자가 갑자기 차를 돌렸고, 근무자들이 순찰차를 타고 뒤쫓자 바로 차를 세우고는 선처를 호소했다는 것. 그리고 술을 마신 정도가 규정에 걸릴까 말까 할 정도여서 봐줄 수도 있었지만 도주했던 사실을 중시해 음주운전으로 적발했다는 내용이었다.

모리는 무슨 영문인지 몰라 전화를 끊지도 못한 채 눈을 감고 있는 다나카의 얼굴만 바라보았다.

황태자비 납치사건

"그자의 이름이 하시모토인지 물어보게."

"네? 하시모토는 아까 시즈오카에서 붙들린 음주운전자가 아닙니까?"

"물어보라니까."

모리는 상대편으로부터 하시모토가 맞다는 대답을 듣자 어안이 벙벙해 입을 다물지 못했다.

"됐어. 전화를 끊고 교토 검문소에 확인해 봐."

모리는 교토 검문소로부터도 똑같은 대답을 듣자 귀신에 홀린 듯했다.

'그렇다면 다나카 경시정이 말한 공범과 범인의 이동 경로일 수도……'

모리는 검문 일지를 다시 뚫어지게 바라보았다. 자신은 왜 이런 이상한 사실을 발견하지 못했는지 부끄러운 한편 다나카의 관찰력과 추리에 감탄하지 않을 수 없었다.

"죄송합니다, 경시정님. 어리석게도 저는……."

"알아차리기 쉽지 않은 부분이었어."

"그런데 하시모토 이 친구 주소가 도쿄군요."

"그래?"

다나카는 이윽고 뭔가를 결심한 듯 자리에서 일어났다.

"자네는 즉시 형사들을 데리고 나가 이 하시모토란 인물을 극비리에 연행해 오게. 극비리에 말이야."

"이자가 범인일까요?"

"연행이 된다면 아닐 거야."

"알겠습니다."

모리의 목소리에 오랜만에 힘이 실렸다. 다나카는 바로 수사부장에게 갔다.

"부장님, 범인은 간사이 지방에 숨어 있는 것 같습니다. 그러니 경찰 수색을 그쪽으로 집중해야 합니다."

"뭐라구? 간사이 지방이라구?"

수사부장은 깜짝 놀랐다.

"여하튼 범인은 도쿄에서 시즈오카와 나라를 거쳐 교토까지 간 것이 확실합니다."

"근거 있는 추리인가?"

"틀림없습니다."

수사부장은 범인이 도쿄 일원에 있을 거라는 생각에서 벗어나지 못하고 있었기 때문에 다나카의 말을 쉽게 믿지 못했다.

"설명을 해보게."

"사건 당일 검문 일지에 하시모토라는 이름의 운전자가 시즈오카와 나라 그리고 교토의 검문소에 음주운전으로 적발되어 있습니다. 음주량은 거의 기준치에 이를까 말까 할 정도였다고 합니다."

"음주운전이라고?"

"그렇습니다."

"그게 황태자비 납치와 무슨 상관인가?"

"한 운전자가 멀리 떨어진 세 곳에서 계속 음주운전으로 적발되었단 말입니다. 그것도 세 번 다 기준치에 거의 닿을락 말락

황태자비 납치사건

한 정도로 말입니다."

"그게 뭐 그렇게 이상한가? 술에 취한 녀석이 국도를 따라 죽 내려가다 보면 세 군데서 붙들릴 수도 있는 거 아냐?"

"그럴 수도 있겠죠. 하지만 처음엔 몰라도 두 번째 세 번째 검문 때는 술이 깨어 있어야죠. 음주량도 약하고 첫 번째 단속 지점으로부터 아주 멀리 떨어져 있는데요."

수사부장은 잠시 생각하다 다시 물었다.

"음, 그렇다면?"

"이 친구는 계속 적당하게 취한 채, 즉 휴대용 음주 측정기를 가지고 기준치에 미달될 정도만 술을 마신 채 운전을 계속했던 겁니다."

"왜 그런 짓을 했을까?"

"그게 납치범들이 그날 밤 썼던 묘법입니다. 즉, 그들은 두 대의 차량을 이용하여 황태자비를 납치했던 겁니다. 앞에는 겨우 단속당할 정도의 술을 마신 범인이, 뒤에는 황태자비를 싣고 있는 범인이 타고 있었던 겁니다. 그들은 외곽으로 나가는 지점에 또 한 대의 차를 세워 두고 가부키자 앞에서 차를 타고 가서는, 그 지점에서 한 명이 황태자비를 데리고 차를 갈아탔을 겁니다. 검문소에 도착하자 앞에 있던 적당히 취한 친구가 차를 돌려 달아났던 거죠. 검문 중인 경찰관들은 기겁을 하고 그 차를 뒤쫓았고, 그 틈에 황태자비를 태운 차는 검문 없이 빠져나갔을 겁니다. 음주운전을 한 범인은 몇십 미터를 가다 멈추었습니다. 그 사이에 빠져나간 차량은 불과 10여 대. 하지만 그중에 황태자비를 실은 차량이 있었고, 근무자들은 그 차를 놓칠 수밖에 없었습니다. 이것이 납치범들의 수법이었던 겁니다."

"음, 그자의 음주량은 겨우 단속에 걸릴까 말까 할 정도라 그냥 방면할 수밖에 없었단 말인가?"

"그렇습니다. 납치범들은 그런 방법으로 계속 검문을 통과했던 겁니다."

"흥미롭군. 역시 대담한 자들이야. 허허실실이군. 30여 년간 수사 업무에 종사했지만 이런 자들은 처음일세."

모리가 하시모토를 연행해 왔다. 경시청으로 연행돼 온 하시모토는 영문을 몰라 어리둥절해했다. 그는 눈을 껌벅거리며 검고 굵은 테가 달린 안경을 끼었다 벗었다 했다.

"네? 제가 음주운전을요? 그것도 시즈오카에서요?"

"그러니 당신을 연행한 것 아니겠소."

"무슨 소립니까? 저는 그때 도쿄에 있었는데요."

"알리바이를 증명할 수 있소?"

"물론입니다. 그날 학교 친구들과 우리집에서 파티를 했어요."

"운전면허증을 줘봐요."

"네? 면허증이요?"

"세상에 당신의 면허증을 가진 사람이 둘 있을 리는 없으니 확인해 보면 알겠지."

"면허증은……."

"없소?"

황태자비 납치사건

"빌, 빌려줬어요."

"뭐라구? 빌려줬다구?"

비상한 기대감을 갖고 있던 모리의 목소리가 높아졌다.

"누구한테요?"

"……."

"말해요. 아니면 당신을 납치범으로 구속할 테니까."

"가네히로라는 제 친구한테요."

"뭐라구? 가네히로!"

"네, 가네히로 요시아키요."

다나카와 모리는 세 여자가 말한 가네히로 요시아키의 신원 파악에 곤란을 겪던 중이었는데 하시모토가 친구라고 하자 깜짝 놀랐다.

모리는 하시모토의 사진을 찍어 세 곳 검문소에 컴퓨터로 전송했다. 역시 검문소 직원들은 그날 밤 음주운전을 했던 사람은 하시모토가 아니라는 사실을 알려 왔다.

검문소에 전화를 건 모리는 화가 머리끝까지 솟구쳐 고함을 질렀다.

"야, 이 머저리들아! 네놈들은 면허증 사진하고 운전자 얼굴조차 대조하지 않았단 말이야?"

검문소 조장의 목소리가 떨려 나왔다.

"당시 운전자는 굵고 검은 뿔테 안경을 끼고 있었는데 운전면허증의 사진과 거의 같았습니다."

"닥쳐! 감찰조사나 기다려! 네깟 놈들도 경찰이야!"

"너무 몰아세우지 말게. 납치범이 그 정도의 대비도 안 했을 것 같나?"

다나카가 나서서 모리를 만류하고는 전화기를 넘겨받아 저쪽의 검문소 조장을 위로했다. 경시청에서는 하시모토의 조사에 들어갔다.

하시모토는 도쿄대학교 문학부의 조교였고, 가네히로는 와세다대학교를 졸업하고 도쿄대학교 대학원에 진학하기 위해 문리대 도서관에 종종 공부하러 온다고 자신을 소개했다고 말했다. 하시모토는 가네히로와 약 1년 전부터 같이 토론도 하고 술도 마시면서 친해지게 되었는데, 가네히로가 자신에게 운전면허증을 빌려 달라고 했을 때 다소 꺼림칙했지만 의심스럽지는 않았다고 했다.

"뭘 하겠다고 운전면허증을 빌려 달라고 했나?"

"책을 대출한다고 했습니다."

"자기 것은?"

"분실했는데 미처 재발급 신청을 못했다고 했습니다."

"지금 그걸 말이라고 하나? 그게 의심이 안 갔다는 말이야? 당신도 공범 아냐?"

"무슨 말씀이세요! 저는 지금 무슨 일이 벌어졌는지도 모르는데요."

"가네히로란 자와 함께 어떤 놈들을 만났는지 말해!"

"저는 그 친구에 대해 아는 것이 별로 없어요. 또 가네히로는 별로 가까이 지내는 사람도 없어 보였어요."

황태자비 납치사건

"이봐, 차분히 생각해 봐! 이런 식으로 협조하지 않으면 당신은 당장 구속이야."

뜻밖의 상황에 당황해하던 하시모토는 한참 후에 다시 입을 열었다.

"처음 가네히로를 만날 때쯤이었나 봅니다. 약 1년 전 대학 교정에서였는데 어떤 사람과 같이 만났죠. 나이는 40대 초반쯤이었고, 매우 신중한 성품에 역사에 대한 상당한 지식을 갖고 있었어요. 인생관과 가치관은 분명해 보였지만 어딘지 모르게 어두운 분위기가 느껴졌죠. 꽤 인상적이었어요. 아마 깊은 지식에서 나오는 무거움이었을지 모릅니다. 가네히로는 그가 어린 시절부터 자신을 보살펴 준 은인이며, 자신에게 가장 큰 영향을 미친 사람이라고 했습니다."

"그의 직업은?"

"도대체 직업을 알 수 없는 사람이었어요. 연약해 보이면서도 자기주장이 아주 뚜렷했고, 체력 단련도 게을리하지 않는 그런 사람으로 보였습니다."

"그러니까 그의 직업이 도대체 뭐란 말이야?"

"모르겠습니다."

"그가 사는 곳은 아나?"

"간사이 지방에 사는 것 같았습니다."

옆에서 듣고 있던 수사부장은 갑자기 정신이 번쩍 들었다. 다나카도 범인이 간사이 지방에 있을 거라고 하지 않았던가.

"어째서 그렇게 생각하지?"

"학교에서 만나 얘기를 좀 나누다 부근의 술집으로 자리를 옮 겼는데, 술이 약간 들어가자 그 사람이 가네히로에게 간사이에 서 공부하면 보살펴 줄 수 있을 텐데라고 말했으니까요."

순간 모리는 다나카를 바라보며 고개를 끄덕였다. 간사이 지 방이라면 범행 당일 자동차가 지나간 나라, 교토가 포함되는 지 역이었다. 범인은 그 지역 사정을 잘 아는 자임에 틀림없었다.

"그 술집 이름이 뭐였나?"

"도쿄대학교 근처에 있는 아카몽이었습니다."

하시모토의 진술에 기초해 급히 만들어진 범인들의 몽타주 를 가지고 도쿄대학교 근처의 술집과 와세다대학교의 학적과로 형사대를 급파했으나 범인들을 안다는 사람도 없었고, 학적과에 서는 범인의 이름을 찾아낼 수 없었다.

"전 이제 보내 주십시오."

"뭐라구? 당신은 범인이 잡힐 때까지 여기 있어 줘야겠어."

모리의 호통에 하시모토는 찔끔하며 주눅이 드는 모습이었다.

이때 다나카가 끼어들었다.

"하시모토 군, 만약 가네히로에게서 연락이 오면 우리에게 바 로 연락을 해줘야만 하네. 약속할 수 있나?"

"물론입니다."

"가네히로는 여러 사람을 속이고 지금 엄청난 범죄를 저질렀 어. 꼭 협조해 주어야 하네."

"약속드리겠습니다."

"그런데 마지막으로 하나 물어보자구."

"뭔데요?"

다나카는 잠시 뜸을 들이다 기습적으로 물었다.

"가네히로의 말솜씨가 어땠나?"

"말솜씨요?"

"그래. 원래 말을 잘하는 사람이었나, 아니면 눌변이었나? 그것도 아니면……."

이때 하시모토가 갑자기 큰 목소리로 다나카의 말을 잘랐다.

"그래요. 그 점이 좀 이상했어요!"

"어떤 점이?"

"처음에는 말을 잘 못했거든요. 말수도 적었구요. 그런데 나중에는 말을 아주 잘했어요. 1년 사이에 어휘력이 그렇게 느는 사람은 처음 봤어요."

다나카는 잠자코 고개만 끄덕였다.

"고맙네. 잘 돌아가게."

"감사합니다."

하시모토는 다나카의 부드러운 말씨와 공손한 태도에 감격했는지 몇 번이나 고개를 숙이고 돌아갔다.

범인의 정체

"경시정님, 정말 뛰어난 관찰력으로 찾아내신 단서인데 더 진전이 없어 죄송합니다."

모리는 마치 자신의 잘못인 양 미안해했다.

"아니, 좀 더 침착하게 생각해 볼 게 있어."

다나카는 한참 고개를 숙이고 뭔가를 생각하더니 이윽고 자리에서 일어났다.

"모리, 자동차를 대기시키게."

"알겠습니다."

"세 여자들의 집으로 가세!"

요시코는 집으로 찾아온 다나카를 보자 놀라움과 반가움이 교차했다. 풀려나자마자 다시 형사가 찾아온 것에 놀랐지만, 그 형사가 다나카라는 사실은 반가웠다. 다른 형사와는 달리 다나카는 언제나 점잖고 공손했기 때문이다.

"요시코 씨, 놀라게 해서 미안합니다. 협조를 부탁드릴 일이 있

황태자비 납치사건

어서요."

"네, 기꺼이 협조하겠어요."

차에 올라타려던 요시코는 차 안에 이미 아라이와 미치코가 앉아 있는 것을 보자 반가워했다. 세 여자는 이제 질투가 아닌 유대감마저 느끼고 있는 터였다. 자동차가 출발하자 다나카는 조심스럽게 입을 열었다.

"어쩌면 지금 우리 앞에는 어마어마한 진실이 버티고 있을지도 모릅니다. 지금 여러분은 이 사건을 위해 한 가지 확인해 줄 사실이 있습니다."

"적극 협조할 테니 걱정 마세요."

긴장된 표정으로 다나카의 말을 듣고 있던 세 여자 중 요시코가 힘주어 말했다.

"그러나 그 사실의 확인보다 더욱 중요한 것은 바로 보안 유지입니다."

"보안 유지요?"

"그렇습니다. 절대로, 어떤 상황에서도 입을 다물어야 합니다."

"잘 알겠어요. 황태자비에 대한 스캔들 잡지의 기사를 보고 너무 가슴이 아팠어요."

"이건 그 정도가 아닙니다. 더욱 엄청난 일이 터질 수도 있습니다."

세 여자는 다나카의 표정이 진지하다 못해 삼엄한 것을 보고는 입을 다물고 다음에 무슨 말이 나올지 기다렸다. 그러나 다나카는 이후 일절 말을 하지 않았다.

거의 두 시간이 지나서야 일행이 도착한 곳은 나리타공항이었다.

"어머, 여기는 공항이잖아요?"

"네."

"왜 여기에 왔죠? 외국에 나가는 건가요?"

"아닙니다."

세 여자는 다나카를 따라 차에서 내렸다. 다나카는 앞장서서 공항의 법무성 출입국관리본부로 향했다.

"다나카 경시정입니다. 마약 수사를 위해 출입국 관리 기록을 좀 보러 왔습니다. 물론 사전에 협조 공문을 보냈습니다."

"네, 기다리고 있었습니다. 지금으로부터 1년 전후에 입국한 외국인, 아니 중국인과 한국인의 기록을 모두 보시겠다고 한 게 맞습니까?"

"그렇습니다. 중국인과 한국인입니다. 일본인과 외모가 가장 비슷한 외국인은 중국인과 한국인뿐이니까요."

법무성 직원은 다나카의 말뜻을 제대로 알아듣지 못했지만 친절의 표시로 그냥 미소를 지었다.

"이 여자분들은요?"

"이분들이 확인할 겁니다. 사진만 보여 주시면 됩니다. 여권에 붙은 사진을 스캔한 것 말입니다."

"알겠습니다. 이 세 분을 위해 특별실이라도 만들어야겠군요. 만만치 않은 시간이 걸릴 테니까요."

세 여자는 출입국관리본부에서 마련해 준 자리에 앉아 컴퓨

황태자비 납치사건

터 모니터를 응시하기 시작했다. 그렇게 어렵지는 않은 일이었지만 워낙 확인해야 할 사진이 많았기 때문에 작업은 밤이 깊도록 끝나지 않았다. 그나마 세 사람이 나누어 볼 수 있다는 것이 다행이었다.

아라이는 오랫동안 모니터를 들여다보고 있자니 목이 너무 아파 잠시 쉬면서 기지개를 켰다. 그러다 우연히 요시코의 모니터를 보았다.

"요시코 언니! 그게 뭐야?"

갑자기 아라이가 비명을 지르듯 날카로운 목소리로 요시코를 불렀다.

"왜?"

"지금 넘긴 거 말이야! 가네히로 아냐?"

"뭐라구?"

"그 사람 같아! 퍼뜩 보긴 했지만 말이야!"

"설마, 나는 못 봤는데?"

"아냐, 분명한 것 같아. 다시 넘겨 봐."

"넘겨 봐요."

아라이의 큰 목소리를 듣고 다가온 다나카가 나지막한 목소리로 말했다. 요시코가 반신반의하는 표정으로 백스페이스 키를 치는 순간, 세 여자의 입에서는 탄성이 터져 나왔다.

"어머!"

"아!"

"가네히로야!"

애증이 뒤섞인 목소리였다.

"맞아요. 이 사람이에요."

미치코의 확신에 찬 목소리가 다나카의 귀에 도달하는 순간 그는 주먹을 불끈 쥐었다. 도저히 파고들 틈이 없을 것 같던 사건이 풀리기 시작하는 순간이었다.

좀 떨어진 곳에서 잡지를 뒤척이던 법무성 직원이 다가오자 다나카는 세 여자에게 신호를 보냈다. 물론 입을 다물라는 신호였다.

"찾으셨나요?"

"네, 덕분에요."

곁에 서 있던 모리는 급히 가네히로의 인적사항을 옮겨 적었다.

성명: 김인후
국적: 대한민국
생년월일: 1975. 4. 23.
직업: 학생

법무성 직원이 모리의 급한 손놀림을 보며 친절하게 물었다.

"더 도와드릴 게 있습니까?"

"네, 한 가지 더 있습니다."

침착한 다나카조차 목소리가 떨려 나왔다.

"이 사람은 물론 학생 비자로 들어왔겠죠?"

황태자비 납치사건

"그럴 겁니다. 확인을 해드리죠."

법무성 직원은 놀란 표정의 세 여자를 이상하게 생각하면서 컴퓨터 앞에 앉았다.

"연장이 가능한 1년짜리 비자로 들어왔군요. 히토츠바시대학교 대학원에 문부성 장학금으로 들어온 한국 학생이네요."

세 여자는 가네히로가 한국인이라는 사실에 놀랐고, 또 한편으로는 그가 히토츠바시대학교 대학원에 유학 왔다는 사실에 놀랐다.

다나카는 가슴이 쿵쾅거리는 것을 간신히 진정시켰다.

이제 히토츠바시대학교로 가기만 하면 모든 건 끝이었다. 학적과에 가서 인적사항을 뒤지면 검거는 그야말로 시간문제였다. 학적부와 지도교수의 면담 기록, 동료 학생들로부터 나올 정보는 여권에 비길 것이 아니었다.

순간 다나카의 뇌리에는 수사부장의 얼굴이 떠올랐다. 그리고 경시청장. 아니, 그들만이 아니었다. 천황과 황태자, 열광하는 일본 국민들의 환호.

그런데 순간 법무성 직원의 목소리가 마치 천둥처럼 귀를 때렸다.

"이 사람은 그제 출국했군요."

"네?"

"출국했다고요."

"무슨 소리? 그럴 리가 없어요."

"틀림없습니다. 여기 기록 카드에 출국 도장이 찍혀 있어요."

"어디로 말입니까? 한국?"

"아닙니다. 미국인데요."

"미국? 미국이라구요?"

다나카는 귀를 의심하지 않을 수 없었다. 출국이라니. 그것도 한국이 아닌 미국. 그러면 황태자비도 같이 갔단 말인가. 아니, 그것은 불가능한 일이었다. 출국 심사를 받는 현장에서까지 범인이 황태자비를 위협할 수는 없는 일이었다. 놀란 가슴을 진정시킨 다나카는 차분하게 모니터를 들여다보았다.

"틀림없습니다."

가네히로의 출국 사실은 눈과 귀로 동시에 확인되었다.

다나카는 법무성 직원에게 짤막한 감사의 말을 남기고 황급히 그곳을 빠져나왔다. 그리고 즉시 경시청으로 전화를 걸었다. 수사부장은 다나카의 목소리를 듣는 순간 다짜고짜 소리를 질렀다.

"다나카 경시정! 도대체 지금 어디 있는 거야?"

"나리타공항입니다."

"나리타공항? 거기서 도대체 뭘 하고 있는 거야? 이 급한 판국에."

"지금 경시청으로 들어가고 있습니다. 긴급 회의를 소집해 주십시오."

"긴급 회의라니? 수사 회의 말인가?"

"아닙니다. 극비의 수뇌 회의 말입니다 경시총감님과 경시감님, 그리고 부장님만 참석하셔야 합니다."

황태자비 납치사건

수사부장은 갑자기 목소리가 작아지며 긴장했다.

"무슨 일인데?"

"전화로는 얘기할 수 없습니다."

"알았네."

수사부장은 다나카의 목소리에서 긴박감을 느끼자 바로 전화를 끊었다. 도쿄까지 가는 동안 일행 중 그 누구도 입을 열지 않았다. 모두가 생각이 많은 모양이었다.

추적

경시청에 도착하기 직전 다나카는 먼저 세 여자에게 양해를 구했다.

"회의에서 결론이 날 때까지 좀 기다려 주었으면 좋겠습니다. 보안 유지 때문입니다."

세 여자는 고개를 끄덕였다.

경시총감, 경시감, 수사부장은 총감실에서 초조하게 다나카를 기다리고 있었다.

"어떤 사람의 출입도 금하게."

다나카는 모리에게 지시한 후, 예전부터 친숙한 신임 경시총감과 인사를 나눌 새도 없이 브리핑을 시작했다.

"엄청난 사실이 밝혀졌습니다."

"무슨 사실이야? 납치범의 정체라도 밝혀졌나?"

수사부장이 건성으로 던진 말이었지만 다나카는 천근과 같은 무게를 싣고 조용히 대답했다.

"그렇습니다. 납치범의 정체가 밝혀졌습니다."

"뭐? 뭐라구?"

비단 수사부장뿐만이 아니었다. 경시총감과 경시감의 입에서도 이구동성으로 탄성이 터져 나왔다.

"누구야? 체포했나?"

다나카는 고개를 가로저었다. 사람들은 이해할 수가 없었다. 범인의 정체를 밝혀 놓고도 아직 체포하지 못했다니.

"죽었나?"

경시총감이 겁에 질린 목소리로 물었다. 범인이 죽었다면 어쩌면 황태자비도 무사하지 못할지도 모른다는 불안감이 경시총감의 목소리에 짙게 배어 있었다.

"아닙니다."

경시총감은 자신도 모르게 입술 사이로 한숨을 내쉬었다. 황태자비에게 문제가 생겼다면 자신은 취임 하루 만에 목이 잘릴 판이었다. 아니, 그런 것은 아무래도 좋지만 황태자비의 문제는 국가 전체의 비극이었다. 세 사람의 시선은 다나카의 입만 바라보고 있었다. 다나카는 차분하게 설명하기 시작했다.

"지금 정체가 드러난 가네히로란 자는 자신의 직업을 작가라고 여자들에게 얘기했습니다. 그런데 보통 사람이라면 거짓말이라도 자신의 직업을 작가라고 말하기는 어렵습니다. 사람들에게 익숙하지 않은 직업일뿐더러, 작가가 아닌 다른 직업을 둘러대는 게 더 편하겠지요."

"그렇다면 그가 실제 작가일 수도 있다는 뜻인가?"

"최소한 작가적 분위기에서 살고 있는 사람입니다. 여자들도 그가 스스로의 신분을 작가라고 밝혔을 때 자연스럽게 받아들였다고 진술했습니다. 이 부분은 그의 말이 진실일 가능성이 높다는 증거입니다."

"결론적으로 범인이 작가라는 건가?"

수사부장은 초초한 나머지 모호한 가정이나 표현에 귀를 기울이지 못하는 모양이었다. 이런 수사부장의 얼굴을 쳐다보면서 다나카는 다시 천천히 말을 이었다.

"좀 더 생각해 볼 점이 있습니다. 세 여자의 진술에는 미약하지만 범인의 정체를 파악하는 데 도움이 될 만한 사실이 한 가지 있었습니다."

"그게 뭔가?"

수사부장은 사막에서 오아시스를 찾는 사람처럼 다급한 목소리로 물었다.

"바로 납치범의 어휘력이 부족했다는 여자들의 진술입니다."

"어휘력이 부족했다고?"

"그렇습니다. 세 여자가 모두 일치된 진술을 하고 있습니다. 그리고 이 점은 하시모토에게서도 확인했습니다. 여자들은 그가 어휘력이 부족하고 말솜씨도 능숙하지 않았다고 했습니다. 저는 이 점이 범행의 용의주도함과 일치되지 않는다고 생각했습니다. 아시다시피 범인은 황태자비를 납치하는 엄청난 일을 저지르면서도 단서 하나 남기지 않았습니다. 그는 뛰어난 자입니다. 사람이 뛰어나다고 할 때는 정확한 언어와 풍부한 어휘력이 중요한 요소를 차지합니다. 그런 점에서 보면 어휘력이 부족했다는 것

　　　　　　　　　황태자비 납치사건

은 이상한 일이죠. 그렇다면 그의 어휘력은 작가라는 직업과는 어울리지 않았습니다. 이런 불일치 현상에서 그의 정체에 대한 하나의 단서를 찾을 수 있었습니다."

"어휘력으로 정체를 알았단 말이지? 그럼 그자의 정체는 뭐란 말인가?"

수사부장은 눈이 휘둥그레져서 물었다.

다나카는 조심스러운 듯 간부들의 얼굴을 하나하나 훑어봤다. 그러고는 천천히 그러나 단호하게 말했다.

"범행의 용의주도함과 작가라는 직업 소개 및 어휘력 사이의 심각한 불일치를 고려할 때, 저는 범인이 외국인이라고 유추했습니다."

"뭐라고, 외국인이라고?"

세 사람은 경악했다. 전혀 예상하지 못한 바였다. 수사부장은 본능적으로 주변을 둘러봤다. 이런 말이 만약 기자에게라도 들어가면 보통 문제가 아니었다. 정말 외국인이 황태자비를 납치했다면 엄청난 상황을 불러올 수 있는 일이었다.

"그것도 일본에 온 지 그리 오래되지 않은 외국인 말입니다. 범행 수법을 볼 때 일본에 어느 정도 머물렀다면 상당히 유창하고 풍부한 어휘를 구사했을 테니까 말입니다."

"외국인이라……. 그럼 언제쯤 온 걸로 생각되나?"

"1년 내외일 겁니다. 여자들은 처음에는 범인이 거의 말이 없었지만 사귀면서 차츰 말도 유창해졌다고 했습니다. 여자들은 그것을 성격 탓으로 생각했지만, 종합해 보면 납치범이 차츰 일본어가 늘었다는 얘기가 됩니다."

"그럴까?"

"하시모토도 납치범이 어휘가 풍부해졌다고 했습니다. 지난 1년 사이에 말입니다."

"다나카, 자네 자신할 수 있나? 이건 엄청난 얘기인데?"

수사부장의 호흡이 거칠어졌다. 다나카는 그에게 캄캄한 겨울바다의 등대와도 같은 존재였다. 그런 그가 핵폭탄보다도 더 위험한 말을 내뱉고 있는 것이 아닌가.

만약 다나카의 말이 사실이라면 문제는 단순한 수사의 차원을 넘어서게 된다. 그것은 정치 외교에 관한 문제가 될 것이다. 외교 악화는 물론 국민들의 분노는 내국인에 의한 범행으로 알고 있을 때보다 몇백 배나 더할 것이고, 범행 동기가 무엇이냐에 따라서 그 분노가 메가톤급으로 커질 수도 있다.

"다나카, 다시 한 번 생각해 보게. 이게 얼마나 엄청난 추리인지 알고 있나? 이런 엄청난 추리가 사실이 아닌 것으로 판명됐을 경우에 일어날 파문을 짐작이라도 하고 있는 건가?"

수사부장은 괴로운 표정을 지으며 이마를 손으로 눌렀다.

"잘 알고 있습니다. 그래서 확인을 하고 왔습니다."

"오, 맙소사!"

수사부장의 입에서 비명이 흘러나왔다. 이제 세 사람은 숨소리 하나 낼 수 없었다.

"범인은 김인후, 한국인 남자로 나이는 27세, 문부과학성 장학생으로 히토츠바시대학교 대학원에 유학 중인 자입니다."

순간 장내는 차갑게 얼어붙었다. 사태는 드디어 최악으로 치닫고 만 것이었다.

"오, 맙소사!"

경시감의 입에서도 비명이 흘러나왔다.

"틀림없이 확인했나?"

경시감이 다시 한 번 물었다.

"세 여자를 데리고 나리타공항 출입국관리본부로 가서 직접 확인한 사실입니다. 세 여자 모두 한국인 청년을 지목했습니다."

세 사람은 서로의 얼굴을 바라보기만 할 뿐 무슨 말을 해야 할지 몰랐다. 침묵이 흐른 후 경시총감이 고뇌에 찬 음성으로 말했다.

"출입국관리본부에서도 이 사실을 아나?"

다나카는 고개를 가로저었다.

"마약 사범 수사를 가장해 보안을 유지했습니다. 하지만 불길한 소식이 있습니다."

"그게 뭐야?"

"이 청년은 이미 일본을 떠났습니다."

세 사람은 다시 한 번 경악했다.

"그렇다면 황태자비 전하는?"

경시총감의 날카로운 목소리가 공기를 갈랐다.

"일본에 계십니다."

또다시 침묵이 흐른 후 경시총감은 혼잣말처럼 중얼거렸다.

"납치범이 일본을 떠났다면, 최악의 경우도 생각해야 하지 않을까?"

경시총감의 음성은 떨렸다. 최악의 경우라면 범인이 황태자비를 살해하고 도주한 것을 의미했다. 총감의 혼잣말은 다시 이어졌다.

"그럴 경우 어떻게 해야 한단 말인가?"

경시감 역시 흔들리는 목소리로 중얼거렸다.

"내각에…… 알려야 합니다."

경시총감은 무의식적으로 고개를 끄덕였다. 하지만 경시총감의 얼굴에는 난마처럼 얽힌 복잡한 표정이 역력했다. 내각에 알릴 정도까지의 탄탄한 기본 수사가 되어 있지 않은 상태에서 벌집 쑤시듯 왈칵 뒤집어 놓았을 때 경찰에서 내놓을 정보가 전혀 없었기 때문이다. 그 점을 경시총감은 고민할 수밖에 없었다.

"지금 내각에 알리는 것은 바람직하지 않습니다."

다나카였다. 세 사람의 시선이 다시 그에게로 쏠렸다.

"왜지?"

세 사람은 즉각 공감하면서도 다나카의 입을 통해 그 정연한 이유를 듣고 싶었다.

"첫째, 우리는 납치범에 대해 정확한 사항을 알지 못하고 있습니다. 좀 더 확실한 내막을 알아내고 나서 내각에 알려야 합니다. 내각도 우리 경찰에 기댈 수밖에 없는데, 자칫 잘못하면 나라 전체가 흔들릴 수 있습니다."

모두가 고개를 끄덕였다.

"둘째, 납치범이 일본을 떠났다는 사실, 그것도 미국으로 떠났다는 사실은 뭔가를 생각하게 합니다."

"뭘 말인가? 결국 황태자비가 최악의 순간을 맞이했을 수도 있다는 얘긴가?"

다시 경시총감의 목소리가 흔들렸다. 그러나 다나카는 침착하고 안정된 목소리로 대답했다.

"아마 황태자비는 안전하실 겁니다."

"어째서? 그자가 황태자비를 살해하고 도주했을 수도 있지 않은가?"

총감은 일말의 기대감을 가지면서도 최악의 시나리오가 뇌리를 떠나지 않는 듯 회의적인 시선으로 다나카를 쳐다보았다.

"납치범이 일본을 떠난 건 틀림없이 도피입니다. 이 도피의 의미는 범행이 이제 굳히기 단계로 들어섰다는 뜻입니다. 아시겠지만 납치범은 절대로 황태자비와 같이 나리타공항을 통해 일본을 떠날 수는 없습니다."

"그러니 더욱 불안한 게 아닌가?"

"불안해하실 필요 없습니다. 왜냐하면 납치범의 목표는 황태자비를 살해하는 데 있지 않으니까요."

"어째서 그렇게 생각하지?"

"날짜입니다. 납치범은 그제 저녁에야 일본을 떠났습니다. 만약 납치범의 목적이 황태자비를 살해하는 것이었다면, 범행 다음 날 바로 출국했을 겁니다."

세 사람은 고개를 끄덕였다. 범행 직후 떠나는 것과 시간이 경과한 후 떠나는 것에는 안전에 큰 차이가 있을 테니까 그것은 일리가 있는 말이었다.

"범행이 굳히기 단계로 들어섰다는 것은 무슨 말인가?"

"계획대로 모든 게 마무리되어 안정화 단계로 들어갔다는 얘깁니다. 그자는 한국이 아닌 미국으로 도주했습니다. 이것은 무엇을 말하는 걸까요?"

세 사람은 도저히 다나카의 머리를 따라잡을 수 없었다. 아니, 따라잡기는커녕 이해하기도 힘들었다.

"한국으로 도주한 것과 미국으로 도주한 것 사이에 큰 차이가 있나?"

"물론입니다. 납치범은 오랫동안 범행을 계획했지만 아직 요구사항이 없습니다. 즉, 잡범이 아니란 얘깁니다. 정치적 동기가 있을 것으로 보이는데, 이런 자라면 의당 한국으로 도주해 자신의 요구사항을 발표하는 게 상식적입니다. 하지만 납치범은 미국으로 도주했습니다. 이것은 도주를 위한 도주라는 얘깁니다. 즉, 피신인 거죠."

"우리로서는 한국보다는 미국이 더 까다롭지."

"그렇습니다. 어떤 정치적 동기가 있다 하더라도 한국 정부는 전력을 다해 범인을 검거할 테고, 우리에게 인도하지 않을 도리가 없습니다. 그러나 미국이라면 문제가 다릅니다. 우선 소재 파악도 힘들고 한국 정부만큼 미국 정부가 최선을 다해 줄지도 의문입니다. 최악의 경우 납치범은 묘한 방법으로 우리를 곤란하게 만들 수도 있습니다."

"그건 또 무슨 얘긴가?"

황태자비 납치사건

"정치적 동기가 무엇인가에 따라 납치범은 국제적 관심을 유도할 수도 있고, 그런 경우 한국보다는 미국이 효과를 극대화시킬 수 있는 여러 조건을 갖추고 있습니다."

경시총감은 그제야 다나카가 무슨 얘기를 하는지 이해할 수 있었다. 가령 과거의 김대중 납치사건 같은 것이 일본이 아닌 미국에서 일어났으면 그렇게 덮어질 수 없었을 터였다.

"납치범이 미국으로 도주하고 없는데 황태자비는 지금 어디 계시지?"

"물론 일본 어딘가에 계십니다."

"혼자 계시다는 얘기는 아니겠지?"

"물론입니다. 진짜 범인, 범행을 계획하고 김인후를 미국으로 도주시킨 납치범이 황태자비를 감금하고 있는 겁니다."

"그자가 가부키자에서 황태자비를 납치한 자인가?"

"그렇습니다."

"그자도 한국인인가?"

"그것은 아직 알 수 없습니다."

총감이 아쉬운 듯 물었다.

"미국으로 도피한 자가 주범일 수도 있지 않을까?"

"그렇지 않습니다. 우선 세 여자와 하시모토가 말한 체격과 사건 당일 가부키자의 목격자들이 얘기하는 체격 조건부터가 다릅니다. 이 친구의 역할은 여자들로부터 황태자비에 대한 정보를 얻어 내는 정도였을 겁니다. 그리고 주범이 황태자비를 안전한 곳으로 납치할 때까지 도왔다가 범행이 성공리에 끝나자 출국한 겁니다."

다나카는 과연 범인상분석의 대가다웠다.

"다나카 경시정, 그러면 내각에 보고하는 것은 잠시 미루고 좀 더 수사를 진척시켜 보자는 뜻인가?"

"그렇습니다. 당장 주범을 잡아들이는 것은 무리겠지만 공범자의 신원이 밝혀진 이상 추적해 낼 수 있을 겁니다."

일단 황태자비가 무사히 일본에 있을 거라는 다나카의 추리에 경시총감 이하 두 사람은 여유를 찾은 모양이었다.

"무엇보다도 보안 유지가 중요하니 그 부분은 수사부장이 책임을 지고 외부 발설을 막으시오. 다나카 경시정, 그럼 자네는 지금부터 무엇을 할 텐가?"

"우선 FBI에 연락해 그자의 소재를 파악해야 합니다. 저는 내일 첫 비행기로 한국에 가겠습니다. 아무런 단서도 못 찾아낼지 모르지만 여기서 범인이 무슨 통보라도 해오기를 기다리는 것보다는 낫겠죠. 만약 또 한 사람의 범인도 한국인이라면 단서를 더 찾아낼 수 있을 겁니다."

"그렇게 하게. 그리고 수시로 보고하게."

"알겠습니다."

경찰 수뇌부는 최악의 위기상황에서도 다나카가 있다는 사실에서 그나마 위안을 얻었다.

황태자비 납치사건

납치사건과 소설

나리타공항에서 인천공항까지는 거의 두 시간 반이 걸렸다.

다나카는 인천공항에 내리면서 눈이 휘둥그레졌다. 이제까지 한국에 대해 가지고 있던 다나카의 선입견은 초현대식 공항 청사 앞에 완전히 무너졌던 것이다. 인천공항은 일본이 자랑하는 나리타공항에 결코 뒤지지 않았다. 아니, 오히려 훨씬 웅장했다. 초현대식 건물에 걸맞은 소프트웨어를 갖춰 입국 수속이나 세관 검사도 전혀 불쾌감을 주지 않았다.

다나카는 입국장으로 나오자마자 자기 이름을 쓴 피켓을 든 통역을 찾을 수 있었다.

"제가 다나카입니다."

"어머, 그러세요? 다나카 선생님, 안녕하세요?"

"네, 반갑습니다."

깔끔한 용모의 통역은 유창한 일본어를 구사했다.

"이수연이라고 합니다."

"일본어는 어디서 배운 겁니까?"

"대학에 다니면서 2년간 일본에 연수를 갔었어요."

"아, 그렇군요."

한국에 도착한 다나카는 기분이 묘했다. 황태자비 납치범의 흔적을 더듬기 위해 온 길이라 마음이 무거워야 정상일 텐데 의외로 기분이 상쾌했다.

통역은 자동차를 가지고 나왔다. 다나카가 일본에서 통역과 자동차를 따로 부탁했지만 적극적인 성격의 통역은 자신이 운전까지 하면 어떻겠냐고, 그럴 경우 비용이 많이 절약될 것이라고 제안했다. 통역은 자동차를 시내의 롯데호텔로 몰았다.

"다나카 선생님, 오늘 오후 일정이 확실치 않던데요."

"아, 오전 일정에 따라 변동이 생길 수도 있어서요."

"굉장히 바쁘신가 봐요?"

"약간요."

"보통 일본 관광객들은 롯데호텔에 묵으면 사우나부터 하시거든요."

"……."

"다나카 선생님은 어떤 일을 하시는 분인지 여쭤 봐도 될까요?"

"문부과학성 직원입니다."

다나카는 내키지 않았지만 직업을 속였다.

"그러시군요. 그래서 대학교부터 방문하시는군요. 저도 기분이 좋아요. 외국어대학교는 저의 모교거든요."

"그래요? 잘됐네요."

　　　　　　　　　　　　황태자비 납치사건

"사실 유능한 통역은 외대 출신이 많죠."

통역은 부끄러운 듯 웃었다.

호텔에 도착하자 다나카는 짐을 풀고는 바로 외국어대학교로
갔다.

"제가 문부과학성 장학금을 받을 수 있도록 추천했습니다. 그
런데 무슨 일입니까?"

김인후의 지도교수는 다나카가 문부과학성의 타이틀이 찍힌
명함을 내놓자 반가워하면서도 무슨 일인가 싶어 신경을 쓰는
눈치였다.

"별일은 아닙니다. 우리는 어떤 학생들이 문부과학성 장학금
을 받아 일본으로 오는지 단지 서류만이 아닌 직접 그 주변 인
물들을 만나 평가하는 작업도 하고 있습니다."

"오. 그런 제도가 새로 생겼나 보군요?"

"그렇습니다. 협조해 주시기 바랍니다."

다행히 김인후의 지도교수는 오랜 일본 유학 경험도 있고 해
서 일본어 소통이 잘되었다.

"인후 군은 성실하고 올바른 학생이었습니다. 정의감도 강했구
요. 비록 집안이 여유 있는 편은 아닌 것 같았지만 물질적인 것
에 흔들리거나 하지는 않았지요."

"무슨 법적인 문제를 일으키거나 한 경력은 없습니까?"

"그런 일은 전혀 없습니다."

다나카는 그건 따로 경찰에 확인할 일이라 생각하면서 김인

후의 대학 생활에 대해서 꼼꼼하게 물었다. 그러나 김인후의 주변 어디서도 이번 사건에 관한 흔적을 찾을 수는 없었다. 다나카는 마지막 희망을 걸고 질문을 던졌다.

"김인후 군이 혹 글을 쓰거나 작가를 희망한 적이 있습니까?"

"네, 글솜씨가 있었지요. 대학문학상을 탄 적이 있는 걸로 기억합니다. 제목이 '연병장의 아침'이었던가, 저도 인상 깊게 읽었지요."

다나카는 자신의 추측이 맞았음에 기쁨을 느꼈다.

"그 작품을 한번 볼 수 있을까요?"

"잠깐 기다려 보시죠."

지도교수는 조교를 불러 김인후의 작품이 실린 교지를 찾아오게 했다.

"인후 군을 평가하는 데 있어 이런 것도 필요합니까?"

"그렇습니다. 내면적 성향이 어떤가 알고 싶어서요."

"한국어로 되어 있어 읽을 수 없을 텐데, 저희가 번역을 해드릴까요?"

"그래 주신다면 고맙지만 폐를 끼칠까 봐……."

"짧은 단편소설인데요, 뭐. 여러 학생에게 나눠 시키면 금방될 겁니다. 공부도 되고 좋죠."

지도교수는 즉시 조교를 시켜 번역을 해오도록 지시했다. 그간 다나카는 김인후에 대한 지도교수의 칭찬을 묵묵히 들었다.

한참 후에야 조교는 번역한 소설을 가지고 왔다.

"이거 너무나 폐를 많이 끼쳤습니다."

"별말씀을요. 인후 군을 잘 부탁합니다."

아무것도 모르는 지도교수는 다나카에게 김인후를 잘 부탁한다는 말로 인사를 마쳤다. 외국어대학교를 벗어나는 동안 다나카는 전자수첩을 꺼내 김인후에 대한 지도교수의 평가를 기록했다.

다음으로 다나카는 서울시경을 방문했다. 이미 도쿄에서 협조전을 띄워 놓았던 터라 서울시경에서는 따로 일본어를 잘하는 경찰까지 대기시켜 친절하게 협조했다.

"깨끗합니다. 요만큼도 얼룩진 게 없군요."

김인후는 범죄 기록은커녕 범칙금조차 낸 적이 없었다.

"가족 사항과 가족들의 범죄 기록도 한번 봐주시죠."

"네."

모니터를 들여다보던 직원은 잠시 후 다시 고개를 좌우로 흔들었다.

"범죄 기록은 없는데요."

"알겠습니다. 고맙습니다."

"그런데 김인후의 부친은 우여곡절이 많은 분이군요."

직원은 범죄 기록 외의 또 다른 내용을 열심히 들여다보며 넌지시 말했다.

"어떤 우여곡절이 있었습니까?"

"특별한 삶을 사신 것 같군요."

"좀 더 자세한 설명을 부탁드립니다."

"군대에서 문제가 있었군요."

"어떤 문제입니까?"

"과거 전두환 정권 시절 군대에서 혼자 궐기했군요."

"군대에서 궐기를 하다뇨?"

"혼자서 군사정권 물러가라고 궐기를 해서 바로 보안대로 연행되었어요. 그 후 제대를 했는데 다섯 개 기관에서 그를 감시했군요. 죽기 전까지 말입니다."

다나카는 전자수첩을 꺼내 경찰이 불러 주는 김인후의 인적사항과 부친에 대한 내용을 모두 기록하고는 흡족한 얼굴로 시경을 나섰다.

주차장에서 자동차를 가지고 나온 통역 이수연은 다나카가 자신을 기다리며 선 채로 뭔가를 열심히 읽고 있는 것을 보았다. 세상에 아무리 일벌레라 해도 이렇게 열심인 사람이 있을까 생각했다.

"이제 어디로 가실 건가요? 일본대사관으로 가실 건가요?"

"아니, 제천으로 가야 합니다."

"네, 알겠습니다."

다나카의 일정은 더 여유가 없어졌다. 김인후의 어머니가 제천에서 살고 있기 때문이었다. 한국에 도착하자마자 외국어대학교와 서울시경을 방문한 후 다시 충청북도 제천까지 내려가는 것이었다.

제천으로 내려가는 차 안에서도 다나카는 김인후의 작품을 훑어보았다. 다나카가 소설의 마지막 장을 덮자 통역은 웃음을 띠며 물어보았다.

"뭘 그렇게 열심히 보세요?"

"김인후 군이 쓴 소설입니다."

"그래요? 어떠세요?"

"그냥 훑어만 봐서 잘 모르겠군요. 하지만 맨 뒷장은 확실히 읽었어요."

"무슨 내용인지 저도 궁금해지는데요. 김인후 씨는 저의 선배이기도 하거든요. 저도 그 소설을 한번 읽어 보고 싶군요."

"다음에 다시 한 번 정독해야겠어요."

그러면서 다나카는 전자수첩을 꺼내 맨 뒷장에서 본 구절을 기록했다.

"무슨 내용인데 그렇게 기록까지 하세요?"

"주인공이 떠나면서 하는 말입니다. '부당하다고 생각한 순간 실행하라. 용기는 자유를 주지만 비겁은 굴종을 줄 뿐이다.'"

자동차는 올림픽대로로 접어들어 한참을 달린 후 중부고속도로로 들어섰다. 다나카는 달리는 자동차의 왼쪽을 따라 흐르는 한강을 보며 일본이 한국 근대화의 터를 닦아서 그런지 일본과 한국은 꽤 닮은꼴이라는 생각이 들었다.

다나카는 할아버지의 형, 즉 큰할아버지도 한때 조선을 다니면서 무역을 했다는 이야기를 들었다. 다나카의 큰할아버지는 무역을 하다 나중에는 좀 위험하긴 하지만 짧은 시간에 많은 수입이 보장되는 인력 송출업도 했다고 한다. 다나카의 큰할아버지는 그때 굶기를 밥 먹듯 하던 많은 조선인들을 미쓰비시니 미쓰이 같은 큰 회사에 취직시켰다고 자랑스러워했던 것이다.

그러나 다나카는 한국인들 앞에서 그런 얘기를 함부로 하면 안 된다는 것을 잘 알고 있었다. 당시 그의 큰할아버지는 지주에게 진 소작 빚 때문에 농사를 지어 봐야 다 뺏기고 마는 조선 농민들의 빚을 대신 갚아 주고 자유의 몸을 만든 후, 옷 사 입히고 용돈에 여행 경비까지 두둑이 주어 일본으로 데려갔다고 했다. 그 후 꼬박꼬박 월급이 나오는 회사에 근로자로 취직을 시켜 조선인들로부터 고맙다는 인사를 수없이 받았건만 지금은 마치 한국에서 잘살던 사람을 강제로 끌고 간 것처럼 매도한다고 했다.

"무슨 생각을 하세요?"

"큰할아버지께서 과거 한국에서 사업을 하셨는데, 그게 어떤 평가를 받을지 생각해 봤습니다."

"어떤 사업을 하셨는데요?"

"조선 사람들을 일본 회사에 취직시켜 주셨어요."

"……특이한 일을 하셨네요."

"그런 일에 대해 한국인들은 좋지 않게 생각하겠죠?"

"……대체로 그렇게 생각할 거예요."

"그 당시는 조선인들에게 고맙다는 얘기를 많이 들으셨다고 하던데……."

"우리는 그걸 강제 징용이라고 하죠."

"큰할아버지 말씀으로는 당시 한국의 농촌이 너무 궁핍해서 너도나도 일본으로 가고 싶어 했다던데……."

황태자비 납치사건

"……."

다나카는 더 이상의 대화는 무리라고 느꼈다. 자동차가 제천에 도착하자 다나카는 미리 연락을 해둔 제천경찰서로 갔다. 그곳에서는 두 명의 형사가 기다리고 있었다.

"김인후라는 친구가 무슨 범죄라도 저질렀습니까?"

김인후의 집으로 가는 동안 형사 중 한 명이 묻자 다나카는 대충 둘러댔다.

"아닙니다. 그 학생이 악덕 유학 브로커에게 속아 피해를 당할 우려가 있어 보호하려는 겁니다."

"악덕 유학 브로커라뇨?"

"김인후 군은 문부과학성 장학생인데, 브로커들이 장학금을 세 배 이상 올려 주겠다고 일부 학생들에게 편지를 보낸 모양입니다. 김인후 군은 그 편지를 받은 학생들 중 한 명입니다. 우리는 어떤 브로커가 그에게 편지를 보냈는지 조사 중입니다."

"김인후의 어머니는 혼자 사시는 모양이던데 그 사실에 관해 알고 계실까요?"

"글쎄요, 그래서 그에게 온 편지를 한번 봤으면 합니다."

"그거야 협조해 주실 겁니다."

형사들은 다나카의 의도를 눈치채지 못하는 모양인지 일본에서 김인후를 보호하기 위해서 왔다고 하자 적극적으로 도왔다.

두 형사와 통역 그리고 다나카가 김인후의 집에 들어섰을 때 김인후의 어머니는 놀라는 기색이었다. 그러나 형사들이 자초지종을 설명하고 다나카가 준비해 온 선물을 내놓자 반가워했다.

"인후에게 온 편지는 모두 여기 모아 두었어요. 그중에 그런 편지가 있을는지 모르겠네. 나쁜 놈들 같으니, 왜 공부 잘하고 있는 학생들을……."

남편을 잃고 혼자 살아온 지 꽤 됐을 텐데도 김인후의 어머니는 세상일에 그리 밝은 편이 아닌 모양인지 다나카의 말을 그대로 믿었다. 다나카는 준비해 간 카메라로 편지 봉투와 내용을 하나도 남기지 않고 다 찍었다. 뜻밖의 수확이었다.

"혹시 김인후 학생이 최근에 미국에 갈 거라고 하지 않았습니까?"

"미국이요? 걔는 일본에 있잖아요."

"맞습니다. 그런데 혹시 미국에 가겠다는 얘기는 없었나요?"

"그런 얘기는 못 들었는데요."

"미국에 아는 사람도 없구요?"

"아무도 없어요."

"최근에 아드님한테 연락이 오지 않았나요?"

"연락이야 자주 와요. 걔가 얼마나 효성이 지극한 앤데요. 아참, 한 달 동안 대학원 동료들끼리 교수님을 모시고 어디 시베리아로 여행을 떠난다고 했는데…… 그 나라의 전화 사정이 좋지 않아 연락을 못할 거라고 했어요."

다나카는 고개를 끄덕였다. 역시 범인들은 만반의 준비를 해 두었다. 다나카는 인사를 남기고 김인후의 집을 나왔다.

"만족할 만한 결과를 얻으셨나요?"

"네, 덕분에. 감사합니다."

형사들과 헤어져 서울로 돌아오는 차 안에서 다나카는 이제껏 한국에서 얻은 정보를 분석해 보았다. 편지를 찍어 오긴 했지만 거기에 결정적인 증거가 있을 것 같지는 않았다. 이제까지 알아낸 정보를 분석하면 김인후는 분명 확신범이었다. 돈을 염두에 두고 범행을 저지를 자는 틀림없이 아니었다. 물론 황태자비를 흠모하여 납치했다든지 하는 따위는 더더구나 아니었다.

　다나카는 도대체 무슨 생각으로 김인후가 일본까지 와서 황태자비를 납치하게 되었는지 강한 궁금증이 일었다. 서울에 도착해 호텔 부근의 현상점에 필름을 맡겼다.

　"오늘은 더 이상 일이 없으시죠? 이제 그만 저는 돌아가겠습니다."

　"아니, 늦었지만 같이 저녁이라도 먹는 게 어떻습니까? 물어볼 일도 있구요. 물론 초과수당은 지불하겠습니다."

　"호호, 수당이 제 의사를 결정하는 주인님 같군요."

　통역과 같이 저녁을 먹은 후 다나카는 바에서 맥주 한잔을 제의했고, 통역은 흔쾌히 응했다. 다나카로서는 김인후의 후배라는 통역으로부터 하나라도 더 알아내고 싶었다.

　"인후 선배는 어려서 아버지를 잃어 얼굴도 모른다고 했어요. 당시 한국 사회는 삼엄한 군사정권 시절이었거든요. 그때는 모두가 전두환이라는 군인 앞에 무릎을 꿇은 상태였죠. 저항 세력은 사라지고 정치가와 지식인은 고개를 숙이고만 있었죠. 그때 인후 선배의 아버지는 늦은 나이에 군대에 가셨는데, 그 삼엄한 부대 안에서 단신으로 궐기를 했대요. '전두환 물러가라'를 외치면서요. 그 일로 인후 선배의 아버지는 인간으로서는 겪을 수 없는 모진 고문을 당하고는 정신이상자가 되셨어요. 그리고 결국은 돌아가셨죠."

"그 궐기에 대한 고문 때문에 정신이상자가 되었다는 얘깁니까?"

"네."

통역의 목소리도 잠겨 들었다.

"그런 과거를 가졌다면 김인후 군이 그늘 없이 성장하기는 어려웠을 것 같은데요."

"오히려 그 반대였어요. 인후 선배는 다정하고 섬세했죠. 그런 배경이 있을 경우 생기기 마련인 콤플렉스라든지 내재된 폭력성도 전혀 없었어요. 인후 선배는 처음 봤을 때부터 반듯했어요. 늘 부드러웠지만 가슴속에는 강인함을 숨기고 있었죠."

바에는 삼인조 악단의 연주가 흐르고 있었다. 다나카가 즐겨 듣던 차이코프스키의 〈비창〉이었다. 다나카는 이 곡을 들을 때면 언제나 여동생 하나코를 생각하곤 했다.

달그림자가 길게 지던 날 밤, 하나코는 집으로 돌아오던 골목길에서 비참한 폭력에 희생되었다. 경찰이 도저히 범인을 잡아들이지 못하자 다나카는 고시 준비를 그만두고 사건에 직접 뛰어들었고, 마침내 흉악범을 체포했다. 그것이 경찰로 들어서게 된 계기였다.

범인을 검거하던 날 밤, 다나카는 〈비창〉을 틀어 놓고 하염없이 울었다. 그리고 영원히 폭력을 응징하는 사도가 되리라 맹세

황태자비 납치사건

했었다. 지금 다나카는 〈비창〉을 들으면서 다시 여동생을 떠올렸다.

'하나코, 무슨 일이 있어도 마사코를 납치한 범인을 체포할 거야. 마사코는 네게도 좋은 친구였지.'

슬픔을 자아내는 〈비창〉이 묘하게도 다나카의 의지를 더욱 불태웠다. 다나카는 음악을 들으며 김인후는 물론 또 다른 범인을 찾아내는 일이 자신의 숙명이라고 생각했다. 음악이 끝나자 다나카는 자리에서 일어나며 말했다.

"일어나실까요?"

"네."

"이것은 제 성의입니다."

통역은 감사의 미소를 지으며 다나카가 테이블 위에 놓은 봉투를 집어 들었다.

방으로 돌아온 다나카는 자동차가 질주하는 서울 야경을 오랫동안 바라보았다. 서울이 아무리 도쿄와 비슷해도 그 규모는 하늘과 땅 차이였다.

'후후. 너희들이 아무리 대단하다 해도 일본 경찰은 그리 녹록지 않아.'

탈출 기도

외무성의 435호 전문.

마사코는 아무리 기억하려 해도 떠오르지 않았다. 생각나지 않는 것을 억지로 쥐어짜려 할수록 갑갑증만 생기자 잠시 이 낯선 단어로부터 떠나 있기로 했다. 단어의 감옥으로부터 헤어나온 마사코는 다시 탈출 계획에 몰입했다.

창가에서 건물 주변을 살피던 마사코는 마음이 무거워졌다. 모든 게 너무도 견고했던 것이다. 게다가 마사코가 갇힌 방은 납치범이 머무는 옆방과 묵직한 나무문으로 연결되어 있었다. 지금은 잠겨 있지만 여차하면 납치범은 그 문을 통해 뛰어들어 올 것이다.

'이 산속 한가운데에서 어떻게 빠져나갈 수 있을까?'

마사코는 다시 마음을 추슬렀다. 문이나 벽을 부순다거나 창을 뜯어낸다거나 하는 방법은 마사코의 힘으로는 불가능할 뿐 아니라, 범인의 눈을 피할 수도 없었다.

납치범에게서 느껴지는 태산 같은 무거움. 그 무거움은 결코

황태자비 납치사건

둔함이 아니었다. 상대는 그 무거움 속에 섬세함과 부드러움을 담고 있었다. 마사코는 납치범에게서 풍기는 그 알 수 없는 강인함이 삶과 앎에 대한 깊이로부터 비롯된 것이 아닐까 생각했다.

마사코는 탈주를 위해서는 공간도 공간이지만 시간이라는 변수를 잘 활용해야 한다고 생각했다. 시간이라는 변수가 없으면 마사코는 자력으로는 절대 이곳에서 빠져나갈 수 없었다. 상대가 움직이는 시간대를 잘 알아야 했다.

그리고 또 하나의 변수가 있었다. 외부인의 방문이었다. 이상하리만큼 납치범은 외부와 자신을 빈틈없이 차단하고 있었다. 지금쯤 경찰에서는 그녀를 찾으려고 엄청난 수색을 하고 있을 텐데 이곳을 찾아온 사람은 아무도 없었다. 마사코가 파악할 수 있는 범위 내에서는 한 명도 없었다. 아무리 납치범이 용의주도하다 해도 이토록 외부에서 찾아오는 사람이 없을 리는 없었다. 마사코는 이 점을 이해할 수 없었다.

철거덕.

문이 열리는 소리에 마사코는 시계를 봤다.

오후 3시.

범인이 드나들던 시간이 아니었다. 마사코는 범인의 등장에 관심을 보여서는 안 된다고 생각하고 눈길도 돌리지 않았다.

"이 책들을 읽으시오."

납치범은 세 권의 책을 마사코 앞의 테이블에 내려놓았다. 마사코는 책을 보자 반가운 마음이 들었지만 범인의 엄격한 말투가 마음에 걸렸다.

"싫어도 읽어야 한다는 뜻인가요?"

"그렇소."

"그렇다면 읽을 수 없어요."

마사코는 책에서 시선을 거두어 버렸다. 범인은 책에 대해서는 더 이상 이야기하지 않았다.

"그리고 내일부터는 이 시간에 약간의 운동을 하는 게 좋겠소. 감시하지는 않겠지만 쓸데없는 마찰은 피했으면 좋겠소."

납치범은 나직하지만 힘 있는 목소리로 말했다. 마사코는 응대하지 않았다. 마음 같아서는 밖에 나가 시원한 공기를 들이마시고 싶었지만 상대가 베푸는 친절, 그것도 감시조차 하지 않겠다는 너무나 의도적인 배려가 꺼림칙했던 것이다. 납치범이 베푸는 대로 다 응했다간 마사코 스스로가 상대의 납치를 긍정하는 모양새가 될 수도 있을 것이었다.

"시간은 30분이오."

그러고는 납치범은 나가 버렸다. 정확히 10분이 지난 후였다.

철커덕.

다시 문이 닫히는 소리였다. 그것은 탈출에 고려해야 할 첫 번째 요소였다. 납치범의 발소리가 멀어지자 마사코는 조용히 눈을 감고 생각을 정리했다.

'내일 이 시간에 납치범이 다시 문을 열면 그때는 나가서 체조를 한다. 납치범의 스타일로 보아 바로 곁에서 감시할 것 같지는 않다. 하지만 분명 어디선가 감시를 할 것이다. 범인의 주의를 끌지 않는 범위 내에서 산책을 한다. 주로 건물 주위를 돌면서

구조와 근처의 지형을 살핀다. 자동차가 주차되어 있는 위치와 납치범이 자동차 키를 어떻게 보관하는지도 주의 깊게 보아 둔다. 그렇다. 자동차도 매우 중요한 요소다. 산길을 뛰어서 탈출할 때는 반드시 사전에 자동차를 움직이지 못하도록 해야 한다. 타이어에 구멍을 내어 움직이지 못하도록 할 수도 있을 것이다. 그런데 신발은 어떻게 하지?'

마사코는 구두를 내려다보았다. 가부키 공연 관람 때 신고 있던 외출용 하이힐이라 이것을 신고 뛸 수는 없었다. 이제껏 한 번도 맨발로 다니지 않아 발바닥이 약한 마사코는 맨발로 뛰는 것에는 자신이 없었다. 범인이 넣어 준 슬리퍼는 실내에서는 편했지만 막상 그걸 신고 뛸 수는 없는 노릇이 아닌가.

마사코의 뇌리에는 희망적인 생각과 비관적인 생각이 수시로 교차했다. 그럼에도 불구하고 마사코는 탈출에 관한 생각을 하는 동안은 자신이 살아 있음을 느꼈다. 적어도 납치범의 의도를 거스르는 쪽으로 노력하고 있다는 사실만으로도 그녀는 아직 건재했다.

특종

　스캔들 전문 잡지 《핑크》의 하루코는 특종을 터뜨림으로써 프리랜서에서 일약 팀장으로 승진했고, 후속타를 찾기 위해 고심하고 있었다. 하루코는 다시 미치코가 없어진 사실을 알았고, 수사에 뭔가 큰 진전이 있다는 판단을 하게 됐다. 하지만 그녀는 미치코를 찾아낼 수 없었다.

　"아마 경찰에서 보호하고 있는 것 같아요."

　"그렇다면 경찰에서 보안 유지를 해야 할 대단히 중요한 정보를 미치코가 알고 있다는 얘기 아냐?"

　"그런 셈이죠."

　"미치코와 연락할 방법이 없을까?"

　편집장은 다시 한 건 할 수 있다는 생각에 하루코와 머리를 맞대고 미치코를 만날 수 있는 방법을 강구했다.

　"집에는 하루에 한 번씩 전화를 한대요. 그냥 안부만 묻고 자기는 잘 있으니 걱정하지 말라고 하는 정도래요."

　"묘안이 있을 텐데……."

"제가 미치코의 집에 가 있다가 전화를 직접 받으면?"

"받을 수야 있겠지만 경찰이 그 전화를 듣고 있다가 미치코가 이상한 애기를 하면 바로 끊어 버릴 텐데."

편집장은 이런 방면에 훤한 사람이라 일이 어떻게 될지를 알고 있었다.

"제가 암호를 쓰는 것은 어떨까요?"

"암호?"

"네."

"어떤 암호?"

"학창 시절 우리끼리만 쓰던 암호가 있었어요. '가라가나'라고 모든 걸 거꾸로 얘기하는 거예요. 그러면 사람들은 눈치를 잘 못 채더라고요."

"속는 셈 치고 믿어 볼까?"

그날 저녁 하루코는 미치코의 집에서 전화를 기다렸다. 미치코의 부모는 전화가 오자 바로 하루코에게 넘겨주었다.

"미치코. 나야. 우리 오랜만에 가라가나 할까?"

"어머, 하루코. 가라가나라구?"

"그래. 내가 시작할게. 돈을 주지 않았어. 아주 조금. 네 건 아냐."

미치코는 잠시 생각하더니 곧 익숙한 듯 대꾸했다.

"아무 일도 없기 때문에?"

"아니, 넌 필요 없어."

"뭘 모르면 돼?"

"왜 집에 있는 거야?"

"일본인하고 중국인 때문에."

"셋 중에 하나가 아니지?"

"아니."

"경찰이?"

"틀려. 이제 그만 끊자."

미치코는 갑자기 사정이 생겼는지 전화를 끊어 버렸다. 하루
코는 마치 아무 일도 없는 듯 조용히 미치코의 부모에게 인사를
하고 집을 나왔다. 자동차 안에서 편집장이 기다리고 있다가 하
루코가 올라타자 대뜸 물었다.

"어때? 성공이야?"

하루코는 대답 대신 편집장의 목을 끌어안고는 깔깔거렸다.

"호호호. 아무도 눈치채지 못했을 거예요. 미치코가 금방 알
아듣던데요."

"그래, 미치코는 왜 경찰에 붙들려 있대?"

"어마어마한 정보예요."

"뭔데 그래?"

"납치범은 한국인이에요."

"뭐라구? 다시 말해 봐."

"납치범은 한국인이라구요."

"틀림없어?"

편집장은 재차 확인했다.

황태자비 납치사건

"그렇다니까요."

이것은 두루뭉술하게 쓸 수 있는 기사가 아니었다. 맞는지 틀리는지를 확인하고 나서 쓸 수밖에 없는 기사라고 판단되자 편집장은 다시 한 번 하루코를 다그쳤다.

"어떤 암호를 쓴 거야?"

"모든 걸 거꾸로 말하는 거죠. 네 몫으로 돈을 많이 받았다고 얘기했어요. 미치코는 금방 알아듣고 무슨 일이 있기 때문이냐고 물어봤죠. 그래서 전 네가 필요하다고 했어요. 그러니 뭘 알면 되냐구 물어 오더군요. 왜 집에 없느냐고 물었더니 일본인하고 중국인 때문은 아니라고 대답했어요. 그래서 제가 다시 확인했죠. 셋 중에 하나냐고 물으니까 그렇다고 했어요. 셋은 물론 동양 삼국이죠. 일본, 중국, 한국 말이에요. 그러고는 바로 전화를 끊어 버렸어요. 아마도 도청하고 있던 경찰관이 미치코에게 전화를 끊으라는 신호를 보냈을 거예요. 알아들을 수 없는 얘기를 하니까 혹시 무슨 일이라도 있을까 싶어서 말이죠."

"경찰에서 납치범을 체포했는지 여부는 못 물어봤어?"

"막 물으려고 하는데 미치코가 전화를 끊어 버렸어요."

"됐어. 흐흐흐."

편집장은 기쁨과 욕심을 억제하지 못하고 웃음을 흘렸다. 이제 밤새 윤전기만 돌리면 모든 것이 끝난다는 생각에 편집장은 어쩔 줄을 몰랐다.

다음 날 아침 출근길의 일본인들은 경악하지 않을 수 없었다. 스캔들 전문 주간지 《핑크》의 특별판 때문이었다. '황태자비 납

치사건의 범인은 한국인'이라는 제목 아래 다음과 같은 기사가
실려 있었다.

경찰의 집요한 추적 끝에 황태자비를 납치한 범인 중 한 사람
은 한국인으로 밝혀졌다. 본지가 단독으로 확인한 바에 의하
면, 현재 경찰은 이 한국인의 신원을 파악하여 추적 중인데 범
행 동기에 대해서는 아직 결론을 내리지 못하고 있다. 나머지
범인도 한국인인지는 분명치 않지만 그럴 가능성이 높은 것으
로 보인다. 정상적인 일본인이 황태자비를 납치할 이유는 없기
때문이다.

머리기사 밑으로는 예의 그 선정적인 추측 기사들이 꼬리를
이었다.

한국인 범인이 황태자비를 살해하지 않았다면 황태자비는 지
금 아주 어려운 상황에 처해 있을 것으로 생각된다. 일본인처럼
황실에 대한 존경심이 없는 한국인이 젊고 아름다운 황태자비
를 유린할 가능성은 충분하다. 그랬을 경우 일본에 살고 있는
젊은 한국 여성들이 우익 폭력배에게 납치 또는 강간이나 살해
될 위험성이 상당히 높다. 물론 정부도 가만있지는 않을 것이
다. 최악의 경우 한국을 상대로 선전포고를 할 가능성도 있다.
군사평론가인 마쓰시다 씨는 일본이 보복의 상징으로 한국 제
2의 도시인 부산이나 군사시설이 밀집돼 있는 진해를 초토화시

킬 가능성이 있다고 판단하고 있다.

한국인 범인이 굳이 황태자비를 유린하지 않는다 하더라도 좁은 은신처에 남녀가 함께 있다 보면 자연스럽게 본능이 발산될 수도 있다. 물론 황태자비는 조신하고 사려가 깊기 때문에 설혹 범인의 요구가 있더라도……

《핑크》는 불티나게 팔려 나갔고, 선정적인 기사를 읽은 일본인들은 피가 솟구쳤다. 이 주간지의 보도가 몰고 온 파장은 실로 핵폭탄급이었다. 아니, 어떤 말로도 표현할 수 없을 정도로 일본의 자존심을 강타했다.

현해탄의 충격

  한국에서 하룻밤을 보낸 다나카는 다음 날 아침 통역이 오자마자 현상점에 가서 사진을 찾았다. 특수 카메라로 찍은 것이기 때문에 편지 내용은 아주 선명하게 잘 보였다. 다나카는 그 사진을 가지고 일본대사관으로 향했다.

  "여기서는 제가 필요 없겠군요."

  "휴게실에서 잠시 쉬고 있어요."

  다나카는 편지를 통역에게 맡길 수는 없는 노릇이라고 생각하기도 했지만 일본대사관에서 할 일도 있었다. 대사관 직원에게 위급 상황임을 설명하고 편지 내용의 번역을 부탁한 후 다나카는 김인후의 비자 서류를 찾았다.

  다나카는 김인후가 일본 문부과학성의 장학금을 받으려면 보증인을 세워야 했을 테고, 그 보증인 중에 하시모토가 얘기하던 어려서부터 김인후에게 영향력을 미친 인물을 찾을 수 있지 않을까 생각했던 것이다.

  과연 김인후의 서류에는 세 사람의 보증인이 있었다. 그러나

황태자비 납치사건

보증인의 신분란에는 모두 직업이 대학교수라고 적혀 있었다. 그것도 김인후가 다니는 외국어대학교의 교수들이었다.

다나카는 쓴웃음을 지었다. 이렇게 단편적인 증거에만 의지해 김인후의 주변 인물을 조사한다는 것은 불가능한 일이었다. 한국 경찰을 속이고서라도 도움을 청할 수밖에 없었다. 그러나 그것도 당장 김인후가 없는 상황에서 효과가 있을지는 의문이었다.

"다나카 경시정님, 번역을 끝냈습니다."

다나카가 시간을 재촉하는 바람에 한꺼번에 사람들이 달려들었던지 편지는 예상보다 빨리 번역이 되었다.

"고맙습니다."

다나카는 대사관의 창가 자리에 앉아 편지를 훑어보기 시작했다. 편지는 대부분 사건과 무관한 것들이라 소득이 없었다. 다나카는 편지를 다시 한 번 찬찬히 훑어보았다. 그중 발신인과 내용이 새롭게 눈에 들어오는 것이 있었다.

수신: 김인후
주소: 제천시 장락동 로즈웰아파트 707동 103호
내용: 제천의병박물관 건
발신: 제천문화원장 송만배
본 문화원에서는 구한말 전국에서 최초로 의병을 일으킨 우리 제천의 의기를 이어 가고자 제천의병박물관 건립을 계획하고 있는바, 시와 계속 협의하여 앞으로 수년 내에 결실을 맺으려고 노력하고 있습니다. 따라서 본 문화원에서는 박물관에 소장할

사료들의 현황을 파악하고 있습니다. 이에 본 문화원에서는 을미사변 당시 명성황후를 보호하기 위해 단신으로 상경하였다가 억울한 죽임을 당한 귀하의 고조부에 관한 증언을 채록하고자 하니 본 문화원으로 연락을 주시기 바랍니다.

'명성황후와 황태자비?'

다나카는 이 편지에 강한 호기심이 일었다. 명성황후라는 단어가 황태자비의 납치와 관련해 이상한 예감으로 다가오는 것이었다. 한참을 생각하던 다나카는 통역이 기다리는 곳으로 갔다.

"일은 다 보셨어요?"

"네. 그런데 제천에 한 번 더 가야겠어요."

"어머! 그건 예정에 없었는데요. 오늘 오후에 일본으로 가시기로 하셨잖아요?"

"사정이 바뀌었어요."

다나카가 통역과 함께 다시 제천으로 출발해 찾아간 곳은 제천문화원이었다.

"반갑습니다. 제가 문화원장 송만배입니다."

"다나카입니다."

다나카가 내민 명함을 살피면서 문화원장은 분위기를 부드럽게 유도했다.

"환대해 주셔서 감사합니다. 그런데 문화원장님은 혹시 김인후라는 사람을 아십니까?"

"물론입니다. 이 작은 도시에서 김인후 군을 모르면 문화원장이라고 할 수 있습니까? 그 청년은 아주 성실하고 똑똑하지요. 지금은 일본의 히토츠바시대학교에 가 있습니다. 참, 그러니 일본 문부과학성에서 이렇게 찾아오셨겠지요."

다나카는 약간 미안함을 느꼈다. 그러나 수사관이란 사건을 위해서라면 거짓말쟁이가 되어야 할 때도 있는 법이다.

"제가 역사에 대해 그리 밝은 편이 아니라 몇 가지 여쭤 보겠습니다."

"그러십시오."

"제천 의병은 일본에 대항하기 위해 일어났습니까?"

"그렇습니다. 한말에 일본의 침략이 노골화되자 유학자를 중심으로 이곳 제천에서 가장 먼저 일어났지요."

"그렇군요. 명성황후란 민비를 말하는 것입니까?"

"그렇습니다. 일본인들은 민비라고 부르지요."

"을미사변은 일본인들이 그 명성황후를 살해한 사건을 말하는 것입니까?"

"그렇습니다."

"그런데 이 김인후라는 학생의 고조부가 그 을미사변과 무슨 관련이 있는 모양이지요?"

"그렇습니다. 그 당시 일본인들이 명성황후를 살해하려 한다는 소문이 파다했어요. 하지만 모두들 겁을 집어먹고 우왕좌왕하기만 할 뿐이었답니다. 이때 제천에서 농사를 짓던 김인후의 고조부가 단신으로 말을 타고 한성으로 올라갔어요. 한 손에는 가래를, 다른 한 손에는 박달나무 몽둥이를 들고 말입니다."

"그러곤 어떻게 됐습니까?"

"돌아가셨습니다."

"그 이유를 아십니까?"

"그건 몰라요. 그런데 선생은 뭘 알고 싶은 겁니까?"

"아, 아닙니다. 저는 김인후 군의 장학금을 연장해 주기 위해 이것저것 참고가 될 만한 것을 알고 싶었습니다. 고맙습니다. 그런데 김인후 군은 고조부의 일에 대해 어떻게 생각할까요?"

"그거야 당연히 자랑스러워하지 않겠습니까?"

"네, 그렇겠군요."

문화원장은 다나카가 싱거운 사람이라고 생각되는 모양인지 못마땅하다는 듯 한마디 툭 내뱉었다.

"하여튼 희한한 세상이군요. 일본에 대항하다 죽은 의병 할아버지를 둔 손자는 바로 그 일본에서 장학금을 받고……."

문화원장의 말을 통역이 옮기는 순간 그 말은 다나카의 가슴에 묘한 울림을 안겨 주었다.

다나카는 문화원장에게 공손히 인사를 하고 문화원을 나섰다.

서울의 호텔로 돌아온 다나카는 수사에 진척이라도 있나 궁금해서 일본 경시청으로 전화를 걸었다.

"이봐, 다나카 경시정. 큰일 났네."

수사부장은 허둥대고 있었다.

"무슨 일인데요?"

"범인 중 하나가 한국인이라는 사실이 알려지고 말았네."

"네? 보안 유지가 안 됐습니까?"

"저질 폭로지《핑크》가 어떻게 알아냈는지 모르겠군."

"음……"

"결국 총감님이 기자회견을 하셨네. 범인 중 한 사람이 한국인이고, 지금 미국으로 도주했다고 말이야."

"어쩔 수 없었겠군요."

"그 사람이 재일 한국인이 아니라 한국에서 온 유학생이라는 사실 때문에 지금 온 국민이 흥분하고 있네. 어떤 사람들은 범인이 한국 정보기관에서 보낸 공작원일 가능성도 있다고 주장하는 판이야. 총감님은 지금 내각에 보고하러 가셨네. 자네 빨리 돌아와야겠어."

"저는 여기서 할 일이 더 있습니다."

"지금 수사가 문제가 아니야. 내각이나 기자들에게 그간의 과정을 설명해야 해."

"그건 부장님이 하셔도 되지 않습니까?"

"그들이 자네를 찾으니까 그렇지."

"저에 대해선 적당히 둘러대세요. 범인의 흔적은 여기 한국에서 찾아야 합니다. 자세한 것은 나중에 보고 드리겠습니다."

전화를 끊은 다나카의 뇌리에는 병영에서 '전두환 물러가라'를 외치는 김인후의 아버지와 농사를 짓다 말고 가래와 몽둥이를 양손에 든 채 말을 타고 한성으로 올라가는 김인후의 고조부가 오버랩되었다.

김인후는 어려서부터 고조부와 얼굴도 기억하지 못하는 아버지의 뜻을 떠올리며 살아왔을 것이다. 이번 범죄는 그 연장선상에서 보아야 할 것이다.

다나카는 김인후의 범행을 지배하는 것은 역사적 동기라고 확신했다. 그 확신은 다시 김인후에게 어려서부터 영향을 주어왔다는 그자가 주범이라는 확신으로 이어졌다. 주범이 한국인이든 일본인이든 그 흔적은 여기 한국에서 찾아야 했다. 아직 다나카는 'KBS 음모'와 연관된 범인의 얘기는 아무에게도 하지 않았다. 조사를 해보고 확실해야만 보고한다는 게 다나카의 원칙이었다.

다나카는 저녁을 먹으면서도 문화원장의 넋두리에서 받았던 얼핏 스쳐간 느낌의 정체에 대해 생각을 거듭했다.

— 하여튼 희한한 세상이군요. 일본에 대항하다 죽은 의병 할아버지를 둔 손자는 바로 그 일본에서 장학금을 받고……

'그래, 그런 내력을 가진 김인후가 일본 문부과학성으로부터 장학금을 받았다?'

이것은 분명 뭔가 아귀가 맞지 않는다는 느낌이 들었다. 고조부가 일본에 대항하려 했다가 사망한 사실 때문에 일본으로부터 장학금을 받는 것이 옳지 않다는 얘기는 아니었다. 황태자비를 납치하겠다는 뜻으로 일본으로 건너온 사람이 문부과학성 장학금을 받는다는 것이 맞지 않는 것이었다.

문부과학성 장학금을 받으려면 오랜 준비가 필요한데, 황태자비를 납치하겠다는 사람이 그 오랜 시간을 장학금 받는 데 쓴다는 것은 어불성설이었다. 그렇다면 범인들이 범행을 결심한 것은 1년이 채 안 된다고 보아야 할 것이다. 그러자 하시모토가 얘기하던, 어려서부터 김인후에게 영향을 주었다던 그 인물이 다시 생각났다. 하시모토의 진술에 의하면, 그는 김인후가 간사이로 공부하러 왔더라면 많은 도움을 줄 수 있을 거라고 말했다.

'김인후는 처음엔 범행을 생각하지 않았을 것이다. 일본에 온 후에 범행을 저지를 생각이었다면 간사이에 있다는 그자가 종용했다고 보아야 하지 않는가. 그렇다면 그가 주범인데, 그자는 김인후보다 먼저 일본에 들어와 지금까지 체류하고 있다는 얘기가 아닌가. 이렇듯 철저히 은신하고 있다는 것은 그자가 그 지방 사정을 잘 안다는 뜻이고, 1년 이상 체류했다면 당연히 외국인 등록이 되어 있을 것이다.'

여기까지 생각이 미친 다나카는 다시 일본에 전화를 걸어 수사부장을 찾았다.

"다나카, 웬일이야? 또 전화를 하고."

수사부장의 목소리는 아까와는 달리 상당히 활기를 띠었다.

"무슨 좋은 일이라도 있는 모양이군요?"

"그건 아니고, 다만 한국인이 가담한 범죄라는 사실이 밝혀지니까 그간 비난만 쏟아지던 게 이젠 격려도 들어오는군. 조금 전 대규모 형사대를 한국에 급파하기로 결정했네. 뭔가 잔치를 벌이는 기분이야."

다나카는 수사부장의 들뜬 목소리가 못마땅했다. 이 사건은 그렇게 잔치를 치르는 기분으로 처리할 사건이 분명히 아니었다.

김인후는 범죄형 인물이기는커녕 올바르고 성실한 청년이었다. 게다가 그의 고조부는 일제에 대항하다 죽었고, 그의 아버지는 한국의 군사독재에 항거해 군에서 궐기한 의지가 강하고 정의로운 인물이었다. 김인후는 그 피를 이어받아 자신으로서는 대단히 정의롭다고 생각하여 범행에 가담했을 터였다.

주범은 또 어떤가. 그는 거의 단신으로 이 모든 범행을 계획하고 실행한 자가 아닌가. 지금까지 수많은 인원이 동원되었지만 그의 종적조차 찾지 못했다. 그에게도 분명 엄청난 범행 동기가 있을 것이다. 김인후라는 한국인이 개입되었다는 이유만으로 이 사건이 이렇게 국제적으로 비화된다면 그것이 꼭 일본에게도 좋으리라는 보장은 없다고 다나카는 판단했다.

"형사대는 왜 한국으로 보내는 겁니까? 그런다고 얻을 것은 없습니다. 괜히 사건만 흩뜨려 놓게 됩니다."

"다나카 경시정, 잘 듣게. 이 사건은 이미 국제적인 문제야. 형사대 파견도 전략적으로 결정된 일이네. 알겠나? 일단 사람들의 관심을 한국으로 유도해야 한단 말이야. 이것이 일본 경찰을 위해서도 유리해. 한국에서 샅샅이 뒤지면 뭐가 나와도 나오게 돼 있어. 아니면 한국인들이 감추고 내놓지 않는 것이지. 우리는 시간을 버는 거야. 그동안 뭐가 돼도 돼. 알겠어?"

"수사의 총책임자인 부장님이 범인을 잡을 생각은 안 하고 그런 말씀을 하시니까 맥이 빠지는군요."

"글쎄, 그게 그런 게 아니라니까."

황태자비 납치사건

다나카는 기분이 상해 그냥 전화를 끊으려다가 하루빨리 범인을 잡아야 사건이 일파만파로 확산되는 것을 막을 수 있다는 생각에 마음을 고쳐먹었다.

"부장님. 어쨌거나 범인이 한국인이라면 일본에 들어온 지 1년이 넘은 40대 전후의 인물일 겁니다. 하시모토를 법무성 출입국관리본부로 데려가서 거기에 해당하는 사람들의 외국인 등록부를 다 보여 주세요. 시간은 좀 걸리겠지만 운이 좋으면 찾아낼 수 있을 겁니다."

"그래? 역시 자네는 대단해. 그 정도면 범위를 많이 좁혔네."

"지금 즉시 확인을 해주십시오. 결과가 있으면 호텔로 연락 주시구요. 제가 없더라도 메시지를 남겨 주십시오."

"알겠네. 그런데 형사대를 한국으로 보내면 자네가 현장에서 지휘할 수 있겠나?"

"저는 형사대와는 관계없습니다. 한국에서 요란을 떨고 싶지는 않습니다."

"요란을 떠는 것도 필요하다니까. 이미 이것은 국제적인 사건이야."

수사부장은 신이 나 있었다.

범인의 그늘

철거덕.

오후 3시.

납치범은 약속대로 문을 열었다. 그의 눈은 제일 먼저 어제 테이블 위에 놓아두었던 책을 향했다. 자신이 놓아둔 모양새 그대로인 것을 확인한 납치범의 눈이 황태자비의 얼굴을 쏘아봤다. 마사코는 상대의 눈길을 피하지 않고 맞받았다.

"나는 이 위험하고 열악한 상황에서도 당신을 위해 최선을 다하고 있소. 그런데 당신은 왜 의도적으로 모든 것을 거부하는 거요?"

"그래요, 나는 당신이 바라는 것은 절대 아무것도 하지 않겠어요. 운동도 하고 싶지 않아요. 책을 읽으라고 강요한다면 차라리 다시 단식을 하겠어요."

"으음……."

납치범은 잠시 주저하더니 단호한 목소리로 말했다.

"그렇다 하더라도 나 역시 물러서지 않을 거요."

황태자비 납치사건

납치범은 차가운 표정으로 돌아서 나가 버렸다. 순간 마사코는 짧은 승리의 기쁨을 느꼈다. 하지만 저녁이 다가오고 또다시 산속의 어둠이 깊어 가자 마사코는 자신이 처한 상황이 너무도 견디기 힘들었다.

"야만인!"

어둠 속에서 마사코는 납치범에 대한 증오를 되풀이했다. 배고픔은 참을 수 있었다. 하지만 며칠이 지나도록 아무도 자신을 구출하러 오지 않는다는 사실이 헤어날 수 없는 절망을 느끼게 했다.

급기야 마사코는 자살을 한다면 어떻게 할 것인가에까지 생각이 미쳤다. 그러나 마땅한 방법이 없었다. 다다미방 안에는 침대 하나, 그리고 테이블과 의자 두 개뿐이었다. 지지대도 없는 방에서 어떻게 목을 맬 것인가. 그렇다면 창의 유리를 깨 동맥을 자르거나 혀를 깨무는 방법이 있을 뿐이었다. 그러나 그것은 생각조차 하기 싫은 죽음이었다.

"으 흐흑……."

황태자비는 납치된 후 처음으로 흐느꼈다. 납치범에 대한 증오가 서서히 남편에게로 옮아갔다.

―내가 일생 동안 전력을 다해 지켜 주겠소.

온 일본의 여성을 열광시켰던 황태자의 청혼사였다. 하지만 정작 마사코로서는 마음이 내키지 않는 결혼이었다. 우연히 외국 귀빈 환영 파티에서 만났던 나루히토 황태자는 도쿄대학교와 하버드대학교를 졸업한 외교관 마사코를 보자 한눈에 반했다. 마사코만큼 지성과 미모를 겸비한 여자를 그때껏 만난 적이 없었던 황태자는 마사코가 영국의 옥스퍼드대학으로 연수를 가자 미칠 것만 같았다. 그래서 황태자는 모든 방법을 동원했다. 마사코는 주위의 수많은 권고에도 불구하고 그때마다 정중하게 거절했다. 그러나 결국은 국가의 압력을 거부할 수 없어 황태자의 청혼을 받아들이고 말았던 것이다. 그러나 지금 이 순간 남편은 뭘 하고 있는지조차 알 수 없었다.

이런저런 생각으로 밤을 하얗게 지새우고 새벽이 밝아 오자 마사코는 납치범이 두고 간 세 권의 책으로 눈길을 옮겼다. 그러나 마사코는 궁금증을 눌렀다. 죽더라도 저 책을 읽을 수는 없다고 다시 한 번 마음을 다잡았다. 거듭된 단식과 불면증으로 마사코는 급기야 탈진하고 말았다.

"이제 정신이 드오?"

얼마나 오랫동안 눈을 감고 있었는지 모르지만 눈을 뜨는 것조차 힘들었다. 망막에 희미하게 뭔가가 맺히는 것 같더니 납치범의 모습이 차츰 선명해졌다. 그는 마사코의 입에 미음을 흘려 넣고 있었다.

"미안하오. 나는 당신이 이토록 극단적으로 행동할 것이라곤 생각하지 못했소."

마사코는 정신이 들었다. 납치범의 말을 들은 마사코의 입가에 미소가 번졌다. 자신이 이긴 것이었다. 지금 납치범은 자신에게 사과를 하는 것이 아닌가.

황태자비 납치사건

"내게 아무것도 지시하지 말아요."

핏기가 하나도 없는 표정으로 겨우 입을 연 마사코는 자신도 모르게 눈물이 핑 돌았다. 납치범은 말없이 고개만 끄덕였다.

마사코는 다음 날 오후 3시가 되어 납치범이 문을 열자 순순히 밖으로 걸어 나왔다. 아직 원기를 회복하지는 못했지만 시원한 바깥 공기를 마시자 말할 수 없이 상쾌했다. 산책을 하며 마사코는 다음 목표인 탈출도 반드시 성공하고 말리라 다짐하며 사방을 둘러보았다.

납치범은 약속대로 몸을 드러내지 않았다. 이 점이 마사코에게는 오히려 더 불안했다. 납치범이 어디에 있는지를 알아야 산 아래를 향한 길로 뛰어내려 갈 수 있을 것이다. 마사코는 산길을 뛰어내려 가다가 숲속으로 들어가면 납치범도 찾아내지 못할 것이라고 생각했다.

그럴 경우 문제는 신발이었다. 지금도 마사코는 신고 있던 슬리퍼 차림으로 나왔다. 납치범의 경계심을 늦추기 위해서였다.

'만약 내일 산보 시간에 구두로 바꿔 신는다면?'

납치범은 당장 주의를 집중할 것이다.

'슬리퍼를 신고 뛴다면?'

만만치 않은 일이었다. 마사코는 이러다 자신이 결국 탈출하지 못하고 마는 것은 아닐까 두려워졌다.

'혹시 나는 적극적으로 탈출하겠다는 생각을 무의식중에 거부하고 있는 것은 아닐까?'

마사코는 왜 그런 생각이 드는지 이유를 생각해 보았다. 우선 어떤 방법으로 탈출을 시도해도 납치범에게 붙들리고 말 것 같은 불안감이 가장 큰 이유였다. 가부키자에서부터 느껴 온 납치범의 대담성과 용의주도함은 자신의 탈출을 결코 허술하게 방치하지는 않으리라는 생각을 들게 했다.

마사코는 지붕 사이사이를 살폈다. 수십 개의 카메라가 있을 것 같았지만 단 하나도 발견할 수 없었다. 이상한 일이었다. 카메라가 눈에 띄지 않는다는 사실이 오히려 납치범의 자신감과 능력을 보여 주는 것만 같았다.

또 다른 이유는 경찰이 자신을 찾아낼 것이라는 기대감 때문이었다. 따라서 그때까지는 납치범이 극단적인 행동을 취하지 않도록 신중해야 한다는 생각이었다. 이것은 경호 지침이기도 했다. 섣불리 경거망동하다가 긴장 상태인 납치범의 도발을 부르기보다는 안정된 상태를 유도하면서 기다리는 것이 경호의 원칙이다.

그러나 지금 무엇보다도 마사코로 하여금 탈출을 망설이게 하는 것은 납치범의 태도였다.

'납치범의 지시를 거부할 수 있었던 것도 상대가 내게 관대했기 때문이 아닌가? 만약 그가 나로서는 도저히 거절할 수 없는 방법을 취했다면 어쩔 수 없지 않았을까?'

마사코는 자신이 납치범의 지시를 거부할 수 있었던 것도 그 납치범보다 우월한 조건에 있어서가 아닌 것을 잘 알았다. 납치범은 마사코가 저항할 수 있는 길로 몰아 주었던 것이다. 즉,

황태자비 납치사건

납치범은 마사코가 위신을 지킬 기회를 부여하고 있는 것이었다.

마사코는 이런 관계가 깨지는 것이 두려웠다. 만약 탈출을 하다 실패하면 이런 관계마저 영락없이 깨지고 말 것이다. 그러면 납치범이 어떻게 돌변할지 알 수 없었다. 탈출에 대한 마사코의 의욕은 이런 이유로 인해 산책 시간이 끝날 무렵에는 점차 허물어지고 있었다.

마사코는 납치범이 제시한 운동 시간 30분이 지났지만 방으로 들어가지 않았다. 알아서 기는 강아지 같은 꼴은 보이고 싶지 않았던 것이다. 그러나 30분에서 몇 분이 더 지나자 납치범이 나타났다. 마사코는 납치범을 기다리는 듯한 기색도 보이지 않았다. 그냥 멀리 내려다보이는 산길 아래로 시선을 모으고 인적 없는 도로만 바라보고 있었다.

"시간이 더 필요하시오?"

"아니에요."

마사코는 감정이 실리지 않은 목소리로 대답했다. 그리고 마사코는 가슴에 담고 있던 최악의 경우에 대한 물음을 던졌다.

"나를 죽일 수도 있나요?"

"……"

납치범은 말이 없었다. 그러나 이때 마사코가 받은 느낌은 매우 이상했다. 자신에 대한 정중한 태도나 납치범에게서 느껴지는 인간적인 신뢰감으로 미루어 볼 때 당연히 '노'라는 대답이 나와야 했다. 마사코 자신의 잠재의식도 그것을 기대하고 그런 극단적인 질문을 했을 터였다.

그러나 상대의 반응은 기묘했다. 마사코는 그가 그런 극단적인 행위를 하지는 않을 인격처럼 보였지만 자신을 살해하는 부분에 대해서만큼은 전혀 별개일 거란 생각이 들었다. 그녀는 공연한 질문을 했다고 후회했다.

"방으로 들어가고 싶어요."

납치범은 몸을 비켰다. 감정의 동요를 내보이지 않으려고 애썼지만 마사코의 마음은 흔들리고 있었다. 마사코는 걸음걸이에 마음의 동요가 드러나지 않도록 아주 천천히 걸었다.

연병장의 아침

다나카는 한국 경찰의 협조를 얻어 KBS를 찾아갔다. 모리 총리의 인터뷰를 담당했던 프로듀서는 그 인터뷰가 음모라는 사실을 전화로 일러 준 사람은 유창한 일본어를 구사했다면서, 그가 한국인이리라고는 전혀 생각하지 못했다고 말했다.

전화국을 찾아가 확인한 바에 의하면, 범인은 오사카의 한 공중전화에서 KBS로 전화를 걸어왔다. 다나카는 비로소 두 사건이 동일인에 의해 저질러졌다는 확신을 가졌다.

호텔로 돌아오니 수사부장의 메시지가 와 있었다. 일본에 들어온 지 1년이 넘은 40대 전후의 외국인 중 하시모토가 말한 그런 인물을 찾아낼 수 없었다는 내용이었다. 다나카는 다시 미궁 속으로 빠졌다. 도처에서 범인의 흔적을 찾아내긴 했지만 결코 일목요연하게 눈에 들어오지 않았다. 다나카는 얼마 전 모리가 푸념하던 것이 생각났다.

— 어떻게 이렇게 단서와 단서가 연결이 안 될 수 있습니까? 귀신한테 홀린 것 같습니다. 우리는 천재와 게임을 하는 모양입

니다. 그나마 모두가 놓쳐 버리는 걸 다나카 경시정님이 계시니 이 정도로나 쫓아왔지, 안 그랬으면 아직까지 고마코나 닦달하고 있었을 겁니다.

마치 한 겹을 벗겨 내면 또 한 겹이 나오는 양파 같은 이번 수사에 모리는 지칠 대로 지친 상태였다. 다나카는 지금 모리와 같은 심경이었다. 납치범은 조금도 파고들 틈을 주지 않았다. 김인후를 찾아내긴 했지만 그는 뒤를 깨끗이 정리하고 미국으로 도주한 후였다.

'이제 어떻게 해야 하나?'

형사대가 오면 한국 경찰과 공조하여 김인후의 서울에서의 자취를 찾아 부산을 떨 테지만 다나카의 생각으로는 더 이상 나올 것이 없었다. 고향집에서도 뚜렷한 단서를 발견하지 못했는데 1년 전에 비운 서울의 자취방에서 뭐가 나오겠는가. 그렇다고 도쿄로 돌아갈 수도 없는 형편이었다. 도쿄에서의 일은 그가 아닌 누구라도 할 수 있는 일이었다.

다나카는 참으로 오랜만에 무료함을 느꼈다. 추리할 수 있는 모든 것을 다 하고 나니, 이제 간사이 지방을 집중적으로 수색 중인 수색대의 연락이나 기다리고 있을 수밖에 없었다.

다나카는 이제 좀 쉬면서 머리를 식히는 것이 필요하다는 생각이 들었다. 사우나에라도 가는 것이 낫겠다는 생각에 호텔방을 나서던 다나카의 뇌리에는 김인후의 소설 맨 뒷장의 한 구절이 떠올랐다.

부당하다고 생각한 순간 실행하라. 용기는 자유를 주지만 비겁은 굴종을 줄 뿐이다.

범행과 연관이 있을지 몰라 기록까지 해두었던 구절이다. 다나카는 다시 방으로 돌아가 김인후의 단편소설「연병장의 아침」을 가지고 호텔 14층에 있는 사우나실로 갔다. 딱히 무엇을 기대한 건 아니었지만 소설을 정독하다 보면 혹시라도 뭔가 단서를 발견할지도 모른다는 생각에서였다.

한국의 사우나는 그야말로 천국이었다. 일본이라면 생각도 못할 저렴한 가격에 뛰어난 시설을 갖추고 있었다. 도크에서 땀을 빼면서 영화를 볼 수도 있고, 냉탕에는 칠러를 설치해 냉수가 얼음물처럼 시원했다.

가운을 입고 휴게실을 찾은 다나카는 우선 시원한 맥주 한 병을 마신 다음 인삼을 넣고 끓인 도가니탕을 시켰다. 일본에서라면 주머니 걱정이 앞서 망설일 주문들이 한국에서는 그다지 부담이 없었다.

다나카는 김인후의 소설을 다시 읽을 생각으로 휴게실의 안마의자에 앉았다. 잠시 소설을 읽어 내려가던 다나카는 쓴웃음을 지었다. 지금 무엇을 하는 건가. 머리를 식히러 온 것이 아닌가. 그런데도 안마기 위에서마저 김인후의 소설을 들고 뭔가 찾아보려고 끙끙대고 있는 자신이 어이가 없었던 것이다.

다나카는 소설을 잡지꽂이에 꽂아 두고 다시 사우나 도크로 갔다. 잡념을 떨쳐 버리고 땀을 쭉 빼야겠다는 생각이었다. 모든 건 그 다음에 생각하고 싶었다.

도크에 있는 텔레비전에서는 서부 영화 〈셰인〉이 나오고 있었다. 다나카는 마침 그 영화를 좋아하던 터라 냉탕을 몇 번 드나들며 끝까지 보았다. 마지막 장면에서 소년은 떠나는 셰인의 이름을 몇 번이고 불렀다. 다나카는 김인후와 주범의 관계가 소년과 셰인의 관계 같은 것이 아니었을까 생각하며 다시 얼음물같이 찬 냉탕으로 들어갔다.

역시 다나카는 어쩔 수 없는 수사관이었다. 어떤 사건이 머리에 남아 있는 한 세상의 모든 것을 그 사건과 연관시켜 생각했다. 그래서 사우나에조차 김인후의 소설을 들고 오지 않았던가. 그리고 영화를 보면서도 소년과 셰인의 관계가 김인후와 주범의 관계 같은 것이 아닌가 가정해 보았던 것이다.

순간 다나카의 머리에 뭔가 얼핏 스쳤다. 조금 전에 읽었던 소설 속의 한 문단이었다.

상욱이 더 이상 아버지의 흔적을 찾을 수 없어 실의에 잠겨 있을 때였다. 옛날 상욱이 아버지에 대한 미칠 듯한 그리움을 주체하지 못하고 방황할 때 가슴을 쓸어 주었던 그가 다시 나타났다. 역사에 대한 해박한 지식을 지닌 그는 과거 속에 묻힌 사건을 캐내는 데 일가견이 있었다. 오랜 옛날 그가 어린 상욱을 찾아온 것도 과거사의 한 편린에서부터 시작된 여정의 결과였던 것이다.

처음 어린 상욱을 찾아왔을 때 그는 상욱의 고조부를 안다고

황태자비 납치사건

했다. 상욱이 고개를 갸우뚱하며 옛날에 돌아가신 고조부를 어떻게 아느냐고 물어보자 그는 빙그레 미소를 지으며 대답했다.

'나는 역사의 조각을 뜯어 맞추는 사람이란다.'

그 후로 10여 년이 지나 다시 나타난 그는 상욱에게 애정이 담긴 따뜻한 목소리로 말했다.

'상욱아, 정부기록보존소를 한번 찾아가 보렴. 거기서 발견되는 하나하나의 조각을 맞추다 보면 잃어버린 진실을 찾을 수 있단다. 나도 네 고조부의 진실을 바다 건너 먼 곳에서 찾아냈단다. 네 아버지의 기록도 어딘가에 보관이 되어 있을 것이다. 그 케케묵은 공간에서 네 아버지의 진실을 찾아내는 것은 바로 네가 할 몫이다.'

상욱은 그가 이미 자신의 아버지에 대한 모든 진실을 알고 있다고 생각했다. 하지만 자신으로 하여금 스스로 찾게 하려 한다는 것도 알았다.

'고조부.'

다나카는 현실의 고조부와 소설 속의 고조부가 일치하는 것은 아닐까, 소설에서 말하는 '그'가 혹시 어린 시절의 김인후에게 영향을 미친 인물이 아닐까 하는 생각이 들었다.

다나카는 급한 걸음으로 다시 휴게실로 갔다. 김인후의 소설은 잡지꽂이에 그대로 꽂혀 있었다. 거기서 그는 「연병장의 아침」을 읽고 또 읽었다. 읽을수록 이 소설은 김인후의 자전소설이라는 생각이 들었다. 김인후의 삶과 생활이 그대로 소설에 녹아 있는 것 같았다.

급히 사우나를 나온 다나카는 호텔 커피숍으로 통역을 불렀다.

"김인후가 선배라고 했지요?"

"네."

"그럼 이 소설을 한번 읽어봐 줘요."

통역은 영문도 모르고 소설을 읽기 시작했다. 통역이 마지막 장을 덮기가 무섭게 다나카가 물었다.

"어때요?"

"가슴이 아프네요."

"거기 나오는 박상욱이란 인물이 김인후와 비슷한가요?"

"그러네요. 마치 동일 인물 같아요."

다나카는 가슴이 뛰었다. 실제 인물 김인후가 소설 속의 박상욱이라면, 소설 속의 '그'는 하시모토가 말하던 '어린 시절부터 영향을 준 인물'임에 틀림이 없다는 확신이 생겼다. 그렇다면 '그'가 이번 사건의 주범일 것이다.

다나카는 소설 속에 나오는 '그'에 대한 묘사를 발췌했다. 우선 그는 역사 지식이 해박한 인물이다. 그리고 바다 건너 먼 곳에서 김인후의 고조부에 대한 기록을 보고 김인후를 찾아온 인물이다.

김인후의 고조부는 일본의 명성황후 살해에 대항하여 궐기했다. 그 후 한국은 일본이 지배했고, 한국의 모든 행정 역시 일본이 관장했다. 다나카는 일본 행정의 특징이자 단점이랄 수 있는 그 지긋지긋한 기록주의를 떠올렸다. 공무원의 모든 행위는 반드시 기록되어야 하는 것.

다나카의 뇌리에 김인후의 고조부는 비록 한국인이었지만 그 기록은 오히려 일본에 남아 있을 가능성이 높다는 생각이 떠올랐다. 김인후도 분명 '바다 건너 먼 곳'이라고 하지 않았던 가.

'그'가 김인후를 찾아왔을 때 김인후는 분명 어린 나이였고, 따라서 '그'는 자신이 떠나온 곳이 일본이라고 바로 말하지 않고 '바다 건너 먼 곳'이라고 했을 것이다. 즉, 그 '바다 건너 먼 곳'이란 김인후가 소설 속에서 만들어 낸 어휘가 아니라 '그'가 말했던 것을 기억에 담아 두었다가 소설에 그대로 쓴 것일 터였다.

다나카는 어쩌면 케케묵은 문서들을 뒤지는 데서 이 사건의 실마리를 찾을 수 있을지도 모른다고 생각했다. 다행이라면 그 '역사의 조각'들이 일본에 있다는 것을 소설이 암시하고 있다는 사실이었다.

바다 건너 먼 곳

일본 형사대는 그야말로 대규모였다. 여객기 한 대를 전세 낼 정도의 인원이 각종 장비와 개인 휴대품까지 들고 인천공항에 들어오는 모습은 자못 위압적이었다.

그들은 한국에 수사를 하기 위해서뿐만 아니라 한국 경찰을 꾸짖기 위해 온 사람들 같았다. 공항에 마중 나온 한국의 인터폴 책임자는 형사대의 인솔단장으로부터 나무람 비슷한 인사를 받았다.

"이웃 나라의 황태자비를 납치할 정도의 강력범이라면 마땅히 경찰이 감시하고 있어야 할 대상이 아니오!"

"……."

호텔에 짐을 푼 이들은 대뜸 김인후의 모친부터 찾았다. 김인후의 모친은 이미 형사대에 의해 제천에서 서울로 임의동행 형식으로 옮겨 와 있었다. 한국어에 능통한 일본 형사들이 바로 김인후의 모친을 둘러쌌다. 그들은 김인후의 모친을 닦달하면 뭔가 얻어 낼 것으로 믿었다.

황태자비 납치사건

일부는 김인후의 집을 압수수색한 한국 경찰로부터 압수품 일체를 넘겨받았다. 또 일부는 김인후의 집을 직접 수색하기 위해 제천으로 떠났고, 일부는 김인후가 일본으로 가기 전까지 살았던 서울 이문동의 자취방으로 향했다.

모두가 기세등등하고 안하무인 격이었다. 그들은 일본에서 한국인 범인을 그렇게 오랫동안 잡아내지 못하고 있는 이유가 마치 한국 경찰의 무능 탓인 듯 행동했다.

그들은 김인후의 어머니가 아무것도 알지 못한다고 일관되게 진술하는 것에 대해 극도로 분노했다. 차마 강압 수사를 할 수 없었던 그들은 대신 한국 경찰에게 화풀이를 했다. 그러나 한국 경찰은 아무것도 모르는 김인후의 어머니를 붙들고 더 이상 할 수 있는 게 없었다.

"과거 일제시대 한국인 경찰의 심정이 어땠을지 이해되는군."

한국인이 범인으로 알려져 있는 상황에서 사건은 지극히 정치적으로 민감한 상태로 발전했고, 그 때문에 더욱 한국 경찰이 주도적으로 할 수 있는 일은 없었다. 수사 협조라는 미명 아래 실제 전개되고 있는 상황은 그저 일본 경찰의 기분 맞춰 주기에 불과했다.

다나카는 수사부장으로부터 아무런 연락이 없자 수사에 진척이 없다고 생각하고 일본으로 돌아가기로 마음먹었다. 떠나기 전에 인사치레로라도 형사대를 만나기는 해야 했다. 다나카는 마치 군림하는 듯한 일본 형사대의 모습이 눈에 거슬렸지만 딱히 뭐라고 할 형편도 아니란 걸 잘 알았다. 인솔단장은 다나카도 잘 아는 사람이었다.

"뭐라구? 일본으로 돌아간다구?"

"그래."

"왜? 여기서 범인의 흔적을 찾아야 한다고 했다면서."

"이제 자네가 왔잖아."

"자네가 가면 어떡해? 나는 자네만 믿고 왔는데."

"그럼 한국에 그냥 있을까?"

"아, 아냐. 자네도 할 일이 있을 텐데. 가봐."

다나카는 단장의 흉중을 꿰뚫어 볼 수 있었다. 지금 인솔단장은 한국에서는 아무리 수사가 잘못돼도 본전은 한다는 생각일 것이다. 어차피 일본 경찰의 파견이란 제스처에 불과한 것이니까.

다나카는 곧바로 인천공항으로 향했다.

다나카는 비행기 안에서 사건의 추이를 다시 한 번 곰곰이 정리해 보았다. 김인후는 납치범과 고조부를 매개로 맞물려 있는 셈이었다. 납치범은 일본에서 김인후의 고조부에 대한 흔적을 찾아냈고, 그 내용을 토대로 어린 김인후를 찾아갔다. 다나카는 이 사실이 이해가 가지 않았다.

'그는 무엇을 발견했으며, 왜 어린 김인후를 찾아갔을까? 그는 일본인일까, 한국인일까? 어린 김인후를 찾아간 것으로 보아 그는 한국어를 할 줄 아는 사람일 것이다. 그렇다면 그는 한국인? 그러나 그는 오랫동안 간사이 지방에서 살아온 사람 같지 않았던가? 그럼 재일 한국인? 아니면 한국어를 할 줄 아는 일본인?

　　　　　　　황태자비 납치사건

그들은 어떤 이유로 의기투합했기에 황태자비 납치라는 엄청난 범행을 같이 저질렀을까?'

다나카는 이 사건을 해결하기 위해서는 역사학자나 서지학자가 되어야 한다고 생각했다. 사건은 모두 과거의 역사에서 출발하고 있으며, 황태자비 납치 역시 과거의 어느 사건과 맞물려 있을지 모른다는 생각이 들었다.

'납치범은 김인후의 고조부에 대한 기록을 어디서 찾았을까?'

일단 그 기록을 입수하는 것이 첫 번째로 해야 할 일이었다.

나리타공항에 내린 다나카가 맨 먼저 찾아간 곳은 경시청이 아니라 도쿄대학교였다. 졸업 후 참으로 오랜만에 모교를 찾아가는 길이라 다나카는 잠시 감회에 젖었다. 비록 법대에 다니며 고시 공부에 몰두했지만 인생을 살아가는 기본적인 가치관과 철학을 얻은 곳이었다.

인간에 대한 신뢰, 문명에 대한 확신을 모두 여기에서 얻었고, 그때의 가치관은 지금까지 어떤 사건 수사에서도 인권을 억압하거나 인간을 모독하지 않는 다나카의 수사원칙의 근원이 되어왔던 것이다.

다나카는 한국사를 연구하고 있는 고등학교 동창 야마자키 교수의 연구실을 찾았다.

"여어, 다나카. 위명은 틈틈이 듣고 있네."

"일개 형사가 어떻게 감히 도쿄대학교 교수의 존명에 비교될 수 있겠나?"

"이 사람, 그런 소리 하지 마. 사실 나도 자네처럼 살고 싶어. 치열한 수사 끝에 범인을 체포하며 '당신은 변호사를 선임할 권리가 있고 진술을 거부할 권리가 있으며……' 해가면서 말이야. 멋지잖아?"

"이봐 야마자키, 농담 말고 나 좀 도와주게."

"무슨 일인데? 천하의 다나카가 여기까지 온 걸 보면 보통 일은 아닌 것 같군."

"명성황후라고 있잖나. 우리가 흔히 민비라고 부르는."

"있지."

"그 명성황후를 정말 우리 일본이 죽였나?"

"그렇다네."

"그 사실이 어딘가에 기록되어 있겠지?"

"그렇지."

"그 기록을 어디에서 볼 수 있나?"

"역사적 사실이 궁금하다면 내가 가르쳐 줄 수 있네."

"아니, 그게 아냐. 역사적 사실도 중요하지만 내가 원하는 건 생생한 실제의 기록이네."

"그런데 도대체 무슨 일인가?"

"그 당시 명성황후를 보호하기 위해 시골에서 한성으로 갔던 사람이 있었어. 그런데 한성에서 피살당했거든. 그 사람에 대한 기록을 보고 싶어."

"흐음, 그래? 그런데 그런 세세한 기록이 있을까?"

"글쎄, 하지만 그걸 본 사람이 있다더군."

"그렇다면 누군진 몰라도 상당한 역사적 지식이 있는 사람이 겠구먼. 전문가야."

"그렇겠지?"

다나카는 '그'의 모습을 떠올려 보았다. 해박한 역사적 지식을 가지고 부조리한 사회에 대해서 강한 불만을 가졌을 '그'의 분위기가 느껴졌다.

'그는 현실에 불만이 생기면 생길수록 더욱 역사의 모범을 찾고자 역사의 기록에 매달린다. 그리하여 특수한 무엇을 찾아내면 그것을 자기만의 지식으로 만드는 것이다. 또한 그는 역사적 인물의 후손을 조사하여 찾아간다. 그래서 그 선조의 영웅적 행위를 함께 칭송하고, 또 비겁한 선조를 둔 후손에게는 그 잘못을 꾸짖는다. 그러다 결국 황태자비를 납치하기에 이른다.'

이런저런 생각을 해보던 다나카는 고개를 세차게 흔들었다. 그때 야마자키가 말했다.

"골치 아프게 기록을 뒤지지 말고 그 전문가를 찾아가 물어보면 되잖아?"

"그 반대야. 그 전문가를 잡으려고 그 기록을 찾는 거네."

"도대체 무슨 영문인지 모르겠군. 그럼 그 전문가가 무슨 범죄라도 저질렀나?"

"그래."

"그럼 그 기록을 찾으면 그 범인을 잡을 수 있나?"

"틀림없어. 사실은 그 기록보다도 그 기록의 열람신청서를 찾는 거네. 범인이 그 기록을 보기 위해서는 열람 신청을 했을 거 아닌가? 소중한 정부 기록을 아무나 마음껏 헤집게 할 리는 없을 테니까."

"그렇지."

"그자가 범죄를 저지를 생각을 하지 않았을 당시에는 실명을 썼겠지?"

"그렇군."

"그러니까 자네의 도움이 필요해. 어디에 가면 그 문서를 찾을 수 있나?"

"정부기록보존소와 외무성 사료관에 가면 그 당시의 문서를 찾을 수 있을 걸세. 어떤 문서는 그런 데로 내려가지 않고 각 부처의 창고에서 썩고 있기도 하지. 또 하나, 누군가가 의도적으로 내려보내지 않고 있는 문서도 있다네. 그것은 접근하기도 힘들고 무리하게 접근하려다 보면 사고가 나기도 하지."

"그건 무슨 말인가?"

"누군가의 사적인 이익이나 명예가 관련되어 있는 경우 문서를 본다는 행위 자체가 위험한 일이니까."

다나카는 고개를 끄덕였다. 충분히 이해가 가는 말이었다.

"그렇다면 역사란 뭔가? 현대사는 어떻게 기술되는 건가?"

"역사 기술은 힘이야. 힘 있는 자의 목소리가 기록되는 거지. 시간이 지나고 나면 그때 숨죽였던 목소리들이 조금씩 나오기도 하지만 그렇게 되면 역사는 해석의 문제가 되지. 해석도 역시 그 시점에서 힘 있는 자의 목소리에 의해 좌우되지. 결국 역사란

황태자비 납치사건

힘이야. 학자들이란 그 힘에 기생하는 존재들일세."

"그러나 학자의 소신도 있지 않은가. 죽음도 마다하지 않는 학자의 소신 말이야."

"죽음도 마다하지 않는 소신과 학자들이란 대개 편협해. 자신이 마치 진리를 가진 듯 생각하고 행동하지."

"후후, 야마자키 자네는 어떤가?"

"나? 나는 그저 관찰할 뿐이야. 사실 뭘 모르고 떠들어 대는 것보다는 죽을 때까지 말없이 성실하게 관찰하는 것이 학자의 태도일지도 모르지."

"공감이 가네. 하여튼 오늘 고마웠어."

"그건 그렇고 황태자비 사건은 도대체 어떻게 된 거야? 나도 가끔 마사코를 생각하는데, 지금 어떤 상황일지 너무 안타까워. 학교 다닐 때 얼마나 똑똑하고 예뻤어. 아직 살아 있긴 할까?"

"그래, 분명 그럴 거야."

다나카는 망설이지 않고 대답했다. 물론 살아 있다는 그 어떤 증거도 없다. 단순한 희망도 아니었다. 그것은 납치범에 대한 믿음이었다. 이토록 대담하고 깔끔하게 황태자비를 납치한 그가 단순히 살해를 목적으로 사건을 저질렀으리라고는 생각되지 않았다. 오히려 이제까지 추적해 온 결과로 판단한다면, 납치범은 어딘가에 도사리고 앉아서 다나카가 자신을 찾아올 때까지 기다리고 있을 것만 같았다.

마사코의 결심

　마사코는 납치범이 말하던 435호 전문에 정신을 집중했다. 마사코가 외무성에 들어가 몇 년간 경력을 쌓은 후 했던 일은 낡을 대로 낡은 각종 문서들을 정리하는 일이었다. 처음에는 외교문서를 정리하는 일이 재미있었으나 차츰 퀴퀴한 곰팡이 냄새가 싫증 났고, 약간만 잘못 만져도 금방 파손되는 낡은 종이를 정리하는 일이 지겨워졌다.

　"마사코 사무관, 아무도 그 내용을 다 확인할 수 없어요. 그시시콜콜한 내용까지 모두 확인해 정리하려면 아마 이 서류들과 결혼해야 할 거요. 그러니 보존 상태만 확인하고 도장을 찍어요."

　담당 과장은 외무성 직원들 사이에 전해져 내려오던 요령을 알려 줬다.

　"괜히 내용을 확인하겠다고 포장을 풀었다간 모두 파손되어 버릴 겁니다. 이런 건 두었다가 한가한 학자들에게나 줘버리는게 나아요."

과장은 한순간도 마사코가 혼자 서류 정리를 하도록 내버려 두지 않았다. 언젠가는 마사코가 화가 나서 과장에게 대든 적도 있었다. 게이오대학교의 다카하시 교수가 찾아와 급하게 문서들을 헤집고 간 직후였다. 그 뒷정리를 하느라 직원들이 고생하는 것을 본 마사코는 바로 과장을 찾아갔다.

"어떻게 일개 교수가 정부의 문서를 그렇게 마음대로 헤집고 가는 거죠?"

"마사코 사무관, 이해하시오. 그분은 우리 외무성에서 위촉한 분이오."

"그래도 민간인이 아닌가요? 민간인이 함부로 정부의 문서를 보는 것도 그렇지만, 우리 외무성에서도 법정 보존기간이 지난 오래된 문서는 정부기록보존소나 민간인에게 공개되는 외무성 사료관으로 보내야 하지 않나요?"

마사코가 원칙을 말하며 대들어도 과장은 막무가내였다. 그 후 마사코는 그 일에서 손을 떼게 됐다. 당시 마사코는 황태자와의 결혼설이 도는 자신이 힘든 일을 하지 않도록 과장이 배려하는 걸로 생각했다.

마사코는 밤새 생각했지만 자신이 어떤 문서들을 다루었고 그 내용이 무엇이었는지 생각나지 않았다.

다음 날 아침 납치범이 식사를 가지고 나타났을 때 마사코는 앞을 가로막았다. 그 435호 전문 때문에 자신을 납치했다는 범인의 말에 대한 강력한 항의의 표시였다.

"오늘은 그냥 갈 수 없어요. 납치 동기였다는 그 435호 전문의 내용을 나에게 말해 줘요."

납치범은 고개를 가로저었다.

"당신은 신사적이지 못해요. 설명을 해주는 것이 나에 대한 최소한의 도리가 아닌가요?"

"우리 인간이란 각자 서 있는 위치에 따라 생각도 다르고 가치관도 다르오. 내가 말할 수 있는 것은, 나는 당신을 납치해야만 할 충분한 이유가 있었다는 것이오. 당신을 납치하기까지 참으로 오랜 시간을 깊이 고민했소. 과연 이 일을 꼭 해야만 하는가를 수백, 수천 번도 더 생각했소. 그 결과 나는 당신을 납치한 것이오."

"그건 상관없어요. 나는 그 전문의 내용이 무엇인가를 알고 싶을 뿐이에요."

"그 내용은 나도 모르오."

"뭐라구요? 알지도 못하는 문서를 공개하라고 나를 납치했다구요?"

"그렇소."

"하지만 대략 어떤 내용인지는 알 것 아니에요?"

납치범은 고개를 끄덕였다.

"얘기를 해요!"

"할 수 없소!"

"왜죠?"

"당신을 위해서요."

황태자비 납치사건

"당신은 나를 기만하는군요. 그 전문 때문에 나를 납치했다면서 어떤 내용인지 모른다고 하다가 이제는 알아도 말할 수 없다니 말이에요. 그게 거짓이 아니라면 반드시 말해야 해요. 거짓인가요?"

"그렇지 않소. 하지만 나는 결코 얘기하지 않을 거요."

납치범의 의지는 확고했다. 마사코는 문을 닫고 나가려는 범인을 불렀다.

"거기 잠깐 서봐요."

납치범은 뒤를 돌아보았다.

"목욕을 해야겠어요. 몇 가지 필요한 것도 있는데……."

납치범에게 차마 꺼내고 싶지 않은 말이었지만 마사코는 온몸이 끈적거려 도저히 견딜 수 없었다.

"미안하오. 목욕 준비는 진작 해두었소. 나를 따라오시오."

마사코는 잠시 망설이다 이내 납치범을 따라나섰다. 이상하게도 그에게는 신뢰감이 느껴졌다. 마사코는 이미 이곳에 도착하던 첫날부터 목욕은 물론 몇 가지 필요한 물건까지 그가 만반의 준비를 해두었다는 것을 깨달았다.

오랜만의 목욕은 너무나 시원했다. 기름기가 낀 머리를 감고 준비된 고급 비누로 온몸을 닦아 내는 기분은 납치 상황을 잊게 할 만큼 상쾌했다. 납치범은 몇 종류의 여성용품과 내의까지 준비해 두었다. 뿐만 아니라 마사코가 가장 좋아하는 면으로 만든 옷들을 준비해 두었는데, 골라서 입으라는 그의 배려였다.

마사코는 순간 이렇게 자상한 사람이 납치범이라는 사실을 믿을 수가 없었다. 점잖고 예의바를 것 같은 그가 결코 구제받을 길 없는 범죄를 저질렀다는 사실이 믿기지 않았다.

납치범은 마사코가 목욕탕에서 방으로 돌아올 때까지 모습을 보이지 않았다. 그뿐만이 아니었다. 갓 목욕을 하고 난 마사코의 얼굴을 보려고도 하지 않았다. 마사코는 납치범의 그 같은 행동이 황태자비인 자신의 품위를 지켜 주기 위한 행위라고 생각했다.

점심때 다시 나타난 납치범에게 마사코는 진지하게 물었다.

"혹시 내가 해줄 일이라도 있다면 고려해 보겠어요."

마사코는 납치범이 자신의 말에 조금이라도 생각하는 모습을 보일 줄 알았다. 그러나 납치범은 즉각 고개를 가로저었다. 이상한 일이었다. 일본이라는 나라에서 황태자비가 못할 일이 뭐가 있겠는가. 마사코는 다시 설득조로 말했다.

"당신이 나를 납치한 것은 분명 요구조건이 있기 때문이 아닌가요? 그렇다면 그 요구조건을 나에게 말해야 하잖아요?"

그러나 납치범은 고개를 가로저었다. 순간 마사코는 분노가 치밀었다.

"그렇게 고개만 흔들면 모든 게 해결되나요? 무엇을 바라는지 내게도 말을 해줘요."

납치범은 테이블에 식사를 내려놓고는 무표정한 얼굴로 문을 닫고 나가 버렸다.

오후 3시.

운동 시간에 맞춰 문을 열어 주러 온 납치범에게 마사코는 한 마디도 하지 않겠다고 마음먹었다. 납치범에게 사사로운 감정을 가져서는 안 된다는 것이 마사코가 처음부터 정해 둔 원칙이었다. 그리고 납치범을 대할 때 결코 공포와 비굴함을 보이지 않겠다는 것 역시 마찬가지였다.

그런데 지금 마사코는 납치범에게 두려움마저 느꼈다. 그것은 납치범이 자신의 감정을 조종한다는 생각에서 비롯되었다. 납치범은 마사코에게 안도감을 느끼게 했고 심지어 신뢰감까지 갖게 했다고 해도 과언이 아니다. 그리고 마사코는 그 반응으로 그에게 호의를 보였다. 그런데 납치범은 마사코가 조심스럽게 보인 호의를 거절하고 있는 셈이었다.

마사코는 문득 자신에게 화가 났다. 그러나 한편으로는 아무 말도 하지 않는 것이야말로 오히려 자신의 이런 심리를 노출하는 거라는 생각이 들어 무슨 말이든 해야 할 것 같았다.

"왜 여기는 경찰 수색대가 오지 않나요?"

"나는 이 지방에서 신뢰를 얻고 있소. 전화로 내가 이곳에 있는지만 확인하면 그걸로 끝이오."

마사코는 갑자기 절망의 심연으로 빠져들었다. 탈주를 미루며 유일하게 기다려 온 게 바로 경찰 수색대인데, 납치범이 이 지방의 유지라면 경찰을 기다리는 건 무의미한 일이었기 때문이다. 하지만 마사코는 이런 절망적인 모습을 애써 감췄다.

"우습군요. 납치범이 한 지방의 유지라는 사실이."

운동 시간이 끝나 방에 돌아온 마사코는 다시 탈주 계획에 골몰했다. 경찰이 오지 않는다면 이제 희망이 없다고 생각하니 여태까지 참아 온 서러움이 복받쳤다. 마사코는 소리 내어 울고 싶었지만 꾹 눌러 참았다. 영원히 경찰이 오지 않는다면 어떻게 할 것인가. 생각을 거듭할수록 마사코는 일국의 황태자비라는 공인으로서 탈출은 의무라는 결론에 이르렀다.

'탈출해야 해!'

마사코는 단호하게 결심을 했다. 그러자 다시 신발 문제가 마음에 걸렸다. 문을 열어 주는 순간 납치범은 자연히 무슨 신발을 신었는지 유심히 볼 것이다. 운동을 나갈 때 구두를 신고 있다면 범인은 당장 경계할 것이다. 탈출이라는 큰 문제가 우습게도 아주 사소한 신발 문제에 달려 있었다.

밤새 생각을 거듭한 마사코는 방법 하나를 떠올렸다. 납치범이 문을 열기 전에 구두를 문간에 두는 것이었다. 그리고 슬리퍼를 신고 나갔다가 건물을 한 바퀴 돈 후 문간에 있는 구두로 바꿔 신는다면 문제 될 것이 없다는 생각이 들었다. 납치범은 운동하는 내내 자신을 지켜보는 것 같지는 않았으니까.

그런데 이상한 점은 왜 납치범이 자신을 밀착 감시하지 않고 내버려 두는 것일까 하는 것이었다. 이런 의문은 범인이 자신을 멀리서 은밀히 감시하는 것인지 아니면 혹시 정말로 감시를 하지 않는 것은 아닌지 하는 의문으로 옮겨 갔다. 마사코는 이 의문점을 해결하지 않는 한 함부로 행동할 수 없다고 판단했다.

다음 날 오후 3시가 다가오자 마사코는 일단 구두를 집어 들었다. 가늘고 뾰족한 굽의 구두였다. 굽을 자세히 살펴보던 마사코의 가슴에 가느다란 불안감이 일었다. 이런 구두를 신고 달릴 자신이 없었다. 어쩌면 슬리퍼보다 못할 수도 있겠다는 생각이 들자 마사코는 구두를 도로 제자리에 갖다 놓고 말았다.

늘 그랬던 것처럼 납치범은 정확히 오후 3시에 문을 열었다.

"이걸 신어요."

마사코는 깜짝 놀랐다. 범인이 내놓은 것은 하얀 운동화였던 것이다. 마사코는 일시에 모든 근심이 사라졌다. 이 운동화를 신고 그냥 그대로 산 아래로 내려가기만 하면 될 것 같았다.

"이걸 신고 탈출하면요?"

"……."

납치범은 말이 없었다. 그의 침묵은 마사코로 하여금 운동화를 보고 흥분한 마음을 가라앉게 만들었다. 뭔가 치밀한 방어책이 있으니 운동화를 주었을 거라고 생각하자 마사코는 좀 더 신중해야 한다고 생각했다.

운동하는 내내 마사코는 납치범이 어디에 있는지 살폈다. 그러나 그의 모습은 어디에도 보이지 않았다. 마사코는 산 아래로 내려가는 길 입구까지 천천히 걸어가 보았다. 당장 탈출하려는 것은 아니었지만 납치범의 반응을 보고 싶었던 것이다.

그러나 납치범은 끝내 나타나지 않았다. 그가 어디 있는지 궁금해진 마사코는 길을 따라 몇 걸음 더 옮겼다. 그래도 그는 나타나지 않았다. 마사코는 그냥 이대로 산 아래로 달려가고 싶은 강한 유혹을 느꼈다. 그러나 운동화까지 갖다준 납치범이 자신을 이대로 탈출하게 내버려 두지는 않을 거라는 생각이 다시 고개를 들었다. 마사코는 다시 산장이 있는 쪽으로 걸음을 옮겼다.

납치범은 내내 자취도 없다가 정확하게 30분이 지나자 나타났다. 등 뒤에서 갑자기 나타났기 때문에 마사코는 납치범이 어디서 왔는지조차 알 수 없었다. 그러나 한 가지 사실은 분명했다. 납치범이 길 아래쪽에서 온 것은 틀림없이 아니었다. 마사코가 운동을 하면서 내내 길 아래쪽을 바라보고 있었지만 그쪽 방향에서는 어떤 움직임도 없었다. 방으로 돌아온 마사코는 내일은 기필코 탈출해야겠다고 결심했다.

황태자비 납치사건

위장

덴리경찰서의 곤도 순사는 도쿄경시청에서 내려온 전통문을 벌써 30분 동안이나 들여다보고 있었다.

"곤도, 뭘 하고 있는 거야? 어서 출발 준비를 해야지!"

조장이 호통을 쳤음에도 불구하고 곤도는 전통문만을 계속 들여다보고 있었다. 동료들이 모두 차에 탈 때까지도 곤도는 전통문에서 눈을 떼지 않았고, 급기야는 성질 급한 조장의 입에서 험한 소리가 튀어나오고 말았다.

"이 게으름뱅이야, 내 앞에서 농땡이 피울 생각을 했다간 뼈도 못 추릴 줄 알아!"

"조장님, 우리끼리 가죠. 어차피 저 친구야 데리고 가봤자 무용지물인데요, 뭐."

조장은 일행이 기다리고 있는 자동차에 탄 후 다시 분통을 터뜨렸다.

"어휴, 저런 친구가 어떻게 순사가 됐을까. 구내매점의 급사도 못 될 것이."

"참으세요. 좀 있으면 다른 데로 발령이 나겠죠. 모두 저 친구를 못마땅해하니까요."

경찰관들이 출동한 후에도 한참이나 전통문을 들여다보던 곤도는 이윽고 전화기를 들었다.

"특별수사본부 부탁합니다."

전화가 연결되자 곤도는 모리를 찾았다. 전통문에 의문이 있으면 모리 형사에게 연락하라고 쓰여 있었던 것이다.

"네, 모리 형삽니다."

"수, 수고하십니다. 저는 덴리경찰서의 곤도 순사입니다."

"무슨 일입니까?"

"황태자비의 억류 지점과 관련해서 말입니다."

"그런데요?"

모리는 그렇잖아도 바쁜데 시골 경찰서의 순사라는 어눌한 자가 전화를 걸어오자 심드렁하게 대꾸했다.

"옛날에 전쟁놀이를 하다 보면 말입니다."

"웬 전쟁놀이요? 용건이나 빨리 말해요."

"근데 저는 그게 마, 말을 빨리 하라 그러면 더 못하거든요."

"알았소, 그래 무슨 이야기를 하고 싶은 거요?"

"전쟁놀이를 하다 보면 뭐, 뭘 자꾸 만들어 놓는단 말입니다."

"뭘 만들어요?"

"그 가짜로 하는 그거 있잖아요, 적을 속일 때 하는."

"그게 뭔데요?"

"위, 위장 말이에요."

"위장?"

"네, 위장이요."

"무엇이 위장이란 말이오?"

"범인이 위장했을 가능성이 있지 않을까요?"

"무슨 위장을 했단 얘기요?"

"그러니까 이 전통문을 보면 범인은 교토에 있거나 교토 남쪽으로 달아난 걸로 추측되지만 그게 위장이 아니겠느냐 이겁니다."

모리는 시골 경찰서 순사의 얘기라 처음부터 별로 귀를 기울이지 않고 건성으로 듣고 있었다.

"그러니까 당신의 생각은 도대체 뭐요?"

"제 생각엔 범인이 음주운전으로 붙들린 마지막 지점은 속임수일 것 같다는 얘깁니다."

"그렇다면?"

"범인은 교토 부근에서 차를 돌려 다시 도쿄 쪽으로 갔을 가능성도 있지 않느냐 하는 겁니다. 그날 도쿄 쪽으로 가는 차는 검문하지 않았잖습니까?"

"알겠소. 참고로 하겠소."

곤도는 모리가 건성으로 전화를 받고는 끊어 버리자 슬며시 화가 났다. 그는 어려서부터 줄곧 엉뚱한 머리가 있다는 칭찬을 받아 오던 터였다. 그 엉뚱한 머리는 가끔 사람들이 모두 한쪽 방향으로만 쏠릴 때 정반대 되는 생각으로 접근해 성과를 올린 적이 꽤 있었다.

곤도는 책꽂이에서 지도를 꺼냈다. 지방 경찰에서는 모두 교토를 중심으로 수색력을 집중했다. 조장과 조원들도 모두 그쪽으로 지원을 나갔을 뿐 아니라 간사이 지방의 모든 경찰들도 매일 그 방향의 수색에 투입되고 있는 실정이었다. 곤도 역시 몇 번 조장을 따라 수색에 나섰지만 뒤지고 또 뒤져도 아무것도 나오지 않았다.

곤도는 지도에서 교토부터 나라 사이의 몇몇 지방을 유심히 살폈다. 이윽고 그는 사복으로 갈아입고 교토까지 가는 전철을 탔다. 그리고 이 엉뚱한 순사는 교토에서 도쿄로 가는 신칸센으로 갈아탔다.

수사부장은 덴리에서 온 순사의 말을 한참 듣다가 인터폰을 들어 모리를 불렀다.

"모리 형사, 이 순사의 말을 한번 들어 보게."

곤도 순사는 간사이 지방의 악센트가 강하게 들어간 사투리로 이야기를 했다.

"혹시 당신이 아침에 내게 전화했던 순사요?"

"그렇습니다."

"그건 당신의 추리요?"

"저라면 그렇게 하겠다는 겁니다. 다, 다시 돌아온단 말입니다."

"음……."

곤도 순사의 말에도 일리는 있었다. 모리는 한참을 생각하다

황태자비 납치사건

수사부장에게 건의했다.

"부장님, 교토 위로는 나라와 그 인근까지를 훑어보는 것이 낫겠습니다. 시간적으로 보아 교토에서 차를 돌려 어둠 속에서 달릴 수 있는 거리는 대략 나라까지입니다."

"내 생각도 그래. 범행 수법으로 보아 그런 술수를 썼을 가능성도 있지. 하지만 교토를 중심으로 하는 지역과 교토 남쪽에 투입한 수색 인력을 뽑아내선 안 돼. 그곳들은 그 지역의 지방경찰을 복귀시켜 수색하도록 하게."

"알겠습니다."

"곤도 순사, 자네는 근무지로 복귀하게. 성과가 있으면 표창할 테니 그리 알게."

"감사합니다, 부장님."

이 엉뚱한 순사 곤도는 곧바로 덴리경찰서로 복귀했다.

외무성의 비밀문서

　명성황후의 죽음과 관련해 범인이 보았을 당시의 문서, 김인후의 고조부가 명성황후가 위태하다는 소식을 듣고 가래와 박달나무 몽둥이를 들고 한성으로 올라갔다가 살해당한 정황을 기록한 문서, 우선 그 문서를 찾고 그 열람신청서를 보면 범인의 정체가 밝혀질 것이란 다나카의 얘기에 수사부장은 고개를 갸우뚱했다.

　"그렇다면 이 사건이 무슨 역사 퍼즐 게임이란 말인가?"

　"그렇게 되어 버렸습니다."

　"그런데 그 문건을 어디에서 찾아야 하지?"

　"정부기록보존소라든지 외무성 사료관 같은 데에 있을 거라고 하더군요."

　"그럼 직원들을 대거 거기로 보낼까?"

　"아닙니다. 그리 복잡한 일이 아니니 저 혼자 하겠습니다."

　"자네가 고생이군. 우리야 뭐 한 게 있나? 엉뚱한 참고인 목숨이나 끊어 버릴 뻔하구 말이야. 하여튼 자네가 날 살렸어. 지금

　　　　　　　　　　　　　　황태자비 납치사건

도 와타나베 생각만 하면 등골이 다 서늘해져."

"참, 와타나베 경시정은 지금 어디에 있습니까?"

"수사본부 상황실장이야. 그런 거나 시켜야지. 위험해서 수사
에는 손을 대게 할 수가 없잖아."

다나카는 고개를 끄덕였다. 와타나베가 한직으로 밀려난 것
은 안됐지만 자칫 그때 아라이가 죽기라도 했으면 모든 게 끝날
뻔하지 않았던가.

"정부 기록이라 예민한 것도 있을 테니 당분간 보안을 유지하
셔야 합니다."

"그야 여부가 있나."

그러면서도 수사부장은 범인 중 하나가 한국인이라는 사실이
새어 나간 것을 떠올리며 오히려 흐뭇한 표정을 지었다. 다나카
는 철두철미한 수사통이었던 수사부장이 지위가 올라가자 이렇
게 변하는구나 싶어 앞으로는 그에게도 아무 말이나 할 수 없겠
다고 생각했다.

정부기록보존소를 찾아간 다나카는 우선 외무성 기록 중 을
미사변을 전후한 기록들을 열람하기 위해 신청서를 썼다.

"기록을 확인하려면 모든 사람이 열람 신청을 해야 합니까?"

"네, 물론이죠."

"예외는 없습니까?"

"없는데요?"

"잘되었군요."

여직원은 무슨 말인지 몰라 다나카를 빤히 쳐다봤다. 다나카는 여직원이 안내하는 방으로 들어가 테이블 앞에 앉았다. 여직원은 다나카가 신청한 기록은 아직 전산화가 되지 않아 직접 열람을 해야 한다면서 몇 뭉치의 문서를 가지고 왔다.

일본인들이 경복궁으로 쳐들어가 명성황후를 살해한 을미사변 당시의 정황을 기록한 문서는 그리 많지 않았다. 다나카는 그 문서들을 몇 번씩이나 넘기고 되넘겼지만 문제의 내용은 찾아낼 수 없었다.

"이상하군요."

"뭐가요?"

여직원은 다나카의 말을 이해하지 못한 채 빤히 쳐다봤다. 다나카는 도쿄대학교의 야마자키 교수가 하던 말이 생각나서 여직원에게 물었다.

"연한이 지나도 외무성의 자료가 여기로 넘어오지 않을 수 있습니까?"

"그건 잘 모르겠어요. 법적으로는 이리로 넘어와야 하지만 각 부처에서 아직 정리하지 못한 자료는 그냥 두기도 하는 모양이에요."

다나카는 고개를 끄덕였다. 하긴, 경찰에서도 모든 서류를 다 정부기록보존소로 넘기지는 않을 터였다. 문서를 함부로 파기한다면 공문서 훼손으로 형사처분 대상이 되겠지만 채 정리를 하지 못했다고 처벌할 수는 없는 법이니까.

다나카는 이번에는 외무성 사료관을 찾아갔지만 그곳에서도 결과는 마찬가지였다. 그러자 그는 그길로 바로 외무성을 찾아 갔다. 외무성 직원은 다나카가 정부기록보존소나 사료관에 넘기지 않은 문건을 보고 싶다고 하자 고개를 가로저었다.

"그런 자료가 있습니까?"

"왜 그러시죠?"

다나카는 신분을 밝히고 자료를 찾는 이유에 대해서는 적당히 둘러댔다. 외무성 직원은 다나카를 알아보지는 못했지만 경시청의 만만치 않은 직위를 가진 그를 홀대할 수는 없었던지 잠시 기다리게 하고는 상사에게로 갔다. 직감적으로 다나카는 외무성에서 그런 자료는 공개하지 않는다는 것을 느낄 수 있었다.

"계장님께로 가시죠."

계장은 다나카가 당시의 경찰제도에 대한 논문을 쓰기 위해서 자료를 찾는다고 하자 경계를 누그러뜨리고 협조적인 태도로 나왔다. 경찰 간부라는 신분이 작용했던 것이다.

"무슨 문건을 보고 싶으신 겁니까?"

"조선에서 일어난 을미사변 당시의 기록들을 보고 싶습니다."

다나카의 이 말에 계장이 움찔하는 듯했다. 물론 목소리는 그대로였지만 조금 전의 협조적인 분위기와는 완전히 달라졌다.

"그런 기록들은 없습니다."

다나카는 그가 뭔가를 숨기고 있다는 생각이 들었지만 자신이 뭐라고 할 수도 없는 일이라 그냥 일어나는 수밖에 없었다. 마음 같아서는 문서고에 직접 들어가 찾아보고 싶었지만 그럴 수는 없는 노릇이었다.

"외무성? 말도 마, 장관 말도 안 듣는 놈들이야."

"설마?"

다나카가 찾아간 총리실의 친구는 외무성의 자료를 볼 수 있도록 도와 달라고 하자 대뜸 난색을 표했다.

"얼마 전 총리께서 새로 임명한 여성 장관 있지 않나?"

"나와 이름이 같은 다나카 외상 말인가?"

"그래. 처음엔 다나카 장관이 소신 발언을 했지. 왜곡된 역사 교과서를 주변국과 의논해 고쳐야 한다고 말이야. 물론 주변국이란 중국과 한국이지."

"그런데?"

"그 직후부터 외무성 직원들이 장관을 보이콧하기 시작했어. 장관의 지시를 안 듣는 건 말할 것도 없고 항의 표시로 장관의 호출에도 응하지 않거나, 심지어는 장관의 목전에서 무단 퇴장은 물론 노골적으로 훈계까지 했지. 장관은 목소리를 낮추다가 결국 그들에게 동조해 버리고 말았어."

"관료들이 장관 말도 듣지 않는다는 말인가?"

"외무성 직원들은 자신들이 일본을 끌어가는 기관차라고 생각하고 있지. 장관도 우습게 생각하는 자들이야."

"왜 그럴까?"

"글쎄, 하긴 그런 친구들이 있으니 우리 일본이 버틸 수 있는지도 모르지."

"무슨 소리야?"

"총리실에 있어 보면 알아. 한국과 중국이 저토록 설치는데 우

222   황태자비 납치사건

리 일본이 과거에 잘못했다고 반성하기만 해서는 안 되지."

다나카는 친구의 얘기가 정치색을 띠자 곧 자리에서 일어났다. 수사는 수사일 뿐 거기에 가치평가적 시각이 들어가면 안 된다는 것이 다나카의 지론이었다.

다나카는 난감해졌다. 이제까지의 수사 결과를 검찰에 보고하고 법원의 수색영장을 발부받아 외무성 서류를 뒤질까도 생각했지만 그것은 가능성이 희박했다. 다나카는 열람 신청자의 기록만 보여 달라고 해볼까도 생각했지만 그것도 외무성에서 보여 줄 리가 없었다. 열람 신청 기록을 보여 준다는 것은 결국 그런 자료의 존재 사실을 인정하는 것이기 때문이었다.

다나카는 다시 도쿄대학교의 야마자키를 찾아갔다.

"안 보여 주더라구? 흠, 그럴 거야."

야마자키는 외무성의 내부 분위기에 밝은 모양이었다.

"그게 그렇게 예민한 부분일까? 어떻게 하면 볼 수 있을까?"

"어려워. 그 정도라면 접근이 불가능해."

"그 분야를 전공하는 교수들에게는 공개하지 않을까?"

야마자키는 고개를 가로저었다.

"성향을 보지."

"성향이라니?"

"교수의 성향 말이야. 이름 없는 교수라면 성향을 볼 것도 없이 안 되겠지만, 명성 있는 교수일 경우에는 그 사람이 정부에 득이 될지 해가 될지를 판단해서 자료를 보여 준단 말이야. 그나마도 극소수이긴 하지만."

"자네는 어떤가? 명색이 도쿄대학교 동양사연구실장인데."

"나는 가능할지도 모르지. 동양사연구실장이라서가 아니고 내가 보여 온 보수 성향이 그들의 눈에 어긋나지 않았으니까."

다나카는 반색을 했다. 야마자키를 찾아오길 잘했다는 생각이 들었다.

"그럼 자네가 날 좀 도와주게."

"도대체 무슨 일이야? 왜 그 자료를 그렇게 보려고 하나?"

"꼭 필요한 일이야."

"곤란하군. 미안하지만 난 도와주기 힘드네."

"뭐라구?"

"혹시 일이 잘못되면 나는 학교를 떠나야 할지도 모르는데, 자네는 내게 왜 그것을 봐야 하는지 이유도 알려 주지 않잖아. 이게 과연 옳은 건가?"

다나카는 고개를 끄덕였다. 야마자키의 말도 일리는 있었다.

"그럼 자네, 보안 유지를 약속할 수 있나?"

"물론이네."

다나카는 자초지종을 얘기했다. 황태자비 납치사건의 단서가 외무성의 자료 속에 있다는 말을 듣고 야마자키는 놀라는 표정이 역력했다.

"과연 자네답군. 그런데 그 범인이라는 인물의 정체가 정말 궁금하군. 외무성의 자료를 볼 수 있는 사람이라면 보통 인물은 아닐 텐데……."

"그러게 말이야. 나도 그가 누군지 정말 궁금해. 하여튼 자네의 도움이 절실하네."

"자료는 문제가 아닌데 그 열람자 명단을 보기는 어려울 것 같네. 전범 문제도 있고 해서 과거의 비밀문서나 그에 관련되는 인사의 개인기록은 상상도 못할 정도로 엄밀히 통제하거든."

"전범 문제라니?"

"아직도 미국에는 전범수사국이 있어. 대부분 독일 전범들이 잡히지만 간혹 우리 일본 전범들도 잡혀. 우리가 훨씬 덜 잡히는 것은 독일이 모든 자료를 공개하는 반면 우리는 국가 차원에서 철저히 정보 유출을 막기 때문이지. 전범들은 자신들의 이름이 각종 문서에 어떻게 기록되어 있는지 철저히 열람하기 때문에 일반인들이 중요 문서의 열람신청서를 보자고 하면 대뜸 의심부터 할 거야."

야마자키의 말이 옳았다. 학자로서 자료를 요구할 수는 있지만 외무성의 사무에 속하는 열람신청서를 보자고 한다는 것은 의심받을 일이었다.

"그렇겠군."

"생각해 보니 어려운 정도가 아니라 거의 불가능해. 왜냐하면 열람신청서에는 전범뿐 아니라 소위 어용학자들과 왜곡 교과서의 배후 인물 명단이 고스란히 나올 테니까. 그걸 공개하겠나?"

다나카는 고개를 끄덕이면서 성급한 마음을 꾹 눌렀다. 사건이 이상한 방향으로 흘러갈 가능성이 점점 커지고 있었다.

"그럼 열람자 명단은 관두고 우선 그 기록만이라도 찾아봐 주게. 납치범이 왜 제천에서 말 타고 상경한 사람의 기록을 보고 김인후에게 찾아갔는지 알 수 있을지도 모르니까."

"알았네. 이거 틀림없이 황태자비 사건 해결을 위한 거지?"

"그래. 그러니 최대한 신속하게 해주게."

다나카는 야마자키의 연구실을 나오면서 외무성이 정부기록 보존소에 자료를 보내지 않고 묵혀 놓는 것이나 열람 허가를 엄격히 통제하고 있다는 사실에 의문을 떨쳐 버릴 수 없었다. 혹시 외무성에서는 외부에 알려져서는 안 될 엄청난 비밀들을 갖고 있는 것은 아닐까 하는 의문이 들었지만 섣불리 속단할 일도, 자신이 뛰어들 일도 아니란 생각에 다나카는 머리에서 새로운 의혹을 지워 버렸다. 다나카에게 지금 필요한 것은 오로지 열람 신청자들의 명단뿐이었다.

한성공사관의 전문 네 장

얼마 후 야마자키는 다나카에게 전화를 걸어왔다.

"그런 기록이 일본 외교문서의 을미사변조에 있더군. 당시 조선 상황도……. 팩스로 복사본을 보내지."

"고맙네."

"하지만 자네 앞으로 수사 상황을 내게도 알려 줘야 하네. 마사코는 내게도 잊지 못할 후배 아닌가?"

다나카는 앞으로도 야마자키의 도움을 받을 일이 있으리라고 생각했다.

"그래, 자네에게도 꼭 보고하지. 하지만 자네도 외무성 일과 관련해서는 날 계속 좀 도와주게."

"염려 마. 명분이 있는데 못할 게 뭐 있나."

다나카는 팩스 번호를 알려 주고 기다렸다. 어떤 구절일지, 거기서 범인이 무엇을 느꼈을지 궁금증이 강하게 일었다. 팩스를 기다리며 서 있는 다나카를 보자 모리가 얼른 다가왔다.

"경시정님, 팩스를 기다리십니까?"

"그래. 자네는 신경 쓸 것 없네. 내가 받아 보겠네."

"알겠습니다."

다나카는 당분간 보안을 유지하는 것이 중요하다고 생각했다. 팩스는 바로 들어왔다.

「한성공사관 제433호 전문」

경복궁 시위대의 대오는 흐트러지고 수백 명의 병사들은 모두 도망치기 시작했다. 술에 취한 낭인 고바야가와가 저런 것들도 병사냐고 비웃으며 혼자 뒤쫓아 갔다. 한 사람에게 쫓겨 달아나는 시위대의 모습은 가관이었다. 고바야가와는 술에 취해 비틀거리며 일본도를 휘둘렀다. 그의 고함소리에 놀라서 쓰러지는 군졸도 있었다. 사관 한 사람이 '도망치는 자는 목을 베리라'라고 외쳤지만 아무 소용이 없었다. 우스운 것은 그자 역시 도망치면서 고함을 질러 댄다는 것이었다. 그때 몽둥이를 들고 머리에 수건을 두른 한 사나이가 나타났다. 어디서 나타났는지 모를 농부 차림의 그 사나이는 몽둥이를 휘두르며 시위대의 앞을 막았다. 그 기세가 비장하여 도망치던 시위대 병사들이 주춤하자 그는 '일본의 깡패들이 왕비를 죽이려 궁궐을 습격했는데 조선 최고의 정예군인 당신들이 도망을 가서야 되겠는가!'라며 '나는 충청도 제천에서 조선의 왕비를 지키러 온 사람이다. 모두 나를 따르라'고 했다. 그러나 이내 병사들은 뒤에서 쫓아오는 고바야가와의 고함에 다시 도망치기 시작했고, 다시금 이를 가로막던 사나이는 목을 베겠다고 소리치며 병사들과 같이

황태자비 납치사건

도망가던 사관의 총에 즉사하고 말았다.

「한성공사관 제434호 전문」

고종과 민비가 있는 건청궁까지는 두 갈래 길이 있었다. 술에 취한 고바야가와는 건청궁으로 향하는 대로를 앞장서 뛰어가면서 '조선 병사놈들 한 놈이라도 있으면 나와라'고 소리쳤다. 그러나 있을 리가 없었다. 임금이 있는 대궐을 지키는 병사가 한 명도 없으니 분위기가 이상했다. 〈한성신보〉 사장 아다치가 이끄는 20여 명의 낭인들은 동쪽으로 우회하여 건청궁을 향했다. 두 패는 고종의 침전인 곤녕전 앞에서 만나 곤녕전 문을 부수고 들어갔는데, 고종과 왕세자는 벌벌 떨고 있었다. 낭인 데라사키가 민비가 있는 곳을 고종에게 묻자 고종은 거짓으로 반대편을 가리켰다. 데라사키가 이를 눈치채고 실제 민비가 있는 쪽으로 뛰어가려 하자 고종이 팔을 벌려 앞을 막았다. 데라사키는 고종의 어깨에 손을 얹었다. 얌전히 있지 않으면 다친다는 표시였다. 그때 누군가가 왕세자의 목덜미를 잡아 팽개쳤다. 낭인들은 민비를 죽이는 게 급선무라 급히 뛰어갔다.

「한성공사관 제436호 전문」

민비 살해가 대원군과 훈련대의 합작품이라는 미우라 공사의 발언이 현장 목격자들에 의해 하나둘 변명으로 드러났다. 그중 특히 러시아인 기사 사바친과 미국인 시위대 교관 다이의 강력한 증언을 듣고 난 후 각국 공사들은 미우라 공사를 강력 규탄하고 있다. 아무래도 본국 정부의 강력한 대외적 조치가 있어야 서구 열강과의 충돌을 면할 수 있을 것 같다.

「한성공사관 제437호 전문」
미우라 공사, 오카모토 고문, 〈한성신보〉 사장 아다치, 낭인 고바야가와, 호리모토를 비롯한 현장 가담자 48명을 일본으로 압송해 히로시마형무소에 수감한다는 외무성의 결정은 현지에서 미국, 러시아, 영국, 프랑스 공사들 사이에 공감을 얻고 있다. 하지만 이것은 결국 미우라 공사가 이 사건의 주범인 것을 자인하는 결과가 되어 조선인들 사이에 흉흉한 소문이 퍼지고 있다.

팩스는 한성공사관으로부터 일본 외무성으로 타전된 네 장의 전문이었다. 그런데 이상하게도 일련번호로 이어진 전문 중에 435호는 없었다.

황태자비 납치사건

사라져 버린 435호 문서

다나카는 한성공사관 전문을 읽고 나서 이 사건은 처음부터 끝까지 모두 과거의 역사에서 비롯되었다는 느낌을 받았다. 그러나 이 네 장의 전문에서 어떤 단서를 찾아낸다는 것은 쉽지 않은 일이었다. 다나카는 먼저 역사적 사실에 대한 정확한 이해가 필요하다는 생각이 들어 야마자키에게 전화를 걸었다.

도쿄대학교 부근의 이자카야에서 만난 야마자키는 자신이 유력한 증거를 찾아 전해 주어서인지 황태자비 납치사건에 대해 마치 수사관과 같은 관심을 쏟았다. 야마자키는 청주가 담긴 잔을 만지작거리며 조심스럽게 물었다.

"어때, 도움이 됐나?"

"물론이야."

"설마 당장 납치범을 잡을 수 있을 정도는 아니겠지?"

"그렇지야 않지. 이 사건을 제대로 이해하기 위해서는 보다 깊은 역사적 지식이 필요할 것 같아."

"왜 그렇지?"

"납치범들은 잡범이 아니야. 그렇다고 어떤 단체나 기관 혹은 정부의 비밀 조직이 연출한 것 같지도 않단 말이야."

"개인적인 범행이라 이건가?"

"그래. 그러나 지금 드러난 두 사람의 범행 동기는 역사적이란 생각이 드네. 그 둘의 관계도 역사적인 배경이 있는 듯하고. 이런 사건은 처음일세."

"그자들의 목적이 뭐야? 요구조건은 없어?"

"없어. 아니, 있겠지만 우리가 밝혀내기를 기다리고 있는지도 모르지."

"영원히 못 밝혀내면?"

"그런 일은 없을 거야. 황태자비가 납치되었는데 그것도 해결하지 못하면 일본이라는 나라는 태평양에 가라앉는 게 낫지. 문제는 얼마나 신속히 그리고 정확히 밝혀내느냐 하는 것이지."

"외무성에서 그 네 통의 전문을 읽다 보니 이 사건은 어쩌면 역사적 보복이 아닌가 하는 생각이 들더라구."

"자네도 그렇게 느꼈나?"

"그래, 한국인들의 보복, 민비 시해에 대한 보복 말이야."

"그 전문의 내용이 사실이라면 그럴 법도 하지. 너무했더군."

"뭐가 말인가?"

"글쎄, 뭐라고 해야 할까? 조선이라는 나라는 우리나라와 너무나 다르다는 느낌 말일세. 그것을 후진성이라고 해야 할지, 국민성이라고 해야 할지."

"무슨 말인가? 구체적으로 말해 보게."

"그 전문에 있었지 않나? 술에 취한 낭인 한 명이 쫓아온다고 해서 100명이 넘는 시위대, 그것도 궁궐을 지키는 정예군이 그렇게 도망을 칠 수 있는 일인가?"

"……."

"그리고 아무리 약소국이라 해도 우리나라의 깡패가 일국의 왕의 어깨에 손을 얹고 왕세자의 목덜미를 잡아 팽개칠 수 있는 건가?"

"병사들이 다 도망갔으니……."

야마자키도 마음이 편치 않은 모양인지 뒤를 흐렸다.

"이런 역사적인 사건에 대해 우리가 한국에 제대로 사과한 적이 있었나?"

"누가 사과를 하겠나? 사과를 받겠다는 사람들도 없는 터에."

다나카는 입을 다물고 생각에 잠겼다.

'납치범은 사과를 받으려는 것인가?'

그러나 다나카는 이내 고개를 가로저었다. 너무나 오랜 옛날 일이었다.

"그런데 전문이 중간에 왜 끊겼지?"

"끊기다니?"

"중간이 없어졌잖아. 435호가 없던데?"

"아, 그건 내가 볼 때부터 없었어."

"원래 없는 걸까?"

"원래 없을 리가 있나? 한성에서 타전했으니 일단은 외무성에 있었겠지. 아마 거기에는 극비 중의 극비 내용이 들어 있었을지도 몰라. 누가 빼냈거나 외무성에서 '관리'하는 거겠지. 만약 외무성에서 공개하지 않는다면 함부로 봐서는 안 된다는 거지."

"그럼 누가 볼 수 있지?"

"핵심 중의 핵심이지. 학자나 언론인은 물론이고 총리나 장관이라 하더라도 자유롭게 볼 수는 없을 거야."

다나카는 외상조차도 외무성 직원들의 비위에 거슬리면 따돌림을 받는다고 했던 총리실 친구의 말이 생각났다.

"그래? 그럼 이 나라는 도대체 누가 이끌어 나가는 건가?"

"글쎄……?"

"그 전문을 '관리'하는 자들이 이끌고 나간다는 얘긴가?"

"지금 되어 가는 꼴을 보면 그런 것 같기도 하네."

"지금 되어 가는 꼴이라니?"

"저 따위로 역사교과서를 만들어 놓은 걸 보게. 그리고 그 책이 베스트셀러가 되었으니."

"그럼 자넨 왜 나서서 말리지 않나?"

"그 저변에는 거대한 힘이 자리하고 있어. 그런데 나같이 힘없는 학자가 뭘 할 수 있겠나? 반면 그들의 논리는 점점 힘을 얻어가고 있으니……."

"그런데 그 없어진 전문은 과연 어떤 내용일까?"

"아마, 매우 극단적인 내용일 거야."

다나카는 고개를 끄덕이며 말했다.

"공사관의 전문이 멸실되는 일이 종종 있나?"

"없지. 이건 유례가 없는 경우야. 태평양전쟁 때의 끔찍한 기

황태자비 납치사건

록들도 모두 보존되어 있는데 말이야."

"그래?"

다나카는 야마자키의 말대로 지금 외무성에서 감추고 있는 전문에는 어마어마한 내용이 있을 거라는 생각이 들었다. 그리고 그것이 납치범들의 범행 동기가 되었을지도 모른다는 데에 생각이 미치자 다나카는 어떤 어려움이 있더라도 외무성에 대한 압수수색을 실시해야만 한다는 결론을 내렸다.

열람자 명단과 함께 그 없어진 전문을 찾아야만 이 사건을 해결할 수 있을 것이다. 황태자비의 안전을 앞세워 수색영장을 청구한다면 발부될 가능성도 있었다.

다음 날 다나카는 출근하자마자 수사부장과 함께 경시총감을 찾아갔다. 경시총감은 경시감을 불렀고, 다시 경찰 수뇌부의 회의가 시작되었다. 다나카는 지금까지의 수사 상황을 차근차근 보고했다.

"그래서 외무성을 압수수색하자는 말인가?"

"그렇습니다."

"음……."

경시총감은 깊은 신음을 토해 냈다.

"압수수색 대신 협조를 구하는 것은 어떻겠나?"

"그것도 가능하지만 외무성에서……."

"외무성에서…… 뭔가?"

"적극적으로 협조해 주지 않을 가능성이 높습니다."

"왜?"

"사건이 왜곡될 것 같은 예감이 듭니다."

"납치범을 못 잡는다는 뜻인가?"

"그건 아니지만……."

"납치범만 잡으면 우린 그만이지 않나?"

"그러기 위해선 우선 범행의 동기라든지 그 외에도 밝혀야 할 것들이 많이 있습니다."

"그런 건 아무래도 괜찮아. 자네도 생각해 보게. 납치범 중 한 명이 일단 한국인으로 밝혀지고 나서 우리 대사가 항의도 하고 형사대가 한국에 나가기도 해서 국민 여론이 이렇게 들끓는데, 갑자기 외무성을 압수수색하면 꼴이 뭐가 되겠나? 영장이 나올 리도 없고. 그전에 우린 모두 이거야."

경시총감은 손을 목에 갖다 대는 시늉을 했다.

"그러나 수사관이란 실체적 진실을 밝혀야만 수사를 완료하는 것 아닙니까?"

"자넨 아직 경찰의 한계를 모르는군. 경찰은 검찰과는 달라. 자네 김대중 납치사건 생각나나? 그 사건 때 말이야. 김대중의 측근이던 김경인이 납치 사실을 알자마자 바로 김대중과 친한 중의원 자치위원장에게 전화를 걸었어. 김대중이 납치된 지 불과 10분이 지났을 시점이었지. 물론 자치위원장은 총감에게 직접 전화를 걸었고. 하지만 경찰이 호텔로 나간 건 사건 발생 후 세 시간이 지나서, 그것도 경시청 형사들이 나간 게 아니고 인근 파출소의 경찰관 둘이 나갔어. 비상검문은 납치 후 네 시간이

지나서야 이루어졌지. 왜 그런지 아나?"

"……."

"그게 바로 경찰의 한계야."

'경찰의 한계.'

다나카는 이 말을 곱씹었다.

"외무성엔 내가 협조를 요청하겠네. 극비리에 말이야."

"……."

다나카는 그렇다면 차라리 그만두는 게 낫겠다고 말하고 싶었지만 차마 그럴 수는 없었다. 일단 범인을 잡을 수 있는 방법이라고 이야기한 이상 그만두라고 할 수도 없는 일이었다.

"총감님, 외무성에 열람자 명단 외에 없어진 전문도 필요하다고 얘기해 주십시오. 을미사변 당시 한성공사관에서 외무성으로 보내온 제435호 전문 말입니다."

다나카는 전문의 번호를 강조했다.

"알겠네. 그 정도야 뭐가 어렵겠나?"

회의를 마치자마자 경시총감은 외무성의 사무차관에게 전화를 걸었다. 일본의 행정기관 위계를 보면 정치인인 장관이 있고 그 밑에 사무차관이 있지만, 내각제 하에서는 장관이야 언제라도 왔다 가는 존재이고 실질적인 업무는 사무차관이 장악하고 있다. 때문에 이런 협조에 대한 결정은 계장, 과장, 국장의 라인을 거쳐 사무차관이 최종적으로 결재한다.

점심을 겸해 외무차관을 만나고 온 경시총감은 몇 장의 문서와 열람자 명단을 꺼내 놓았다. 그리고 그것을 다나카에게 건네

주면서 기대에 찬 표정으로 물었다.

"그래, 여기에 범인을 잡을 수 있는 단서가 있다는 말이지?"

"네."

다나카는 짤막하게 대답하고 문서를 훑었다. 짐작대로 문제의 435호 전문은 없었다.

"435호 전문은 없군요."

"그건 없다고 하더군. 태평양전쟁 때인지 그 후인지 없어졌다고 했어. 그러면서 설마 그 전문 한 장이 없다고 범인을 못 잡겠냐고 하던데. 어때? 과연 여기에 범인의 이름이 있을까?"

"추리가 맞다면요."

다나카는 그다지 밝지 않은 얼굴로 대답했다.

"틀림없어. 자네의 추리가 틀린 적은 없었으니까."

곁에 있던 수사부장이 다나카의 기분을 달래려는 듯 너스레를 떨었다.

"부장님이 이 사람들의 신원을 모두 추적해 주세요. 이 가운데 한국인이 있다면 그가 바로 범인입니다. 혹시 일본인으로 위장해 있을 가능성도 있고, 오래전에 귀화했을 가능성도 있습니다. 아마 그럴 가능성이 가장 클 겁니다. 신원 조사를 철저히 해 주십시오."

"알겠네. 그거야 문제도 아니지."

다나카는 착잡한 심정으로 경시청을 나왔다. 이제 범인 체포는 시간문제였지만 어딘지 마음 한구석이 허전했다.

생각해 보면 누구도 쉽게 할 수 없는 추리였다. 모두가 소홀히

하던 검문 일지의 분석에서부터 공범 김인후가 썼던 소설에 이르기까지, 참으로 어려운 추적이었다. 그러나 외무성이 숨기고 있는 거대한 비밀을 알아낼 수 있는 기회가 사라진 것은 못내 아쉬웠다. 어쩌면 그 비밀이야말로 범인의 직접적 범행 동기였을지도 모르는데 말이다.

다나카는 직감적으로 납치범이 검거되면 모든 것이 정치적으로 변질될 것을 예감했다. 물론 납치범을 잡고 황태자비를 구해 내는 것이 당장의 시급한 현안이기는 하지만 다나카로서는 실체적 진실의 파악도 그에 못지않게 중요한 일이었다.

'도대체 납치범은 어떤 사람이기에 외무성 자료를 볼 수 있었으며, 왜 김인후를 찾아갔을까?'

다나카는 아쉬움과 갑갑함을 견딜 수 없었다.

충돌

마사코는 다시 한 번 탈출 결심을 굳히며 하룻밤을 보냈다. 그동안 탈출의 최대 장애였던 신발 문제가 해결되고 나니 이제 실제로 탈출하는 일만 남은 것 같아 흥분이 되었다.

긴장한 채 탈출 계획을 생각하고 또 생각하며 초조해하던 마사코는 막상 운동 시간이 다가오자 망설여졌다. 어쩌면 범인의 심리전에 자신이 말려든 것인지도 모른다는 생각이 들었던 것이다. 납치범이 운동화를 준 것은 자신이 탈출을 계획하고 있다는 것을 다 알고 있다는 이야기이며, 또한 자신의 탈출 시도에 대해 충분히 대비하고 있다는 것을 의미하는 것인지도 모른다.

한참을 망설이고 고민하던 마사코는 깜짝 놀랐다. 자신이 마음 한구석으로 납치범이 자신의 탈출을 어떻게 볼 것인가 생각하고 있다는 것을 의식했기 때문이다. 일국의 황태자비를 납치한 극악무도한 납치범에게 자신의 모습이 어떻게 보일지를 따져보고 있다니, 마사코는 자신이 수치스러웠다.

마사코는 새삼스럽게 납치범과 납치된 여인의 심리적 관계에

황태자비 납치사건

대한 세간의 논쟁이 떠올랐다. 유치하고 말도 안 되는 일이라고 고개를 저으면서도 마사코는 그 태산 같은 묵직함으로 은연중 자신을 압도해 오던 납치범을 떠올렸다. 마사코는 자신이, 납치범이 쳐놓은 그물 안에서 불안에 떨며 탈출은 전혀 생각지도 못하는 어리석은 새처럼 느껴졌다.

납치범에게는 확실히 탈출을 만류하는 어떤 힘이 있었다. 탈출하려는 의지를 무력하게 만드는, 또 시도해서는 안 될 것 같은, 시도한다 해도 실패할 것 같은 느낌이 계속 따라다녔다. 마사코는 어이없게도 납치범이 자신에게 결코 무례하지 않았다는 사실을 떠올리고 있었다. 마사코는 납치범에 대한 자신의 혼동스러운 느낌에 몹시 괴로웠다.

그러나 마사코는 이윽고 결론을 내렸다. 그럼에도 불구하고 자신은 탈출을 시도하지 않을 수 없다고.

오후 3시.

납치범은 정확하게 문을 열었다. 마사코는 무표정한 얼굴로 방을 나섰다. 납치범은 역시 어디론가 사라졌다. 납치범이 어딘가에 숨어서 자신을 지켜보고 있을지도 모른다는 마사코의 생각은 바뀌고 있었다. 납치범이 가까이에서 지켜보는 무례를 범하지 않기 위해 어디론가 피해 주는 것이라고 생각했던 것이다.

마사코는 곧장 길이 나 있는 쪽을 향해 걸었다. 운동을 하는 듯 보여 범인을 안심시킬 수도 있었지만 그런 속임수를 쓰기는 싫었다. 아니, 천천히 걸어야 한다는 생각을 수도 없이 했지만 산길이 가까워질수록 자꾸 걸음이 빨라지는 것을 어떻게 할 도리가 없었다.

이윽고 산길의 입구에 이르자 황태자비는 고개를 돌려 뒤를 보았다. 역시 납치범의 모습은 보이지 않았다. 산길에 접어들자 마사코는 있는 힘껏 뛰었다. 이제는 더 이상 무엇을 생각한다거나 도중에 결심을 바꾼다거나 할 수도 없었다. 오직 달리는 것만이 마사코가 선택해야 할 유일한 길이었다.

다음 순간, 굽이를 돌자마자 마사코는 그 자리에 얼어붙은 듯 멈춰 서버리고 말았다.

"크르르르!"

"으르르!"

송아지만 한 개 두 마리가 버티고 있었던 것이다. 입을 벌리고 침을 질질 흘리는 맹견들의 모습에 마사코는 공포감에 휩싸였다.

"으르르르!"

그중 한 마리가 위협적으로 다가오자 마사코는 어떻게 해야 할지를 몰랐다. 뒤로 돌아서 달아나면 바로 쫓아와 덤벼들 것 같은 두려움에 마사코는 극도로 다급해져 그만 비명을 지르고 말았다.

"아악!"

고함소리에 개는 마사코 주변을 이리저리 돌아다니며 더욱 흥분해 날뛰었다. 뒤에 있던 다른 한 마리도 누런 이빨을 드러내고 덤벼들 자세였다. 마사코는 더욱 큰 소리로 비명을 질렀다.

"살려 줘요! 이봐요!"

"크르르르!"

검은 개가 마사코를 향해 고개를 낮춘 채 뛰어오르려는 순간 멀리서 뭐라고 외치는 소리가 들렸다. 맹견들은 훈련이 잘되었는지 주인의 목소리에 거짓말처럼 온순해졌다. 바로 납치범이었다.

"놀랐겠군요."

"……."

"먼저 말해 두려 했지만 그것보다는 한번 시도해 보는 것이 당신이 탈출을 단념하는 데 좋을 것 같았소. 당신은 내 허락 없이는 산장으로부터 50미터 이상 내려갈 수 없으니 말이오. 적외선 감시 장치가 되어 있소. 마침 내가 즉각 경보를 들었으니 망정이지 내가 없을 때 이런 일이 벌어졌으면 저 맹견들이 당신을 그냥 두지 않았을 거요."

마사코는 분노와 수치심으로 몸을 떨었다. 이런 대비를 해두었는지도 모르고 범인이 자신의 탈출을 은연중에 묵인하고 있는 것으로 생각했던 스스로가 부끄럽고, 또 막무가내로 탈출하려 했던 자신이 참으로 어리석게 생각되어 견딜 수가 없었다.

저녁 식사를 가지고 온 납치범은 마사코의 기색을 살폈다. 마사코는 범인이 식사를 두고 나가려 하자 이대로 있어서는 안 된다는 생각에 가시 돋친 목소리로 그를 불러 세웠다.

"나는 내일 나갈 거예요."

"……."

"나는 당신이 적외선 감시 장치로 감시를 하고 개를 풀어 경계했다는 데 분노를 느끼고 있어요."

충돌

"미안하오."

"나는 단연코 내일 산을 내려갑니다. 개에게 물리든 어떻게 되든 말이에요."

"……."

"당신은 내일 이 방문을 열지 않을 건가요?"

"……."

"당신은 지금 자신이 정의를 위해 이런 일을 하고 있다고 생각할지 모르지만 그게 어떤 정의라 하더라도 이건 온당치 못한 방법이에요. 나는 더 이상 참을 수 없어요. 당신이 나를 죽이지 않는 걸 보면 나의 납치를 무기로 삼는 모양인데, 나는 결코 범죄자의 무기가 되지 않을 거예요."

마사코의 목소리가 예사롭지 않다고 판단한 납치범은 그냥 나가려다 말고 그녀 앞에 앉았다. 마사코는 다시 힘주어 말했다.

"나는 아무것도 모르고 여기 납치되어 있어요. 당신은 어려운 상황에서도 나를 위해 최선을 다한다고 하지만 이것은 동물을 가둬 두는 것과 다름없어요. 납치와 관계된 모든 것을 나에게 말해 줘야 해요."

"뭘 알고 싶소?"

납치범은 묵직한 목소리로 물었다.

"우선 당신이 누구인지 말해 보세요."

마사코는 다시 한 번 다부진 목소리로 최종 선언을 하듯 내뱉었다. 범인은 마사코의 얼굴을 한참 바라보다 입을 열었다.

"나는 한국 역사에 지은 죄가 많은 사람이오. 당신을 인질로 일본 정부에 한성공사관 435호 전문을 요구하는 것은 그 죄를 씻기 위해서요."

"아니 그럼, 당신은 한국인이라는 말인가요?"

"그렇소."

"그런데 어떻게 모두의 신임을 받는 유지가 되었죠? 여기 일본 땅에서."

"이곳에는 오래전에 왔소."

"좋아요. 그러면 당신이 말한 죄와 435호 전문 사이의 관계에 대해 말해 보세요."

"그건 별로 말하고 싶지 않소."

"그렇다면 나는 내일 산을 내려갈 거예요. 당신이 막든 맹견이 물든 상관하지 않을 거예요. 당신에게는 두 가지 방법밖에는 없어요. 나를 죽이든 그냥 내버려 두든."

너무도 단호한 마사코의 결단에 납치범의 표정이 굳어졌다.

"조금 기다려 주시오. 곧 결정을 하겠소."

"무슨 결정을 하겠다는 말이에요?"

"둘 중 하나요. 당신을 풀어 주든, 아니면……."

납치범의 입에서는 정말 뜻밖의 말이 흘러나왔다. 자신을 풀어 주다니. 그러나 범인의 다음 말은 뭐란 말인가. 갑자기 끔찍한 상상이 마사코의 머리를 강타했다.

"아니면?"

마사코의 목소리가 가늘게 떨렸다.

미궁

"모두가 쟁쟁한 사람들뿐이야. 추호도 의심할 여지가 없어. 모두가 말이야."

수사부장은 다나카를 보자마자 몹시 실망스러운 표정을 지으며 몇 번이나 같은 말을 반복했다.

"이리 줘보세요."

다나카는 날카로운 눈길로 외무성 사무차관에게서 입수한 열람자 명단을 훑었다. 하지만 수사부장의 말대로 의심스러운 인물은 한 명도 없었다. 다나카의 눈에 들어온 사람들은 모두가 일본 사회에서 당당한 명망을 지닌 사람들이었다.

"이게 어떻게 된 일이야? 자네는 분명히 열람자 명단에 범인이 있다고 하지 않았나? 그럼 이제 이 쟁쟁한 인물들을 모두 수사하자고 할 텐가?"

다나카는 뒤통수를 얻어맞은 기분이었다.

"그래도 신원 확인은 하셨겠죠?"

"물론이지. 한 사람도 빠짐없이 다 했네."

"국적을 바꾼 사람이 없었나요?"

"없네."

"으음……."

다나카는 무엇이 잘못되었을까 생각해 보았다.

'그렇다면 그는 일본인이란 말인가?'

그렇게밖에는 달리 생각할 도리가 없었다.

"이들의 출입국 기록도 조사해 보아야 합니다."

"왜?"

"납치범은 일본인일 수도 있습니다. 이 사람들 중 지금으로부터 약 20년을 전후해서 한국을 드나들었고 한국어를 잘하는 일본인이 있다면, 그가 바로 범인입니다."

"이번에는 틀림없겠지?"

다나카는 고개를 끄덕였다. 김인후의 자전소설 「연병장의 아침」에 그렇게 뚜렷이 나와 있는 인물이 잘못될 리는 없었다. 하지만 지금 눈앞에 펼쳐진 결과는 참으로 실망스러웠다. 명단의 인물 중 다나카가 제시한 조건에 들어맞는 사람은 아무도 없었다.

"처음부터 자네 추리는 좀 이상했어. 범인이 소설에 나와 있다는 것도 그렇고, 범행의 동기가 역사에서 기인했다는 것도 그렇고……."

수사부장이 잔뜩 실망스러운 말투로 푸념을 했다. 경시총감 역시 수사부장의 방에까지 내려와 근심을 보탰다.

"외무성에다가는 뭐라고 하지? 이 명단에 있는 자들 중 한 사람이 틀림없이 납치범이라고 장담했는데. 외무차관이 명단을 넘

미궁

247

겨주면서도 고개를 가로젓더니⋯⋯."

다나카는 경시청을 나왔다. 목적지도 없이 무작정 걸으면서
생각을 거듭했다. 분명 소설에 있는 그대로 김인후의 고조부는
명성황후를 지키려다가 죽임을 당했다. 박달나무 몽둥이를 들고
도주하는 궁궐 시위대를 가로막고 호통을 쳤다가 사관이 쏜 총
에 맞고 절명하는 장면이 전문에는 생생하게 기록되어 있었다.

그렇다면 '바다 건너 먼 곳'에서 이 전문을 보고 김인후를 찾
아왔다는 사람이 실제로 존재한다는 사실은 의심할 수 없었고,
문맥으로 보아서 범인은 틀림없는 한국인이었다. 하지만 열람자
명단에 한국인은 눈을 씻고 보아도 없었다.

유일한 가능성은 열람자 명단의 인물 주변에 있던 한국인이
전문의 내용을 보았을 경우인데, 명단의 인물은 모두 쟁쟁한 우
익 인사들이었다. 절대로 이런 비밀 전문이 한국인에게 넘어가
도록 방치할 자들이 아니었다.

다나카는 아무리 생각해도 이 의문을 풀어낼 수 없었다.

황태자비 납치사건

정치의 논리

경시청으로 다시 돌아온 다나카는 일단 호흡을 조절했다. 그러자 다소 정신이 맑아지는 것 같았다. 이 사건에는 기대를 걸만한 상관도 동료도 부하도 없었다. 사건 수사에 아무의 도움도 받을 수 없다는 사실에 다나카는 더 지쳐 있었다. 그는 이렇게 기분이 가라앉아서는 안 되겠다는 생각에 활기찬 목소리로 모리를 불렀다.

"어이, 모리!"

"네, 경시정님."

"우리 기분전환 한번 하지."

"기분전환이라뇨?"

"나가서 원샷이라도 하자구."

모리는 너무나 뜻밖인지 즉각 대답을 하지 못했다.

"잠시라도 사건은 싹 잊어버리고 자네와 나, 둘이서만 한잔하잔 말이야."

"아, 네. 좋습니다."

모리는 어리둥절했지만 다나카와 사적인 시간을 갖는 것은 너무나 신나는 일이었다. 다나카와 모리는 경시청 앞의 단골 술집으로 갔다.

"어서 오세요, 경시정님."

"맥주로 줘요. 세상에서 제일 찬 맥주로 말이오."

"어머, 경시정님 마음이 바짝바짝 타시는 모양이네."

술을 기다리던 모리는 무릎 사이에 양손을 넣고 비비면서 고개를 숙였다.

"경시정님, 죄송합니다."

"그런 말은 하지 말게. 어려운 사건이야. 하지만 우리가 어려운 만큼 범인도 마찬가지겠지. 수색대가 조금이라도 압박을 해주면 좋겠는데, 그쪽에서는 도저히 가망이 없는 모양이군."

"저, 경시정님, 얼마 전에 시골 경찰서의 순사 하나가 찾아왔던 적이 있었습니다."

모리는 덴리경찰서의 곤도 순사 얘기를 전했다.

"그래? 그 친구 센스가 있는데."

"혹시 그 엉뚱한 순사 말이 맞을 수도 있지 않을까요?"

"그럴 수도 있겠지. 하지만……."

다나카는 고개를 가로저었다.

"그렇게 해서 잡힐 자가 아니겠죠?"

모리가 다나카의 흉내를 냈다.

"하하하하."

다나카와 모리는 한참 웃었다. 수사 도중 이렇게 술을 마셔 보

황태자비 납치사건

는 것도 참으로 오랜만이었다. 술잔을 기울이던 다나카의 머릿속에 모리가 전해 준 엉뚱하다는 순사의 말이 떠올랐다.

"그 순사가 진짜 큰 고기는 엉뚱한 데서 잡힌다고 했다구?"

"네, 남들이 안 하는 짓을 해야 한다고 했어요."

"모리, 우리 수색에 문제가 있는 건 아닐까?"

"……."

"범인은 어쩌면 상당한 위치에 있는 자일지도 몰라. 우리가 잘 못된 선입견을 가지고 있을 수 있고. 한국인이나 혹은 한국인처럼 범행을 저지를 만한 반사회적인, 반일본적인 사람들만 수색하고 있는지도 모른다는 말이야. 상당한 위치의 신분에 있는 사람은 당연히 그런 일을 할 리가 없다고 그냥 지나치는 거지. 오히려 그게 맹점일 수가 있거든."

"……."

"모리, 자네는 간사이 지방의 그 엉뚱한 순사를 비롯한 일단의 경찰관들에게 지금까지 수색대가 하던 것과는 전혀 다른 방향에서 수색하도록 지시하게."

"어떻게 하면 되겠습니까?"

"아무도 의심하지 않는 사람들만 골라서 조사해 보도록 말일세. 당연히 의심을 안 받는 사람들, 예를 들면 그 지방 경찰서장이라든지 그런 사람들만 골라서 조사를 해보도록 해. 그야말로 엉뚱하게 말이야."

"알겠습니다."

"자, 그럼 모리의 엉뚱한 공로를 위하여!"

"위하여!"

두 사람이 잔을 부딪쳤을 때였다.

삐리리리. 모리의 핸드폰이 울렸다. 다나카는 이미 전원을 꺼놓았지만 모리는 그렇게까지 하기에는 아직 부담스러운 모양이었다. 모리는 잠시 자리를 비켜 전화를 받더니 다나카에게로 와 핸드폰을 건넸다.

"부장님이십니다."

다나카는 약간 늘어진 목소리로 수사에는 아무 도움도 되지 못하는 노회한 수사부장의 전화를 받았다.

"아, 예. 다나캅니다."

"다나카 경시정. 도대체 지금 어디에 있는 거야?"

"한잔하고 있습니다."

"뭐야? 많이 취했어?"

"취했는지 안 취했는지도 판단이 안 설 지경입니다."

"음......."

다나카는 뭔가 이상한 느낌을 받았다. 평소의 수사부장이라면 자신이 술집에 있는 것을 알면 그냥 전화를 끊을 사람이었다. 다나카는 목소리를 가다듬었다.

"부장님, 무슨 일이 있습니까?"

"총감님이 연락을 하셨어. 지금 외무차관을 만나고 계신데 급히 자네를 찾으셔. 갈 수 있겠나?"

다나카는 수사와 관련된 중요한 자리라는 것을 깨달았다.

"가겠습니다. 어딥니까?"

"아오모리야. 알지?"

"네, 지금 바로 가겠습니다."

전화를 끊은 다나카는 바로 자리에서 일어났다.

"경시정님, 제가 모시겠습니다."

모리가 급박한 사정을 눈치채고 뛰어나가 택시를 잡았다.

아오모리는 정부의 고위 관리들이 자주 이용하는 유서 깊은 요정이었다. 경시총감과 외무차관은 제일 안쪽 깊숙한 방에 단둘이 앉아 있었다. 다나카가 방으로 들어서자 외무차관은 자리에서 일어났다. 총감이 만류하는데도 일어나 다나카와 맞절을 한 외무차관은 자리에 앉자 직접 술을 따라 다나카에게 권했다.

"명성은 늘 듣고 있었는데 오늘 이렇게 만나니 반갑소."

아무런 과장도 위압감도 없는 담백한 인사였다. 다나카는 고개를 숙여 인사에 답하고는 술잔을 앞에 놓고 두 사람의 대화를 경청했다.

"편하게 한잔하십시다. 오늘은 우리 믿을 수 있는 사람들끼리 한잔하는 자리니까."

외무차관은 역시 외교관답게 자리를 편하게 만드는 외에도 짧지만 의미심장한 말을 던졌다. 다나카는 그의 말을 음미하며 술잔을 비웠다.

"남자의 인생이란 일을 통해 사람을 만나고 또 그 사람을 만나 일을 하면서 친구를 사귀는 거 아니겠소. 일보다 중요한 것은 결국 사람이라고 나는 생각하오."

외무차관은 술잔을 비우며 다시 다나카에게 한 잔을 따라 주었다. 다나카도 그의 잔을 채웠다.

"다나카 경시정."

다나카는 외무차관이 나직하게 부르는 소리를 들으며 지금 이 사람이 무슨 일인가를 꾸미고 있다는 생각이 들었다. 아니나 다를까, 외무차관은 은근한 목소리로 물어 왔다.

"내가 준 열람자 명단에 한국인이 있으면 그가 바로 납치범이라고 말했다면서요?"

"네."

"그런데 그 열람자 명단에는 한국인이 없었나 보군요."

"네."

"그렇다면 주범은 한국인이 아니라는 얘기요?"

"그렇지는 않습니다."

"내게 설명을 좀 해주시오. 어째서 범인이 한국인인지."

다나카는 차분하게 자신의 추리 과정을 설명했다.

"하하, 과연 대단한 추리요."

외무차관은 흡족한 듯했다.

"하지만 다나카 경시정, 대단한 추리이긴 하나 국제관계에서 확고한 증거라고 내놓기는 좀 어렵소."

외무차관은 외교통이라 그런지 사리를 판단하는 안목이 있는 사람이었다.

"그래서 말인데…… 외국 기자들이 물어 오면 수사의 필요상 왜 주범이 한국인인지는 밝힐 수 없다고 해주시오."

황태자비 납치사건

"네? 무슨 말씀이신지?"

"그러나 대내적으로는 납치범이 한국인이라는 강력한 증거가 있다고 해야 하오."

"……."

다나카는 납득할 수가 없었다.

"다나카 경시정, 이 사건은 우리로서는 천재일우의 기회요."

다나카는 여전히 외무차관의 말을 이해하기 어려웠다. 외무차관은 나직한 목소리로 말을 계속했다.

"지금 우리 일본은 매우 중요한 시점에 서 있소. 두 개의 일본 중 어느 일본으로 가느냐의 기로에 서 있단 말이오."

"……."

"미국이 강요하고 아시아 각국들이 앵무새처럼 되뇌는 패배자 일본이냐, 아니면 세계 무대에서 미국과 어깨를 겨루는 강대국 일본이냐."

"……."

"강대국 일본이 되기 위해서는 무엇보다 국민들이 우리 역사를 자랑스럽게 여겨야 하오. 그러나 지금 일본의 역사는 자학과 참회의 역사요. 우리는 이 역사를 고쳐야만 하오."

다나카는 한창 떠들썩한 새 역사교과서 문제를 떠올렸다.

"한국인들이 이 교과서를 수정하라고 난리인 것은 다나카 경시정도 잘 알고 있을 거요."

다나카는 고개를 끄덕였다.

"그러나 한국인들이 아무리 떠들어 대도 우리 역사교과서는 바뀌지 않소. 그들은 잠시 떠들어 댈 뿐이지 어찌할 수 있는 방법이 없을 거요."

다나카는 얼마 전 한국 정부가 교과서를 다른 문제와 연계시키지 않겠다고 발표했다가 다시 문화 개방을 연기하고 각종 교류를 금지하겠다고 밝힌 사실을 떠올렸다.

"하지만 저들이 계속 떠들어 댄다면 좋을 것이 없소. 우리 국민들이 역사에 의문을 가지게 되면 곤란하니까."

"……."

"이런 참에 황태자비께서 납치되신 거요."

"……."

"그리고 그 납치범들이 바로 한국인이오. 이제 교과서 문제는 물 건너갔소."

다나카는 이제야 차관이 무엇을 생각하는지 알 수 있었다.

"하지만 사건은 범인을 잡아야만 해결된다는 게 저의 신념입니다."

"그건 아무래도 좋소. 문제는 이미 이것이 정치적인 사건이 되어 버렸다는 거요. 정치적으로 몰아가는 한 어떤 쪽으로 흘러가도 우리 일본에 불리할 까닭이 없소."

다나카는 평소에도 수사가 정치에 의해 변질되어서는 안 된다는 원칙을 가지고 있었기에 그의 말에 이의를 제기했다.

"그리 간단한 문제가 아닐 것 같습니다."

"왜 그렇소?"

"범행 동기나 납치범들의 캐릭터로 볼 때 이 사건이 한일 간의 문제로 떠오르면 결코 우리 일본에 유리하지 않을 겁니다. 어떤 면에서는 납치범 역시 매우 정치적입니다."

"그러니까 얘기는?"

다나카는 단도직입적으로 말했다.

"잘못하다간 큰코다칠 수 있다는 얘깁니다."

"이보시오. 다나카 경시정. 경시정은 그런 것까지 생각할 필요가 없소. 국가와 국가 간의 관계란 개인의 관계와는 다르오. 국가 간의 관계, 즉 외교의 본질은 힘이오. 다나카 경시정은 납치범이 한국인이라는 사실만 계속 언론에 확인시켜 주면 되오."

"……"

"일국의 황태자비를 납치했다는 후안무치하고 부도덕한 사실 위에서 우리가 힘으로 밀어붙이면 어떤 식으로든 사건은 해결되게 되어 있소. 내일 외무성에서 성명을 발표할 거요. 납치범은 모두 한국인이며 황태자비께 무슨 일이 생길 경우 모두 한국의 책임이라고 말이오."

"그러다 정말 황태자비께 무슨 일이라도 생기면요?"

"하하. 다나카 경시정도 조금 전 납치범 역시 정치적이라 하지 않았소."

다나카는 외무차관이 만만치 않은 인물이라는 것을 감지했다.

"그런 정치적인 인물이 황태자비를 위험에 빠뜨릴 것 같소? 그 결과가 어떻게 되리란 걸 누구보다 잘 아는 인물이."

경시총감 역시 외무차관의 말을 환영하는 눈치가 역력했다. 그는 사건이 외교적 문제로 확산되고 한국인이 납치범으로 지목

되는 한 경찰이 문책당할 일은 없을 것이라 생각했다.

그러나 다나카는 두 사람의 생각에 동의할 수 없었다. 수사는 어디까지나 수사인 데다가 잘못하면 납치범의 페이스에 오히려 말려들 수 있기 때문이었다.

"차관님, 저의 생각으로는 범인은 그렇게 만만한……."

"다나카 경시정, 범인에게는 이제 방법이 없소. 황태자비께 위해를 가한다? 그러면 그자들의 목적이 무엇이든 그 목적은 일단 깨지는 거요. 우리는 그자들의 범행을 세계 역사상 유례가 없는 부도덕하고 반인륜적인 범죄로 몰아가기만 하면 되오. 범인은 저항할 방법이 없소. 경찰이 그렇게 애태우지 않아도 되고 수색도 열심히 할 필요가 없소. 시간은 우리 편이오."

다음 날 오전 일본 외무성은 황태자비 납치사건에 대한 성명을 발표했다.

경시청은 그간의 수사 결과 황태자비를 납치한 범인들이 모두 한국인이라고 내각에 보고했다. 이에 따라 외무성과 경시청은 한국 정부에 범인 검거를 위한 협조를 요청하는 한편 이미 한국에 파견된 형사대의 인원을 대폭 증강하기로 했으며, 황태자비께 위해가 있을 시는 한국 정부 책임임을 분명히 했다.

외무성이 발표한 성명은 간단했지만 그 파장은 엄청났다.

일방통행

우에노공립고등학교에서 역사를 가르치는 기미히토 교사는 교실에 들어서자 뭔가 분위기가 뒤숭숭하다는 것을 알아차렸다. 교과서를 펴고 가마쿠라 시대의 토지제도에 대한 설명을 시작하려 할 때 한 학생이 손을 들었다.

"오다 군, 뭔가?"

"황태자비 납치사건에 대해 질문이 있습니다."

기미히토는 제자를 제지하려다가 교실 전체의 분위기를 감안하여 질문을 들어 보기로 했다.

"그래, 무슨 질문인가?"

"외국인이 한 나라의 황태자비를 그렇게 납치, 감금해도 되는 겁니까?"

"그거야 말할 나위가 없다. 외국인이든 내국인이든 황태자비를 납치해서는 안 되지. 황태자비가 아니라 일반인도 마찬가지야."

"특히 외국인이 말입니다."

"어쨌든 안 되는 일이지."

"그런데 왜 한국인이 황태자비를 납치했단 말입니까?"

"이유는 아직 모른다. 경찰에서 수사하고 있으니 밝혀지겠지."

"저는 그 한국인 한두 사람의 행위를 문제 삼고자 하는 것이 아닙니다. 일전에 이시하라 도쿄 지사께서 중국인은 범죄적 유전자를 타고났다고 말씀하셨듯이, 한국인에게도 무슨 문제가 있는 게 아닌가 해서입니다."

"그런 말은 받아들일 게 못 된다. 범죄는 개인의 성향이야. 개인의 환경과 조건이 문제지 범죄적 민족성이라는 말은 타당하지 않다."

"하지만 중국인이나 한국인이 우리 일본인보다 무식하고 잔인한 것은 사실 아닙니까?"

"아니다. 그런 식으로 말한다면 우리 일본인이 중국인이나 한국인에게 끼친 피해가 훨씬 크다!"

"무슨 말씀입니까, 선생님!"

"너희들은 난징대학살도 모르고 제암리사건도 모른다."

"그게 뭡니까?"

"우리 일본인들은 중국의 난징에서 20만이나 되는 중국인들을 무참히 죽였어. 군사작전도 아니었다. 남녀노소 가리지 않고 무차별로 죽였단 말이다. 그리고 한국의 제암리에서는 온 마을을 봉쇄하고 생명 있는 모든 것들을 죽이고 불질렀다. 한 마을이 송두리째 없어진 거지. 간토대지진 때도 한국인들이 우물에 독을 뿌렸다고 헛소문을 퍼뜨려 수천 명의 한국인들을 죽였다."

황태자비 납치사건

"선생님, 무슨 근거로 그런 말을 하십니까?"

"이전에는 교과서에 실렸던 내용이다. 교실에서 가르친 역사란 말이다."

오다는 교과서를 홱 내던졌다.

"흥, 거짓말쟁이. 교과서에 그런 게 있었다구요? 처음부터 끝까지 다 뒤져 봐요. 그런 게 교과서에 있었다구?"

오다는 자리를 박차고 일어났다. 오다뿐이 아니었다. 몇 명의 남학생에 뒤이어 이번에는 여학생들까지 자리에서 일어났다.

"교과서에는 분명 그런 내용이 없어. 옛날 교과서? 그건 우리 일본의 힘을 빼놓으려고 미국놈들이 시켜서 할 수 없이 넣었던 거라고 그랬어. 이제 우리 일본은 '노'라고 대답할 수 있어. 일본인을 끝없는 참회의 수렁에서 뒹굴게 하는 당신은 역사 선생이 아니야. 패배주의자에 불과할 뿐이라구. 우린 더 이상 그런 역사를 배울 수 없어!"

"자리에 앉아. 이 못된 녀석들아! 너희가 아는 건 진정한 역사가 아니야!"

그러나 다음 순간 기미히토의 눈에 불이 튀었다. 곧이어 발길질이 날아오고 기미히토는 바닥에 쓰러지고 말았다. 그리고 학생들에게 무참히 짓밟혔다. 여기에는 분노한 여학생들까지도 가세했다.

폭도 난입

"대사님, 어서 피신하셔야 합니다."

"경찰은?"

"경찰도 피신을 종용하고 있습니다. 폭도가 워낙 많답니다."

이혁 대사는 창 너머 태극기가 불타는 광경을 슬픈 눈길로 바라보았다. 대사관에 폭도들이 난입한 것은 이번이 벌써 세 번째였다.

"대사님, 일단 자리를 피하십시오."

"이보시오, 참사관."

"네, 대사님."

"어째서 확실하지도 않은 사실을 두고 우리 한국대사관만 이렇게 난입을 당하고 태극기가 끌어내려지고 불태워져야만 하는 거요?"

"……."

"이상하지 않소? 침략을 한 일본 쪽보다는 당한 한국 쪽이 훨씬 억울한 점이 많은데, 또 망언이니 뭐니 참아 넘길 수 없는 일이 어디 한두 번이오. 그런데 어째서 서울의 일본대사관엔 한국인들이 난입하지도 또 일장기를 끌어내려 불태우지도 않는데, 도쿄의 한국대사관은 왜 이렇게 빈번하게 당한단 말이오?"

"……."

"이해할 수가 없소. 참사관은 어떻게 생각하오?"

"……."

참사관은 뜻밖의 질문에 당황했다.

"대답을 한번 해보시오."

폭도들이 난입한 위급한 상황에서 대사는 아주 격렬한 감정에 사로잡혀 있었다.

"대사님……."

"한국과 일본 간 처벌에 차이가 나서 그럴까? 하지만 처벌이야 얼마나 차이가 나겠소? 개인적 폭행이나 재산 범죄도 아닌데 말이오. 그러면 뭐냐, 무슨 이유냐? 나는 그것이 못내 궁금하오. 참사관, 당신도 일본에 오래 있었으니 한번 대답을 해보시오."

"그건 아마 민족성의 차이 때문이 아닐까요?"

"민족성이라? 한일 간 민족성의 차이?"

"한국은 선비의 덕을 높게 여기고 일본은 무사의 의리를 높이 여기는 나라라……."

이때 전화벨이 울렸다. 비서가 전화를 받았다. 경찰서장이었다.

"대사님, 마지막 통고라고, 어서 자리를 피하시라고 합니다."

"당신들이나 가시오. 나는 더 이상 자리를 피하는 일 따위는 못하겠소. 저들이 뭔가 할 말이 있어서 대사관에 난입한 거라면 여기서 저들을 맞겠소."

비서가 대사의 말을 전하자마자 문이 열리며 일단의 무리가 대사실로 들어왔다. 일본 경찰이었다. 서장이 숨가쁜 인사를 하는 둥 마는 둥 급한 목소리로 종용했다.

"대사님, 어서 피하십시오."

"아니오. 나는 여기서 저들을 맞겠소."

"대사님, 그러면 문제가 복잡해집니다."

"그래도 나는 피할 수 없소."

"대사님, 죄송합니다. 시간이 없습니다. 양해하십시오."

서장의 지시에 따라 경찰관들은 대사를 강제로 부축하다시피 해서 밖으로 데리고 나갔다.

"이것 놔! 안 돼! 놓으란 말이야!"

대사가 강제로 끌려 나가는 것을 보며 참사관은 고개를 가로저었다. 대사의 심중을 모르는 바는 아니었다. 참사관은 이제 곧 폭도들이 밀고 들어올 대사실을 떠나며 빈방에 대고 독백을 했다.

"대사님, 지금 이곳이 바로 한일 관계의 참모습입니다."

그리고 잠시 후 대사실은 들이닥친 폭도들에 의해 엉망이 되고 말았다.

압력

    일본은행의 대외협력 담당 이사인 미야모토는 유력한 한국 시중 은행의 관계자들과 마주한 자리에서 단도직입적으로 용건을 꺼냈다.

    "사실 지난번 한국이 IMF 사태를 겪을 때 우리로서는 참으로 가슴이 아팠습니다. 위기에 봉착한 한국을 평소보다 더 밀어주어야 할 터인데 정부를 비롯한 여론은 전혀 그렇질 못했거든요."

    관계자들은 이 번지르르한 친구가 무슨 말을 꺼내려고 하는지 알 것 같았다. 미야모토가 급히 집합할 것을 지시하고 날아온 이상 꾸지람 같은 설교를 들어야 하는 것은 어쩔 수 없는 일이었다. 그리고 관계자들은 미야모토의 급작스러운 방한은 한국인의 황태자비 납치사건 때문이라고 짐작했다.

    "귀 은행들의 도쿄 지점이 매일매일 얼마나 많은 외환을 귀국에 공급하는지는 누구보다도 여러분이 잘 알 겁니다."

    미야모토의 한마디 한마디는 그대로가 협박이었다.

    "우리 금융 관계자들이야 그 맥이 끊기면 어떻게 되는지 너무나 잘 알기 때문에 최선을 다해 자금지원 루트를 보호하고 각 은행들의 자금지원을 독려했습니다. 그게 오랜 세월을 거래해 온 일본과 한국의 관계라고 생각했습니다."

"감사하게 생각합니다."

한 시중 은행의 중역이 감사를 표시했다.

"그런데 지금 우리는 눈물을 머금고 한국에 대한 자금지원을 끊을 수밖에 없었습니다."

"자금지원을 끊는 것이 문제가 아닙니다. 매일 돌아오는 그 어마어마한 외국환 어음을 막지 못하면 우리 은행들은 바로 부도인데, 일본의 은행들이 채무상환에 티끌만큼도 여유를 안 주고 마치 부도를 내지 못해 안달하는 것처럼 행동한 건 참으로 유감스러웠습니다."

소신파인 하나은행의 문호준 행장이 그 성품에 걸맞게 쏘아붙여 버리자 미야모토의 안색이 싹 변했다. 그러나 미야모토는 문호준 행장의 발언이 자신이 말하고자 하는 바와 맞아떨어진다는 생각이 들어 웃음 띤 얼굴로 발언을 계속했다.

"그러게 말입니다. 우리 금융인에게는 그게 천추의 한이었습니다. 한국의 친구들을 도와드려야 하는데 금융 이외의 변수에 의해 그러질 못하니 얼마나 죄송스러운지……."

미야모토는 잠시 말을 멈추고 음료수를 한 모금 마신 다음 느긋한 태도로 말을 이었다.

"그 당시는 참으로 안타까웠지요. 에, 그러니까 그게 김영삼 대통령이 '버르장머리를 고쳐 놓겠다'고 한 데서 우리 국민들의 감정이 폭발했지요. 당시 우리 일본 열도가 온통 난리였거든요. 그 양반의 직적적인 성품은 이해하지만 감히 일본에 대해 '버르장머리를 고쳐 놓겠다'고 하는 것이 도대체 뭡니까? 세상에 국가 간에 이런 말을 할 수가 있는 겁니까? 일국의 대통령이란 사람이 외교도 모른단 말입니까?"

문호준 행장이 미야모토의 말을 끊었다.

"당시 귀국 측 장관이 일본이 한국을 침략한 것은 한국을 위해서였다는 식의 망언을 했기 때문에 그런 것 아닙니까?"

"그건 그 장관의 소신이죠. 이유야 어쨌든 일본인들은 김영삼 대통령의 그 발언에 비위가 상할 대로 상했단 말입니다. 아시겠어요?"

"음……."

문호준 행장은 입을 다물어 버렸다. 하긴 이 자리의 누군들 거세게 맞받아치고 싶은 심정이 아니겠는가마는 한마디 한마디가 바로 엄청난 금융 손실로 이어지는 이 상황에서 누구도 하고 싶은 말을 다 할 수는 없었다.

"이번에 발생한 황태자비 납치사건 말입니다."

미야모토는 한 사람 한 사람의 표정을 여유 있게 살피며 천천히 말을 이었다.

"재일 한국인이 저지른 사건이 아닙니다. 한국에서 유학 온 사람이 저지른 사건이에요. 이런 사건이 발생하면 우리는 참으로 곤란하다 이런 말씀입니다. 국민 감정이 나빠진단 말이에요. 생각해 보세요. 지금 이 순간 다시 IMF 사태가 터지면 일본 국민들이 한국을 돕겠다고 나서겠어요? 아니 IMF가 안 터져도 지금 같아서는 일본인들이 한국에 IMF 사태를 만들어 버릴 수도 있어요. 무슨 말인지 아시겠어요?"

문호준 행장은 욕설이 치미는 것을 간신히 눌렀다. 지금 한마디만 잘못하면 그건 그대로 하나은행의 불이익으로 직결될 것이기 때문이었다. 하나은행만이 아니었다. 한국의 어떤 국가 기관도 일본에 대항할 수 없다는 것을 그는 너무도 잘 알고 있었다.

가토 대사는 한국의 외교통상부에 들어서면서 경시청에서 올린 보고서를 보았다. 단단히 몰아붙여야겠다고 생각했지만 문제는 현재 드러난 두 사람의 범인 중 경찰에서 종범으로 파악하고 있는 한 사람의 신원만 밝혀진 것이었다. 그가 한국인이었다. 역시 한국의 이상학 외무장관도 그 점을 파고들었다.

"이 김인후라는 학생, 한국에서는 아무런 문제도 없던 학생이었어요. 문제는 이 학생이 일본에 가서 1년이 지나고 이런 범죄가 발생했다는 겁니다. 아직 주범이 누군지 아무도 모르고 있어요. 즉, 주범은 이 학생이 일본에서 만난 사람일 수도 있다는 얘깁니다. 그러니 주범의 신원이 밝혀질 때까지 기다려 봅시다."

이 장관의 논리는 당당했다.

"그러나 경시청에서는 한국인이 주범이라고 발표했습니다."

"가토 대사, 아직 밝혀지지 않은 일에 대해서는 가정하지 맙시다. 그럴 가능성이 있을지 모르지만 귀국의 경찰도 아직 주범의 신원을 못 밝히지 않았습니까? 지금 귀국에서 연일 한국을 규탄하는 데모가 벌어지고 있는데, 만약 주범이 일본인으로 밝혀지면 일본을 규탄하는 데모를 할 거요? 기다려 봅시다."

"장관님의 말씀은 본국에 잘 전달하겠습니다. 하지만 본국에서는 세계 외교사상 유례가 없는 이번 일에 대해 귀국 정부의 사과와 전폭적인 수사 협조를 요구하고 있습니다."

"물론 수사에는 전폭적으로 협조할 거요. 그러나 사과는 내용이 다 밝혀진 다음에 생각해 볼 일이지 지금 할 일이 아니오."

"알겠습니다. 그런데 주범 역시 한국인으로 밝혀지면 어떻게 할 겁니까? 그때에는 특별한 사과를 하시겠습니까?"

"특별한 사과라뇨?"

"귀국은 우리나라의 총리가 순국 선열이 잠든 신사를 참배하는 것에 대해서도 된다 안 된다 말이 많고, 교과서도 뜯어고치라며 말이 많은데, 이 모든 것들이 잘못된 일이라고 사과하시겠습니까?"

"이 사건과 그것이 무슨 관계가 있소?"

"귀국이 역사를 잘못 가르쳤기 때문에 이런 젊은이가 황태자비를 납치하는 사건이 발생한 게 아닙니까?"

"원, 적반하장도 유분수지, 어째서 이 나라가 역사를 잘못 가르쳤단 말이오? 당신네가 잘못 가르치는 거지."

"남의 나라 황태자비를 납치하고도 어째 그리 말이 많습니까? 그럼 장관님은 이 일이 잘된 거라고 생각하십니까?"

이 말에는 꼬장꼬장한 이 장관도 할 말이 없었다.

"이러지 맙시다. 정치면 정치고 외교면 외교지, 황태자비를 납치한다는 발상은 가장 후진적이고 비열한 짓입니다. 더군다나 여자 아닙니까?"

"하여튼 기다려 봅시다."

이 장관은 못마땅한 듯 입맛을 다셨다.

반격

"하하, 다나카. 이제 한숨 돌렸어. 사건을 한국 경찰에게로 밀어 버렸어. 오늘 저녁은 다 같이 한잔하자구."

"……."

"왜 그래? 다나카 경시정, 왜 그렇게 침울한가?"

"저는 왜 우리 경시청에 순수한 수사 정신보다 정치적 분위기가 감도는지 이해할 수 없습니다."

"다나카, 너무 신경 쓰지 말게. 범인에 대한 모든 근거는 한국에 있어. 한국 경찰이 수사하는 게 백배 나아. 우리도 홀가분한 상태에서 새로 출발하면 더 좋은 결과를 얻을 수도 있지 않나."

다나카는 고개를 가로저었다.

"그렇게 쉽게 정체를 드러낼 자가 아닙니다."

"알아. 그간 자네의 공이 얼마나 컸는지는 내가 더 잘 알아. 하지만 이제 사건은 정치적으로 풀어야 하네. 범인들이 한국인으로 밝혀지면서 우리가 한숨 돌린 건 사실이잖아. 한국 정부에 압력을 가하면 범인은 어떻게 해볼 도리가 없어. 가령 납치범이 일본에 대한 역사적 불만이 있어서 범행을 저질렀다고 해봐. 그게 뭐라 하더라도 범인은 이미 황태자비 납치라는 비도덕적, 반윤리적 범행을 저질렀기 때문에 사람들의 공감을 얻을 수 없네. 한국에서 우리의 역사교과서를 고치라고 악을 쓰는 무리도 이번에 치명타를 맞았다고 자탄한다더군."

수사부장은 이번 사건의 정치적 의미를 잘 알고 있었다. 사실 수사부장이나 외무차관의 생각이 틀린 것은 아니었다. 하지만 다나카는 불안했다. 납치범은 일본 경찰을 한가하게 놔둘 자가 아니었다.

다나카의 불안은 오래지 않아 바로 현실로 드러났다.

다음 날 아침 〈요미우리신문〉을 본 일본인들은 모두 눈이 휘둥그레진 채 할 말을 잊어버렸다. 신문 하단 광고란에 사상 유례가 없는 이상한 광고가 실렸기 때문이다. 그리고 이 광고의 게재 사실은 물론 그 경위와 관련해서 신문의 보도란이 모두 빽빽이 채워져 있었다.

오늘 중으로 외무성이 보관하고 있는 명성황후 시해 당시의 한성공사관발 전문 제435호를 전 언론에 공개하라. 그러면 황태자비를 풀어 주겠다.

황태자비가 납치된 후, 범인의 첫 요구가 발표된 것이다.

이미 새벽에 연락을 받고 경시청에 도착한 다나카는 광고 게재의 경위가 신문에 고스란히 실려 있었지만 신문사 관계자들을 불러 꼼꼼하게 다시 조사를 했다.

"광고 게재 요청이 광고국이 아닌 편집부 차장에게 왔다는 말입니까?"

"그렇습니다."

"왜 그랬을까요?"

"아마 납치범은 신문사에서 매우 민감해할 내용이라고 판단했을 겁니다."

"어떻게 범인인 줄 알았습니까?"

"자신에 대해 자세히 설명했습니다. 여권 번호라든지, 세 여자와 만날 때 썼던 휴대폰 번호라든지……"

"납치범은 전화로 광고를 신청했습니까?"

"네."

"이런 일이 있으면 경찰에 즉각 신고하셨어야죠."

"너무나 놀란 나머지 미처 생각을 못했습니다."

"범인이 다시 연락하겠다든지 하는 말은 하지 않았습니까?"

"그런 말은 없었습니다."

범인이 전화한 곳을 추적해 보니 미국 로스앤젤레스의 한 공중전화였다.

다나카는 범인의 광고가 절묘한 반격임을 눈치챘다. 과연 이른 아침부터 외무성에서 전화가 걸려 왔다. 전화는 경시총감이나 수사부장을 통하지도 않고 바로 다나카에게 왔다.

"다나카 경시정, 나 외무차관입니다."

외무차관의 목소리는 고르지 못했다. 다나카는 직감적으로 그가 당황하고 있다는 것을 알아차렸다. 범인에게는 저항할 방법이 없다고 그토록 강변하던 그의 모습이 떠오르자 다나카는 쓴웃음이 나왔다.

"납치범이 어떻게 435호 전문의 존재를 알고 있소?"

"저도 그 점이 의심스럽습니다."

"내가 준 열람자 명단에서 분명 납치범으로 밝혀진 자는 없었지 않소?"

"그렇습니다."

"그중에 납치범이 있을 리는 없어요. 모두가 이너 서클의 멤버들이니까."

"누군가에게 유출되었을 수도 있지 않습니까? 납치범으로부터 금전 등의 유혹이 있었을 수도 있고……."

외무차관이 다나카의 말을 잘랐다.

"이너 서클이란 말이오. 알겠소? 그들은 일본과 운명을 같이 하는 사람들이오. 보안을 생명으로 안단 말이오. 시시한 문서라 하더라도 결코 유출할 리 없소. 더군다나 그 435호 전문은 존재 여부조차 극비 중의 극비요."

"하여간 전문을 공개하실 겁니까?"

외무차관은 단호한 목소리로 대답했다.

"지금 그 전문은 없소."

"뭐라구요? 전문이 없다구요?"

"그렇소. 그건 없소. 없어졌소."

황태자비 납치사건

"그렇다면 납치범이 황태자비를······?"

"하지만 어쩔 수 없소. 실제 없는 거니까. 하지만 놈은 절대 다른 방도가 없을 거요."

외무차관은 자신 있는 목소리로 얘기하고 있었지만 다나카는 이미 이 싸움은 범인이 이긴 것이라고 생각했다. 전국민의 이목이 모두 사라진 435호 전문에 집중된다면 정부도 공개할 수밖에 없을 것이다.

그러나 사태가 진전되어 가는 것을 본 다나카는 놀라지 않을 수 없었다. 그날 오후 외무성은 그런 전문은 존재하지 않는다는 내용을 언론에 발표했다.

범행의 목적

마사코는 지난 탈출 시도 때 있었던 범인과의 마찰을 잊어버리려 했다. 어제도 마치 아무 일도 없었던 것처럼 태연하게 산책을 했다. 조금만 기다려 달라는 범인의 말을 곱씹으며 마사코는 마음을 다잡았다. 저녁에 식사를 가지고 온 범인은 먼저 말문을 열며 마사코 앞에 앉았다.

"나는 일본 정부에 그 문서를 공개할 것을 요구했소."

마사코의 눈이 빛났다.

"결과가 어땠는지 아시오?"

"……."

"그런 전문은 없다는 거였소."

마사코는 실망한 표정을 드러내지 않으려고 애썼다. 누구보다도 황태자가 가만있지는 않았을 텐데, 그런 전문은 없다니. 마사코는 애써 담담한 목소리로 물었다.

"당신은 지난번에 그 전문의 내용을 추측하고 있다고 했는데, 왜 굳이 외무성으로 하여금 그걸 공개하도록 요구하는 거죠?"

황태자비 납치사건

"거기엔 이유가 있소."

"이유를 얘기하세요. 거듭 말하지만 나는 당신이 모든 걸 나에게 털어놓으면 이런 상황을 참을 수 있을지 몰라요. 하지만 그렇지 않다면 당신이 내 처리 문제를 결정하기 전에 나 스스로 극단적인 결정을 내릴 거예요. 이것은 당신이 날 풀어 주고 안 풀어 주고와는 상관없어요."

납치범은 마사코의 의지가 군혀진 것을 알고는 고개를 끄덕였다. 그는 마사코가 무슨 일을 저지를까 겁이 나서가 아니라 오랫동안 가슴에 묻어 온 얘기를 털어놓고 싶었다.

"담배를 피워도 되겠소?"

"네."

담배를 빼어 문 납치범은 과거를 회상하는 듯한 눈길로 허공을 한참 쳐다보더니 이윽고 입을 열었다.

"이 이야기는 1895년 10월 8일 조선의 을미사변으로 거슬러 올라가오. 당시 조선의 공사로 부임한 미우라는 조선을 지배하기 위한 술책의 하나로 국모인 명성황후를 살해하기로 마음을 먹었소. 그는 대원군을 허수아비로 내세우고 그날 중으로 해산하기로 한 훈련군 일부를 들러리로 세웠소. 그러나 실제로는 일본군과 경찰, 그리고 일본에서 건너온 낭인들이 중심이었소. 그들은 이른 새벽 대원군을 가마로 납치해 들러리로 세우고는 경복궁으로 쳐들어갔소. 당시 나의 증조부는 시위대의 사관이었는데, 일본의 낭인들이 쳐들어오자 왕과 왕세자와 왕비를 버리고 병사들과 함께 도주했소."

"……"

"나는 어릴 때부터 역사를 매우 좋아했소. 다른 공부에는 별로 관심이 없었지만 역사책이라면 식사도 거르고 매달릴 정도였소. 광개토대왕의 이야기를 읽을 때면 절로 신이 났고, 고구려가 신라와 당나라의 연합군에 의해 망할 때는 눈물을 흘렸소. 결국 나는 역사학과로 진학했지만 이미 대학에 들어가기도 전에 한국사는 줄줄 꿰고 있었소. 역사적 사실뿐만이 아니라 역사를 보는 안목, 나아가 인간이 어떻게 살고 어떻게 죽어야 하는가 하는 문제까지, 역사와 더불어 생각하는 인간이 되어 있었던 거요."

마사코는 그간 납치범이 드러낸 성품으로 볼 때 그의 젊은 시절을 충분히 짐작할 수 있었다.

"나는 우리나라의 지식인들이 일제강점기에 저항은커녕 친일 행각을 일삼았는데도 해방과 더불어 그들의 죄를 청산하지 못한 것은 물론 오히려 그들을 중용했던 것을 우리 역사의 커다란 오점으로 생각했소."

마사코는 고개를 끄덕였다. 납치범은 젊은이라면 누구나 품었음직한 조국에 대한 열정을 얘기하고 있었다. 이 점은 마사코 자신도 마찬가지였다.

"그래서 나는 우리 역사상 가장 부끄러운 인물들을 꼽아 내기 시작했소. 그중 단연코 수위를 차지하는 인물이 있었소."

"……"

"임석호, 왕을 지키는 시위대의 사관으로서 왕을 버리고 왕비를 버리고 왕세자를 버리고 도주했던 사람, 그가 바로 나의 증조

황태자비 납치사건

부였소."

납치범의 목소리와 표정은 자조와 비탄으로 물들었다.

그의 무거운 목소리가 이어졌다.

"그뿐이 아니오. 도주하던 나의 증조부는 왕비를 구하러 시골에서 올라온 농부와 마주쳤소. 그 농부가 꾸짖으며 자신을 따르라고 하자 증조부는 그를 쏘아 버렸소. 왕과 왕비를 지켜야 할 그 총으로 의로운 농부를 쏘아 버렸단 말이오. 그러고는 일본 낭인이 무서워 도망쳤소."

"……."

"그 후 나는 역사에 흥미를 잃어버렸소. 역사를 떠나고 싶었소. 아니, 한국을 떠나고 싶었소."

마사코는 그의 심정을 이해할 수 있었다.

"나는 대학도 마치지 않고 한국을 떠났소. 아버지는 내가 미국에서 공부하기를 바랐소. 역사에 환멸을 느낀 나에게 아버지가 권한 것은 신학교였소. 아버지가 다녔던 신학교. 나는 아버지의 권고에 진정으로 감사했소. 신의 품 안에서 평화와 사랑을 느낄 수 있었으니 말이오."

마사코는 범인의 인생 이야기가 전혀 낯설게 들리지 않았다.

"나는 신의 품 안에서 사람을 사랑하고 용서하는 법을 배웠소. 내 나라를 침략한 일본을 용서하고 그 밑에서 굽실거리던 친일 무리를 용서했소. 물론 나의 증조부도 용서했소. 나는 아버지께 그들 모두를 용서했다고 말씀드렸소. 그러자 아버지는 나를 뜨겁게 포옹하셨소. 한국에 돌아온 나는 나의 증조부가 죽인 그 의로운 농부의 후손을 찾고 싶었소."

마사코는 가슴이 뭉클했다.

"그런데 말이오……"

납치범은 이 대목에서 이미 다 타들어 간 담배를 세게 빨아들이며 감정의 흔들림을 자제했다.

"그날 밤 가부키자에 자동차를 몰고 왔던 그 젊은이를 기억하오?"

마사코는 고개를 끄덕였다.

"그 젊은이가 바로 그 의로운 농부의 후손이오. 그 농부는 한국의 제천이란 곳에 살고 있었소. 의로운 농부는 외아들을 두었고, 그 외아들 역시 외아들을 가졌소. 그 젊은이 역시 외아들이니 4대 독자인 셈이오. 그런데 내가 찾아갔을 때 그 애의 아버지는 이미 이 세상에 없었고, 어머니는 당시 거의 혼이 나가 있었소."

"……"

"결혼 후 아이를 낳고 늦게서야 군대에 간 젊은이의 아버지는 당시 전국민을 총으로 위협하며 권좌에 오르려던 독재 군인 전두환에 대항하여 군에서 홀로 궐기했소. 전두환이 권력 획득을 위해 수백 명을 살해한 광주대학살 직후 그는 고민하다 결국 양심의 소리를 터뜨린 것이오. 그 사람인들 궐기가 바로 죽음을 의미하는 것인 줄 몰랐을 리 없고, 자신만을 바라보는 가족을, 그 어린 아들의 시선을 떠올리지 않았을 리 없었겠지만 자신을 내던지고 말았던 거요."

"의로운 농부의 의로운 후예군요."

"나는 감동했소. 그들이 존경스러웠고 내가 한국인인 것이 기뻤소. 나는 너무 기뻐 날뛰다시피 서울로 돌아왔소. 그리고 그 무서운 학살의 시대를 그렇게 살아간 그 아이의 아버지, 그리고 고조부, 그들을 내 마음속 깊이 간직했소. 그런데 나는 새로운 사실과 마주치고 말았소. 나는 누구를 용서할 자격조차 없는 인간이라는 것을 깨달았소."

"무슨 일이 있었나요?"

납치범은 말없이 고개만 끄덕였다. 마사코는 점점 그의 얘기에 빨려 들었다.

"그 젊은이의 아버지가 피를 흘리며 살아간 그 시대를 나의 아버지가 어떻게 살았는지 알아 버리고 말았던 거요."

"……"

"나의 아버지는 한국에서 이름만 대면 누구나 다 아는 유명한 목사요. 지금도 수많은 신도를 가진 신성한 하나님의 종이오. 나는 늘 아버지를 존경해 왔고 내가 방황하던 때 신학교를 권했던 아버지께 항상 감사했소. 그런데 우연한 기회에 나는 아버지가 '전두환 장군을 위한 범기독교단 조찬 기도회'를 열었다는 사실을 알게 됐소. 한국의 모든 기독교 지도자들과 같이 말이오. 그것도 광주대학살 직후에."

"전두환 장군을 위한 범기독교단 조찬 기도회란 뭔가요?"

"말 그대로요. 집권을 위해 학살을 자행하고 자유를 압살한 전두환이 잘되라고 온 나라의 기독교 지도자들이 모여 기도를 해주는 행사였소. 예수님이 재림하면 불벼락을 내리실 그런 짓이었소. 하긴 일제강점기에도 한국의 기독교는 신사참배를 장려했으니 그것과 마찬가지요."

마사코는 자신도 모르게 얼굴을 찡그렸다. 범인의 처참한 심정이 안타까웠던 것이다. 마사코는 인정이 많고 남을 이해할 줄 아는 넓은 마음의 소유자로, 그녀의 그런 착한 심성은 비록 납치범이라 할지라도 인간적인 연민을 느꼈던 것이다.

"나는 충격을 받았소. 처음에는 조국에 환멸을 느꼈지만 그때는 신에 대해 환멸을 느꼈던 거요. 내게는 더 이상 떠날 곳도 없었소."

"그 괴로움이 이해가 되는군요."

"아버지는 내가 당신을 떠난다는 것을 알아채고 상상도 못할 액수의 돈을 주었소. 나는 오로지 그 아이를 위해 돈을 받았소. 그 더러운 돈을 한 푼이라도 더 받아 아이에게 줌으로써 돈으로라도 죄를 씻고 싶었소. 하지만 시간이 지나면서 나는 그것이 올바른 생각이 아니란 것을 깨닫고, 그 소년의 인생에 돈으로 개입하려 들지 않았소. 나는 다른 사람으로 재생하고 싶었소. 당시나는 부끄러운 증조부, 부끄러운 아버지의 자식이라는 사실이 견딜 수 없었소. 내 몸속에 그들의 피가 흐른다는 사실이 참을 수 없었소. 내가 한국인이라는 사실을 부정하고 싶었소. 그 후나는 일본으로 왔소. 나는 침략이니 뭐니 하는 이유로 일본인을 욕할 자격도 없었소. 일본인과 내가 다를 바가 뭐가 있나 싶은자괴감에 난 일본인으로 행세하며 신의와 명성을 쌓아 나갔소.

황태자비 납치사건

돈 많고 유창한 일본어를 구사하는 나를 아무도 한국인으로 보지 않았고, 일본에 온 지 몇 년 후 나는 이 지방으로 왔소. 대부분의 시간을 독서와 사색으로 보내며, 인간의 심연과 숨은 역사의 진실에 대해 고민했소. 그런데 그렇게 세월을 보내던 중 두 가지 변화가 생겼소."

마사코는 납치범의 이야기에 강한 호기심을 느꼈다.

"드디어 나는 아버지를 용서할 수 있었소. 인간이라는 가엾은 존재를 진정으로 용서할 수 있는 힘이 생겼던 거요. 종교에서 말하는 교조적인 용서가 아니라 인간의 한계에 대한 깨달음에서 오는 용서였소. 인간의 한계를 인식하는 순간 나는 신이 필요했고, 진정한 기독교인으로 되돌아왔소."

마사코는 납치범의 내면세계가 결코 평범하지 않다는 생각이 들었다.

"나는 아버지의 죄를 빌면서 살아왔소. 교회도 일으켰소. 길 아래 아득히 보이는 교회가 내가 목회자로 있는 곳이오."

마사코는 그제야 수색의 손길이 범인에게 뻗치지 않는 이유가 이해되었다. 이 지방의 유지이자 교회 목사인 사람을 납치범으로 의심할 경찰관은 없을 것이다.

"또 하나의 변화는 다시 역사에 대한 관심이 되살아났다는 거요. 역사, 내가 그렇게나 좋아하던 역사. 나는 어느덧 그 역사를 껴안을 수 있는 내면적 깊이를 갖게 되었소."

"다행이네요."

마사코는 범인의 입가에 되살아나는 미소를 보자 어느새 자신의 마음도 편안해졌다.

"자학의 긴 터널을 빠져나오자 나는 그 아이를 위해 무엇을 할 것인가를 깊이 생각했소."

"그 소년을 보살폈나요?"

"그렇소. 하지만 처음 생각과는 달리 물질적으로 뒤를 봐준 것은 아니오. 나는 그 아이가 어떻게 성장하는지 서신 교환을 통해 관찰했소. 그가 나처럼 외로움을 느낄 때 인간의 삶과 가치관의 문제에 대해 같이 얘기할 수 있는 친구가 되어 주었을 뿐이오."

마사코는 두 사람이 살아온 모습을 그려볼 수 있었다. 비록 납치범이었지만 그의 삶은 깨끗하고 당당했다. 마사코는 범인들이 납치극을 벌인 이유를 어렴풋이나마 짐작할 수 있었다.

"당신들은 우리 일본에 복수를 하려는 거군요. 역사의 복수 말이에요."

그러나 납치범은 담담한 표정으로 고개를 가로저었다.

"그렇지 않다면 왜 이런 일을 하는 거죠? 그 젊은이에게 범죄의 굴레를 씌워 가며 말이에요."

"이 일은 복수가 아니오. 범죄도 아니오."

마사코는 멈칫했다.

"놀랍군요. 사람을 납치해 놓고 범죄가 아니라니."

"때로는 의를 실행하지 않는 것이 오히려 범죄요. 당신은 이해할 수 있소? 왕을 죽이고, 왕비를 죽이고, 수많은 백성을 죽이고, 수탈하고, 분단까지 초래한 일본이 이제 역사까지 왜곡하고 있지만 이를 말릴 아무런 힘도 없는 한국인의 심정을!"

"……."

"이것은 범죄가 아니오. 굳이 말하자면 불의에 대한 궐기요."

"정의의 궐기에 있어 납치쯤은 아무런 죄도 안 된다는 논리인가요?"

범인은 마사코의 말에는 대꾸하지 않고 자신의 이야기를 이어 나갔다.

"사실 나는 그 청년을 역사에 무관심하도록 이끌었소."

"왜죠?"

마사코는 이해가 되지 않았다. 고조부와 아버지가 나라를 위해 목숨을 내던졌으면 어려서부터 역사에 관심을 가지도록 가르쳐야 할 텐데 말이다.

"그 애가 역사의 가슴앓이를 할 것이 두려웠소. 한평생 조국을 원망하며 살아갈 것이 염려스러웠던 거요."

"그것은 또 무슨 말인가요?"

"한국은 일본에 빌붙어 민족을 탄압했던 자들이 다시 권력을 잡고 독립운동을 했던 사람들을 감옥에 잡아넣은 나라요. 내 아버지처럼 독재 군인을 위해 기도회를 연 사람들은 존경을 받는 반면, 그 젊은이의 집안처럼 독재에 저항한 사람은 죽고 그 처자는 가난으로 허우적대는 나라요."

"……."

"나는 그 아이까지 그렇게 만들고 싶지 않았소. 그러나 결국 그 아이에게 숨겨져 있던 핏줄의 본능이 터져 나오고야 말았소."

"무슨 일이 있었나요?"

"그렇소. 일본에 있는 〈몽유도원도〉가 한국에 전시되었을 때요. 그 그림은 일본이 임진왜란 때 빼앗아 간 것으로, 현재는 덴리대학교가 소유하고 있소. 그림이 한국에서 전시되었을 때, 덴리대학교 도서관장은 전시 기간 내내 초조해 죽을 지경이었다고 하오. 이윽고 전시가 끝나고 그림을 비행기에 실은 다음에야 도서관장은 비로소 안도의 한숨을 내쉬었소. 그러면서 그가 했던 말이 그 젊은이의 의식을 일깨웠던 거요."

"도서관장이 뭐라고 했는데요?"

"그는 〈몽유도원도〉가 한국에 전시되면 다시는 일본으로 가지고 가지 못할 줄 알았다고 했소. 한국의 젊은이들이 절대로 그 그림을 내줄 리가 없다고 생각했던 거요."

"한국에서는 아무런 항의도 없었나요?"

"없었소. 덴리대학교 도서관장은 한국은 망한 나라나 다름없다고 단언하면서 비행기에서 비로소 안심했다는 거요. 이때 그 아이의 숨은 의식에 비로소 불이 붙기 시작했소. 당신을 납치하기 전 그 젊은이는 내게 일본에서 준비 중이던 후소샤의 새 역사교과서에 대해 물어 왔소."

"후소샤의 역사교과서요?"

"그렇소. 어째서 새 교과서에는 정신대에 관한 내용이 하나도 포함되지 않는지 물었소. 유엔 인권위뿐만 아니라 1993년 일본 관방장관의 담화에서도 분명히 강제로 위안부를 연행했고 군도 개입했다고 시인했는데, 이 무도한 교과서에 그런 내용은 전혀 싣지 않겠다고 했으니 말이나 되오? 그런데도 역사 왜곡의 완결편인 후소샤의 역사교과서가 지금 일본에서 베스트셀러가 되다니……. 아마 그때 조상으로부터 전해 오던 피가 그 젊은이의 가슴속에 들끓었을 거요. 그 아이는 후소샤의 역사교과서가 1천만 부 이상 팔릴 거라는 보도를 듣고는 비장한 표정으로 내게 물었소. 그 교과서를 없앨 방법이 없느냐고. 자신은 목숨을 바쳐서라도 그 교과서를 없애고 싶다고 했소. 당시 나는 5년 전부터 준비 중이던 일본의 '새 역사교과서를 위한 모임'을 주시하면서 만약의 경우에 대비하고 있었소. 심사숙고 끝에 나는 이 납치에 그 아이를 끌어들였소."

마사코는 납치범의 얘기를 듣고 나자 그들의 행위를 무조건 범죄로 비난할 수만은 없다는 생각이 들었다.

"그런데 그 교과서와 나의 납치 사이에 존재하는 상관관계는 뭐죠? 또 역사교과서와 435호 전문은 무슨 관계가 있나요?"

"이제 8일 후면 그 교과서에 대한 유네스코 심사가 끝나게 되오. 하지만 일본 역사계의 거두 사이토를 중심으로 한 일본 정부와 학자들의 맹렬한 반격으로 유네스코는 그 교과서를 불량으로 판정하기가 어렵소. 교과서 문제가 논리와 논리의 격돌로 변질되어 버린 거요. 징용이나 정신대까지도 일본 측의 주장에 무게가 실리고 있소. 논리로서는 어떤 판정도 얻어 낼 수 없소."

"그럴 것 같군요."

"이제 그들의 비윤리성을 들추어내지 못하는 한 유네스코 심사에서 일본의 교과서를 불량으로 판정하기는 힘들 것이오."

"그러나 역사적 사실의 비윤리성을 입증한다는 것은 더 힘든 일이잖아요. 역사적 사실에는 언제나 반대 논리가 존재하기 마련이고, 결국 유네스코 심사는 논쟁으로 끝나 버리기 십상일 텐데."

"그렇소. 유네스코의 마지막 심리는 도쿄에서 열리게 되오. 지금까지의 과정으로 보아서 유네스코 심사는 아무 결론도 없이 끝날 것이오. 그렇게 되면 일본의 역사교과서는 면죄부를 받게 되는 거요."

"면죄부를 받게 된다구요?"

"그렇소. 그래서 인후와 나는 당신의 납치를 결심한 것이오."

"당신이 나를 인질로 우리 일본 정부에 그 비밀문서의 공개를 요구했다면, 그 비밀문서에 일본의 비윤리성을 입증할 무언가가 있다는 말인가요?"

"그렇소."

마사코는 도대체 어떤 문서이기에 일본의 비윤리성을 입증할 엄청난 정보를 담고 있는지 궁금했다. 이제 그 궁금증은 납치와 무관하게 외교관이었던 마사코의 직업적 본능을 강하게 자극했다.

"당신은 어떻게 그 문서의 존재를 확신한 건가요?"

"우연이었다고 할까, 아니면 필연이었다고 할까. 지금은 돌아가셨지만 우리 교회에는 한일 역사 전문가인 노교수가 한 분 계셨소. 은퇴하기 전에는 역사학계에서 영향력을 행사하던 분이었소. 그분은 이 시골에서 은퇴 생활을 즐기고 계셨는데, 내가 역사에 대한 관심이 많은 걸 아시고는 자주 나와 대화하길 좋아하셨소. 어느 날 그분과의 대화에서 명성황후의 비극적인 죽음에 대한 실마리를 찾게 되었소."

"그분을 유도했군요? 신도라면 목사에게는 뭐든지 얘기하고 싶어 할 테니까요."

"내가 유도했다기보다 그분 자신이 쓸쓸함을 달래기 위해 나와의 대화를 즐기셨소. 그분은 435호 전문의 내용을 아시는 것 같았소. 하지만 내가 그 내용을 묻자 절대로 얘기할 수 없는 것이라 하셨소. 그러나 죽음에 임박해서 어느 정도 추측할 수 있을 정도의 단서를 주셨소."

"내게 그 내용을 말해 줄 수 없나요?"

납치범은 의미를 알 수 없는 무거운 낯빛으로 고개를 가로저을 뿐이었다. 납치 이후 처음으로 자신의 의중을 털어놓은 범인은 이윽고 아무 말 없이 방을 나갔다.

마사코는 납치범이 테이블 위에 놓아둔 이후 그대로 먼지만 내려앉은 책을 들어 살펴봤다. 그것은 후소샤의 역사교과서와 데이코쿠서원에서 발행한 비교적 온건한 역사교과서, 그리고 또 한 권은 일본어로 번역된 한국의 역사교과서였다. 마사코는 한때 단식으로 저항하며 읽기를 거부했던 그 책들을 비교해 가며 정독하기 시작했다.

명성황후를 불태운 이유

　납치범이 435호 전문을 공개할 것을 요구하고 외무성이 이를 거부하자 일본 열도는 들끓었다. 언론은 집중적으로 외무성을 파고들었다. 그러나 외무성은 그 전문은 없어졌으며, 전문이 사라진 시기가 언제인지는 알 수 없다고 발표했다.

　"그렇다면 납치범은 435호 전문의 존재를 어떻게 알고 있습니까?"

　기자들은 끈질기게 파고들었다.

　"그건 알 수 없소."

　"그 전문의 내용은 무엇입니까?"

　"그것도 알 수 없소."

　외무성은 오로지 알 수 없다는 말로만 버텼다. 기자들은 학자들을 찾아다니며 문제의 전문에 대해 캐고 다녔으나 아무도 아는 사람이 없었다. 분위기는 외무성이 승리하는 듯했으나, 다음 날 〈아사히신문〉에 다시 납치범의 요구조건이 실렸다. 납치범은 〈요미우리신문〉 때와 마찬가지의 수법을 썼고, 그의 꼬리를 잡

　　　　　　　　　　　　　　　황태자비 납치사건

을 만한 단서는 없었다.

문제의 전문이 없다는 일본 정부의 발표는 유치하기 짝이 없다. 일본 정부는 그 비밀을 숨기기 위해 이제 황태자비까지도 희생시키려 하는가. 일본 정부가 이렇게 무책임하게 나온다면 더 이상 황태자비의 안전을 보장할 수 없다. 전문을 공개하는 데 입장을 정리할 시간이 필요하다면, 오늘부터 정확히 7일간의 말미를 주겠다. 대신 일본 정부는 먼저 명성황후를 시해하고 나서 왜 시체를 불태웠는지 그 이유부터 밝혀라.

이번에는 더욱 구체적인 요구였다. 사람들의 불같은 관심은 역사적 사실로 향했다. 사람들은 모이기만 하면 435호 전문과 명성황후 살해를 입에 올렸다. 하지만 일본 정부는 이번에도 묵묵부답이었다.

"납치범이 노리는 게 뭔지 알 것 같군."

다나카는 혼잣말로 되뇌었다. 곁에 있던 모리가 물었다.

"무엇을 노릴까요?"

"역사에 대한 일본 국민들의 관심이겠지. 민비 암살 당시 엄청난 일이 있었음에 틀림없어. 일본 정부가 숨길 수밖에 없는 역사적 사실을 황태자비 납치와 교묘하게 짜맞추고 있는 거야. 사람들의 마음에 의구심과 자괴감을 심고 있는 거지. 황태자비를 이용해서."

일본 국민들은 납치범이 역사적 사실만 밝히면 황태자비를

돌려보내겠다는데도 일본 정부가 아무런 조치도 취하지 않는
데 대해 크게 분노했다. 이 분노는 역사에 대한 관심과 맞물려
일본 열도를 대분열로 몰아넣었다.

"435호 전문이 실제로 없기 때문에 정부가 공개하지 않는 게
아니겠어?"

"아니야, 정부가 숨기는 게 있는 것 같아."

"황태자비가 저 지경인데 감추는 게 있을라구?"

"그 전문에는 세상에 절대로 공개할 수 없는 어마어마한 비밀
이 있지 않을까?"

의혹은 퍼져 나갔다.

"우리 일본이 조선의 황후를 죽였나?"

"그랬다나 봐."

"왜 죽였지?"

"모르겠어."

"그런데 죽이고 나서 시체를 불태웠다며?"

"납치범의 말이 그렇잖아."

"그런데 정말 시체는 왜 불태운 걸까?"

"글쎄, 한 나라의 왕비를 무슨 이유로 그렇게까지 한 거지?"

"그럼 그 전문이 시체를 불태운 것과 관련이 있는 건가?"

"그런 모양이야."

"그러면 그 보복으로 범인이 황태자비를 살해하고…… 혹시
시체를 불태우는 거 아냐?"

"그런 끔찍한 얘기를……."

"모를 일이야."

세인들의 이런 관심에 부응하기라도 하듯, 언론에서는 역사학
자들을 동원하여 나름대로의 추측 보도를 내보내기 시작했다.
학자들은 당시의 기록을 바탕으로 시체가 불태워진 이유를 설
명했다.

그중 가장 사람들의 고개를 끄덕이게 한 보도는 1895년 11월
9일 당시 민비 살해에 가담한 낭인들을 신문한 히로시마 법정의
구사노 검사장이 요시가와 법무대신에게 보낸 전문으로부터 나
왔다. 이 전문은 민비 시해에 가담한 낭인 히라야마와 후지 가
쓰아키의 자백 내용을 담고 있었다.

당시 민비는 마흔네 살이었는데, 민비를 척살하러 간 우리들 중
누구도 민비의 얼굴을 알지 못했다. 민비가 거처하는 옥호루에
는 모두 화사하고 얼굴이 앳돼 보이는 여자들만 있었고 마흔네
살로 보이는 여자는 하나도 없었던 것이다. 우리는 여자들의 옷
을 벗겨 유방을 검사했다. 얼굴로는 구분이 안 되어도 유방으
로 나이 든 여자와 젊은 여자를 구분할 수 있기 때문이었다. 우
리는 마흔네 살 정도의 유방을 가진 여자들을 골라내어 칼로
베었다. 나중에 왕세자에게 시체를 확인시켰더니 죽은 여자 중
에 민비가 있었다. 그녀의 얼굴은 젊었지만 다시 유방을 살펴보
니 나이가 든 여자였다.

이런 역사적 사실로부터 한 신문은 추측 보도를 내보냈다.

낭인들이 민비를 죽일 때 칼로 유방을 베었을 가능성이 충분하다. 더 심하게는 차마 볼 수 없을 정도로 칼로 유방을 난자했을 가능성도 있다. 따라서 시체는 불태워져야만 했을 것이다.

총리가 주재하는 내각회의의 분위기는 무겁기 짝이 없었다.

총리는 단도직입적으로 외상에게 물었다.

"외상, 진실이 뭐요? 그 435호 전문은 정말 없는 거요?"

외상의 얼굴이 굳어졌다. 외상이 망설이는 기색을 본 총리는 재차 물었다.

"사실 그대로 얘기하시오."

"사실…… 저는 확실한 진상을 모르겠습니다."

"뭐요? 진상을 모른다구요?"

"부끄럽습니다."

"그게 도대체 말이 되는 소리요? 주무 부서의 장관이 모른다면 대체 누가 안단 말이오?"

"아마 사무차관에게 물어보시는 편이 나을 것 같습니다."

얼굴을 잔뜩 찌푸리던 총리는 급기야 고개를 끄덕였다. 짐작되는 바가 있었다. 외상은 교과서 문제에 대해 주변국의 요구를 수용해 고칠 수 있다고 발언한 후부터 외무성의 관리들로부터 노골적으로 따돌림을 당했던 것이다. 그렇다고 해도 장관이 사실을 모른다는 것은 보통 일이 아니었다.

외상이 사실을 모른다고 답변함에 따라 내각회의의 모양새는 아주 우스워졌다. 총리는 즉각 의제를 바꿔 버렸다. 장관이 있는 자리에서 차관을 불러 사실을 물어본다는 것은 체면도 문제지만 차관이 내각회의에서도 사실대로 말하지 않을 가능성이 있다고 생각했기 때문이다.

내각회의가 끝난 후 총리는 차관을 집무실로 불렀다.

"차관, 그 전문은 정말 없는 거요?"

"그렇습니다, 각하."

"정말이오?"

총리는 목소리에 힘을 주었다. 거짓일 경우는 그냥 있지 않겠다는 의지의 표현이었다. 그러나 외무차관은 추호의 흔들림도 없이 답변했다.

"정말입니다."

"그렇다면 한국의 명성황후를 살해한 후 시체를 불태운 이유는 뭐요?"

"한국이 아니라 조선입니다, 각하."

"……."

"그 이유에 대해서도 알 수 없습니다."

총리는 화가 나 고함을 질렀다.

"그럼 당신이 알고 있는 것은 도대체 무엇이오?"

"……."

"그만 돌아가시오."

총리는 의자에 기대어 눈을 감았다. 외무차관은 총리인 자신에게도 뭔가 숨기는 게 있는 듯했다. 이런 느낌은 어제오늘 일이 아니었다. '새 역사교과서를 만드는 모임'에서 교과서의 검정 통과를 부탁해 왔을 때부터 자신으로서는 감당하지 못할 거대한 힘이 밀려오는 것을 느낀 적이 있었다.

전임 총리였던 나카소네나 도쿄 지사인 이시하라 같은 정치인은 말할 것도 없고 학계, 문화계, 경제계 할 것 없이 거물들이 망라되어 교과서의 통과를 요구했던 것이다.

총리 자신도 교과서를 채택하는 데 있어 일본의 독자적인 선택을 주장했고 결과적으로 새 교과서를 보호하게 되었지만, 문제는 자신이 그들을 따라가는 데 불과했다는 것이다. 외무차관은 그런 거대한 세력의 일원이었고, 일본을 실질적으로 이끌어가는 자들이 바로 그런 자들이라는 사실에 총리는 소외감을 느꼈다.

총리는 황궁으로 들어가기가 민망했다. 황태자비가 범인의 손에 있는데 이런 정도의 요구도 들어주지 못한다는 것은 총리로서 무능함을 드러내는 일이기 때문이었다.

사라진 문서의 행방

　총리는 검찰총장과 경시총감을 불렀다.

　"두 분은 내 말을 잘 들으시오."

　총리의 목소리가 예사롭지 않은 것을 느낀 검찰총장과 경시총감은 신경을 집중했다. 특히 경시총감은 안절부절못했다. 한국 경찰로 수사를 떠넘겨 약간 편해진 상황에서 범인이 뜻밖의 요구를 해옴으로써 경찰은 만신창이가 되었다.

　"작금의 사태는 두 분도 예의 주시하고 계시겠지만 문제는 외무성에서 그 전문을 가지고 있는지 아닌지가 불확실하단 말입니다. 지난번 장관에 대한 불복종 사태에서 볼 수 있듯이 외무성의 관료들은 내각에 협조하지 않고 있어요. 그렇다고 이 시점에서 외무성에 대한 압수수색을 할 수도 없소. 그래서 말인데 외무차관을 극비리에 조사해야겠소."

　검찰총장과 경시총감은 깜짝 놀랐다.

　"그 조사를 검찰에서 하는 게 낫겠소, 아니면 경찰에서 하는 것이 낫겠소?"

총리의 결심이 확고하다는 것을 안 두 사람은 잠시 생각에 잠겼다. 이윽고 먼저 입을 뗀 것은 검찰총장이었다.

"각하, 이 일은 경찰에서 하는 게 옳을 것 같습니다. 기왕에 경찰에 특별수사본부가 있으니 경찰에서 외무차관을 조사하는 것이 만약 노출이 되더라도 자연스러울 겁니다. 하지만 검찰에서 외무차관을 조사한다면 완전히 새로운 시각이 발생합니다. 따라서 엄청난 혼란이 야기될 겁니다."

검찰총장의 얘기가 일리 있다고 판단한 총리는 경시총감에게 지시를 내렸다.

"경시청에서 철저히 조사해 보고하시오."

"알겠습니다, 각하."

경시청으로 돌아온 총감은 걱정이 태산 같았다. 외무차관 아니라 그 이상도 사건과 관련하여 조사하지 못할 것은 없지만, 지금 총리의 지시는 외무차관을 꺾어 놓으라는 주문과 마찬가지였던 것이다. 총리는 외무성의 관리들이 자신의 대리인과 같은 장관조차 업신여기고, 그들만의 비밀을 총리인 자신에게도 공개하지 않는 듯한 분위기에 잔뜩 화가 나 있었다.

그렇다 해도 외무차관을 함부로 다룰 수는 없는 일이었다. 총리야 지금의 임기가 끝나면 물러날 사람이지만 외무차관은 일본을 움직여 가는 핵심 중의 핵심이기 때문이었다. 경시총감은 깊이 생각한 결과 조사를 다나카에게 맡겨야겠다고 생각했다. 외무차관도 다나카와는 면식이 있으니 덜 불쾌하게 생각할 것이

황태자비 납치사건

었다.

"절대로 기분 상하지 않게 주의하시오."

다나카는 내키지 않았다. 경시총감의 지시대로라면 조사는 형식적 절차로 끝날 뿐이었다. 그러나 다나카는 외무차관을 상대로 진지한 조사를 하고 싶었다. 차관은 혼내 주기 식의 조사가 아닌 납치범에 대한 방증 수사를 할 수 있는 여지가 충분한 사람이었다. 다나카는 머리를 썼다.

"총감님, 잘못하면 이 조사는 총감님까지 곤경에 빠뜨릴 수 있습니다."

경시총감도 충분히 감지하고 있던 일이었다.

"총리께 신임을 잃을 수도 있습니다. 차관은 어떤 조사에도 응하지 않아 결과적으로 아무런 성과가 없을 텐데, 그렇게 되면 총리께서 총감님을 차관과 한통속으로 생각하게 될 겁니다. 그러면 총감님께 사표를 요구할 수도 있지 않겠습니까? 명분은 충분하니까요."

경시총감의 표정이 일그러졌다. 실세도 실세지만 당장 자신의 목을 칠 수 있는 사람은 총리가 아닌가.

"그렇다고 외무차관을 무리하게 조사할 수도 없지 않나?"

"방법은 있습니다."

"어떤 방법 말인가?"

"이번 수사는 와타나베 같은 불도저한테 맡기고 와타나베로 하여금 총리께 전화를 드리도록 하시죠."

경시총감은 고개를 갸우뚱했다.

"그게 도대체 무슨 말인가?"

"엘리트 중의 엘리트로 자부하는 외무차관에게는 와타나베 같은 친구와 한 공간에 있는 것 자체가 자존심 상하는 일일 테고 고문일 겁니다."

"그렇겠지."

"그런데 문제는 와타나베가 내켜하지 않을 겁니다. 그런 실세를 조사한다는 것 자체가 큰 부담이니까요."

"그렇지."

"그러니 와타나베로 하여금 총리께 직접 전화를 드리도록 하는 겁니다. 워낙 중요한 일이라 직접 보고하겠다고 하면 총리도 좋아하실 겁니다. 와타나베도 앞으로 계속 보호를 받을 수 있구요. 무엇보다도 총리의 주목을 받는 일이니 와타나베는 신이 나서 추궁할 겁니다."

"그건 그런데…… 와타나베가 차관의 입을 열 수 있을까?"

"제가 같이 참여하면 됩니다."

"그럼 그렇게 하지."

총리와 통화를 한 와타나베는 기가 살았다. 강압 수사로 야기된 사고 때문에 한직으로 밀려나 있던 터라 기쁨은 더했다. 수사에 대해서도 걱정할 것이 없었다. 다나카가 보조 수사요원으로 참여하니 어려운 문제는 다나카가 다 해결할 것이었다.

총감은 미리 전화를 걸어 외무차관을 극비리에 시내의 한 호텔로 나오게 했다. 외무차관은 총리의 지시라는 말에 분노를 꾹

누르는 모습이었다.

"와타나베 경시정입니다. 실례하겠습니다."

와타나베는 특유의 굵은 톤으로 나갔다. 상대가 누구든 수사의 대상으로 맞대면할 때는 당당한 조사관의 자세를 유지해야 한다는 게 와타나베의 지론이었다.

"안녕하셨습니까?"

외무차관은 다나카를 보자 악수를 건넸다. 화가 나 있긴 했으나 여유 있는 표정을 잃지는 않았다.

"황태자비 납치사건으로 차관님께 여쭤 볼 일이 있습니다. 편하게 대답해 주십시오."

비록 말은 공손하게 했지만 와타나베의 얼굴은 굳어 있었다.

"그러겠소."

차관은 여전히 무게를 잃지 않았다.

"범인은 435호 전문을 공개하라 했는데, 그 전문에 대해 들어 본 적이 있습니까?"

전형적인 수사관의 질문이었다. 외무차관은 잠시 당황했다.

와타나베는 처음부터 직접적으로 추궁하고 나섰다.

"기억이 나지 않소."

와타나베가 슬며시 비웃었다. 차관은 그 웃음이 몹시 비위에 거슬렸다. 자신의 인격을 한없이 깎아내리는 웃음이었기 때문이다.

"본 적은 있습니까?"

더욱 기분 나쁜 질문이었다. 들은 기억이 없다면 본 기억도 없을 게 아닌가. 차관은 이런 질문에 계속 답변을 해야 한다고 생각하니 울화가 치밀었다. 그러나 분노를 꾹 참았다.

"기억이 나지 않소."

"그러면 납치범은 문서의 존재를 어떻게 알고 일련번호까지 지정하면서 공개하라고 했을까요?"

"내가 납치범의 마음을 어떻게 알겠소? 당신들이 납치범을 잡으면 그때는 내가 물어봐 주리다."

외무차관의 대답에는 가시가 돋쳐 있었다. 그러나 와타나베는 그런 야유쯤은 신경 쓰지도 않는다는 듯 질문을 계속했다.

"민비의 시체가 왜 불태워졌는지 아십니까?"

차관은 대답조차 하기 싫다는 듯 고개를 가로저었다.

"차관님의 생각은 어떻습니까?"

"무엇을 말이오?"

"신문에서는 민비의 유방이 어쩌구저쩌구 하던데 차관님의 생각도 같습니까?"

"멍청한 놈들! 그게 바로 납치범이 노리는 것인데!"

와타나베는 미동도 하지 않았다.

"차관님의 생각은 어떤가 말입니다."

"미우라 공사는 군인 출신이오. 그는 사건이 끝나자 바로 경복궁에 들어가 시체를 태우라고 지시했소. 시체가 있으면 조선인들이 시체를 구심점으로 모일 것이 아니오?"

"우리 일본에서는 군인들이 어떻게 합니까? 왕이나 왕비 혹은 적장을 죽이고 나서 불태웁니까?"

"그렇지 않소."

"그런데 왜 민비의 시체는 불태웠을까요?"

"조선인들은 시체를 잘 떠메고 다니기 때문이오."

이때 다나카가 끼어들었다.

"차관님, 제가 질문을 해도 되겠습니까?"

외무차관은 고개를 끄덕였다.

"범인은 그 전문을 공개할 것을 요청했다가 그것이 거부당하자 민비의 시체가 왜 불태워졌는지 묻고 있습니다. 이것은 같은 내용의 질문이 아닐까요?"

"……."

"경찰의 판단으로는 범인은 지금 강한 암시를 주고 있습니다. 바로 그 없어진 전문에 민비의 시체를 불태운 이유가 담겨 있다고 말입니다."

"……."

"우리는 그 이유를 알아야 합니다. 그래야만 납치범에게 휘둘리지 않을 수 있습니다. 그리고 그 전문이야말로 납치범을 잡을 수 있는 열쇠입니다. 그 문서를 납치범이 어디서 보았는지만 알면 그자를 검거할 수 있습니다. 그런데 그 문서 자체가 없다고 해버리면 납치범을 잡을 수 있는 단서를 은폐하는 것과 같습니다. 다시 한 번 생각해 보시죠. 그 문서를 본 기억이 없습니까?"

외무차관은 순간적으로 주저하는 모습이었지만 곧 종전의 태도를 밀고 나갔다.

"없소."

하지만 다나카는 차관의 미세한 심리적 변화를 놓치지 않았다. 이 점은 와타나베도 마찬가지였다.

"거짓말하는 줄 다 알아! 당신도 공범 아냐? 왜 아는 사실을 모른다고 잡아떼는 거야!"

역시 와타나베는 상대가 누구든 거칠게 치고 나가는 특기가 있었다. 차관은 태어나서 처음 당하는 모욕에 치를 떨면서도 움찔했다.

"똑바로 얘기해! 총리께는 제대로 말씀드려야 할 것 아냐, 이 새끼야!"

외무차관은 분노와 공포로 몸을 부르르 떨었다.

"맛 좀 봐야 정신을 차릴 모양이군!"

늦은 밤까지 계속된 와타나베의 신문에도 차관은 끝까지 모른다고 버텼다.

총리는 밤늦게 걸려 온 이시하라 지사의 전화를 받고 고민에 휩싸였다. 저녁 무렵에 나카소네 전임 총리로부터 받았던 전화와 똑같은 내용이었다.

"밤늦게 전화를 하시다니…… 무슨 일입니까?"

"모처에서 외무차관을 조사하고 있다면서요."

"네, 그렇게 알고 있습니다."

"총리께서 그렇게 지시한 데에는 이유가 있겠지만 이젠 그만 풀어 주는 게 좋겠습니다."

"아닙니다. 이번 기회에 버릇을 고쳐 줄 생각입니다. 지난번

황태자비 납치사건

장관에 대한 보이콧 건도 있고 해서 말입니다."

"충분히 이해는 합니다만 이런 사실이 언론에 새나가기라도 한다면 교과서 문제와 관련해 우리 정부에 심각한 의견 대립이 있는 것으로 비쳐질 겁니다."

"교과서라구요?"

"그렇습니다. 새 교과서 필진이 외무성의 각종 기록과 문서를 참고로 한 것은 주지의 사실이고 이 작업에는 외무차관도 깊이 관여했는데, 납치범이 민비 운운하는 이 시점에서 차관을 문책하는 것은 심각한 문제로 비쳐질 수 있다는 말입니다. 게다가 새 역사교과서는 오래전부터 정치권 깊숙이에서 추진되었던 겁니다."

총리는 잠시 생각했다. 나카소네, 이시하라 등이 외무차관의 뒤에 있다는 말이 아닌가. 총리는 그들의 적극적 협조로 총리에 당선되었고, 특히 국민들에게 강력하고 새로운 이미지를 심어주는 데는 이시하라의 조언에 힘입은 바가 컸다.

국민들은 눈치보기식 총리가 아닌 제 목소리를 당당히 내는 총리를 원했고, 이시하라는 틈나는 대로 강력한 소신 발언을 주문했다. 이시하라의 말대로 신사참배라든지 교과서 문제에 대해 외국의 간섭을 받아들일 수 없다고 발언하자 총리의 인기는 믿기지 않을 정도로 올라갔다. 총리는 그제야 이시하라의 인기 비결을 알 수 있었다. 오랜 불황에 지친 국민들은 매우 과격해져 있었던 것이다.

"그러나 외무차관이 외무성의 문서에 대해서 함구하고 있기 때문에 황태자비 사건에 대한 대책을 세울 수가 없습니다."

"아마 차관도 모를 거요. 내가 얼핏 알기로 그 전문은 10여 년 전 맨 처음의 교과서 왜곡 파동 직후 사라졌을 겁니다."

"그렇습니까? 지사님은 그 전문의 내용을 아십니까?"

"나도 알지는 못해요. 누군가가 그 전문의 내용이 너무 자극적이라 없애거나 숨겼을 것으로 추측합니다."

"그럼 차관은 정말 그 내용을 모를 수도 있겠군요."

"그럴 거요. 하여튼 차관은 빨리 내보내는 게 좋을 겁니다. 그리고 우리는 그 전문에 대해 다시 언급하지 않는 것이 낫겠습니다. 전문이 사라졌다면 그에 합당한 이유가 있을 겁니다. 틀림없이."

"으음, 알겠습니다."

총리는 전화를 끊고 깊이 고민하다 경시총감에게 전화를 걸었다. 교과서를 만들 정도의 사람들을 함부로 건드려서는 안 된다는 사실에 굴복할 수밖에 없었던 것이다.

외무차관은 호텔에서 나가기 전 와타나베를 무서운 눈으로 노려봤다.

"죄송합니다."

"……"

외무차관은 무슨 말인가를 하려다 말고 그냥 나갔다. 다나카는 차관을 바로 뒤따라 나가 엘리베이터를 탔다.

"고생하셨습니다, 차관님."

엘리베이터가 1층에 도착하기 직전 다나카는 아주 나직하고 은근한 목소리로 물었다.

"차관님, 혹시 그 문서는 외무성에서 빠져나가 어떤 민간인이 보관하고 있지 않을까요? 저는 목숨을 걸고 보안을 유지하겠습니다. 모두가 황태자비를 위해서입니다."

외무차관은 대답이 없었다. 다나카는 남들의 시선을 의식해서 호텔 현관까지는 따라 나갈 수 없었기 때문에 엘리베이터 앞까지만 배웅했다. 외무차관은 몇 걸음 걸어가다 뒤로 돌아서서 나직한 목소리로 말했다.

"무슨 일이 있어도 그 문서는 공개되어선 안 되오."

외무차관은 이 말만을 남기고는 뒤도 돌아보지 않고 현관을 지나 기다리고 있던 차를 향해 걸어가 버렸다. 그러나 다나카는 쾌재를 불렀다. 그 전문은 현재 분명히 존재하는 것이고, 차관은 그것을 확인해 준 셈이다. 이제까지의 자신의 추리가 틀린 것이 아니었다는 생각에 다나카는 생기가 돌았다. 눈을 감은 채 다나카는 다시 한 번 한성공사관의 전문을 찬찬히 되새겼다. 혹시 그 전문에서 자신이 놓친 단서는 없는지 생각을 거듭했다.

사관과 의인

잠이 오지 않아 뒤척이던 다나카는 일어나 위스키를 한잔 마셨다. 하루 종일 그 전문에 대한 의문이 머릿속에서 떠나지 않았다.

다시 침대에 누우려는 순간 문득 또 하나의 의문이 스쳤다.

'그런데 왜 범인은 그 전문을 보고 김인후를 찾아갔을까?'

분명 이상한 일이었다. 다나카는 자신이 납치범이라면 과연 어떤 경우에 전문을 보고 김인후를 찾아갈 마음을 먹었을까 생각해 보았다.

물론 김인후의 고조부가 보인 행동은 궁궐 시위대의 비겁한 도주를 가슴 아파하는 한국인들의 마음을 달래 주는 의로운 행동이었다. 그러나 그 이유만으로 그의 후손을 수배해서 찾아갈 수 있는 것일까? 다나카는 고개를 가로저었다. 자신이라면 그럴 것 같지가 않았다. 뭔가 좀 더 특별한 이유가 있지 않았을까 하는 생각이 들자 다나카는 후닥닥 침대에서 일어나 양복 주머니에서 한성공사관 전문을 꺼냈다.

황태자비 납치사건

「한성공사관 제433호 전문」

경복궁 시위대의 대오는 흐트러지고 수백 명의 병사들은 모두 도망치기 시작했다. 술에 취한 낭인 고바야가와가 저런 것들도 병사냐고 비웃으며 혼자 뒤쫓아 갔다. 한 사람에게 쫓겨 달아나는 시위대의 모습은 가관이었다. 고바야가와는 술에 취해 비틀거리며 일본도를 휘둘렀다. 그의 고함소리에 놀라서 쓰러지는 군졸도 있었다. 사관 한 사람이 '도망치는 자는 목을 베리라'라고 외쳤지만 아무 소용이 없었다. 우스운 것은 그자 역시 도망치면서 고함을 질러 댄다는 것이었다. 그때 몽둥이를 들고 머리에 수건을 두른 한 사나이가 나타났다. 어디서 나타났는지 모를 농부 차림의 그 사나이는 몽둥이를 휘두르며 시위대의 앞을 막았다. 그 기세가 비장하여 도망치던 시위대 병사들이 주춤하자 그는 '일본의 깡패들이 왕비를 죽이려 궁궐을 습격했는데 조선 최고의 정예군인 당신들이 도망을 가서야 되겠는가!'라며 '나는 충청도 제천에서 조선의 왕비를 지키러 온 사람이다. 모두 나를 따르라'고 했다. 그러나 이내 병사들은 뒤에서 쫓아오는 고바야가와의 고함에 다시 도망치기 시작했고, 다시금 이를 가로막던 사나이는 목을 베겠다고 소리치며 병사들과 같이 도망가던 사관의 총에 즉사하고 말았다.

납치범이 전문만을 보고 김인후를 찾아갔다면 거기에는 반드시 그래야만 했던 이유가 있을 것이다. 이 짧은 전문을 보고 김인후를 찾아가야만 했던 이유는 무엇일까. 다나카의 머리에 '사관'이라는 단어가 떠올랐다.

이 짧은 전문에서 생길 수 있는 특수한 인과관계란 '사관'과 '의인'밖에는 없었다. 비겁하게 도주하는 사관과 이를 제지하는 의인. 범인이 의인의 후손을 찾아갔다면 범인은 사관의 후손일 가능성이 높았다.

'나라면 어떻게 할 것인가? 만약 내가 사관의 후손이라면, 그리고 조상의 행위를 부끄럽게 생각한다면 의인의 후손을 찾아가지 않을까?'

다나카는 야마자키에게 전화를 걸었다.

"웬일이야? 이렇게 늦은 밤에."

다나카는 자신의 추리를 들려주었다.

"그 사관의 후손을 찾으려면 어떻게 해야 할까?"

"글쎄, 한국이 우리나라처럼 문서 정리가 잘되어 있다면 정부 기록보존소에 가보는 것이 한 방법일 거야. 거기에 없을 경우는 어떻게 해야 할지 나도 잘 모르겠네."

한국사에 정통한 야마자키도 신통한 해법이 떠오르지 않는 모양이었다.

"을미사변 당시의 기록이 한국에는 없을까?"

"글쎄, 우리에게는 공사관의 전문이라든지 하는 게 있지만 당시 조선은 기록이 그렇게 변변하지 못한 실정이었거든. 게다가 사건이 워낙 새벽에 궁궐 깊숙이에서 일어났고 위급한 상황이었으니 누가 기록이나 할 수 있었겠나?"

"……."

"만약 그 사관이 영웅적 행위라도 했다거나 하면 각 성씨의 족보를 살펴보는 것도 한 방법이겠지만 그렇지 않은 경우 한국인들은 부끄러운 조상에 대해서는 기록을 은폐하는 경향이 있지. 이 사관의 경우는 아마 직계 자손들이나 알까. 성씨 족보에도 안 올라 있을 거야. 모르지, 돈을 많이 줄 테니 그런 사람을 조상으로 둔 사람이 있으면 나오라고 신문에 광고라도 내면 나올지도……"

다나카는 야마자키가 한국인을 너무 무시한다는 생각이 들었지만, 그로서는 가능한 모든 방법을 얘기해 주는 것일 터였다. 다나카는 난감했다. 애써 추리를 했지만 그 추리의 결과로 나올 만한 것이 없었고, 범인은 드러날 듯 드러날 듯하면서도 드러나지 않았기 때문이다.

다이 장군의 후손

다나카는 을미사변 당시 왕과 궁궐의 수비를 맡은 시위대의 명단이 있을 법한 곳을 수소문했다. 시위대가 아닌 훈련대의 명단은 일본 육군의 자료에서 찾을 수 있었지만 시위대는 일본 육군과 관계가 없었기 때문에 찾아낼 도리가 없었다.

다나카는 한국에 나가 있는 형사대에 이 시위대의 명단을 찾아보도록 지시했다. 한국에서 날아온 정보는 가치가 있었다.

한국 정부는 시위대의 명단을 갖고 있지 않습니다. 당시의 상황을 기록한 제반 문서에도 시위대의 명단은 나와 있지 않습니다. 당시 민비가 살해되던 현장에서 민비의 앞을 가로막다 낭인에 의해 살해된 궁내부 대신 이경직의 후손을 찾아 집안에 내려오는 일지까지 검토했지만 성과가 없었습니다. 시위대와 관련하여 알 수 있는 이름은 당시 시위대 교관으로 근무했던 미국인 다이 장군뿐입니다.

황태자비 납치사건

"다이 장군이라……."

다나카는 고개를 끄덕였다. 형사대는 훌륭한 정보를 보내 주었다. 이 다이 장군이란 사람이 을미사변 당시 시위대의 교관으로 근무했다면 그 '사관'에 관한 어떤 정보를 가지고 있을지도 모른다는 생각이 들었다.

다나카는 워싱턴의 대사관에 나가 있는 경찰 직원에게 다이 장군에 관한 미국 정부의 기록을 검토해 알려 줄 것을 부탁했다. 다행히 정부의 기록에는 다이 장군에 관한 상세한 기록이 있었다.

"후손들을 찾을 수 있습니까?"

"다이 장군은 국립묘지에 묻혀 있으니 후손을 찾는 일은 그리 어렵지 않을 겁니다."

"신속하게 후손의 연락처를 알려 주시오."

대사관의 직원은 바로 후손의 연락처를 확인해 전화를 걸어 왔다. 다나카는 녹음기를 틀어 놓고 전화를 걸었다. 전화를 받은 사람의 음성은 나이가 많아 보였는데, 그는 자신을 다이 장군의 손자라고 소개했다.

"그렇소, 맞아요. 할아버지께서는 조선에서 근무했던 것을 늘 자랑으로 여기셨소. 임무를 마치고 미국으로 돌아올 때는 조선의 왕이 주신 기념품도 가지고 오셨답니다."

"혹시 유품 중에 조선에서 근무하던 당시의 일기 같은 것이 있습니까?"

"물론이오. 당시 조선의 왕비가 일본인들의 손에 의해 살해되었는데 할아버지께선 그걸 막지 못한 걸 평생 안타까워하셨소."

다나카는 귀가 번쩍 뜨였다.

"그러면 그 당시의 생생한 기록들도 있겠군요."

"있다 뿐이오. 약도까지 몇 장 있는데. 그런데 당신은 누구시오?"

"저는 역사학자입니다."

다나카는 자신이 일본인이라는 데 대해 상대방이 반감을 가질 수도 있어서 경찰관이라는 신분까지는 밝히지 않았다.

"그런데 무슨 일로 그러시오?"

"그 사건을 기록하는 데 다이 장군님의 일기가 필요해서 연락을 드렸습니다."

"당신이 먼저 그 사건을 끄집어내니 나도 한마디 하겠소. 당신네 나라는 그렇게 무도하게 조선의 왕비를 살해했으면 온 국민이 다 나서서 사과를 해도 모자랄 판에 조선인끼리 그랬다고 발뺌이나 하다니……. 그렇게 살면 아무리 잘산들 무슨 소용이 있소? 요즘엔 또 역사 왜곡이니 뭐니 해서 시끄럽던데 나는 일본이 그렇게 양심이 없는 나라인 줄은 몰랐소."

다나카는 노인의 질타에 당황스러웠으나 무엇보다도 다이 장군의 일기를 보는 게 급선무라 노인의 비위를 맞추지 않을 수 없었다.

"그래서 저는 정확한 역사를 기술하기 위해 전화를 드렸습니다. 다이 장군님의 기록을 확인해서 만약 그 당시의 일이 잘못 알려진 게 있다면 제가 바로잡겠습니다."

이 말에 노인은 기분이 좀 풀리는지 흔쾌히 기록을 공개하겠다고 나섰다.

"그렇다면 직접 와서 보시오. 원, 세상에. 아무리 약소국이라 해도 한 나라의 왕비를 깡패들이 그렇게 무참하게 죽이다니, 상상이나 할 수 있는 일이오?"

노인은 혀를 끌끌 차며 전화를 끊었다. 다나카는 일본을 질책하는 노인의 말에 씁쓸했다. 그러나 지금 그런 것을 따질 때가 아니었다. 이제는 그야말로 확실한 단서를 잡았다는 생각에 가슴이 뛰었다.

"뭐라구? 미국에 가겠다구?"

"네, 이번에는 확실한 뭔가가 나올 것 같습니다."

"가는 거야 자네의 판단에 맡기겠지만 이번에는 제발 뭐가 좀 됐으면 좋겠네."

수사부장은 여전히 다나카에 대한 강력한 기대감을 내비쳤다.

"이번마저도 소득이 없으면 수사는 끝입니다. 남은 방법은 온 일본을 뒤져 보는 것밖에는 없습니다."

"이번엔 뭔가 될 것 같군. 자네 얼굴이 아주 밝은데."

다나카는 수사부장의 목소리를 뒤로하고 바로 나리타공항으로 향했다.

다이 장군의 후손은 샌디에이고 교외의 전망 좋은 집에서 살

고 있었다. 다나카가 잘못된 역사를 바로잡는다고 했던 게 효과
가 있었던지 존이라는 이름의 노인은 다나카를 반갑게 맞아 주
었다.

"할아버지는 바다를 무척이나 좋아하셨소. 나의 아버지와 나
도 그렇고. 아마 집안의 내력인 모양이오. 할아버지는 비교적 젊
은 나이에 해군 장군이 되셨소. 당시 한성에 있던 알렌 공사와
함께 왕을 배알하러 간 할아버지께 조선의 왕은 시위대를 지휘
해 줄 것을 부탁했다고 하오."

다나카는 고개를 끄덕였다.

"당시는 일본이 조선을 차지하려고 한 발 한 발 밀고 들어올
때라 미국의 장군이 시위대를 지휘하는 것이 조선의 왕에게는
믿음직스러웠던 모양이오."

노인은 차를 한 모금 마시고는 준비해 두었던 당시의 문서들
을 꺼냈다.

"할아버지께서는 조선 왕실을 지켜 주지 못한 것에 대해 너무
도 가슴 아파하시다, 말년에는 한국에 대한 연민과 일본에 대한
증오심으로 괴로워하시며 돌아가셨소."

"그러셨군요."

다나카는 별 감정이 실리지 않은 목소리로 말했다. 언제 노인
의 기분이 바뀌어 일본인인 당신에게는 문서를 보여 주지 못하
겠다고 할지 모를 일이었다. 그만큼 노인은 일본에 대한 강한 적
대감을 가지고 있었다.

"자, 이것을 좀 보시오. 이게 할아버지가 생생히 목격했던 왕

비의 시해 장면이오."

　노인은 미리 꺼내 두었던 낡은 문서를 조심스럽게 다나카의 앞으로 내밀었다. 문서는 모두 비닐 커버가 되어 있어 노인이 그 문서들을 얼마나 조심스럽게 보관하는지 짐작할 수 있었다. 다나카는 날아갈 듯한 기분을 꾸욱 누르고 차분한 눈길로 다이 장군의 기록을 살폈다.

그날 그곳의 기록

새벽에 곤히 자는데 누군가가 흔들어 깨웠다. 나는 지난밤 늦게까지 러시아 기사 사바친과 얘기를 나누었기에 몹시 피곤했다. 나를 깨운 자는 시위대 사관 중 한 사람이었다. 그는 내게 광화문에서 총소리가 들리면서 소란스럽다고 했다. 나는 즉각 자리에서 일어나 사관을 데리고 광화문으로 향했다. 사바친도 잠에서 깨어 우리와 같이 황급히 광화문으로 뛰어갔다.

우리가 도착했을 때는 시위대가 무단으로 광화문을 통과해 진군해 오는 일본군을 향해 발포하고 일본군도 응사하고 있었다. 그러나 곧 일본군에 의해 격파당한 시위대는 뿔뿔이 흩어져 도주했다. 나는 도망가는 시위대를 멈춰 세우려 했지만 이미 겁에 질린 그들을 저지할 수는 없는 상태였다. 나와 사바친도 황급히 몸을 피할 수밖에 없었다. 나는 사바친과 떨어져 건청궁을 향해 뛰었다. 거기서 시위대를 규합해 왕을 보호하기 위해서였다. 그러나 단 한 사람의 시위대도 만날 수 없었다. 왕을 지켜야 할 이들이 모두 무기를 집어던지고 도주해 버렸기 때문이다.

황태자비 납치사건

일본인들 사이에 섞이게 된 나는 외국인임을 내세워 신변의 안전을 도모했다. 일본인들을 자세히 살펴보니 맨 앞에서 건청궁으로 신속히 이동하고 있는 사람들은 군인이 아니었다. 그들은 모두 제각각의 복장을 하고 있었는데 양복에 칼을 들고 있는 사람들, 일본 옷에 총을 들고 있는 사람들, 경찰복을 입은 사람들, 군복을 입은 사람들도 있었다. 지휘자는 양복에 칼을 든 자들로 그들은 두 패로 나뉘어 건청궁을 향해 뛰어갔다. 나도 어지러운 그들 무리에 섞여 같이 뛰어갔는데, 그들은 왕의 침전에 난입하는 데 혈안이 되어 있어 아무도 나를 저지하지 않았다. 나는 순간적으로 일본인들이 왕을 죽이지는 못할 것이라고 생각했다. 그러면 그들의 목표는 바로 왕비였다.

나는 왕비가 계시는 옥호루로 뛰었다. 아! 그러나 나는 한 발 늦고 말았다. 하긴 늦지 않았다 하더라도 나 혼자서는 아무것도 할 수 없었을 것이다. 그렇다 하더라도……. 이미 일본인들은 여자들만이 있는 옥호루에 들이닥쳐 젊고 예쁜 여자들을 사정없이 후려패고 있었다. 그들은 한결같이 여자들의 머리채를 휘어잡아 질질 끌고 다니며 누가 왕비인가를 가려내고 있었다. 그들은 여자들의 옷을 벗기고 왕비가 아닌 것으로 확인되면 약 2미터 높이의 마루에서 마당으로 사정없이 던져 버렸다. 여인들의 비명과 신음으로 옥호루는 순식간에 아비규환이 되었다.

일본인들은 마침내 왕비를 찾아냈다. 궁내부 대신 이경직이 왕비의 앞을 막아섰지만 일본인 하나가 칼을 휘둘러 이경직의 한쪽 팔이 떨어져 나갔다. 이경직은 나머지 한쪽 팔로 그들을 제지했는데 그중 하나가 다시 칼을 내리쳐 이경직은 두 팔을 다 잃었다. 그중 군복을 입은 자가 이경직에게 권총을 발사해 이경직은 그 자리에서 즉사했다.

일본인들은 왕비의 머리채를 휘어잡고는 난폭하게 왕비의 상의를 벗겼다. 왕비의 눈부시도록 하얀 살결 위로 유방이 드러났다. 난 피가 머리로 솟구치는 것 같아 울부짖었다. 내가 고함을 지르며 뛰어드는 순간 일본인 둘이 나의 발을 걸어 넘어뜨렸다. 그중 하나가 칼을 들어 나를 치려는 순간 옆에 있는 자가 제지했다. 내가 미국인인 게 마음에 걸렸던 모양이다. 그들은 나를 질질 끌어 부근의 창고에 가두었다. 창고 안에서 나는 울부짖는 여인들의 비명을 듣고 있을 수밖에 없었다.

당시의 상황을 생생히 증언하는 내용이었다. 하지만 다이 장군의 상황일지에는 시위대 사관 중 한 사람이 자신을 깨웠다는 것 외에는 사관에 대한 더 이상의 구체적인 내용이 없었다.

"다른 자료들은 더 없습니까?"

"왜 없겠소? 할아버지께서는 그날의 상황에 대한 많은 자료를 가지고 계셨소."

"그중 부대의 조직표 같은 것은 없습니까?"

"부대의 조직표? 시위대의 조직표를 말하는 거요?"

"네. 다이 장군님은 교관이셨으니 그런 것도 가지고 있었을 것 같은데요."

"있다니까요. 모든 게 다 있어요."

황태자비 납치사건

노인은 2층으로 올라갔다. 다나카는 넓은 테라스를 통해 보이는 바다로 시선을 던졌다. 푸른 바다를 바라보면서도 방금 보았던 일지의 광경이 떠올랐다. 미친 듯 뛰어들어 궁중의 여인들을 닥치는 대로 유린하는 낭인들. 이 광경은 또 하나의 그림을 다나카의 머릿속에 그려 냈다. 어디엔가 붙들려 있을 마사코, 그 옆에서 마사코를 지키고 있는 납치범. 다행이라면 납치범은 그날의 낭인들처럼 무자비하지는 않을 것이라는 믿음이었다.

"자, 여기 있어요. 보시오."

노인이 내놓은 노트의 제목에는 '시위대 직제표'라는 글씨가 또렷이 박혀 있었다. 다나카는 맥박이 빠르게 뛰었다. 다나카는 기대에 찬 손길로 노트를 넘겼다.

직제는 시위대장을 정점으로 한 사람의 부대장, 그리고 여덟 명의 사관이 지휘 계통에 있었다. 다이 장군은 특별교관으로 고문 위치에 있었고, 여덟 명의 교관이 각각 동서남북으로 난 네 개의 문을 책임지고 있었다. 다나카는 여덟 명의 교관 이름을 수첩에 옮겨 적었다. 그 외에도 이런저런 자료를 살펴보고 디지털 카메라로 촬영하면서도 다나카의 마음은 이미 그 여덟 명의 이름에 뺏겨 있었다.

"감사합니다. 잘 보았습니다."

노인은 다나카가 일어나자 따라 일어나 문까지 바래다주며 분노가 가라앉은 차분한 목소리로 말했다.

"부디 올바른 역사를 기술하여 이제는 일본인들이 진정으로 잘못을 뉘우치게 하시오. 할아버지는 일본이 처음부터 끝까지 조선인들의 행위라면서 딱 잡아뗐다고 했소. 손바닥으로 하늘을 가릴 일이지."

"알겠습니다."

다나카는 노인의 당부의 말을 뒤로하고 로스앤젤레스공항으로 향했다. 거기서 그는 한국행 비행기표를 샀다. 다나카는 바로 한국으로 들어가 여덟 명의 사관부터 찾기로 했다.

다음 날 저녁 무렵에야 한국에 도착한 다나카는 즉시 파견 중인 형사대를 찾아갔다. 인솔단장은 다나카를 보자 무척 반가워했다.

"다나카, 웬일이야? 일본에서 범인 추적은 안 하고."

"급하니 날 좀 도와줘."

"무엇을 말인가?"

"여기 있는 이 여덟 명의 후손을 찾아야 해. 한 사람도 빠짐없이 찾아 그들의 신원 확인은 물론 소재 파악까지 해야 해."

"후손? 이들에 관한 정보라면 어떻게든 찾을 수 있겠지만 후손을 찾는 건 쉽지 않을 것 같은데. 언제 적 사람들이야?"

"1895년에 조선의 궁중을 지키던 시위대의 사관들이야. 장교란 뜻이지. 우선 이 성씨들의 족보를 찾아야 해."

"족보?"

"그래. 족보에서 이 이름들을 확인해야 해."

"확인한 다음엔?"

"그들의 후손 중 모든 남자를 찾아 소재를 파악해야지."

황태자비 납치사건

"그들 중 범인이 있나?"

"그럴 가능성이 높아."

단장은 깜짝 놀랐다.

"자네 이런 자료를 어디서 구했나?"

"나중에 얘기해 줄 테니 일단 서둘러. 한국 경찰의 도움을 받아야 할 거야. 보안 유지하는 것 잊지 말고."

"알았네."

인솔단장은 들뜬 표정으로 한국 경찰의 간부에게 협조 전화를 걸고 부하들을 내보냈다.

족보 기록이 철저한 한국에서 그들의 후손을 찾는 것은 쉬운 일이었다. 여덟 명은 3대를 내려오는 동안 그 후손이 백여 명 이상으로 확대되어 있었지만, 한국 경찰의 도움으로 그들의 신원을 확인하는 것은 그리 어려운 일이 아니었다.

절호의 기회

마사코는 계속 침대에 누워 뒤척였다. 초저녁부터 아랫배에 간헐적인 통증이 있더니 이제는 복부 전체로 퍼지면서 견디기 어려울 정도로 온몸이 쑤셔 왔다. 아무리 참아 보려 입을 앙다 물어도 자신도 모르게 신음이 터져 나왔다.

"아아!"

시간이 갈수록 통증이 더했지만 자존심이 강한 마사코는 납치범을 부르지 않았다. 아무리 납치되어 있는 몸이라지만 황실의 위엄을 생각하지 않을 수 없었던 것이다. 마사코는 마른 수건을 입에 물었다. 어떻게 해서든지 혼자 고통을 이겨 내고 싶었다. 그러나 참을수록 고통은 더했고, 마사코는 차츰 의식이 희미해졌다. 이러다 잘못되는 것이 아닌가 싶은 순간, 퍼뜩 마사코의 머리를 스치는 생각이 있었다.

'혹시?'

마사코는 얼마 전 주치의가 이번에는 임신에 성공할 가능성이 높다고 얘기했던 것이 떠올랐다.

황태자비 납치사건

주치의의 말이 떠오르는 순간 마사코는 납치범을 소리쳐 불렀다. 왠지 불안감이 엄습해 오며 마음이 급해졌다. 그러나 다음 순간 마사코는 다시 마음을 다잡았다. 비록 임신이라 하더라도 지금 이 상황에서는 달리 방법이 없었다. 납치범을 부른들 무엇을 어떻게 할 수 있을 것인가. 마사코는 비로소 자신이 납치당했다는 사실을 다시 한 번 뼈저리게 느꼈다. 눈물이 핑 돌더니 뺨을 타고 흘러내렸다.

황실에서라면 모두가 얼마나 좋아할 것인가. 결혼 후 8년이 지나도록 황태자 부부는 아기가 없었다. 온갖 정성을 기울여 별별 방법을 다 써보았지만 효험이 없었다. 그런데 기막히게도 지금 납치당해 있는 이 순간 임신의 징후가 보이는 것이 아닌가.

마사코는 얼른 자세를 고쳤다. 임신일지도 모른다는 생각이 들자 아무리 고통스러워도 엎드려 있을 수는 없었다. 마사코는 두 손을 모아 배를 덮었다. 하지만 이 자세도 얼마 가지 못했다. 마사코가 다시 웅크린 자세로 배에 두 손을 대고 눈물을 참으려 애쓸 때였다.

철커덕.

문이 열리는 소리가 나더니 납치범이 들어왔다. 그는 마사코가 배를 움켜잡고 있는 것을 보자 빠른 발걸음으로 곁에 다가오더니 표정이 굳어졌다. 마사코의 이마에 맺힌 땀방울로 보아 간단히 해결될 문제가 아니라는 것을 느꼈던 것이다.

"많이 아프오?"

납치범은 마사코의 표정을 살피며 물었다. 담담한 목소리였지만 긴장감이 묻어 있었다. 마사코는 간신히 고개를 끄덕였다. 의식이 몽롱한 중에도 혹 탈출 실패로 자신이 꾀병을 부린다고 생각하면 어쩌나 걱정이 되었다. 마사코는 의심당하는 것이 싫었다.

"어디가 아픈 거요?"

마사코는 대답하지 않았다. 대답을 한들 무슨 소용이 있을 것인가. 납치범이 병원으로 데리고 갈 가능성은 전혀 없지 않은가. 마사코는 신음을 참으며 간신히 입을 열었다.

"복통이에요."

고통의 와중에도 마사코는 품위를 잃지 않으려고 노력했다.

그러나 다음 순간 마사코는 복부를 찌르는 고통 앞에 무너져 내렸다.

"아아!"

납치범의 얼굴이 굳어졌다. 직감적으로 진통제 정도로 해결될 상태가 아니란 것을 알아차렸다.

"병원으로 갑시다."

마사코는 순간 자신의 귀를 의심했다. 통증으로 혼미한 와중에도 병원으로 가자는 말이 또렷하게 들렸던 것이다. 납치범은 마사코를 부축했다. 마사코는 간신히 걸음을 옮겨 놓으면서도 도대체 이 사람이 제정신인가 하는 의심이 들었다.

"어느 병원으로 가야 하오?"

"산부인과요."

마사코는 간신히 입을 열었다. 순간 납치범의 얼굴에 놀라움이 번졌다. 그 놀라움은 이내 당혹감으로 이어졌다. 산부인과라면 납치범으로서는 진찰실에 같이 들어갈 수 없는 일이었다. 납치범이 들어갈 수도 없는 진료실 안에서 마사코가 한마디만 하면 의사나 간호사는 바로 경찰에 신고할 테고, 그러면 이제껏 오랜 세월에 걸쳐 어렵게 준비한 모든 것이 물거품이 될 상황이었다.

"으음……."

납치범의 입에서 신음이 새어 나왔다. 병원, 특히 산부인과로 간다는 것은 경찰서로 간다는 것과 같은 의미였다. 마사코는 납치범이 당연히 거부할 것으로 판단했다. 그런데 그는 묵묵히 마사코를 부축해 차에 태우고 산을 내려갔다.

"한 가지 약속을 해줘야겠소."

자동차로 산길을 내려가는 동안 납치범은 시종 굳은 표정을 지우지 못하다가 마침내 입을 열었다. 마사코는 고개를 끄덕였다. 납치범의 입에서 무슨 말이 나올지는 듣지 않아도 알 수 있었다.

"이제 얼마 후면 모든 것이 결정이 나오. 오늘 내가 병원에 가는 것이 무엇을 뜻하는지는 당신이 더 잘 알 것이오. 나의 모든 것은 당신에게 달렸소."

마사코는 납치범이 말을 마치기 전에 고개를 끄덕였다.

"고맙소."

자동차가 도로에 진입하기 전 납치범은 차를 세우고 내려서는 트렁크를 열었다. 그리고 그는 마사코를 부축하며 미안한 표정으로 말했다.

"도리가 아니지만 이해해 주기 바라오."

마사코는 고개를 끄덕였다. 납치범의 부축을 받아 트렁크 안에 갇혔을 때 마사코는 자신의 마음을 이해할 수 없었다. 아마도 납치범이 선뜻 병원으로 가자고 한 말에 감동했는지도 모른다. 트렁크 안에서 마사코는 납치범이 한 마을을 지나치는 것을 느낄 수 있었다. 신호등에 걸리는지 자주 차를 세웠다 출발시키곤 했다. 마을을 빠져나갈 무렵 마사코는 자동차가 검문에 걸렸다는 것을 느낄 수 있었다.

"잠시 검문이 있겠습니다."

경찰관의 목소리가 들리자 마사코는 뛸 듯이 기뻤다. 이제 곧 경찰관은 트렁크를 열어 볼 것이다. 그러면 모든 것은 끝이었다. 그러나 희망과 기쁨 뒤에는 납치범에 대한 연민도 함께 느껴졌다. 그는 오로지 마사코의 몸을 염려하는 일념으로 병원행을 결심하지 않았던가. 이 세상의 어떤 납치범이 이럴 수 있을 것인가 생각하니 연민은 더해 갔다. 비록 짧은 순간이었지만 마사코의 머릿속에는 수많은 생각이 엇갈렸다.

"수고 많으십니다."

납치범의 목소리에 이어 당연히 트렁크를 열어 보겠다는 경찰관의 사무적인 목소리가 들려야 했지만, 뜻밖에도 마사코의 귀에 들려온 것은 경찰관의 공손하고 부드러운 목소리였다.

"아, 하야시 목사님. 실례했습니다."

곧이어 납치범의 자상한 목소리가 들렸다.

"실례는 무슨. 수고가 많습니다."

"감사합니다. 안녕히 가십시오."

마사코의 뇌리에 납치범이 이 지방의 유지라고 하던 말이 떠올랐다. 그리고 그는 이 고장에서 오래전부터 교회의 목사로 봉직하고 있다고도 했다.

마사코는 순간적으로 트렁크 문을 두드려야 한다고 생각했다. 트렁크를 두드리고 발로 차면 검문 경찰관이 즉각 반응할 것이다. 마사코는 이제 모든 상황을 끝낼 기회가 자신의 손에 넘어왔다고 생각했다. 그러나 주먹을 꼭 쥐고 트렁크를 힘차게 두드리려는 순간 마사코는 납치범과의 약속이 떠올랐다. 납치범은 긴장되고 절실한 표정으로 자신에게 약속을 해달라고 하지 않았던가. 그때 마사코는 진심으로 고개를 끄덕였다.

주먹을 쥔 마사코의 손에서 힘이 빠졌다. 마사코는 깊은 생각에 빠졌다. 앞으로 이런 기회는 또 올 수도 있다. 그렇다면 그때에 대비해 생각을 정리해 두어야 한다. 억압된 상황에서 어쩔 수 없이 한 약속을 지켜야 할 의무가 있는가. 황태자비는 고개를 가로저었다. 그 점에 대해서는 쉽게 확신이 섰다. 그러나 납치범이 보여 준 인간적인 배려에 대해서는 어떻게 해야 할지 판단이 서지 않았다. 위험에 처할 수도 있는 병원행을 결심해 준 납치범의 마음은 아무리 자신이 억압 상황이라 하더라도 가볍게 넘겨 버릴 수 없는 것이었다.

마사코가 이런 생각에 골몰해 있을 무렵 차를 세우는 소리가 났다. 그리고 곧이어 트렁크 문이 열렸다. 한 작은 마을의 입구였다. 납치범은 이 마을 부근의 상황을 훤히 알고 있는 모양이었다. 그가 손을 내밀어 트렁크에서 내리는 것을 도와줄 때 마사코는 통증이 많이 완화된 상태였다.

납치범이라고 그런 기색을 모를 리 없다는 생각이 들어 조바심이 났지만 그는 무심하게 자동차를 병원의 현관에 대고는 야간 비상벨을 눌렀다.

병원은 의사 한 사람이 경영하는 개인병원으로 진료 과목은 내과와 산부인과였다. 간호사가 문을 열자 납치범은 즉각 마사코를 부축한 채 담담한 목소리로 말했다.

"산부인과 환자요."

순간 마사코는 다시 한 번 납치범의 배려에 고마움을 느꼈다. 그는 마사코를 내과 환자라고 말할 수도 있을 터였다. 그러면 납치범이 진료에 참여할 수 있을 것이다. 작은 개인병원인 데다 납치범이 진료에 참여하는 이상 자신은 납치범의 감시하에 놓이게 된다. 깊은 밤이라 의사와 간호사 한 사람밖에 없을 터이고, 그렇다면 자신은 납치범 앞에서 아무 말도 하지 못할 것이다.

그러나 납치범은 또렷하게 산부인과 환자라고 말했다. 도대체 그에게는 어떤 방법이 있기에 이토록 태연하단 말인가? 납치범이 산길을 지키고 있지 않았음에도 탈출에 실패했듯이 그는 마사코가 상상도 할 수 없는 어떤 방법을 가지고 있지 않을까 하는 의구심이 밀려왔다.

그러나 아무리 생각해도 이번만큼은 납치범도 별수 없으리라 생각되었다. 혹시 납치범이 의사와 간호사를 모두 묶어 놓거나

황태자비 납치사건

기절시키고 떠날 가능성이 있지 않을까도 생각해 보았지만 이내 마사코는 고개를 흔들었다.

납치범은 현관에 들어서자 부축을 풀고 간호사에게 마사코를 인계했다. 의사는 나이가 꽤 들어 보였다. 아마 도시에서 젊은 시절을 보내고 이제는 이런 작은 마을에서 은퇴 생활을 하면서 한가로이 환자를 보는지도 몰랐다. 간호사는 이제 막 고등학교를 졸업했을 정도의 앳된 나이였다. 납치범은 마사코가 진료실로 들어가기 직전 큰 목소리로 말했다.

"하나코, 나는 여기서 기다릴게요."

진료 결과는 의외로 단순한 복통이었다. 의사는 간단한 처방을 지시하고는 바로 들어가려 했다. 마사코는 급한 마음에 의사의 옷깃을 잡았다. 마사코는 이것이 자신이 살 수 있는 기회라는 것을 너무도 잘 알고 있었다.

"부인, 너무 걱정 마세요. 단순한 복통이에요."

아무것도 모르는 의사는 아직 잠이 덜 깬 목소리로 말하고는 돌아섰다. 주사를 놓고 난 간호사가 약을 지으며 커튼 뒤에서 물었다.

"하나코 씨, 나이는요?"

다시 한 번 마사코는 당혹감을 느꼈다. 나는 하나코가 아니라 마사코라고 외쳐야 한다는 충동을 간신히 억누르고 마사코는 담담한 목소리로 대답했다.

"서른일곱이에요."

간호사는 이내 약을 지어 왔다. 약 봉투에는 하나코라는 이름이 쓰여 있었다.

마사코는 납치범의 치밀함에 다시 한 번 놀랐다. 간호사가 자신의 이름을 물어 왔다면 마사코는 절대로 가명을 댈 수 없었을 것이다. 마사코는 아무 말도 하지 않고 병원을 나왔다. 납치범은 경황 중이라 의료보험증을 가져오지 않았다고 하고는 일반으로 계산했다.

자동차가 작은 마을을 벗어날 즈음 납치범은 다시 차를 세우고 트렁크를 열었다. 마사코가 또다시 굴욕을 느끼는 순간이었다. 자진해서 몸을 구부리고 트렁크로 들어가는 동작도 우습거니와 납치범의 손을 빌리는 것 역시 내키지 않는 일이었다.

"고맙소."

납치범은 정중하게 인사를 하고는 마사코를 도왔다. 자동차는 아까 지나쳤던 검문소에서 한 번의 인사로 검문을 피하고는 도로를 달려 산길로 접어들었다. 산장으로 올라온 납치범은 트렁크를 열어 마사코가 나오는 것을 부축했다. 그러나 마사코는 그의 손을 뿌리쳤다.

방으로 들어온 마사코의 마음은 복잡하기 이를 데 없었다. 트렁크에 갇혀 오는 내내 검문소와 병원에서 자신의 정체를 밝히지 못한 데 대한 후회와 납치범과의 약속을 지킨 데 대한 흐뭇함이 뒤섞여 있었던 것이다. 물론 마사코가 두 번의 기회가 있었음에도 그렇게 하지 않은 것은 납치범이 위험을 무릅쓰고 병원까지 자신을 데리고 간 데 대한 인간적인 고마움 때문이었다.

"당신은 당신의 증조부가 왕과 왕비를 버리고 달아났기 때문에 그런 비극이 생겼다고 생각하나요?"

마사코의 뜻밖의 질문에 납치범은 놀랐다.

"……."

"저는 그렇게 생각하지 않아요. 그런 역사적인 사건이 사관 한 사람의 잘못일 수는 없어요."

"그건 나도 알고 있소."

"그럼 그렇게 자학할 필요 없잖아요?"

"나는 더 이상 자학하지 않소. 우리 집안이 있는가 하면 그 젊은이네 집안도 있으니까."

"민비는 어떤 사람이었나요?"

"……."

납치범은 잠시 주저하다가 말문을 열었다.

"총명한 여자였소. 나설 때와 물러나 있을 때를 구분할 줄 아는 지혜로운 한국의 여인. 일본 낭인들에게 젖가슴을 짓밟히며 칼을 맞고도 명성황후는 신음 대신 왕세자는 안전하냐고 물었소. 천상 한국의 여자였소."

마사코는 고개를 끄덕였다. 자신 역시 단순한 복통에도 임신 가능성 때문에 태아의 안전을 걱정하지 않았던가. 마사코는 민비가 일본인들에게 가슴을 짓밟히고 칼을 맞아 피투성이가 된 채 아들의 안전을 묻는 광경이 떠올랐다. 마음이 쓰라렸다.

"미안하네요. 같은 일본인으로서……."

"……."

"우리 일본 정부에서는 그 비밀문서의 공개와 관련해 아직 대답이 없나요?"

"없소."

납치범의 목소리에는 실망스러운 기색이 역력했다. 납치범이 나가고 밤에 혼자 남은 마사코는 진지하게 한일 간의 역사와 일본의 새 역사교과서에 대해 생각해 보았다.

위기

곤도 순사는 오늘도 동료들과 떨어져 혼자 움직였다. 모리의 특별 지시에 의해 곤도 순사는 특별수사본부의 차출 요원 형식으로 근무하게 되었고, 다나카의 말대로 도저히 의심할 수 없는 사람만을 수사하는 특이한 근무를 하게 되었다.

보통의 경찰관이라면 득보다는 실이 많은 이런 일을 피하려고 할 텐데 곤도는 오히려 정반대였다. 그는 남들이 하지 않는 일에 더욱 열정적인 특이한 사람이었다. 이미 수십 개의 마을을 혼자서 찾아다닌 그는 순찰차를 타고 기쿠 마을에 도착하자 바로 파출소를 찾아갔다.

"이미 수십 번이나 뒤졌습니다. 우리 마을은 깨끗해요."

파출소의 순사는 곤도를 보자 손을 휘휘 내저었다. 옆의 순사가 피곤에 지친 얼굴로 퉁명스럽게 한마디 보탰다.

"24시간 비상근무 덕에 애들 얼굴도 잊어버리겠어요."

곤도는 더듬거리며 물었다.

"이, 이 마을 유지들을 좀 만나 보고 싶어요."

"유지들이요? 그분들은 왜요?"

"그러니까…… 일종의 수색 작업이죠."

파출소 순사들은 웃었다. 어눌한 순사가 유지들을 상대로 수색을 하겠다는 데야 웃지 않을 도리가 없었다.

"이 마을 유지들이래야 뭐, 우리 소장님하고 동장님, 소방서장님, 우체국장님, 목사님, 의사 몇 분, 호텔 사장님 정돈데요."

어차피 내 일도 아닌데 하는 심정으로 순사 하나가 몇 사람을 읊어 댔다. 그 순사는 곤도가 이런 사람들을 찾아다니다 망신당할 것이 뻔하다고 생각하여 속으로 웃었다.

곤도 순사는 일일이 그 사람들의 주소를 적었다. 산이 많은 기쿠 마을은 동네를 떠나 산장에서 사는 사람들이 몇몇 있었다. 곤도 순사는 우직스럽게 파출소 소장의 집부터 찾아나섰다.

"수고하십니다."

파출소 소장은 곤도가 가진 특별수사본부의 신분증을 보자 점잖게 인사를 나누었지만 그가 대문을 나서자 혀를 끌끌 찼다.

유지들의 집을 차례대로 방문하던 곤도는 이제까지 늘 그래 왔듯이 허탕과 함께 뒤통수에 비웃음만 받으며 돌아섰다.

지칠 줄 모르던 곤도 순사도 날이 어둑해지자 맥이 풀렸다. 이제 하나 남은 유지는 목사였다. 그것도 신임 목사도 아니고 이미 10여 년 전에 교회를 일으킨 유지 중의 유지였다.

곤도는 차를 돌렸다. 그 목사만큼은 빼먹어도 전혀 문제 될 것이 없다고 생각했던 것이다. 지금 출발해도 목사가 사는 곳까지 가자면 밤이 늦을 것이다. 약간 속력을 내어 마을을 빠져나

황태자비 납치사건

온 곤도는 왠지 마음이 켕겼다. 이제껏 간사이 지방의 유지라면 단 한 사람도 빼놓지 않고 방문을 했는데 오늘 이렇게 원칙을 어긴다는 사실이 마음에 걸렸던 것이다. 곤도는 마을을 벗어나 한참을 달리다가 핸들을 꺾었다. 그것은 원칙을 깨면 안 된다는 신념에서 비롯된 행위였다.

저녁 식사를 마치고 창밖을 내다보고 있던 마사코의 눈에 멀리서 불빛이 다가오는 것이 보였다. 불빛은 산 아래에서 위로 계속 올라오고 있었다. 자동차의 헤드라이트였다. 뿐만 아니라 헤드라이트 위에는 경광등이 쉴 새 없이 번쩍였다.

순간 마사코는 가슴이 마구 뛰었다. 드디어 수색대가 오는 것이라 생각하니 눈물이 날 것 같았다. 마사코는 두근거리는 가슴을 진정시키고 수색대의 동정을 살폈다. 그러나 단 한 대의 순찰차만 올라오고 있는 것으로 보아 경찰이 확실한 상황을 파악한 것으로는 생각되지 않았다.

'납치범은 무엇을 하고 있을까?'

납치범이 이 상황을 지켜보고 있다면 급히 이리로 달려올 것이다. 그리고 마사코를 다른 방으로 옮길 것이다. 산장에는 여러 개의 방이 있었고, 그중에는 산길 아래가 보이지 않는 안쪽의 방도 있었다. 마사코가 거처하고 있는 방은 해가 잘 들고 전망이 좋았다. 마사코는 그제야 납치범의 배려를 다시 한 번 깨달았다. 그는 최대한 정중하게 그녀를 대접하고 있는 것이었다.

이제 5분도 못 되어 순찰차는 산장의 현관 앞에 멈추어 설 것이다. 그리고 경찰관이 차에서 내리기만 하면 마사코를 알아볼 것이다. 마사코의 가슴은 순찰차의 헤드라이트가 숲에 가려 없어졌다가 다시 나타났다가 하는 동안 계속 쿵쾅거렸다. 그러나 순찰차의 헤드라이트가 보이기 시작한 지 한참이 되었는데도 납치범은 나타나지 않았다. 마사코는 그가 다른 일에 신경이 팔려 순찰차가 올라오는 것을 보지 못하고 있을 거라고 생각했다.

순간 마사코는 납치범이 걱정되었다. 자신을 숨기지 못한다면 그걸로 모든 것이 끝이었다. 이제 불과 몇 분 후면 순찰차는 이곳에 도착할 것이다. 마사코의 온몸은 갑자기 거센 배반의 기류에 휘감겼다. 그토록 기다리고 기다리던 순찰차가 나타났다는 기쁨 속에서도 어느 틈엔가 아직 나타나지 않고 있는 납치범에 대한 연민의 싹이 머리를 내미는 것이었다.

이제 순찰차의 헤드라이트가 바로 코앞에 보이기 시작하자 마사코는 가슴이 덜컹 내려앉았다. 도대체 이 사람은 어디서 뭘 하고 있기에 저승사자가 다가오는 것도 모르고 있다는 말인가. 속이 타고 입술이 말라 마사코는 방문 앞에서 서성거렸다.

그러다 마사코는 순찰차가 오고 있는데 지금 자신이 도대체 무슨 생각을 하고 있는지 스스로도 이해가 되지 않았다. 그러나 이성의 판단과는 상관없이 한 가닥 감정이 오롯하게 가슴 깊숙이에서 솟아나는 것을 부정할 수 없었다. 납치범이 잡혀서는 안 된다는 다급함이 머릿속을 지배하고 있었다. 그것은 납치범에게 느끼는 개인적인 연민일 수도 있겠지만 꼭 그것 때문만은 아니었다. 마사코는 마치 자신이 납치범의 동료인 듯한 기분이 들었다. 설명할 수 없는 이상한 느낌이었지만 그것이 그의 범행 동기 때문이라는 것은 확실했다.

민비가 일본인들의 칼을 맞고 절명하기 직전 비명이나 신음 대신 혼신의 힘을 다해 왕세자의 안위를 물었다는 얘기를 납치범으로부터 들은 날 밤, 마사코는 밤새 잠을 이루지 못했다. 가슴 한 군데가 텅 빈 것 같은 허전함과 더불어 납치범의 마음이 비로소 다가오기 시작했던 것이다.

납치범은 지금까지 단 한 번도 무례하거나 마사코를 불안하게 하는 언사를 사용하지 않았다. 게다가 위험을 무릅쓰고 병원으로 데려간 행위나 해가 잘 들고 경치가 좋은 방에 감금한 것도 모두 신사적인 배려였다.

마사코의 뇌리에 납치범의 얼굴이 클로즈업되었다. 그리고 그 위로 다시 그 젊은이의 앳된 모습이 오버랩되었다. 왜곡된 역사교과서 때문에 그 젊은 청년은 평생을 건 모험을 하고 있는 게 아닌가. 그 결과가 어떠하리라는 것을 너무나 잘 알면서도 스스럼없이 자신들의 뜻을 실행에 옮긴 두 사람에 대한 연민이 이 다급한 순간 마사코의 가슴을 저몄다. 그리고 한편으로는 그간 황실에 들어오면서 묻어 두었던, 젊은 시절 품었던 정의감이 서서히 고개를 들었다.

쾅쾅쾅.

마사코는 문을 두드리기 시작했다. 이제 순찰차는 바로 산장 아래까지 다가왔다. 한 굽이만 돌면 모든 게 끝이라는 생각에 마사코는 전력을 다해 문을 두드렸다. 그러나 납치범은 아무런 기척도 없었다.

"이봐요! 큰일 났어요!"

마사코의 입에서 자신도 모르게 애절한 목소리가 터져 나왔다.

이때 마사코는 흠칫 뒤로 물러섰다.

삐걱.

마사코가 주먹에 느껴지는 감각이 이상하다고 생각한 순간 힘을 다해 두드리던 육중한 나무 문이 마찰음과 함께 열리는 것이었다.

'문을 잠그지 않았단 말인가?'

마사코는 문을 열고 나와 숲으로 달렸다. 마사코가 막 숲으로 몸을 숨기자마자 번쩍이는 경광등과 함께 순찰차는 산장 현관에 멈춰섰다.

곤도 순사는 차에서 내려 현관문을 두들겼다.

"실례합니다."

그러나 안에서는 아무런 대답이 없었다. 곤도는 몇 번 소리쳐 부른 다음 그래도 대답이 없자 불이 켜져 있는 마사코의 방으로 걸어갔다. 밖에서 방을 살피던 곤도는 문이 빼꼼 열려 있는 것을 확인하고는 슬쩍 문고리를 당겼다. 그러자 육중한 나무 문은 의외로 쉽게 열렸다.

곤도는 목만 길게 뽑아 방을 이리저리 살폈다. 수색영장을 가지고 있지 않은 한 주거에 함부로 침입해서는 안 된다는 것쯤은 곤도도 익히 아는 바였다. 여자 혼자 생활하는 것이 분명한 방이

황태자비 납치사건

었다.

"누구요? 당신은!"

곤도는 갑자기 들려온 묵직한 남자의 음성에 깜짝 놀랐다. 어느새 다가왔는지 한 남자가 바로 뒤에 버티고 서 있었다.

"아, 미, 미안합니다. 저는 특별수사본부의 곤도 순사입니다."

"그런데 무슨 일이오?"

사나이는 목소리를 늦추지 않았다.

"황태자비 납치사건 때문에 수색차 나왔습니다."

"그래서요?"

"아무도 안 계시기에 찾던 중이었습니다. 저, 절대로 방 안에는 들어가지 않았습니다."

납치범의 눈이 재빠르게 방 안을 훑었다.

"저, 정말입니다. 문이 열려 있기에……"

마사코가 없는 것을 확인한 납치범은 그제야 목소리를 늦추었다.

"미안하오. 나는 하야시 목사요."

"아, 그러시군요. 저는 덴리경찰서의 곤도 순사입니다. 부근의 마을들을 수색 중인데 오늘은 이 마을 차례라 들렀습니다."

"수고가 많소. 그런데 마을의 파출소에서 나에 대해 얘기하지 않던가요?"

"물론입니다. 유지 중의 유지라고 들었습니다. 그런데 저는 바로 그 유지들만 찾아다니는 중입니다."

"유지만 찾아다닌다구요?"

"그렇습니다. 누구도 생각하지 못한 사람이 의외의 범인일 수도 있으니까요."

"그럴 수도 있겠죠. 음…… 그런데 여기는 언제 왔소?"

"이제 막 왔습니다. 그런데 이 방에 누가 기거하는지 여쭤 봐도 실례가 되지 않을까요?"

"실례는 무슨. 수색이라는 게 그런 걸 묻는 게 아니오?"

"고맙습니다. 목사님은 정말 친절하시군요. 어떤 분들은 먼저 호통부터 치시기 때문에…… 힘없는 순사는 정말 괴롭습니다."

"이 방엔 내 여동생이 거처하고 있소. 지금은 산책이라도 나갔나 보오."

"그렇군요."

곤도는 대답을 하면서도 방 안의 물건들을 살펴보았다. 하이힐과 여자용 운동화가 눈에 띄었다.

"참 멋진 하이힐이군요. 이런 시골에서는 좀처럼 볼 수 없는 멋쟁이 구두네요."

납치범은 당황했다. 이 순사가 어떤 의도로 이런 말을 늘어놓는지 알 수 없었다. 납치범은 소리 없이 숨을 들이마셨다.

"도쿄에서 사는 동생이 당분간 요양차 왔소."

"그렇군요. 그럼 폐가 많았습니다."

"뭐 더 협조할 것은 없소?"

"없습니다. 목사님을 직접 뵈었으니 됐습니다. 실례했습니다."

곤도는 인사와 함께 쫓기다시피 차에 올라탔다. 아직 수사 경력이 별로 없는 그로서는 아무도 없는 상태에서 빈방을 들여다

황태자비 납치사건

본 것에 대해 상당한 심리적 압박을 느꼈다. 목사가 상부에 항의라도 하면 큰일 날 것 같아 곤도는 바로 차를 빼서는 산 아래로 내려갔다.

납치범은 곤도의 순찰차를 유심히 살폈지만 차 안에는 아무도 없었다. 곤도가 내려가자마자 납치범은 황급히 방으로 들어갔다.

귀신이 곡할 노릇이 아닌가. 마사코는 감쪽같이 사라져 버리고 없었다. 납치범은 다시 집 밖으로 뛰어나가 곤도 순사의 순찰차에 시선을 집중했다. 결코 서두르는 운전도 아니었고 중간에 멈추지도 않았다. 만약 그가 마사코를 트렁크에 실었다면 도중에 멈추어 자리를 바꿔 타게 하거나 속도를 낼 텐데 전혀 그렇지 않았다.

방으로 들어가 화장실을 두들겨 보아도 마사코는 없었다. 납치범은 다시 방 밖으로 나와 욕실로 가보았다. 역시 거기에도 마사코는 없었다. 납치범은 애타는 가슴을 간신히 억누르고 생각을 해보았다.

납치범이 집을 비운 시간은 불과 5분이었다. 그 5분 사이에 그가 산을 올라갔다 내려오면서 마주치지 않을 차량은 있을 수 없었다. 그렇다면 산에 올라왔다 내려간 차는 곤도 순사의 차뿐이다. 마사코는 곤도가 오기 전에 탈출했을 거라는 게 유일한 결론이었다. 그는 산장을 비우면서 마사코의 방문을 열어 두었다. 병원을 다녀온 후로 마사코와 인간적으로 가까워진 느낌 때문이었다. 그것은 한마디로 서로에 대한 신뢰라고 믿었다.

만약 마사코가 방 안에 있는 상태에서 곤도 순사가 왔더라면 납치범은 꼼짝없이 붙들릴 수밖에 없었을 것이다. 마사코가 탈출했다는 결론을 내린 범인은 급히 산길을 뛰어내려 갔다. 풀어놓은 개들이 염려되었다. 훈련이 잘된 개들이라 함부로 물지는 않겠지만 마사코가 굳이 개들을 뿌리치고 도망가려 했다면 어떤 일이 일어났을지 몰랐다.

납치범은 휘파람을 불어 개들을 불렀다. 개들은 주인의 휘파람 소리에 날쌘 동작으로 뛰어왔다. 두 마리가 다 흥분한 기색이 없는 것을 확인한 후 안도의 한숨을 내쉬고는 다시 산장으로 올라왔다.

마사코의 방에 들어선 순간, 납치범은 눈이 휘둥그레졌다. 조금 전까지도 텅 비었던 방에서 웃고 있는 사람은 다름아닌 황태자비 마사코였던 것이다.

황태자비 살해 계획

"어떻게 된 일이오?"

마사코는 아무 일도 없었다는 듯 아주 편하고 여유 있는 표정으로 대답했다.

"어젯밤, 그리고 오늘 내내 일본과 한국의 역사에 대해 생각했어요. 내 결론은 뭔가 틀림없이 잘못되고 있다는 거였어요. 나는 일본인으로서 그 책임으로부터 도피하고 싶지 않아요. 당신과 새 역사교과서에 대해 더 얘기를 나누고 싶어요."

"……"

"그날 밤 보았던 그 청년의 맑고 선한 눈동자를 잊을 수 없었어요. 내가 그냥 떠나면 그 눈동자는 영원히 원한을 품고 나를 지켜보고 있을 것만 같았어요."

"당신은 일본의 황태자비가 될 자격이 충분한 여자요. 일본의 진정한 힘은 바로 당신과 같은 사람들에게서 나온다는 생각이 드오. 어쨌거나 오늘 일은 고맙소."

그날 밤 두 사람은 밤이 깊도록 한국과 일본의 역사에 대해 이야기를 나누었다. 똑똑한 마사코는 '새 역사교과서를 만드는 모임'의 교과서가 가진 문제점이 무엇인지를 정확하게 파악했다.

"그러니까 모든 역사 왜곡의 출발점은 바로 임나일본부설에 있군요."

"그렇소. 모든 문제는 바로 거기서 출발하오. 정신대니 징용이니 하는 것은 오히려 지엽적인 문제요. 언제라도 기회만 되면 한국을 쳐야 한다는 의식을 조장하는 게 바로 임나일본부설이오. 일본 군국주의 사고의 핵심이라고 할 수 있소."

"그런데 임나란 뭐죠?"

"임나는 이 세상의 모든 역사서 중 오직 『일본서기』에만 나오는 지명이오. 임나일본부란 임나에 있는 일본의 관청이란 뜻이고, 이것이 한반도 어딘가에 있다는 것이 일본인들의 주장이오. 지난 세기에 군국주의자들이 선량한 일본 국민을 전쟁에 동원할 때 써먹던 수법도 바로 여기에 근거하오. '과거 한반도는 일본이 지배하던 땅이었다. 그러니 이제 되찾자.'"

"하지만 그 임나일본부는 실제로는 존재하지 않는다는 얘기죠?"

"일본의 학자들조차 『일본서기』를 믿지 않소. 이 역사서는 후세의 누군가가 조잡하게 맞춰 놓은 위서라는 게 정평이오. 『일본서기』는 그보다 8년 앞서 편찬된 『고사기』를 참고로 했는데, 그 중요한 사실이 『고사기』에는 전혀 언급되어 있지 않소. 또한 얼마나 조잡하게 짜맞췄는지, 일본이라는 국명은 7세기에나 생겼는데 이미 4, 5세기경에 '임나일본부'라는 이름의 관청이 있었

황태자비 납치사건

다고 기술하고 있소."

"일본이 한반도를 지배했던 시절 일본의 학자들이 한반도에서 그와 같은 지명을 찾아내려고 했을 것 같은데요?"

"물론 죽을힘을 다해 그런 지명을 찾아내려 했소. 그러나 지금까지 근 100년 이상에 걸쳐 한일 양국의 학자들이 이 문제를 연구한 결과 임나일본부는 완전한 조작이라는 사실이 밝혀졌고, 근래에 타 교과서에서는 임나란 말도 거의 사라졌소. 그런데 갑자기 '새 역사교과서를 만드는 모임'의 교과서에서는 임나일본부가 아주 강력하게 등장하오. 오죽하면 열아홉 개나 되는 일본의 역사학회가 연합하여 이 교과서를 수정하라고 성명까지 냈겠소?"

"그것이 사실이라면 이 교과서는 우리 일본 국민 모두의 수치가 될 수도 있겠군요."

납치범은 마사코의 눈을 바라보며 말없이 고개를 끄덕였다.

"이제는 내게 그 비밀문서의 내용에 대해 어렴풋이라도 알려줄 수 있지 않나요?"

마사코는 절묘한 타이밍에 질문을 던져 왔다. 납치범은 잠시 머뭇거리더니 양복 주머니에서 오려진 오늘 아침 신문 기사를 꺼내 건네주었다.

납치범이 민비의 시체를 불태운 이유를 밝히라고 요구한 시한이 이제 3일 앞으로 다가왔다. 처음 비밀문서를 공개하라고 했던 납치범이 정부가 그런 문서는 존재하지 않는다고 발표하자 즉각 민비의 시체가 불태워진 이유를 밝히라고 한 것으로 보아, 비밀문서는 민비의 죽음과 관계가 있는 모종의 정보인 것으로 보인다. 학계와 민간에서는 수많은 억측이 나돌고 있지만 정부는 여기에 대해 아무런 반응도 보이지 않고 있으며, 납치범의 요구 시한까지도 이 입장은 바뀌지 않을 것으로 보인다. 수사 당국에서는 납치범의 요구가 유네스코의 '새 역사교과서를 만드는 모임'의 교과서 심사 최종일 하루 전날에 맞추어져 있는 점을 주목하면서, 납치범은 새 역사교과서의 내용에 불만을 품은 자일 가능성이 높은 것으로 보고 있다.

기사를 읽고 난 마사코는 얼굴을 찌푸렸다.

"민비의 시체가 정말 불태워졌나요?"

"그렇소."

"그럼 제대로 장례도 치르지 못했겠네요?"

"시체 없이 장사를 치렀소. 그것도 2년 후에."

"살해당한 것도 억울하기 짝이 없는데 시체마저 불태워지다니, 왜 그렇게 됐죠?"

"추측은 하고 있소."

"그러면 정말 그 비밀문서에 민비의 시체가 불태워진 이유가 기록되어 있나요?"

"모든 정황을 살펴보건대 그럴 것으로 생각하오."

"정부에서는 그런 문서가 없다고 하는데…… 끝내 아무런 회답이 없으면 어떻게 할 거죠?"

"……"

사실 납치범으로서도 난감했다. 아무리 일본의 상징적인 공적 존재로서 황태자비를 납치했다 해도 이제는 동료 의식마저 느낄 정도로 그녀와 가까워져 있었다. 순찰차가 왔는데도 스스로 몸을 숨긴 황태자비가 아닌가.

"이번 일을 계획할 때 틀림없이 이런 경우도 예상했겠죠?"

납치범은 맨 처음 범행을 계획하던 때를 떠올렸다. 일본 정부가 그 문서의 존재를 부정할 경우를 예상치 못한 것은 아니었다. 그럴 경우에 대해 인후와 격론을 벌이던 때가 생각났다.

—선생님, 만약 일본 정부가 문서 공개를 거부하거나 문서의 존재를 부정한다면 어떻게 하죠?

—넌 어떻게 생각하냐?

—전 이번만큼은 그냥 물러서서는 안 된다고 생각합니다.

—무슨 뜻이냐?

—아니함만 못한 행위를 해서는 안 된다는 뜻입니다.

—그러면?

—눈물을 머금고 황태자비를 살해해야 합니다. 만약 그냥 황태자비를 풀어 주면 우리는, 아니 우리 한국인은 또다시 일본인들의 웃음거리가 되고 맙니다. 저는 일본의 메이지유신 때부터 대한제국이 일본에 합병되던 때까지의 역사를 읽고 또 읽었습니다. 그 역사를 읽는 동안 흘린 눈물이 얼마인지 모릅니다. 무엇보다도 가슴을 치며 안타까워했던 건 국가에 대한 일본인들의

무모할 만큼 담대한 정열이었습니다. 그들은 국가를 위해서라면 너무도 과감하게 목숨을 버리더군요. 반면 우리 한국인들은 왜 그렇게 비겁하고 무력했던 겁니까?

—인후야, 그러나 아무런 죄도 없는 황태자비를 어떻게 살해할 수 있단 말이냐?

—선생님, 명성황후를 생각하십시오. 그 처참한 죽음을요. 이제껏 일본 정부는 말할 것도 없고 어느 일본인도 그 죽음에 대해 사과한 적이 없었습니다. 그 저변에는 한국 사람은 자기 나라의 왕비가 외국의 깡패들에게 살해당해 불태워졌는데도 아무렇지 않게 넘겨 버리는 자들이라는 잠재의식이 있습니다. 이런 의식이 결국은 한국인을 멸시하는 바탕이 되죠. 우리를 얼마나 업신여기면 사과는커녕 이제는 역사조차 왜곡하겠습니까?

—으음…….

—문제는 우리에게 있습니다. 선생님, 얼마 전 우리가 그 역사교과서에 항의하여 대사를 귀국시켰을 때 또 얼마나 창피를 당했습니까? 아무런 조치도 없었지만 슬그머니 되돌아가야 했던 대사. 그렇게 대사를 귀임시키는 우리가 바로 문제입니다. 우리나라에 똑똑한 사람은 많이 있을지 몰라도 용기 있는 사람은 많지 않습니다. 모두 역사를 남의 일로 생각합니다. 일본인들이 명성황후를 살해했다면 당연히 복수를 하거나 사과를 받았어야죠. 그때 사과를 못 받았으면 그뿐이지 지금 자신과는 아무 관계도 없다고 생각합니다. 우리나라 사람들은 일그러진 역사에 대해 누군가를 꾸짖을 줄만 압니다. 자신이 그 역사의 현장에

황태자비 납치사건

있었다면 그런 일은 일어나지 않았을 것이라고 소리치면서도 정작 현재의 비참한 역사에 대해서는 침묵합니다. 자신이 지금 그 사과를 받아야 하고 또 사과하지 않는 일본인들을 응징해야 할 주인공이라고는 추호도 생각하지 않습니다. 일본이 역사를 왜곡하든 말든 그것이 바로 내 일이라고 생각하지 않는 겁니다.

—아무런 성과도 없이 황태자비를 그냥 돌려보내는 것은 역효과밖에 나지 않는다는 것을 나도 안다. 나도 그 점이 염려스러워.

—선생님, 반드시 복수를 해야 합니다. 황태자비를 그냥 돌려보내선 절대 안 됩니다. 그러면 우리 한국인은 또다시 비웃음거리만 되고 맙니다.

인후에게는 다짐을 해주었다. 만약의 사태가 발생했을 때에는 반드시 황태자비를 살해하겠다고. 납치 후에도 그 다짐이 있고서야 인후는 미국으로 떠났다.

납치범은 대답을 기다리는 황태자비의 초롱초롱한 눈망울을 피해 자리에서 일어났다.

"당신은 지금 갈등하고 있어요. 내가 당신들의 범행 동기를 이해하기 때문이죠. 원래 당신들의 계획은……."

납치범은 손을 들어 황태자비의 말을 끊었다.

"황태자비인 당신을 어떻게 한다는 것은 처음부터 생각도 하지 않았소."

묵직한 목소리만을 남기고 범인은 방을 나가 버렸다. 마사코는 납치범이 문을 잠그지 않는다는 것을 다시 한 번 알아차렸다. 그리고 범인이 납치 이후 처음으로 자신에게 황태자비라는 호칭을 썼다는 것을 깨달았다.

시간이 지날수록 마사코는 자신의 납치가 납치 그 이상의 의미가 있다는 것을 깨달았다. 황태자비라는 자신의 신분은 민비의 비극적인 죽음을 은폐하려는 일본의 거짓과 역사 왜곡의 실태를 세계적으로 폭로할 수 있는 최고의 수단이었던 것이다.

납치범의 실체

한국에서 족보 확인 작업을 의뢰한 지 사흘째 되는 아침, 다나카는 마침내 일목요연한 후손들의 명부를 손에 쥘 수 있었다.

"이들 중 국내에 없는 자들이 용의자야."

"정확히 말하면 일본에 있는 자란 말이지?"

다나카는 고개를 끄덕였다. 납치범은 일본에 있는 자들 중에서도 아주 오래전부터 일본에 머무르고 있는 자일 것이다. 그러나 확인된 바에 따르면 일본에 체류 중인 사람은 단 한 명뿐이었다. 그는 마흔세 살의 임선규란 자로 하시모토의 증언과 부합하는 인물이었다. 그는 13년 전 일본으로 건너가 그곳에서 계속 거주하고 있었다.

"음, 이자의 부친은 한국에서 아주 유명한 목사라는군."

"그래?"

뜻밖이었다. 그러나 아버지가 유명한 목사라고 해서 아들이 범죄자가 되지 말란 법은 없었다.

"임선규의 아버지를 만나 봐야겠어."

"정보가 새면?"

"바로 그걸 노리는 거야. 자네는 한국 경찰에 협조를 요청해 주게. 나와 만난 후 혹 그자가 일본으로 거는 전화가 있으면 도청을 하고. 임선규의 소재를 알 수 있을 테니까."

다나카는 즉각 경시청으로 전화를 걸었다. 모리는 다나카의 지시를 듣자 목소리부터 들떴다.

"임선규의 소재지가 확인되면 바로 체포할까요?"

"그래. 하지만 조심하게."

"알겠습니다. 경시정님은 바로 오실 겁니까?"

"임선규의 부친을 만나 보고 바로 가겠네."

다나카는 전화를 끊고 곧바로 임선규의 부친이 있다는 교회를 찾아갔다. 교회는 으리으리했다. 건물의 크기만으로도 교세를 충분히 짐작할 만했다. 의외로 임선규의 부친은 일본에서 찾아온 형사라는 말을 듣자 선선히 만나 주었다.

임 목사는 당당하고 자신 있는 목소리로 다나카를 맞았다. 무슨 일이 일어나도 그에게는 새발의 피라는 투였다.

"나도 오랫동안 그 애로부터 연락을 받지 못했소. 선규에게 무슨 문제라도 있소?"

"범죄에 개입된 것 같습니다."

"범죄? 범죄라고 했소?"

"그렇습니다."

"그럴 리가 있나? 하나님의 자식이 범죄에 관련되다니."

"……."

황태자비 납치사건

"그래, 무슨 범죄란 말이오?"

"일본의 황태자비 납치사건과 관련이 있는 것 같습니다."

"뭐라구요?"

그제야 임 목사는 소스라치게 놀랐다. 만약 사실이라면 그것은 자신의 힘으로도 어쩔 수 없는 사건이었다.

"김인후라는 청년을 아십니까?"

"모릅니다."

임 목사는 다나카의 물음에 더 이상 대답하지 않았다. 다나카는 임선규의 꼬리를 잡기 위해 한국 경찰에 그의 부친을 인계하지는 않았다. 임 목사의 태도로 보아 임선규와는 연락이 되지 않는 것이 확실해 보였지만 혹시 연락이 될 경우에 대비해 도청을 의뢰해 놓았기 때문이다.

임 목사를 만난 후 다나카는 오전에 바로 공항으로 가 일본행 비행기를 탔다. 납치범이 요구한 시한이 이제 겨우 이틀밖에 남지 않았다. 나리타공항에 도착하자 모리가 마중 나와 있었다.

그는 흥분 상태였다.

"바로 그놈입니다."

다나카는 모리의 인사로 체포 완료라는 말을 기대했던 터라 다소 실망스러웠다.

"그런데?"

"놈은 일본에 들어온 후 몇 년만 외국인 등록을 하고 그 후로는 잠적했습니다."

"처음 들어왔을 때의 거주지는 어디였나?"

"오사카였습니다."

"음, 오사카라?"

대도시인 데다가 한국인이 많이 사는 곳이라 추적하기가 어려운 지역이었다.

"한국의 형사대로부터는 연락이 없었나?"

"네, 아직 없습니다."

아마도 임 목사는 다나카의 숨은 의도를 알아차렸거나 정말 아들의 소재를 모르거나 둘 중 하나인 모양이었다.

"한국 교민 사회를 집중적으로 파고들어 조사하도록 해."

"진행 중입니다."

"뭐가 나와도 나오겠지. 문제는 시간이지만."

곤도 순사는 산장에 다녀온 후로 어딘지 썩 개운하지가 않았다. 산장에서 보았던 여자의 방, 그 방이 못내 이상했던 것이다.

게다가 자신의 바로 뒤에 그림자처럼 다가와 있던 목사, 그 목사가 주던 위압감. 그리고 순찰차를 훑어보던 그 싸늘한 눈초리.

그렇게 의심하기 시작하자 이상한 점은 또 있었다.

'동생이라는 여자는 왜 신발을 방 안에다 두고 있었을까? 산책을 나갔다는 여자의 운동화가 왜 방 안에 그대로 있었을까? 방의 모양으로 보아 여자는 실내에서 슬리퍼를 신고 지냈을 수도 있다. 산책을 나간 후라면 슬리퍼와 운동화와 하이힐 중 슬리퍼와 하이힐이 남아 있어야 할 것이 아닌가?'

황태자비 납치사건

곤도 순사는 도쿄의 경시청으로 전화를 걸었다.

"모리 형사님, 덴리경찰서의 곤도 순사입니다."

"아, 곤도. 무슨 일인가?"

"황태자비 전하의 구두는 어떤 모양입니까?"

"구두? 검은색인데 나비 무늬의 금제 장식이 달려 있지."

"검은색이라구요?"

곤도는 순간 알쏭달쏭했다. 자신이 본 게 검은색인지 갈색인지 기억이 잘 나지 않았다.

"어떤 목사의 산장에서 본 게 그런 모양은 맞는 것 같은데 무슨 색인지는 정확하게 기억이 나지 않는데요."

"무슨 소리야? 목사의 산장에서 뭘 봤다구?"

"의심이 가는, 아니 의심해 볼 만한 가치가 있는 뭔가를 본 것 같아서요. 확인을 해본 다음 다시 전화드리겠습니다."

모리는 역시 곤도 순사는 좀 싱거운 인물이라고 생각하며 전화를 끊었다.

곤도는 오후에 오늘 조사해야 할 마을들을 둘러보고 나면 길이 좀 멀긴 해도 어제 그 산장에 다시 가봐야겠다고 생각했다.

유네스코와 일본 교과서

한국 정부가 처음 유네스코에 일본 역사교과서의 검토를 의뢰할 때의 낙관적 분위기는 차츰 희석되어 가고 있었다. 유네스코가 한 나라의 교과서를 불량하다고 판정하는 일도 쉽지 않을 뿐 아니라 제삼자의 입장에서는 일본의 논리도 나름대로 일리가 있는 듯 보였기 때문이다.

일본 대표 사이토 박사는 풍부한 증거 자료를 들이대며 유네스코의 심사위원들을 장악한 반면, 일본에 반박하는 유네스코 학자들은 증거 부족으로 애를 먹었다. 이렇게 되자 한국 정부 내에서는 유네스코 청원을 철회해야 한다는 주장이 나오기도 했다.

"문제는 논리가 아닌 감정입니다. 심사위원들의 머리를 강타할 사건, 그들의 가슴에 잊혀지지 않을, 어떤 논리로도 변명하거나 호도할 수 없는 결정적인 증거가 있어야 하는데, 그런 증거가 우리에게는 없지 않습니까?"

끝도 없이 계속되는 논리 싸움에 유네스코의 심사위원들은

황태자비 납치사건

진저리를 쳤다. 한국 측 입장에 동조하던 위원들마저도 이제는 거의 포기 상태였다. 결국 마지막 모임을 앞둔 심사위원회는 파장 분위기였다.

위원회는 일본의 교과서가 불량하다는 의견을 집약할 수 없었다. 여기에는 각계각층의 미국 측 인사들의 입김도 작용했다. 중국을 최대의 적으로 보는 미국의 동북아시아 정책은 일본을 파트너로 선정했고, 따라서 유네스코의 서구 인사들이 일본의 교과서를 불량으로 판정하도록 내버려 둘 리 없었다.

일본의 기를 꺾어 놓는 것이 미국 외교의 제일 목표였던 때와는 현격한 차이가 있었다. 심사위원들을 상대로 열심히 로비를 벌이던 한국의 학자와 공무원들도 자포자기해 하나둘 한국으로 돌아갔다. 이틀 후로 다가온 최종 심사는 그저 형식일 뿐 실제로는 일본의 교과서를 불량으로 판정할 수 없을 거라는 게 암묵적인 결론이었다.

"사이토 박사, 정말 수고가 많았소. 그 치밀한 논리 구성에는 우리 모두 놀라지 않을 수 없었소."

일본 측 대표들은 이미 승리의 축배를 들고 있었다. 새 교과서 편성의 핵심 중 한 사람인 인기 만화가가 샴페인 잔을 들며 사이토의 노고를 치하했다.

"당연한 일이지요. 우리가 그토록 고심해서 만든 교과서가 유네스코로부터 불량 판정을 받는다면 대일본제국의 꼴이 얼마나 우습겠습니까?"

사이토는 득의만면했다.

"그렇지요. 이건 단순한 교과서의 문제만이 아니지요. 일본의 미래가 걸린 일입니다."

문부성의 고위 관리가 역시 흡족한 얼굴로 맞장구를 쳤다.

"청년들에게는 꿈을 심어 줘야 합니다. 강력하고 전통 있는 일본을 심어 주어야지 침략과 약탈로 얼룩진 어두운 조국의 모습을 심어 주어서야 청년들이 자신감을 가질 수 있겠습니까?"

사이토는 힘 있고 자신에 찬 목소리로 궤변을 늘어놓았다.

"한국 학자들도 이번에는 전력을 다해 주장을 늘어놓더군요."

도쿄대학교의 역사학과 교수가 마치 전승의 기쁨을 나누듯 한국 대표들의 안쓰러운 모습을 언급하자 사이토는 더욱 신이 났다.

"몸부림이지요. 증거가 없는 한 모든 주장은 논리와 사관의 대립으로밖에 이끌어 갈 수 없어요."

좌중의 학자들과 공무원들은 모두 고개를 끄덕였다. 징용자들의 월급 명세서, 정신대의 전표 등 서류상의 증거들이 이번 심사에서 큰 효력을 발휘했다. 얼마든지 논리 대립을 할 수 있는 광개토왕비의 비문 해석 같은 것은 문제도 되지 않았다.

"정신대 문제가 어려웠지요. 아직 살아 있는 본인들이 너무 많아서."

대표 중 한 사람이 어려움을 토로하자 사이토는 갑자기 얼굴 표정을 확 바꾸었다.

"미친년들, 그중에 돈 안 받은 년 있으면 나와 보라 그래요. 그

년들이 돈 받고 맛있는 거 얻어먹던 얘기는 다 잊어버리고 전쟁에 지던 무렵 고생한 얘기들만 늘어놓으니 그런 거 아니오? 그때 고생 안 한 사람이 누가 있어요? 예나 지금이나 전쟁 중에 그런 일은 당연지사 아니오? 지금 와서 남편들 다 죽고 나니까 그때 어쨌니저쟀니 하는 거 아니오?"

사이토의 악의적인 발언에 대해서는 그 자리에 모인 대표들조차 착잡했는지 잠시 침묵이 흘렀다.

"그런데 사이토 박사, 지금 황태자비를 납치한 자가 하는 얘기는 뭡니까? 민비의 시체를 불태운 이유를 밝히라고 하는데?"

"그놈도 마찬가지로 미친놈이오. 민비를 태웠든 묻었든 내가 안 그랬는데 나한테 물으면 어떡합니까?"

좌중에는 웃음이 터졌다.

"무슨 비밀문서니 어쩌니 하는 건 또 뭡니까? 정말 그런 것이 있기는 한 겁니까?"

또 한 사람이 궁금증을 참지 못하겠다는 표정으로 물었다.

"원 참, 내가 그 문서를 갖고 있어요? 왜 내게 묻습니까?"

"혹시 외무성에서 보관하고 있지는 않을까요?"

"그거야 외무성에 물어봅시다. 나도 궁금하던 참이오."

"그런데 그 문서가 원래는 존재했다는 소문이 있소."

도쿄대학교의 또 다른 노교수가 잔뜩 목소리를 낮추고 말했다.

"그래요?"

사이토를 비롯한 좌중의 모든 사람이 그 노교수의 입을 주목했다.

"그런데 없어졌다는 거요. 외무성 문서고에서 말이오."

"누가 그래요?"

"언젠가 언뜻 들었던 것 같소. 그리 오랜 옛날 같지는 않소. 한 10여 년 전."

"그러면 누군가 그 비밀문서를 봤다는 얘기 아닙니까?"

"아, 그가 그랬나?"

노교수가 갑자기 생각난다는 듯이 한 사람을 거명했다.

"미카미. 그래 얼마 전에 돌아가신 외무성의 미카미 차관이었던 것 같소."

"그가 비밀문서를 숨겼다는 겁니까?"

"아니오. 그가 없어졌다는 보고를 받았다는 얘기 같았소."

"무슨 내용인지는 모르시구요?"

"그도 모른다고 했소. 전문을 정리하던 중 누락된 게 있다는 보고를 받고 대장을 봤더니 거기에는 분명히 그 전문의 일련번호가 기록되어 있었다고 했소. 지금 납치범이 요구하는 전문의 번호가 바로 그 일련번호였던 것 같소."

"그렇다면 지금 누군가가 그 전문을 가지고 있다는 얘기가 되는군요."

"그렇겠지요."

"허, 그 참, 누군지 대단한 사람이군요. 도대체 그 전문 한 장이 뭐기에 황태자비 전하가 저렇게 납치당했는데도 내놓질 않으니 말입니다."

"그런데 말조심하셔야 되겠습니다."

"아니 왜요?"

"아, 지금 외무성에서 그런 서류는 없다고 발표했고, 외무차관이 총리의 지시로 극비리에 경찰에서 신문을 받은 마당에 괜한 얘기를 하다가는 수사의 대상이 될 수도 있어요."

노교수는 고개를 끄덕였다. 자신이 생각해도 맞는 얘기였다.

공범

곤도 순사는 어두워지기 전에 산장으로 올라가는 산길로 접어들었다. 어둠 속에서 순찰차 헤드라이트를 켜고 올라가는 것은 좋을 것 같지 않았다. 천천히 차를 몰고 산길을 올라간 그는 산장 밑의 숲속에 순찰차를 숨겼다. 그리고 조심스럽게 산장으로 접근했다. 이윽고 산장이 눈앞에 나타나자 곤도 순사는 어두워질 때까지 기다렸다.

완전히 어둠이 깔리자 곤도 순사는 땅바닥에 엎드렸다. 그리고 옛날 전쟁놀이에서 하던 것처럼 불이 환하게 켜져 있는 어제 그 방을 향해 천천히 기어갔다. 창 밑에 다다르자 곤도 순사는 조금씩 고개를 들었다.

한 여자가 테이블 앞 의자에 앉아 있는 것이 보였다. 그러나 등을 돌리고 있어서 얼굴은 볼 수 없었다. 곤도는 여자의 발을 보았다. 여자는 분명 슬리퍼를 신고 있었다.

곤도는 다시 어제 신발이 놓여 있던 자리를 살폈다. 운동화와 하이힐이 있었고, 하이힐은 검정색이었다. 게다가 하이힐에는 나

황태자비 납치사건

비 모양의 금제 장식이 달려 있었다. 곤도는 숨결이 가빠졌다.

'얼굴만 볼 수 있다면…….'

곤도 순사는 애가 탔다. 상대방이 황태자비가 틀림없다면 창을 두드리면 될 것이다. 그러나 황태자비가 아니라면 뭐라고 둘러댈 말이 없었다. 곤도는 일단 여자가 몸을 돌리거나 자리에서 일어날 때까지 기다리기로 했다.

그때 방문이 열리더니 어제의 그 목사가 방 안으로 들어왔다. 곤도는 머리를 낮추고 동정을 살폈다.

"고개를 돌리지 말고 그대로 있어요."

아주 작고 긴장된 납치범의 목소리에 마사코는 당황했다. 그러나 마사코는 곧 납치범에게 위급한 상황이 닥쳤다는 것을 알아챘다. 그러자 갑자기 온몸이 굳어졌다.

"지금 경찰관이 이 방을 들여다보고 있소. 어제 왔던 그 순사요. 아직 당신의 얼굴은 보지 못했을 거요. 그는 당신이 일어나거나 고개를 돌릴 때까지 창밖에서 지켜보고 있소. 저 친구 하나를 해치운다 하더라도 아무 소용이 없소."

마사코는 납치범의 경직된 목소리를 듣자 망설임 없이 말했다.

"제게로 가까이 오세요."

"……."

"얼른요."

납치범이 영문을 모른 채 다가가자 마사코는 그를 끌어당겨 옆에 앉혔다. 그러고는 어깨에 팔을 두른 채 웃으면서 일부러 큰 소리로 말했다.

"오빠, 그렇잖아도 물어보고 싶은 게 있었어요."

납치범은 놀라지 않을 수 없었다. 이내 그 놀라움은 진한 감동으로 다가왔다. 얼마 후 문을 열고 밖으로 나가 보니 순사는 사라지고 없었다. 산 아래 저 멀리로 순사가 타고 왔던 순찰차의 경광등이 희미하게 보였다.

"고맙소."

"이러다 저도 공범이 되겠어요."

납치범은 소리 없이 웃었다. 황태자비가 스스럼없이 어깨에 팔을 두르고 편하게 웃으며 오빠라고 부른 것은 충격적이었다.

비단 경찰관을 물리치기 위한 기지 때문만은 아니었다. 황실이라는 장막을 아무렇지도 않게 걷어 내고 그녀를 납치한 자신을 보호한 데서 오는 감동 때문이었다.

"나는 내일 당신을 산 아래로 내려보낼 것이오."

"내일이 신문에서 말한 당신의 최종 요구 시한인가요?"

"그렇소."

"그럼, 모레가 유네스코의 마지막 심사가 있는 날이군요?"

"그동안 미안했소."

"목적을 이루지 못했잖아요?"

"하지만 다른 도리가 없소."

두 사람 사이에 잠시 침묵이 흘렀다.

"내가 가고 나면 어떻게 할 거죠?"

"……"

황태자비 납치사건

마사코는 자신의 무력함을 견딜 수 없었다. 비록 일본의 황태자비지만 눈앞에 벌어지고 있는 교과서 왜곡 사태에 대해 아무것도 할 수 있는 게 없었다.

"요즘 자꾸 민비 생각이 나요. 죽으면서까지 왕세자를 걱정했다는 얘기가 머리에서 떠나지 않아요. 그 아픔과 괴로움이 어느새 내 마음 깊이 스며들었어요."

"명성황후가 어떻게 죽었는지를 알면 아마 그 충격으로부터 평생 벗어나지 못할 거요."

"알고 싶어요. 얘기해 주세요."

마사코의 간절한 표정을 읽은 납치범은 입을 열 듯 말 듯 했다. 그러나 한참 생각하던 그는 고개를 떨구었다.

마사코는 자신의 예상대로 민비의 죽음이 예사롭지 않았음을 짐작할 수 있었다. 일본의 불량배들에게 궁중에서 비운의 죽음을 당한 사실 자체도 예사롭지 않은데 그 이상의 어떤 엄청난 일이 있었던 건지 궁금했다.

납치범은 신문을 통해 민비의 시체를 불태운 이유를 밝히라고 했고, 당시 조선의 한성공사관에서 일본 외무성으로 보낸 비밀문서에 그 이유가 있다고 했다.

"만약 내일 황궁으로 돌아가면 많은 사람들이 내게 당신에 대해 물을 텐데요, 그때……."

마사코는 말을 더 잇지 못했다. 납치범이 긴장한 표정으로 그녀의 입을 손으로 막았기 때문이다. 그리고 목소리를 낮추어 말했다.

"밖에 누군가 있는 것 같소."

"네?"

납치범은 황급히 불을 껐다. 어둠 속에서 마사코가 속삭였다.

"아까 그 경찰관일까요?"

"그런 것 같소. 창밖에서 인기척이 들렸소."

만약 아까 그 순사라면 분명 황태자비의 얼굴을 봤을 것이다. 그랬다면 이미 본부에 연락도 취했을 것이다.

납치범은 서서히 문 쪽으로 움직였다. 섣부르게 행동하다가는 상대가 어둠 속에서 총을 쏠지도 모른다.

방법은 단 하나. 황태자비를 버리고 도망칠 수밖에 없었다. 그러나 그것도 무의미한 행동일 것이다. 이미 연락을 받은 경찰관들이 산 밑에서부터 새카맣게 몰려올 테니까.

"으음……."

짧은 한숨을 토해 낸 납치범은 밖으로 나갔다. 마사코 앞에서 난동을 벌이는 것만은 피하고 싶었던 것이다. 사실 난동이랄 것도 없을 터였다. 상대가 권총을 들이대면 그걸로 끝이었다. 하지만 납치범은 마사코 앞에서 비참한 모습을 보이기 싫었다.

"손들어!"

등 뒤에 뾰족한 것이 닿았다. 납치범은 권총임을 직감하고 손을 들었다.

"뒤로 돌아."

차가운 목소리였다. 납치범은 천천히 뒤로 돌았다.

"어!"

돌아서는 순간 납치범의 입에서는 자신도 모르게 탄성이 나왔다.

"아니, 인후야!"

"선생님!"

두 사람은 깊게 껴안았다. 비록 헤어진 지 얼마 되지 않았지만 오랜 세월이 지난 것 같았다. 하지만 납치범은 곧 인후를 밀어내고 감정이 배제된 목소리로 물었다.

"왜 돌아온 거냐?"

"이곳에서 할 일이 있습니다."

임선규는 인후의 목소리가 예사롭지 않다는 것을 직감했다. 당당하게 자신이 갈 길을 결정한 사람 특유의 힘이 느껴졌다.

"무슨 일?"

선규는 퍼뜩 머리에 떠오르는 것이 있었다.

'설마 얘가……?'

─선생님, 반드시 복수를 해야 합니다. 황태자비를 그냥 돌려보내선 절대 안 됩니다. 그러면 우리 한국인은 또다시 비웃음거리만 되고 맙니다.

"들어가서 얘기하고 싶습니다."

"그래, 방으로 가자."

안으로 들어가 선규가 자신의 방으로 안내하려 할 때였다.

"선생님, 황태자비의 방문은 잠그셔야죠."

선규가 급히 나오느라 황태자비의 방문은 약간 열려 있었다. 선규는 인후를 물끄러미 바라보았다. 이제껏 한 번도 자신이 하는 일에 대해 뭐라고 한 적이 없던 인후였다.

"그냥 뭐."

"……."

인후는 그냥 따라왔다. 하지만 표정은 그리 밝지 않았다. 방에 앉은 두 사람 사이에 잠시 침묵이 흘렀다. 인후는 황태자비를 납치한 후에도 미국으로 가려 하지 않았다. 그런 인후의 등을 억지로 떠밀어 보낼 수 있었던 것은 만약 일이 실패할 경우 황태자비를 죽이겠다고 약속했기 때문이다.

그런데 지금 돌아온 인후의 표정이 결코 심상치 않았다. 모든 당부를 어기고 돌아와 버린 인후. 인후는 한참이나 선규의 얼굴을 유심히 들여다보다 마침내 입을 열었다.

"고생이 많으셨군요."

"마음고생은 네가 더 심했겠지."

"아닙니다. 선생님, 이제 선생님은 할 일을 다 하셨습니다."

"무슨 얘기냐?"

"일본 정부가 문서를 공개할 생각이었다면 이미 예전에 공개했을 겁니다. 그리고 명성황후의 시체를 왜 불태웠는지에 대한 대답도 나왔겠죠."

"……."

"저들은 우리의 요구에 눈 하나 깜짝하지 않습니다. 이미 우리의 거사는 끝났습니다. 실패한 겁니다. 선생님도 그렇게 생각

황태자비 납치사건

하고 계시지 않습니까?"

선규는 무겁게 고개를 끄덕였다.

"선생님, 이제 뒷일은 제게 맡기고 떠나십시오."

"무슨 소리냐, 그건?"

"저는 뒷일을 정리하려고 돌아왔습니다. 선생님은 일본을 빠져나가십시오. 아직 선생님의 정체는 누구도 모릅니다."

"인후야, 괜한 짓을 했구나."

"아닙니다, 선생님. 제발 선생님 대신 제가 여기 있게 해주십시오."

"그건 절대 안 된다. 더 이상 그 얘기는 꺼내지 마라."

선규의 표정이 워낙 단호하자 인후는 보일 듯 말 듯 고개를 끄덕였다. 그 얘기는 잠시 접어 둬야 한다고 생각했다.

"그런데 어떻게 일본에 다시 들어올 수 있었지?"

"선생님이 저를 위해 미국 은행 계좌에 넣어 놓은 돈을 썼습니다. 그 나라는 돈만 있으면 안 되는 게 없더군요. 위조 여권을 만들었습니다."

"자, 이제 너는 떠나라. 다시 미국으로 돌아가라."

"선생님은요?"

"내일 황태자비와 같이 경찰에 갈 생각이다."

"네?"

"피신도 생각해 봤지만 올바르지 않은 것 같다. 나는 경찰에서 일본 기자들에게 당당히 요구할 것이다. 그 비밀문서를 공개해야만 비로소 역사에 대한 참된 사과가 이루어지는 거라고 말이다."

"그건 제가 하겠습니다. 제가 하려던 게 바로 그거였습니다. 선생님은 피신하십시오. 저는 황태자비를 살해하고 당당하게 자수할 겁니다."

"넌 안 된다니까!"

선규는 날카로운 목소리로 단호하게 인후의 말을 잘랐다.

"선생님, 제가 가장 존경하는 안중근 의사께서 이토 히로부미를 암살하고 재판정에서 말씀하신 첫 마디가 '나는 우리나라의 국모를 시해한 주역인 이토 히로부미를 용서할 수 없다'라는 것이었습니다. 저 역시 국모의 시신을 불태운 이유를 밝히라고 저들에게 항의할 겁니다."

"그건 안 돼! 무슨 일이 있어도 너는 미국으로 가야 한다. 이건 내가 할 일이야."

"저는 돌아갈 수 없습니다. 만일 선생님이 일본을 빠져나가지 않으신다면 저도 선생님과 같이 당당히 경찰에 가겠습니다."

"안 된다니까."

"아닙니다. 이것은 제가 해야 할 일입니다. 절대로 가지 않겠습니다."

"너는 방해만 될 뿐이다. 전혀 도움이 안 돼. 그리고 네가 있으면 진술도 갈라져. 일본 경찰은 우리를 이간질하고 사건을 조작할 거야. 그러니 어서 떠나거라."

"만약 그것이 이유라면 죽는 한이 있어도 한마디도 하지 않겠습니다."

"으음……."

선규는 인후의 결심이 굳어 있음을 알고 더 이상 이야기하지 않았다.

출동

급히 산을 내려와 덴리로 돌아가던 곤도는 자꾸만 의구심이 생겼다. 문제는 구두였다. 이런 시골에서는 좀처럼 볼 수 없는 우아한 디자인의 하이힐. 게다가 나비 모양의 금제 장식.

'왜 구두를 방 안에 들여놓았을까? 어제는 왜 실내용 슬리퍼를 신고 산책을 나갔을까?'

곤도는 머리를 세차게 흔들어 이런 생각을 떨쳐 버렸다.

의심이 가긴 했지만 자신의 두 눈으로 똑똑히 보지 않았던가. 여자는 목사의 어깨에 너무도 자연스럽게 팔을 두르며 '오빠'라고 불렀다. 더 이상 의심할 여지가 없어진 것이다. 세상에 목사가 황태자비를 납치했을 리도 없거니와 황태자비가 납치범의 어깨에 팔을 두르며 오빠라고 부를 리는 더더욱 없을 것이다.

경시청의 다나카는 초조한 기색을 감추지 못했다. 이제 내일이면 범인이 요구한 시한은 끝난다. 실제 사정이 어떤지는 모르지만 정부에서는 그런 문서도 없거니와 민비의 시체가 왜 불태

　　　　　　　　　　　황태자비 납치사건

워졌는지도 모르겠다는 공식 입장을 밝히고 있는 터였다.

내일 범인은 어떻게 할 것인가. 설마 하면서도 다나카는 간간이 스치는 불안감에 흠칫 놀라곤 했다. 범인은 결코 무도한 자는 아니지만 요구조건이 계속 거절되었으니 마사코를 그냥 돌려보낼 것 같지 않았다. 다나카는 조바심이 나 모리를 불렀다.

"아직 임선규에 대한 신원 정보 들어온 거 없나?"

"없습니다, 경시정님."

"으음……."

쉽지 않을 줄은 알았지만 이렇게 시간이 걸릴 줄 몰랐던 다나카는 답답함을 견딜 수 없었다. 상대방이 외국인 등록을 하지 않고 어딘가에서 일본인 행세를 하고 있다면 그의 소재를 파악하는 것은 결코 쉬운 일이 아닐 것이다. 전국에 범인의 여권 사진을 붙이긴 했지만 너무 오래전에 찍은 것이라 그것도 성과가 없었다. 형사들 역시 오사카 일대에서 범인에 관한 정보를 필사적으로 수집하고 있었지만 아무런 소득이 없었다.

"수색대도 아직 소식이 없나?"

"네."

수색대에는 처음부터 별 기대를 걸지 않았지만 범인이 어떻게 이 전국적인 수색을 피하고 있는지 역시 의문이었다.

"참, 오늘 오후에 곤도 순사로부터 전화가 왔었습니다."

"곤도?"

"네. 의심받지 않을 사람만 수색해 보라고 특별수사본부의 신분증까지 만들어 보냈던 덴리경찰서의 그 순사 말입니다."

출동

"아, 그래!"

"그 친구가 황태자비의 구두에 대해 물어 왔습니다."

"구두? 구두는 왜?"

"아마 어디선가 여자 구두를 봤나 봅니다. 세상에 여자 구두가 한두 켤레겠어요?"

다나카는 미소를 지었다. 의심받지 않을 사람만 수사하겠다면서 굳은 결의를 보이던 그 엉뚱한 순사의 표정이 떠올랐다.

"더 이상 의심할 사람이 없어 이번에는 구두로 옮겨 갔을지도 모르죠."

"그래도 그 성실한 태도는 배울 만해. 수사란 그런 태도에서 출발하는 거야."

"정말 그 점은 인정합니다. 그제는 시장이 화가 나서 전화를 걸어왔더군요. 곤도란 사람이 특별수사본부의 요원이 맞느냐고요. 왜 그러느냐고 했더니, 세상에 시장의 관사까지 조사하겠다고 했대요."

"후후, 정말 대단한 친구군."

"어제는 목사관에까지 갔던 모양입니다."

"시장 관사도 뒤지는 친구가 목사관인들 안 뒤지겠어? 그래 수녀원에는 안 갔대?"

"수녀원까지 갔다간 무엇을 더 알려 달라고 할지 모를 친구입니다."

"가만, 지금 자네 뭐라 그랬나? 목사관이라고 했나?"

"네."

"그 목사관에서 구두를 봤다는 얘기야?"

"네."

"여자 구두를?"

"네."

"분명히 목사관이라고 했나?"

다나카는 아무 말 없이 모리에게 긴장된 표정으로 손가락을 돌려 전화를 거는 시늉을 해 보였다.

"곤도 순사를 연결할까요?"

다나카는 고개를 끄덕였다. 모리는 곧바로 곤도에게 전화를 걸었다.

"네, 곤도 순사입니다."

"나 모리 형산데, 어제 목사관에서 여자 구두를 본 게 맞나?"

"네. 하지만 별것 아닌 일로 밝혀졌습니다. 여자는 목사의 동생이었습니다. 구, 구두는 황태자비의 것과 똑같았지만 말입니다. 그 여자도 도쿄에서 살다가 잠시 내려왔다고 하니, 아마 같은 가게에서 구두를 샀을지도 모르죠."

"하여간 잠깐 기다리게."

잠시 후 다나카와 직접 통화를 하게 된 곤도는 신이 나는 모양이었다.

"제가 창밖에서 확인했는데요, 분명히 나비 모양의 금제 장식이 달린 검은색 구두가 놓여 있었어요. 모리 형사님이 말씀하신 바로 그 구두였죠. 그래서 저는 몸을 숨기고 고개만 내민 채 감시를 계속했습니다. 좀 있으니 목사가 들어오더군요. 목사가 여자에게 뭐라고 몇 마디 했는데 그건 너무 작은 소리라 알아들을 수 없었어요. 조금 후 여자가 목사를 끌어다 옆에 앉히곤 어깨에 팔을 두르며 오빠라고 불렀구요. 틀, 틀림없는 남매였습니다."

"창밖에서 보았다구? 자네가 직접 그 여자의 얼굴을 봤나?"

"얼굴을 직접 보지는……."

"얼굴을 직접 본 건 아니다? 그럼 왜 남매라고 단정하지? 어깨에 팔을 둘러서?"

"모, 목사가 도쿄에서 여동생이 요양차 와 있다고 했어요. 또 그녀가 목사를 오빠라고도 불렀구요. 납, 납치범과 황태자비 사이에는 있을 수 없는 일이잖습니까?"

"음, 그런데 자네는 왜 창밖에서 그 방을 엿보았나?"

"처, 처음에는 좀 이상했습니다. 다다미방인데 구두가 방 안에 놓여 있었거든요. 신발장이 아닌 방 안에 말입니다. 그리고 산책을 나갔다는데 운동화는 그냥 있었구요. 그래서 아무래도 미심쩍어 오늘 다시 거기에 가보았던 겁니다. 아니나 다를까, 슬리퍼가 있더군요. 그러니 어제는 슬리퍼를 신고 산책을 나갔다는 얘기죠."

"그 목사의 이름이 뭔가?"

"하야시, 하야시 목사였어요."

다나카는 하마터면 수화기를 떨어뜨릴 뻔했다. 긴장감이 팔뚝에 팽팽하게 전해졌다. 다나카는 한국에서 임 목사를 만났을 때 그 임이라는 성이 일본과 중국과 한국에서 다 같이 쓰는 성이란 걸 알았다. 임(林)은 일본에서는 하야시, 중국에서는 링, 한국에서는 임이었다.

"음, 그래. 하야시라면 임이 아닌가?"

다나카는 자신에게 다짐하듯 물었다.

"네?"

"아니, 아니네. 그런데 그 목사관은 어디에 있나?"

갑자기 다나카의 목소리가 삼엄해졌다. 곤도는 목사관의 위치를 설명했다. 다나카는 산장의 위치를 확인하고는 서둘러 전화를 끊었다. 그러고는 즉각 관할 파출소에 전화를 걸었다.

"소장, 지금 즉시 목사관으로 올라가는 길을 철저히 봉쇄하시오. 그리고 날랜 순사 두 사람을 보내 상대가 눈치채지 못하도록 목사관에 있는 여자가 황태자비인지 그 여부를 확인하시오. 하지만 절대 경거망동하지 말고, 만약 그 여자가 황태자비로 확인되면 즉시 내게 연락하시오."

전화를 끊는 다나카의 표정이 흥분돼 있는 것을 보자 모리가 의아하다는 듯이 물었다.

"경시정님, 곤도 순사가 분명 남매 사이라고 이미 확인했잖습니까?"

다나카가 하야시라는 성이 한국어로는 임이라는 사실과 범인의 아버지가 한국에서 유명한 임 목사라는 사실을 얘기하자 모리는 그제야 눈이 휘둥그레졌다.

기쿠 마을의 파출소장 무라카미는 전화를 받자마자 신속히 움직였다. 전 순사에게 비상을 걸어 무장을 시킨 뒤 우선 목사

출동   379

관으로 올라가는 길을 봉쇄했다. 그런 다음 그는 두 명의 날랜 순사를 데리고 직접 산장을 향해 걸어 올라갔다. 이미 어둠이 짙게 깔렸지만 순찰차는 소리 때문에 상대방이 동정을 눈치챌 염려가 있었다. 방위청 장교 출신인 파출소장은 기민하게 목사 관 앞 숲길에 도착하자 동작을 멈추었다.

목사관은 어둠에 잠겨 있었다. 소장은 두 순사와 함께 숲을 빙 돌아 건물의 뒤로 다가갔다. 건물 뒤의 주차장에는 두 대의 차가 주차되어 있었다. 한 대는 낯익은 목사의 차였으나 나머지 한 대는 이 지방의 차가 아니었다.

소장은 권총을 꺼내 들었다. 손짓으로 두 순사에게도 권총을 뽑으라고 지시했다. 차분하게 건물의 구조를 파악한 소장은 조 용한 동작으로 움직여 건물 벽에 몸을 밀착시켰다. 그리고 창을 향해 다가갔다.

건물의 앞면에 두 개의 큰 방이 있고 뒤로 두 개의 작은 방이 있었다. 소장은 먼저 뒤에 있는 두 개의 방을 살폈다. 둘 다 비어 있었다. 소장은 건물을 끼고 돌아 앞으로 나왔다. 앞의 두 방 중 하나는 환하게 불이 켜져 있었다. 소장은 달팽이처럼 천천히 움 직여 불이 켜져 있는 방의 창가로 다가갔다. 그리고 고개를 약간 들어 방 안의 상황을 살폈다. 하야시 목사와 또 한 명의 남자가 얘기를 나누고 있었다.

소장은 다시 천천히 움직여 또 하나의 방을 살폈다. 불은 꺼 져 있었지만 방 한구석의 희미한 스탠드 불빛으로 사물을 대충 파악할 수는 있었다. 창을 통해 방 안을 들여다보던 소장은 가

　　　　　　　　　　　황태자비 납치사건

쁜 숨을 몰아쉬었다. 분명 한 여자가 누워 있었다.

하지만 여자는 얼굴을 창의 반대편으로 돌리고 있어 황태자비인지 여부는 알 수 없었다. 소장은 얼굴을 볼 수 있을 때까지 기다리기로 했다. 그리고 여자의 인상착의와 방만을 살펴보았다.

소장은 손짓으로 순사들을 불러 현관문을 지키도록 지시하고는 참을성 있게 기다렸다.

기다리는 동안 소장은 저 여자와 자신의 운명 사이에 가로놓여 있는 기구한 관계를 수도 없이 반추했다. 만약 여자가 황태자비라면 자신은 정녕 천국과 지옥의 갈림길에 서 있는 셈이었다. 이제껏 황태자비가 자신의 관할 구역 안에 납치되어 있었는데도 수색 한 번 안 하고 있었으니 목이 열 개라도 모자랄 지경이었다. 그러나 만약 황태자비를 구출해 내는 데 공을 세운다면 앞으로의 경찰 생활은 탄탄대로일 것이다.

소장은 신중히 몸을 움직여 산장에서 떨어진 곳으로 자리를 옮긴 후 다나카에게 전화를 걸었다.

"다나카 경시정님, 저 무라카미 소장입니다."

"어떻게 됐소?"

"아직 얼굴은 확인하지 못했습니다."

"키는 어느 정도입니까?"

"중키입니다. 약 160센티미터 정도."

"머리 모양은?"

"단발 커트인데 약간 긴 편입니다."

다나카는 숨을 죽이고 책상에 놓여 있는 사건 보고서에서 황태자비의 납치 당시 복장 조견표를 재빨리 훑었다.

"머리핀을 꽂고 있었소?"

"……네."

"무슨 모양이었소?"

"정확하지는 않지만 사쿠라 모양이었던 것 같습니다."

숨을 죽이고 있던 다나카의 입에서 탄성이 터져 나왔다.

"황태자비야! 마사코라구!"

"그런데 이상합니다."

"뭐가요?"

"방문이 조금 열려 있었습니다. 감금된 것 같지 않았습니다."

"무슨 사연이 있어 그런 식으로 감금되었는지는 모르겠지만 황태자비가 틀림없소. 소장은 계속 거기서 감시하시오. 산장으로 가는 도로는 봉쇄했소?"

"물론입니다."

"인근 경찰서에 지원 요청은 내가 하겠소. 소장은 절대로 경거망동하지 마시오. 그냥 감시만 하면 됩니다."

"알겠습니다."

다나카는 소장의 전화를 끊자마자 급히 인근의 몇몇 경찰서에 병력 증파를 요청하고 의료진까지 대기시키도록 했다.

"모리, 헬리콥터를 대기시켜."

"알겠습니다."

다나카는 집무실 침대에서 자고 있는 수사부장을 깨웠다.

황태자비 납치사건

"뭐야? 황태자비를 찾았다구?"

"거의 틀림없습니다. 저는 지금 헬기로 출동하겠습니다."

"어디지?"

"덴리시 옆의 기쿠 마을입니다."

"가만, 나도 같이 가지."

수사부장이 결정적 현장을 놓칠 리 없었다.

"그럼 같이 가시죠."

두 사람이 막 자리에서 일어날 때였다. 전화벨 소리가 날카롭게 울렸다. 다나카가 전화를 받았다.

"다나카입니다."

"저 무라카미 소장입니다."

소장의 들뜬 목소리를 듣는 다나카의 표정이 아연 긴장됐다.

소장은 자신의 발언에 한층 무게를 두려는 듯 다시 한 번 자신을 밝혔다.

"현장의 무라카미 소장입니다."

"알아요. 얘기해요."

"황태자비가 맞습니다. 지금 막 얼굴을 확인했습니다."

"알았어요. 지금 헬기로 가는 중이니 기다리시오. 절대로 움직이지 말고 기다려요."

"알겠습니다."

다나카는 잔뜩 긴장한 채 자신의 얼굴을 뚫어지게 쳐다보고 있는 수사부장에게 말없이 고개를 끄덕였다.

"정말, 정말이란 말이지! 마침내 자네가 황태자비를 찾아냈단 말이지!"

"제가 아니라 곤도 순사가 찾아냈습니다."

"가만. 이럴 게 아니라 총감님께 보고해야지."

수사부장의 목소리는 떨리고 있었다.

"경시정님, 헬기 대기시켰습니다."

모리도 흥분한 얼굴이었다. 헬기로 뛰어가면서 경시총감에게 전화를 거는 수사부장의 목소리는 프로펠러의 진동음에도 불구하고 또렷이 밤하늘로 울려 퍼졌다. 헬리콥터는 깊이 잠든 도쿄의 밤하늘을 맹렬한 속도로 날아올랐다.

'이상한 일이군. 그렇게 쉽게 황태자비를 노출시킬 자가 아닌데. 그것도 곤도 같은 시골 순사에게? 더구나 감금되어 있지 않았다면……'

다나카와 일행을 실은 헬리콥터는 밤하늘의 어둠을 가르고 전속력으로 날아갔다.

비밀 지령

부우우웅.

산장 아래에서 감시 중인 파출소장은 진동이 느껴지자 얼른 핸드폰을 들었다.

"무라카미 소장입니다."

"나 경시감이오."

카리스마가 느껴지는 묵직한 목소리였다.

"아 네, 경시감님!"

"경시청 내 방으로 전화를 걸어 주시오. 교환을 통하시오."

"네, 알겠습니다."

소장은 뭔가 이상하다는 느낌이 들었다. 경시감이 작전 중인 자신에게 전화를 한 것도 이상했고, 교환을 통해 경시청으로 전화를 다시 하라는 것도 범상치 않은 일이었다. 하지만 소장은 경시감이 전화를 걸어왔다는 사실에 흥분했다. 소장은 경시청 교환에게 경시감과의 전화 연결을 부탁했다.

"경시감님, 저 무라카미 소장입니다."

"전화를 끊으시오. 내가 다시 하겠소."

"네? 아, 알겠습니다."

소장은 이 도깨비 같은 상황을 어떻게 이해해야 할지 몰랐다. 하지만 잠시 후 그는 경시감의 의도를 파악했다. 그는 지금 비밀 이야기를 하려는 것이었다. 경시청으로 전화를 걸라고 한 것은 신분 확인을 위한 것일 터였다. 과연 경시감은 즉각 전화를 걸어 왔다.

"수고가 많소. 현장 상황은 어떻소?"

"감시 중입니다. 납치범들은 아직 눈치를 못 채고 있습니다."

"납치범은 몇 명이오?"

"둘입니다."

"황태자비는 어떤 상황이오?"

"혼자 주무시고 계십니다."

"범인들과는 떨어져 있소?"

"그렇습니다."

"그곳의 병력 상황은 어떻소?"

"저 외에 열두 명이 현장을 감시하고 있습니다."

"인원은 충분하군. 그렇다면 지금 바로 작전을 개시하시오."

"네? 다나카 경시정님이 지금 헬기를 타고 이쪽으로 오고 계십니다. 저보고 기다리라고 했습니다."

"소장, 내가 누구요?"

"경시감님이십니다."

"파출소장의 인사권이 누구에게 있소?"

　　　　　　　　　　　　황태자비 납치사건

"물론 경시감님께 있습니다."

"소장은 납치범이 거기에 그렇게 오랫동안 은신하고 있는 동안 도대체 무얼 했소?"

"⋯⋯."

"그게 문제가 되면 소장의 앞날은 어떻게 되겠소?"

"⋯⋯."

"다나카 경시정이 와서 범인을 잡으면 그만 영웅이 될 게 아니오? 반면 당신은 희생양이 되고 마는 거요. 내 말 알겠소? 지금 당장 작전을 개시하시오."

소장은 당황했지만 이내 판단을 내렸다. 자신의 처지에 관한 한 경시감의 안목은 정확했다. 경시감의 말대로 희생양이 될 수는 없는 일이고, 또 경시감의 명령을 거부할 수도 없었다. 게다가 작전은 어려울 것이 없었다. 황태자비는 격리되어 있고, 납치범 둘을 순식간에 습격해 포박하면 상황은 끝이었다. 사실 소장 역시 범인들을 당장 체포하고 싶었지만 만일의 경우를 대비하여 다나카의 지시를 기다리고 있는 중이었다.

"알겠습니다, 경시감님."

"작전이 성공하면 당신은 앞으로 내가 보살펴 주겠소. 내가 정년이 돼도 당신이 경찰에 있는 한, 아니 공무원직에 있는 한 영원히 보살펴 줄 사람들이 많다는 것을 기억하시오."

"알겠습니다. 이 은혜 잊지 않겠습니다."

"그럼 지금 당장 작전을 개시하시오. 그런데 소장이 은밀히 해야 할 일이 있소."

"무슨 일입니까?"

"아무에게도 알리지 말고 소장이 직접 해야 할 일이오."

"……."

"범인들을 쏘아 죽이시오."

"네?"

소장은 소스라치게 놀랐다.

"경시감님, 제 판단에는 범인들을 얼마든지 생포할 수 있는 상황입니다."

"상관없소. 죽이시오."

"경시감님, 하지만……."

"이것은 나를 위한 지시가 아니오. 나라를 위한 거요. 알겠소? 그리고 이 지시 또한 내가 내리는 게 아니오. 이 나라를 이끄는 분들로부터 내려온 거요. 알겠소?"

소장은 다시 한 번 중대한 판단의 기로에 섰다. 이윽고 그는 결심했다. 어쨌거나 자신이 이제껏 통화라도 해본 경찰 인사 중에 가장 높은 자가 바로 경시감이 아닌가. 게다가 경시감은 이 비밀 지령이 자신보다 훨씬 높은 사람들에게서 내려온 거라고 얘기하지 않았는가. 소장은 목소리에 힘을 주어 대답했다.

"지시대로 하겠습니다."

"명심하시오. 반드시 납치범들을 죽여야 하오."

"알겠습니다."

"그리고 이 지시는 절대로 보안을 유지하시오. 당신의 생명을 걸고."

"네."

전화를 끊는 소장의 얼굴에 독기가 서렸다.

한편 밤하늘의 어둠을 가르고 전속력으로 날아가는 헬리콥터 안은 긴장으로 가득 찼다. 모리도 헬기가 현장에 조금씩 가까워짐에 따라 긴장이 되었다. 수사부장은 말할 것도 없었다. 인생을 가르는 너무도 큰 사건이었다.

다나카는 계속 무라카미 소장에게 전화를 걸었으나 통화 중이었다. 중요한 작전을 수행하는 소장이 핸드폰으로 누군가와 통화를 하고 있다는 사실이 마음에 들지 않았다.

"모리, 자네도 이 번호로 계속 전화를 걸어 봐."

두 사람은 계속 핸드폰의 버튼을 눌러 댔다. 이윽고 모리의 전화기에 발신음이 들리기 시작했다. 모리는 핸드폰을 다나카에게 넘겼다.

"다나카 경시정이오. 그쪽 상황은 어떻습니까?"

"……."

소장은 순간적으로 말이 없었다. 다나카의 머리에 퍼뜩 이상한 예감이 스쳤다.

"왜 대답이 없소? 무슨 문제라도 있소?"

"아, 아닙니다."

소장은 당황하고 있었다.

"무슨 일이오?"

"아닙니다."

뭔가 수상함을 눈치챈 다나카가 다그쳤다.

"방금 누구와 통화했소?"

"통화요? 별것 아닙니다."

"누구와 통화했냐니까요?"

"집사람과 통화했습니다."

순간 다나카는 극도의 불안감이 엄습했다.

"거짓말! 소장. 당신 왜 그래? 왜 거짓말을 하는 거야? 도대체 무슨 일이야?"

"아무 일도 없습니다."

"무슨 소리야? 지금 당신은 분명히 거짓말을 하고 있어. 그토록 중요한 현장에서 부인하고 그렇게 오래 통화하는 사람이 어디 있나? 그게 말이나 되는 소리야?"

"……."

"이봐요, 소장. 여기 수사부장님 바꿔드릴 테니까 기다리시오."

핸드폰을 넘기면서 다나카는 날카로운 눈빛으로 수사부장에게 다짐시켰다.

"분위기가 심상치 않습니다. 무슨 일이 있어도 반드시 현장을 지키라고 하세요. 섣부른 짓 했다간 형사처리하겠다구요."

"알았네."

그러나 핸드폰을 넘겨받은 수사부장은 상대방의 목소리조차 듣지 못했다.

"이런, 전화를 끊었잖아! 건방지게 감히 파출소장 주제에 내

황태자비 납치사건

전화를 끊다니!"

수사부장은 벌컥 화를 냈다.

"뭔가 큰 문제가 있는 것이 분명합니다."

다나카는 다시 통화 버튼을 눌렀다. 그러나 전화는 불통이었다.

"모리, 빨리 경시청에 연락해서 초지급으로 이 친구 통화 기록을 뽑으라고 해."

모리는 경시청 통화추적팀에다 대고 고함을 질렀다. 자세한 내용은 몰라도 다나카의 표정과 태도로 보아 대단히 절박한 상황이라는 것을 알 수 있었다. 통화 기록은 금방 확인되어 모리에게 다시 전달되었다.

"아니, 이 번호는?"

그것은 경시청 전화번호였다. 모리는 전화번호를 수사부장에게 내밀었다.

"부장님, 이 번호는……?"

"아니, 경시감님 방이잖아?"

수사부장은 영문을 모르겠다는 듯 다나카를 쳐다보았다.

"경시감님이 현장의 소장에게 격려 전화를 하셨을까요?"

모리의 추측에 다나카는 고개를 가로저었다.

"거기 소장과 통화한 두 번호로 전화를 걸어 봐."

모리가 전화번호를 입력한 뒤 통화 버튼을 누르자 전화는 바로 연결됐다. 다나카는 핸드폰을 건네받았다. 저쪽에서는 말이 없었다.

"경시감님, 다나카 경시정입니다."

당황한 경시감의 목소리가 흘러나왔다.

"아, 다 다나카 경시정! 그래 어딘가?"

"아직 헬기 안입니다. 의외로 시간이 많이 걸리는군요. 현장에 도착하면 다시 전화드리겠습니다."

"알겠네. 수고하게."

전화를 끊은 다나카는 불길한 예감에 사로잡혔다. 다시 소장의 전화번호를 눌렀으나 이미 소장은 핸드폰의 전원을 꺼둔 상태였다.

"아아!"

"아니, 다나카 왜 그러나?"

"이건 격려 전화가 아닙니다. 음모예요."

"음모라니? 무슨 음모?"

"경시감님은 현장 소장과 세 차례 통화했어요. 한 통은 경시청의 전화로. 두 통은 핸드폰으로. 이건 분명 격려 전화가 아닙니다."

다나카는 경시감의 의도가 무엇인지 곰곰이 생각해 보았다.

"한 가지 분명한 게 있습니다."

"그게 뭔가?"

"소장이 제 지시와는 반대로 행동할 거라는 사실입니다."

"뭐라구?"

"그렇지 않고서야 부인과 통화했다고 거짓말을 할 리도 없고 핸드폰을 꺼둘 리도 없죠. 나를 피하고 있다구요. 음, 아마 경시

황태자비 납치사건

감님이 무엇인가를 지시했을 겁니다. 무슨 지시를 했을까요? 작전을 개시하라구? 아니, 그런 정도는 아닐 테고. 그렇다면 황태자비를? 아니 그것도 아니지. 그렇다면?"

다나카는 이번 사건이 정치적인 의도와 연관되어 있음을 상기했다.

"어쩌면 경시감님이 범인을 살해하라고 지시하셨을지도 모르겠군요."

"범인을 살해하라구요? 지금 범인들이 인질극을 벌이고 있답니까?"

"그건 모르겠어. 아니, 그럴 리는 없어. 범인이 인질극을 벌이고 있는데 그자를 살해하라고 명령할 수는 없지. 이건 현장에 없는 사람이 그렇게 함부로 명령할 수 있는 상황이 아니야. 상황은 아까와 똑같아. 적어도 아직까지는."

다나카는 직감적으로 사태를 파악했다. 수사부장은 경시총감에게 전화를 해 상황을 알렸고, 이후 경시총감은 총리에게 보고했을 것이다. 그리고 총리는 또다시 누군가에게 알렸을 테고, 그 누군가가 경시감을 통해 지시를 내렸을 것이다. 범인의 요구 사항을 묵살하던 정부의 태도가 결국 이렇게 나타난 것이었다.

'대체 그 한성공사관발 제435호가 뭐기에?'

그러고 보니 그간 황실의 태도도 이상했다는 생각이 들었다. 범인이 그 문서를 밝히라고 요구한 다음부터는 경찰에 대한 황실의 채근이 부쩍 줄어들었다. 총리 역시 언젠가부터 입을 다물지 않았던가. 처음에는 외무차관에 대한 수사 명령까지 내렸던 총리가 언젠가부터 입을 다물어 버렸다.

정치. 지금 이 상황은 정치와 관련된 조치였다. 다나카는 맥이 풀렸다. 두 길 중 어디로 가야 할지 판단이 서지 않았다. 정부는 납치범이 잡힌 후 그의 범행 동기와 비밀문서 등이 세상에 알려질 것을 극도로 꺼리고 있음이 분명했다. 납치범은 애초부터 이것을 노리고 있었을지 모를 일이었다. 이렇게 쉽사리 곤도 순사한테 노출당할 납치범이 아니지 않은가. 그렇다면 모른 체하고 정부의 선택을 지켜 주어야 할 것인가. 그러나 다나카의 가슴속에서는 또 하나의 길이 선명하게 드러났다. 그것은 그가 평생을 가슴에 품고 살아야 할 수사관으로서의 길이었다.

실체적 진실 발견.

수사관의 길은 정치와는 다른 쪽으로 나 있었다. 다나카는 그것이 어떤 사건이든 수사관에게는 진실 규명 외에는 다른 길은 없다고 믿었다. 오늘 자신이 암암리에 전개되는 음모를 알고도 외면한다면 앞으로 자신은 어떤 진실로부터도 자유롭지 못할 것임을 깨달았다.

'범인 살해를 저지해야 한다.'

결심을 굳힌 다나카는 곰곰이 방법을 생각했다. 그러나 현장 소장은 아예 전화를 꺼놓고 있는 것으로 보아 지금이라도 당장 작전을 개시할지 모를 일이었다. 가슴이 탔다.

"모리, 소장에게 계속 전화해 봐."

"계속 하고 있는 중입니다. 그러나 아예 전화기를 꺼놓아서 연락이 되지 않는데요."

황태자비 납치사건

'방법이 없을까?'

그러나 속수무책이었다.

"모리, 헬리콥터가 바로 착륙할 수 있도록 현장의 위치를 다시 자세히 확인하게."

"알겠습니다."

그러나 헬리콥터는 아직 한참을 더 날아야 기쿠 마을에 도착할 것이다.

'그 방법이 있지 않은가. 하지만……'

결국 다나카는 이를 악물었다. 일생일대의 결단을 내려야 하는 순간이었다.

"부장님!"

수사부장은 다나카의 비장한 목소리에 긴장했다.

"경시감님은 소장에게 범인을 살해하라고 지시한 것이 분명합니다. 이것은 작전지시가 아니라 살인 지령입니다."

"……"

"이 살인 지령을 막아야 합니다."

"그러나 방법이 없지 않나. 소장이라는 놈은 전화기를 꺼놓고 있다면서. 현장 상황은 어떨까?"

"아직은 그대로일 겁니다. 곤도 순사의 보고나 소장의 보고를 종합해 보면 범인은 황태자비를 자유롭게 해주고 있습니다. 황태자비는 지금 독방에서 혼자 주무시고 계십니다. 소장은 그 후로 지금까지 현장을 감시하고 있구요. 인질극이라도 벌어졌다면 소장은 얼씨구나 하고 저에게 보고했을 겁니다. 범인을 죽일 명분이 생겼으니까요."

"그런데 살인 지령을 막을 방법이 있나?"

"네, 있습니다. 문제는 수사관으로서의 가치판단입니다."

"가치판단이라구?"

"그렇습니다. 이것은 분명 작전이 아니라 살인입니다. 그 사실을 아는 한 우리에게는 살인을 저지해야 하는 책임이 있습니다. 부장님, 도와주십시오."

"어떻게 도우면 되겠나?"

"눈을 감고 귀를 막으십시오. 그래야 나중에 문제가 되더라도 부장님이 안전하실 수 있습니다. 모리, 자네도 눈을 감고 귀를 막게."

"알겠습니다."

다나카는 핸드폰을 꺼냈다.

"기쿠 마을의 목사관이 몇 번입니까?"

수사부장과 모리는 순간 놀라움을 감추지 못했다.

"다나카, 무슨 짓을 하려는 거야?"

그러나 다나카는 묵묵히 교환이 일러 준 전화번호를 눌렀다.

우리의 방식

소장은 산길 아래의 순사들을 불러 모았다. 순사들은 잔뜩 긴장한 상태로 어둠 속에서 몸을 움직였다. 모두 모인 것을 확인한 소장은 나이 든 순사들을 골라냈다.

"작전이 시작되면 황태자비 전하의 방 앞을 지켜라."

그리고 건장한 순사들만 남자 소장은 특이한 작전명령을 내렸다.

"10미터 뒤에서 나를 따르라. 만약 범인들이 총기를 휴대하고 있다면 집중 사격하라."

소장은 순사들과 나란히 가면 범인을 죽일 수 없을지도 모른다고 생각했다.

"소장님, 저희가 바로 뒤따라가는 게 안전할 텐데요."

"아니야. 여럿이 있으면 오히려 우왕좌왕하게 돼."

순사들은 이해할 수 없는 소장의 지시에 고개를 갸우뚱했다.

소장은 권총을 집어넣고 한 순사의 자동소총을 건네받았다.

"반드시 10미터 거리를 유지해."

그래야만 자신의 행동에 부하들이 걸림돌이 안 될 것이었다.

소장은 탄창을 점검하고 출입문을 향해 한 걸음 한 걸음을 조심스럽게 나아갔다.

따르르릉.

선규의 눈이 전화기에 고정되었다. 인후 역시 선규를 쳐다보면서 의아한 표정을 지었다.

"누구죠, 이 늦은 시간에?"

인후는 고개를 가로저었다. 받지 말라는 뜻이었다.

따르르릉.

벨은 그치지 않았다. 선규는 잠시 기다리다 수화기를 들었다.

"하야시 목사입니다."

수화기에서는 긴박감이 느껴지는 목소리가 흘러나왔다.

"내 말을 잘 들으시오. 나는 수사본부의 다나카 경시정이오. 밖에 경찰이 깔렸소. 그들은 당신들을 죽이려 하오. 잘 생각하시오. 당신들을 체포하는 게 아니라 죽이려 한단 말이오. 내가 갈 때까지만 버티시오."

선규는 손짓으로 인후에게 밖을 가리키며 급히 불을 껐다. 고개를 조금 내밀어 밖을 내다보던 인후의 안색이 순간 경직되었다. 어둠 속에 천천히 발걸음을 옮기는 한 무리의 사람들이 보였던 것이다. 인후는 급히 선규의 옆으로 다가왔다.

"선생님, 어떻게 된 일입니까?"

"모르겠어. 다나카 경시정이라는 자의 말로는 저들이 우릴 죽

　　　　　　　　　　　　　　황태자비 납치사건

이려 한다고 했어."

"그럴지도 모릅니다. 아니, 틀림없이 그럴 겁니다. 생포하기보다는 우리를 죽이는 게 저들로서는 편할 테니까요."

"으음……."

선규는 어떻게 해야 할지 판단이 서지 않았다. 이미 여기까지 올라왔다면 온 산에 병력이 쫙 깔렸을 것이다. 이때였다. 갑자기 인후가 후닥닥 일어나 옆방으로 나 있는 문의 고리를 잡아 비틀었다.

우지직.

인후는 문을 거칠게 밀어젖혔다.

"어머나!"

잠에서 깬 마사코는 갑자기 뛰어들어 온 인후를 보자 아연실색했다. 인후는 언제 꺼냈는지 날이 예리하게 선 칼을 손에 들고 있었다. 마사코는 놀란 중에도 평정을 잃지 않으려 애썼다. 선규가 황급히 뛰어들어 와 인후의 팔을 잡았다.

"무슨 짓이냐!"

"차라리 잘됐어요."

"……."

"저놈들이 우리를 죽이려 한다고 그러셨죠? 잘됐습니다. 내일까지 기다릴 필요조차 없습니다."

"무슨 얘기야?"

인후의 목소리에는 살기가 느껴졌다.

"지금 황태자비를 처단해야 합니다. 우리가 죽기 전에 말입니다. 이대로 죽으면 그야말로 개죽음입니다. 우리는 또다시 비웃음거리가 되고 맙니다."

"뭐라구?"

"제가 미국으로 떠날 때 선생님도 약속하지 않았습니까?"

선규의 뇌리에는 인후에게 했던 약속이 되살아났다. 하지만 일이 실패할 경우 황태자비를 살해하겠다는 약속은 인후를 미국으로 보내기 위한 방편에 불과했다.

"저는 선생님이 결코 황태자비를 죽일 수 없다는 것을 잘 알고 있습니다. 그래서 제가 돌아온 겁니다."

"안 돼!"

선규는 천천히 몸을 돌려 마사코의 앞을 가로막았다. 마사코의 눈에 눈물이 맺혔다. 마사코는 자신도 모르게 납치범의 손을 잡았다. 그러자 선규의 두터운 손등을 타고 따스한 체온이 전해져 왔다. 선규는 재빨리 팔을 뻗어 스탠드를 껐다. 경찰이 분간 없이 난사할까 두려웠던 것이다.

"선생님, 비키세요. 저는 반드시 황태자비를 죽여야만 합니다."

인후의 눈에는 독기가 어려 있었다. 선규는 눈을 감았다. 맞잡은 손을 통해 황태자비가 가늘게 떨고 있는 것이 느껴졌다. 처음 가부키자에서 황태자비를 납치할 때부터 자신의 어깨에 스스럼없이 팔을 두르며 오빠라고 부르던 황태자비의 모습까지 파노라마처럼 떠올랐다.

"인후야. 황태자비는 선량한 일본인을 대표하는 사람이다."

"압니다. 저도 충분히 압니다. 하지만 어쩔 수 없습니다. 그냥 돌려보낼 수는 없습니다."

"그러면 어떻게 하겠다는 거냐?"

"죽여야만 합니다. 선생님, 제발 허락해 주십시오. 황태자비를 그냥 돌려보내면 한국인은 다시 한 번 비겁한 존재가 됩니다. 선생님, 제발 이번만은 해야 합니다."

절규에 가까운 애원을 하면서 인후는 몸을 돌려 창밖을 돌아보았다. 경찰관들이 창을 통해 안을 감시하고 있었다. 소장은 총을 겨누고 있긴 했으나 황태자비 때문에 총을 쏠 수는 없었다.

인후가 칼을 빼든 이상 경거망동할 수는 없었다. 다만 소장은 쉴 새 없이 정조준을 하느라 몸을 이리저리 움직였다.

인후는 한 걸음 한 걸음 황태자비에게로 다가가 그녀의 등 뒤로 돌아갔다. 그리고 날카로운 칼날로 황태자비의 목을 겨누었다. 황태자비는 선규의 손을 꽉 쥐었다. 선규는 인후를 자극하지 않도록 침착한 목소리로 말했다.

"인후야! 이건 아니다. 우리는 황태자비를 살려 보내야 해. 그게 우리가 할 도리야."

"선생님, 그렇게 비겁하고 위선적으로 말씀하지 마십시오. 명성황후의 비참한 최후에 비길 만큼 일본 황태자비 역시 죽어야 합니다. 그것이 바로 우리 역사가 원하는 겁니다."

"역사가 원한다고?"

"그렇습니다."

"그건 잘못된 생각이야. 역사는 복수로 치유되지 않아."

"선생님, 저는 역사의 복수를 하려는 게 아닙니다. 우리 한국인들의 비겁함에 복수하고자 하는 겁니다. 100년 전 외국의 공사가 제 나라 임금을 꾸짖어도 고개조차 못 들던 고관들. 의거를 치른 안중근 의사를 죽이라고 데모하던 비겁한 군중들. 나라의 위신이 깎이고 민족의 정기가 훼손돼도 경제 때문에 아무것도 할 수 없다는 오늘날의 정치인, 관리, 경제인들. 역사 왜곡이 나와 무슨 관계가 있느냐며 오로지 연예인에게만 환호하는 한심한 젊은이들. 저는 황태자비를 죽이고 저 역시 죽음으로써 그 비겁함에 참회하고자 하는 겁니다."

"인후, 너는 우리 한국인들이 비겁하다고 생각하는 거냐?"

"물론입니다. 일본인들을 보십시오. 민비를 죽이러 간다니까 군인과 경찰은 말할 것도 없고 낭인에서부터 거류민에 이르기까지 온갖 잡배들이 다 나서서 왕궁으로 달려가지 않았습니까? 반면 궁궐을 지키던 우리 병사들은 모두 달아나 버렸습니다. 지금은 어떻습니까? 일본인들은 툭하면 주일 한국대사관에 난입해 태극기를 불태우지만 주한 일본대사관에서 일장기가 불태워진 적이 있습니까?"

인후의 얼굴은 울분이 넘쳐 벌겋게 달아올랐다.

"아니다. 나라와 사회에 대한 한국인들의 열정은 결코 일본에 뒤지지 않는다. 한국 청년들의 에너지 역시 일본의 어느 시대 어느 청년들도 따라올 수 없는 것이다. 격랑의 한국 현대사만 봐도 사회 정의와 민주화에 대한 젊은이들의 폭발적인 열망은 세계 역사상 유례가 없을 정도였다. 지난 민주화 운동기에 서울을 꽉 메운 학생과 시민들의 물결을 보며 나는 얼마나 눈물을 흘렸

황태자비 납치사건

는지 모른다. 프랑스대혁명인들 이랬을까 싶었고 우리나라가 자랑스러웠다. 지금 경제적인 난관을 극복하느라 다들 힘들어하지만 한국인들의 저력은 틀림없이 세계사에 우뚝 그 모습을 드러내고 말 거다."

인후는 선규의 설득에도 불구하고 자신을 추스르듯 단호하게 말했다.

"선생님이 무슨 말씀을 하셔도 저는 우리나라의 비겁함을 받아들일 수 없습니다! 선생님도 인정하십시오! 한국인은 정말, 정말 비겁하다는 사실을요! 영원히 일본인 같은 용기를 가질 수 없다는 사실을 말입니다!"

선규는 긴 한숨을 내쉬었다. 잠시 망설이던 그는 단호한 표정으로 입을 열었다.

"그래? 비겁함이라면 한국인을 지칭할 필요조차 없다. 그 비겁한 피는 바로 나의 혈관에 흐르고 있으니까."

"선생님, 그런 말씀 마세요. 선생님이야말로 누구보다 용감하신 분입니다."

"아니다. 내게는 왕궁을 버리고 도망친 증조부도 있고 독재 군인을 위해 기도회를 열어 주던 아버지도 있다. 내가 내 핏줄의 비겁함 때문에 얼마나 많은 밤을 괴로워했는지 너는 모른다. 조국을 버리고 여기 일본으로 올 수밖에 없었던 것도 다 그 때문이었다. 나도 너처럼 조국을 증오했고 한국인들을 미워했다. 그러나 나를 그 깊은 절망의 심연에서 이끌어 내준 사람이 있었다."

"……"

"그 사람이 바로 인후 너였다. 나는 컴컴한 바다에서 등대를 발견하듯 너의 아버지와 고조부의 궐기에서 우리 역사의 맥은 끊어지지 않았다는 것을 느꼈다. 아니, 끊어지기는커녕 보이지 않는 곳에서 면면히 이어져 내려오고 있다는 사실을 생생히 깨달았단 말이다. 오로지 국모를 구하겠다고 몽둥이를 들고 궁궐로 올라온 너의 고조부, 보아줄 사람 하나 없는 병영에서 '전두환 물러가라' 외치며 그 꽃다운 목숨을 초개같이 버린 너의 아버지. 모두 힘없고 가난한 분들이셨지만 나는 오히려 내 아버지나 증조부가 그분들의 영웅적 행위에 필요한 들러리인 걸 깨달았다."

"……."

"진정한 용기는 남을 죽이는 데 있는 게 아니다. 너의 아버지도 너의 고조부도 네가 황태자비를 살해하는 걸 바라지 않으실 게다. 명성황후를 한칼에 살해하는 건 일본인들의 방식이지 절대 우리 한국인의 방식이 아니다. 그건 용기가 아니란 말이다."

인후의 얼굴에 쓴웃음이 번졌다. 황태자비를 겨눈 칼끝이 미세하게 떨리고 있었다.

"선생님, 황태자비를 그냥 놔주는 것이 한국인의 방식이라면 그렇게 하지요. 한국인들은 이제 또 그렇게 잊어버리고 살아가겠지요. 그러나 선생님, 누가 뭐래도 한국인은 역사 앞에 비겁했습니다. 한국인의 굴욕적인 역사가 그 비겁함의 결과가 아니고 무엇입니까? 선생님, 용기는 자유를 주지만 비겁함은 굴종을 가져올 뿐입니다."

그 말이 끝나는 순간, 갑자기 인후는 자신의 목을 칼로 찔렀다.

황태자비 납치사건

"윽!"

"안 돼!"

"아아!"

마사코는 비명을 지르며 두 손으로 얼굴을 가렸다.

선규가 인후의 손을 잡았지만 이미 목에서는 피가 콸콸 솟고 있었다.

"인후야!"

인후는 몸을 덜덜 떨었다.

"선생님, 죽음으로라도 우리 한국인의 비겁함에 참회할 수 있다면…… 저는 백번이라도 죽겠습니다."

선규는 인후의 목을 끌어안았다. 그의 눈에서는 쉴 새 없이 눈물이 흘러내렸다. 인후는 계속 몸을 심하게 떨면서 희미해져 가는 눈길로 선규의 눈을 응시했다.

"선, 선생님, 저, 저는 정말 황태자비를 죽여야 한다고…… 겨, 결국 이렇게……."

"미안하다, 인후야."

인후의 얼굴 위로 선규의 눈물이 떨어졌다. 바로 그때였다.

쨍그랑!

유리창이 깨지면서 총성이 울렸다. 창가에서 인후에게 정조준을 하고 있던 소장이 방아쇠를 당겼던 것이다.

"으윽!"

인후는 탄환이 복부에 박히면서 선규의 팔에서 미끄러졌다.

"인후야!"

선규가 인후에게로 몸을 기울임과 동시에 두 번째 총탄이 날아왔다.

하지만 선규가 몸을 기울인 탓에 탄환은 그를 맞히지 못하고 빗나갔다.

"안 돼!"

마사코의 비명이 총성에 뒤이어 어두운 밤하늘에 울려 퍼졌다. 소장은 재조준을 하려다가 황태자비가 납치범의 앞으로 나서 가로막자 흠칫 놀랐다.

"쏘지 말아요!"

하지만 독기가 오른 소장은 다시 조준을 했다. 이제 한 사람만 더 처치하면 자신의 임무는 훌륭하게 완수되는 것이었다.

"안 됩니다. 소장님. 너무 위험합니다. 잘못하면 황태자비 전하께서 다칠 수 있습니다."

하지만 소장은 경찰관들의 만류를 뿌리치고 납치범을 겨냥했다. 인후는 몸을 떨면서 간신히 입술을 움직였다.

"서, 선생님, 이, 이 칼로 황태자비의 모, 목을 겨누십시오. 그, 그래야 저, 저놈들이 초, 총을 쏘, 쏘지 못할……."

그러나 선규는 조용한 동작으로 인후의 칼을 손에 쥐더니 멀리 던져 버렸다.

이미 방문 앞에까지 온 소장은 총을 문에 대고 몇 발을 더 쏘았다.

탕탕탕!

요란한 총성과 함께 문고리가 떨어져 나갔다. 소장은 득의양

황태자비 납치사건

양한 웃음을 지으며 문을 발로 차버렸다. 그리고 자동소총을 권총으로 바꿔 쥐고 방으로 뛰어들었다. 다른 순사들도 소장을 따라 우르르 뛰어들었다.

"어서 황태자비 전하를 모셔."

납치범의 손에 아무런 흉기도 없는 것을 확인한 소장은 의기양양했다. 이제 하나 남은 납치범을 향해 방아쇠를 당기기만 하면 모든 것은 끝이었다.

순사들이 황태자비를 둘러싸려는 순간 소장의 뺨에 불이 일었다.

"살인자!"

황태자비였다. 소장이 당황한 사이 황태자비의 목소리가 이어졌다.

"여러분은 이 사람들을 보호하세요! 저항할 수 없는 이들을 살해하면 누구든 내가 그냥 두지 않을 겁니다!"

소장은 뜻밖의 상황에 놀랐지만 빠른 속도로 머리를 굴렸다. 지금 와서 포기하면 이도저도 아니란 생각이 들자 소장은 기필코 납치범을 처단해야 한다고 생각했다. 경시감의 지시대로 하는 것만이 자신이 살아날 길이었다. 오랜 기간 인질로 잡혀 있었던 황태자비의 지시는 불복한다 해도 얼마든지 변명할 수 있을 것이고, 이 대립 상황만 끝나면 황태자비가 다시 납치범에 대해 뭐라고 할 수는 없을 것이다.

"전하를 둘러싸!"

순사들은 순식간에 황태자비를 감쌌다. 어떤 상황이 벌어질지 누구의 명령을 들어야 할지 몰랐지만 황태자비를 보호하는 것이 무엇보다도 중요하다는 것은 분명했다.

순사들이 비킨 틈 사이로 소장의 총구가 선규를 겨누었다. 소장은 바로 방아쇠를 당겼다.

탕!

선규는 순간적으로 몸을 돌렸지만 왼팔에 총알이 맞았다.

"윽!"

선규는 신음과 동시에 쓰러져 있는 인후를 온몸으로 덮었다.

"서, 선생님……."

인후는 선규의 몸에 덮인 채 절명했다.

"안 돼!"

선규의 절규에 이어 또 한 방의 총소리가 울렸다.

탕!

마사코는 울부짖으며 눈을 감았다. 도저히 있을 수 없는 상황이 눈앞에서 벌어지고 있었다. 이것은 구출 작전이 아니었다. 잔혹한 살인이었다.

납치범은 마사코에게 언제나 최대한의 예의를 갖추었다. 아니, 그것은 단순한 예의가 아니었다. 인간에 대한 기본적인 사랑이고 비록 기묘하긴 했지만 자신과의 인연에 대한 애정이었다. 그런데 오히려 경찰이 그런 납치범을 무참하게 살해했다는 사실에 마사코는 울부짖지 않을 수 없었다.

마사코는 두 눈을 부릅떴다. 그러나 그녀의 눈에 들어온 것은 꿈같은 상황이었다. 쓰러진 사람은 납치범이 아니라 소장이었던

황태자비 납치사건

것이다. 더욱 놀라운 것은 다나카가 바로 눈앞에서 자신을 바라보고 있다는 사실이었다.

"다나카!"

"황태자비 전하, 이제야 왔습니다. 용서하십시오."

"아아!"

마사코의 입에서는 자신도 모르게 한숨이 흘러나오면서 다나카의 품에 쓰러졌다. 다나카는 대기시킨 앰뷸런스 요원들에게 조심스럽게 그녀를 인도하고는 납치범에게로 눈길을 돌렸다. 마사코를 바라보는 그의 눈길에는 안도감이 담겨 있었다.

선규는 피가 흐르는 자신의 팔은 아랑곳하지 않은 채 죽은 인후의 곁을 떠나려 하지 않았다. 선규는 또다시 반복되는 역사의 악연 앞에 무력한 자신이 절망스러웠다. 자신이 한국인이라는 것을 부정하고 싶었던 지난날처럼 인후 역시 우리의 굴욕적인 역사를 감당할 수 없었으리라.

그렇다. 비록 인후가 자신의 목에 칼을 들이댔지만 그것은 역사 앞에 비겁했던 한국인 모두를, 아니 복수의 역사를 거부하는 선규를 겨눈 것인지도 모른다. 선규는 아직 뜨거운 인후의 몸을 부둥켜안은 채 마음속 깊이 약속했다.

'인후야, 너의 죽음은 지난 세월의 굴욕과 울분의 역사를 마감하는 증거다. 이제 우리는 절대 역사 앞에 등을 돌리는 일이 없을 것이다. 또한 역사 앞에 눈을 감는 자들에게 진실을 보여주겠다. 인후야, 이제 새로운 싸움을 시작하마.'

435호를 숨기고 있는 자

동궁으로 돌아온 황태자비는 황제 이하 모든 사람들로부터 위로를 받았다. 특히 남편인 황태자는 몸둘 바를 몰랐다. 이제껏 납치범을 잡지 못한 것은 그렇다 치더라도 납치범의 요구에 대해 황실이 내각을 움직이지 못한 데 대한 미안함이었다. 그러나 황태자비는 이에 대해 불평하지 않았다. 총리도 수없이 고개를 숙였지만 황태자비는 잔잔한 미소로 대했을 뿐이다.

그러나 황태자비는 이 문제를 결코 마음속에서 떠나보내지 않았다. 황태자비는 납치범의 태도에 인간적인 신뢰를 갖게 되었음은 물론 명성황후의 비극적인 죽음도 잊어버릴 수가 없었다.

특히 김인후의 죽음은 황태자비의 가슴에 커다란 파문을 일으켰다. 아니, 그것은 반란이라고 할 수 있을 정도였다. 이 반란의 정점에서 황태자비는 황태자와 정면으로 마주 앉았다.

"만약 전하께서 저를 이 나라의 황태자비로 생각하신다면 한성공사관 435호 전문이 어떤 내용인지 알려 주셔야만 합니다.

황태자비 납치사건

아니면 저는 평생 이 나라의 주인이라는 생각을 하지 못할 겁니다."

"태자비, 나도 가슴이 아프오. 하지만 천황께서도 그 전문의 내용에 대해서는 아무런 말씀이 없으시오."

"이 나라에 저의 목숨보다 중요한 비밀이 있다는 사실은 받아들일 수 있으나, 황태자비인 제가 그 비밀을 알아선 안 될 사람이라는 사실은 받아들일 수 없습니다."

"천황께서는 들추어내서는 안 될 역사의 비밀이라 하셨소."

"전하, 역사에 있어 가장 중요한 것은 사실이라고 생각합니다. 사실이 잘못되었다면 당연히 바로잡아야죠. 과거에 침묵하는 자에게는 미래가 없습니다."

"으음."

황태자는 단호한 표정으로 말문을 열었다.

"사실은 내가 따로 알아보았소."

"그래, 무슨 내용이던가요?"

"안타깝게도 내용은 제대로 찾아볼 수 없었소. 다만 그것이 민비 시해 당시 조선의 내부 고문관이었던 이시즈카 에조라는 사람의 비밀 보고서라는 정도만 천신만고 끝에 알아냈을 뿐이오."

마사코는 문서 작성자의 이름이라도 알아냈다는 사실에 만족할 수밖에 없었다. 그녀는 외무성에서 근무했던 경력 덕분에 자료 추적에는 일가견이 있었다. 일단 이시즈카 에조라는 이름을 알아낸 마사코는 곧바로 자신이 동원할 수 있는 모든 인원을 진

두지휘하며 열정을 쏟아 냈다.

마사코는 기록상에 나타난 이시즈카 에조의 모든 보고서를 검토했지만 전문 435호의 존재는 확인할 수 없었다. 하지만 결코 포기할 수는 없었다.

마사코는 이시즈카 에조의 이력을 유심히 살폈다. 이시즈카 에조는 조선에 가기 전 법제국의 참사관이었고, 일본으로 돌아온 후에도 법제국에서 근무했다. 이시즈카 에조의 이력에서 법제국이라는 단어를 보는 순간 마사코의 머리를 얼핏 스치는 게 있었다.

'다카하시 교수!'

다나카는 오전 동안 황태자비가 휴식을 취하도록 기다린 후, 피해자 진술을 듣기 위해 동궁을 찾아갔다.

"황태자비 전하, 거듭 사과드립니다. 일찍 납치범을 검거하지 못하고……."

황태자비는 손짓으로 다나카를 만류했다. 대략의 진술이 끝나자 황태자비는 수행비서마저 물리치고 다나카와 마주 앉았다.

"다나카 선배, 아직 저를 후배로 생각하나요?"

"물론입니다."

"그러면 우리 허심탄회하게 이 사건을 정리해 볼까요? 수사관과 황태자비의 관계가 아닌, 예전처럼 정의를 추구하고 우리나라가 나아가야 할 길을 토론하던 시절로 돌아가서 말이에요."

다나카는 고개를 끄덕였다. 황태자비 본연의 기질이 나타난다고 생각하자 예전의 추억이 떠올랐다. 황태자비는 무엇보다도 허위를 싫어하는 강직한 성격이었다. 학문 토론에 있어 그녀의 섬세함은 진리 추구의 날카로움으로 나타나곤 했다.

"저는 이 사건의 주범인 임선규 목사의 인격에 감동했어요."

다나카는 묵묵히 고개를 끄덕였다.

"그의 범행 동기는, 아니 앞으로 나는 범행이니 납치범이니 하는 말은 쓰지 않겠어요. 그는 범죄자가 아니니까요."

다나카는 여전히 침묵했다.

"그가 이번 일을 결행한 동기는 바로 우리 일본의 잘못된 역사교과서 검증 때문이에요. 다나카 선배는 문제가 된 그 교과서에 대해 어떻게 생각하나요?"

"……."

"선배, 제발 옛날처럼 얘기해요, 우리."

다나카는 마사코의 얼굴에 간절히 어려 있는 진실과 정의에 대한 욕구를 읽었다. 그녀는 진정 진실과 올바름에 목말라하고 있는 것이었다.

"문제가 많다고 생각합니다."

"나는 납치되어 있는 동안 후소샤의 새 역사교과서를 읽어 봤어요. 그 교과서에는 전쟁을 옹호하는 분위기가 가득 차 있어요. 게다가 정신대라는 단어조차 없어요. 일본의 한국 침략을 옹호하고 한반도는 원래 일본 땅이니 언젠가는 찾아야 한다는 논조가 은연중에 숨어 있어요. 그렇게 허위와 야욕으로 가득 찬 것이 우리나라의 교과서가 될 수 있단 말이에요? 그것은 결코 우리 일본을 위한 일이 아니에요."

"국내에서도 반대가 많습니다. 지식인들이 교과서 채택 반대 운동도 벌이고 있습니다."

"문제는 정부와 언론이에요."

"……."

"이런 일이 벌어지는 한 일본은 세계적으로 고립될 수밖에 없어요."

"……."

"나는 이번 사건을 겪으면서 절대로 그냥 방관해서는 안 된다고 생각했어요."

"……."

"그래서 나는 임선규 목사를 돕기로 결심했어요."

"네? 뭐라구요?"

"그들의 행동이 범죄가 아니라는 사실을 분명히 밝히겠어요."

"안 됩니다. 그들은 분명히 황태자비 전하를 납치했습니다. 우리 일본의 황실을 유린하고……."

"아니에요! 나는 납치당하지 않았어요. 나는 그들에게 동조했어요. 나 스스로 그들과 함께 있었던 거예요."

다나카는 소스라치게 놀랐다. 그는 급히 문을 열고 주변을 둘러봤다.

"목소리를 낮추세요. 그런 말이 퍼져 나가면 황실은, 아니 우리 일본은 붕괴되고 맙니다."

"황실의 붕괴나 일본의 붕괴보다 더 중요한 것이 진실이에요.

　　　　　　　　　황태자비 납치사건

우리 정부가 이런 허위를 주장하고 있는 한 차라리 붕괴되는 게 나을지 몰라요. 내가 아는 진실은, 그들은 절대 범죄자가 아니라는 거예요."

다나카는 얼굴을 찌푸렸다. 황태자비의 각오는 확고했다. 그녀는 이제 황실의 꽃에서 다시 대학 시절의 마사코로 돌아가고 있었다.

"나는 재판에서 그들의 증인으로 설 거예요."

이제 황태자비는 극언도 마다하지 않았다. 다나카는 만약 황태자비의 말대로 된다면 어떤 일이 일어날 것인가 하는 생각만으로도 끔찍했다. 우선 황태자비는 폐비가 될 것이다. 그리고 납치범과 황태자비의 관계에 대해 수많은 억측이 분분할 것이다. 결과적으로 일본은 쑥대밭이 되고 말 것이다. 그러나 대학 시절의 그녀가 보여 준 모습을 생각해 보면 지금 황태자비는 그런 걸염두에 둘 사람이 아니었다.

"마사코, 그건 안 돼."

다나카의 입에서 자신도 모르게 마사코라는 이름이 튀어나왔다. 이제 다나카는 모든 사회적 굴레를 벗고 진지하게 한 인간으로 마사코와 마주 앉은 것이다.

"그들을 돕지 않고 그냥 있을 수는 없어요. 한 인간의 길이 황실의 길보다 더 중요해요. 선배도 결국 그렇게 하고야 말았잖아요. 그래서 그들에게 전화를 해줬던 것 아니에요?"

"그래, 하지만 지금 마사코가 얘기하는 식으로 그들을 도울수는 없어."

"그럼 가만있으라는 말이에요? 또다시 허위의 가면을 쓰고 역사를 왜곡하는 자들과 똑같이 되란 말이에요?"

"……."

"선배, 한 가지 약속해 줘요."

"무엇을 약속하란 말이야?"

"내가 방법을 찾아내면 그 실행은 다나카 선배가 해줘요. 어떤 일이든지요."

다나카는 마사코의 눈을 정면으로 응시했다. 도저히 거절할 수 없는 눈빛이었다.

"그래, 약속하지."

다나카는 직감적으로 마사코가 뭔가 밝혀냈다는 것을 알아차렸다.

"우익 사학계의 거두 다카하시 교수를 아세요?"

"물론이지."

"외무성 문서고에서 그 사람을 본 적이 있어요."

"그런데?"

"당시 그 사람은 외무성 촉탁으로 자기 맘대로 비밀문서들을 헤집었어요. 나는 그의 무례함에 화가 나 과장한테 항의했지만 소용이 없었어요. 나는 혹시나 하는 심정에서 그 사람의 저서를 살펴봤죠. 다카하시는 『일본의 법제사』를 쓰면서 법제국 장관이었던 스에마쓰 가네즈미의 회고록과 편지들을 참고로 했어요."

"그래서?"

"중요한 것은 민비가 시해될 당시 조선의 내부 고문관이었던 이시즈카 에조라는 사람이에요."

"이시즈카 에조가 누구지?"

"이시즈카 에조. 바로 그 435호 전문을 써서 보낸 사람이에요."

"435호 전문 작성자라구?"

"그래요. 황태자께서 천신만고 끝에 얻어 내신 정보예요. 더 들어 보세요."

"……"

다나카에게 마사코의 열정이 밀물처럼 전해져 왔다.

"이시즈카 에조는 조선에 가기 전에는 법제국의 참사관이었어요. 내가 틀림없이 확인했어요."

"그러니까…… 이시즈카 에조는 법제국 장관이었던 스에마쓰 가네즈미와 밀접한 관계가 있는 사람이라는 뜻이군."

"그래요. 그리고 다카하시 교수는 스에마쓰 가네즈미의 열렬한 연구자고요."

다나카는 황태자비가 무슨 얘기를 하려는지 알 수 있었다.

"그러면 이시즈카 에조의 비밀 보고서에 대한 방증 자료들을 스에마쓰 가네즈미 부근에서 찾을 수 있다는 얘긴가?"

"찾을 수 있다가 아니라 찾았을 가능성이 있다는 거죠. 바로 다카하시 교수에 의해서."

다나카는 마사코의 추리에 감탄했다.

"그럼 마사코는 이시즈카 에조의 비밀 보고서, 즉 435호 전문을 외무성에서 빼내 간 사람이 바로 다카하시라고 생각하는 건가?"

"그래요. 그 사람은 외무성의 촉탁이었고 스에마쓰 가네즈미의 열렬한 연구자였으니, 그 심복인 이시즈카 에조가 스에마쓰 가네즈미에게 보낸 전문을 틀림없이 알고 있었을 거예요. 그 당시 외무성의 비밀문서에 손을 댈 수 있는 사람은 촉탁인 다카하시 교수뿐이었으니까요."

"으음……."

가능성이 충분한 얘기였다.

"선배가 도와줘요."

"435호 전문을 찾는 일 말인가?"

"그래요."

"으음……."

"내일이면 유네스코의 마지막 심사위원회가 열려요. 그때까지 그 문서를 찾아야 해요."

불가능해 보이는 일이지만 꼭 해내야만 하는 일이었다. 물론 마사코를 위해서이기도 하지만 다나카 자신이 생각해도 그것이 정의였다. 수사를 하다 보면 실정법에 걸려 정의보다는 불의의 손을 들어 주어야 할 경우도 많다. 그러나 다나카는 언제나 법의 정신을 수사의 잣대로 여겨 왔으며, 법의 정신 역시 궁극적으로는 정의였다. 이 수사의 종결점이 불의의 승리보다는 정의의 실현이 되어야 한다는 것은 누구보다 다나카 자신의 희망이자 당위였다.

황태자비 납치사건

그날 밤 다나카는 조사실에서 임선규와 단독으로 마주 앉았다.

"당신은 어떻게 435호 전문의 존재를 알게 됐죠?"

"433호와 434호는 명성황후 시해 사건에 참여한 자들이 보낸 전문이고, 436호와 437호는 그 후의 정세를 보고한 전문이오. 일본인들이 웬만해서는 명성황후의 시체까지 불태우지는 않았을 것이오. 그래서 나는 435호 전문이 시해 현장에 대한 기록이고, 함부로 공개할 수 없는 비밀을 담고 있을 거라고 생각했소."

다나카는 범인이 그 이상은 입을 열지 않을 거라고 생각했다. 그가 그 네 장의 전문을 보기 위해서는 반드시 누군가의 도움이 있었을 것이다. 그러나 지금은 그걸 밝히는 게 중요한 일이 아니었다.

"조선 정부의 내부 고문관 이시즈카 에조가 법제국 장관 스에마쓰 가네즈미에게 보낸 비밀 보고서 435호 전문이 지금 어디에 있을 거라고 생각합니까?"

"……."

"일본 신국사관의 거두 다카하시 교수가 가지고 있을 거라고 생각하지 않습니까?"

"……."

임선규는 다나카가 지금 무슨 의도로 이 말을 건네는지 알 수 없었다.

"잠깐 쉽시다."

다나카는 조사실을 나와 곧 수사부장에게 전화를 걸었다.

"범인이 매우 중요한 진술을 한다고 합니다. 경시감님을 모시고 조사실로 내려오시죠."

"알았네. 그 친구 다른 사람한테는 입도 뻥긋 안 하더니 자네한테는 다 털어놓을 셈인가 보네. 생명의 은인이라 그런가."

수사부장은 경시감과 함께 즉각 조사실로 왔다. 다나카는 조금 전과는 달리 잔뜩 흥분한 표정을 지었다.

"자, 이제 435호 전문이 어디에 있는지 말해요."

순간 멈칫거리던 임선규는 다나카의 눈을 바라보더니 이내 그 의도를 눈치챘다.

'아, 지금 나를 통해 정보를 흘리려는 거구나!'

"조선 정부의 내부 고문관 이시즈카 에조가 법제국 장관 스에마쓰 가네즈미에게 보낸 비밀 보고서 435호 전문은 게이오대학교의 다카하시 교수가 가지고 있소."

"당신은 그 문서의 공개를 주장했는데 그 이유는 뭡니까?"

이후 다나카와 임선규 사이에는 별로 중요치 않은 신문이 이어졌다. 경시감은 두 사람의 신문을 지켜보다 슬그머니 자리를 떴다.

따르르릉. 따르르릉.

다카하시 교수는 벨이 한참 울리도록 전화를 받지 않았다. 전화기는 계속 숨가쁜 신호음을 토해 냈다. 노교수는 시계를 보고는 눈살을 찌푸리며 전화를 받았다. 밤이 깊어 가고 있었다.

"다카하시 교수님이십니까?"

"그렇소만……."

"문부과학상입니다."

"문부과학상이 이 밤에 웬일이오?"

다카하시는 불길한 예감이 들었다.

"지금 즉시 제반 문서를 이동시켜야 합니다. 경찰이 바로 들이닥칠지 모릅니다."

"뭣이? 경찰이 어떻게 알았단 말이오?"

"저도 모르겠습니다. 어쨌든 지금은 길게 얘기를 나눌 시간이 없습니다. 어서 다른 곳으로 이동시키세요. 어서요."

"알았소."

다카하시는 노인답지 않게 민첩하게 움직였다.

모리는 1계급 특진과 동시에 도쿄경시청으로 발령이 난 곤도와 함께 다나카의 명령대로 다카하시의 집 앞에서 기다리고 있었다.

"지금부터 정신 바짝 차려."

"알겠습니다."

출동한 지 20여 분쯤 지났을 때 차고 문이 열리면서 다카하시의 차가 나왔다. 모리는 즉각 자동차의 앞을 막아 섰다. 놀란 다카하시가 차 문을 잠그려 했지만 곤도가 재빠른 동작으로 저지했다.

"수색영장입니다. 그 가방을 이리 주십시오."

다카하시는 안색이 하얘져 가방을 집으려 했지만 곤도가 한 발 빨랐다. 곤도는 가방을 뒤졌다.

"모리 형사님, 이겁니까?"

"조심해!"

순간 다카하시는 곤도가 막 봉투에서 빼낸 낡은 종이를 홱 낚아채려 했다.

"어딜!"

곤도는 재빠르게 종이를 등 뒤로 숨겼다.

"이럴 줄 알았어요. 전쟁놀이에서 얻은 경험입니다. 놈들은 늘 교활하거든요."

가슴을 쓸어내리는 모리를 향해 곤도는 미소를 지었다.

다나카로부터 435호 전문을 건네받은 마사코는 밤새 뒤척이며 잠을 이루지 못했다. 황태자비라는 신분은 천근만근의 무게로 어린 마사코의 몸을 눌러 왔다. 마사코는 두 길 중 하나를 선택해야만 했고, 그 선택은 극과 극이었다. 한쪽에서는 남편인 황태자를 비롯하여 천황, 그리고 황실을 극력 지지하고 충성하는 국민들이 거리를 가득 메운 채 함성을 지르고, 다른 한쪽에서는 산장에서 마지막 순간 절규하던 인후의 눈망울이 떠올라 도저히 잠을 이룰 수 없었다.

번민의 밤이 지나 새벽이 되었을 때 마사코는 마침내 결정을 내렸다. 마사코는 늘 손가락에 끼고 다니던 결혼반지를 한참 동안 들여다보다 가만히 빼어 화장대 서랍 속에 넣었다.

에조의 비밀 보고서

유네스코의 최종 심사는 예정대로 도쿄에서 열렸다. 사실 이 제는 더 이상 심사라고 할 것도 없었다. 이미 결론은 나 있는 것이나 마찬가지였다. 이제껏 비공개로 진행되어 오던 심사위원회는 수많은 사람들의 요청으로 마지막 심사를 공개하기로 결정했다.

많은 청중을 앞에 두고 심사의 초기 단계부터 맹활약을 해온 사이토 교수는 자신감이 넘치는 짧막한 발언으로 끝을 맺었다.

"역사 해석의 다양성이야말로 인류가 추구해야 할 가장 중요한 가치 중 하나입니다. 우리는 오늘 유네스코가 현명한 결론을 내리리라는 것을 믿어 의심치 않습니다."

그러나 한국 정부도 그냥 물러서지는 않았다. 한국 정부는 마지막 심리를 앞두고 세계적으로 유명한 역사학자이자 인류학자인 스펙터 박사를 참고인으로 의뢰했다. 그는 국가 간의 문제에도 윤리적 한계가 있다는 이론으로 세계적인 명성을 얻었으며, 실제 미국 정부는 그의 이론에 의거하여 제3세계 국가들의 윤리성을 심사하여 외교 관계를 설정하는 중이었다. 그는 일본의 정신대와 강제 징용의 비윤리성을 집중적으로 들고 나왔다. 그러나 사이토는 교묘한 언변으로 스펙터의 김을 빼버렸다.

"모든 게 끝난 이 시점에서 또다시 그 지루한 각론으로 들어가야 합니까? 하지만 필요하다면 다시 설명을 하지요. 정신대? 강제 징용? 스펙터 박사는 뭘 몰라도 한참 모르는군요."

사이토는 오히려 스펙터를 힐난했다.

"당시 조선 농촌의 상황이 어땠는지나 알고 하는 소립니까? 조선은 가난했어요. 하루 세 끼는커녕 어른 아이 할 것 없이 굶기 일쑤였고, 농사는 지어 봐야 지주한테 소작료도 못 바쳐 신세 한탄하는 사람들이 줄을 섰습니다. 못 먹어 죽는 사람도 허다했지만 고향을 떠나 봐야 별다른 수가 있는 것도 아니어서 죽지 못해 사는 사람이 대다수였다 이거요. 그때 일본은 한창 공업이 발달하기 시작해서 많은 노동력이 필요했습니다. 그래서 일본인들이 조선의 농촌을 돌면서 지주에게 진 빚을 다 갚아 주고 용돈도 주고 옷도 사 입히고 평생 처음 쌀밥에 고깃국도 먹여 일본으로 데려간 거요. 자유 계약에 의해서 말입니다. 일본에서는 정당하게 일 시키고 월급도 다 줬어요. 당시 조선인들은 일본에 가고 싶어 줄을 서곤 했단 말입니다."

사이토는 준비해 온 전표를 보란 듯이 허공에 대고 흔들어 댔다.

"정신대도 마찬가지예요. 여기 보세요. 이게 군인들이 여자들에게 돈을 준 전표요. 여자들은 이걸 모아 돈으로 바꿔 고향으

황태자비 납치사건

로 돌아갔어요. 지금 전세계에 있는 미군 부대를 보시오. 미군 부대가 있는 곳이면 한국, 일본 할 것 없이 여자들이 돈을 벌지 않소. 정신대 역시 그것과 똑같소. 우리가 싫다는 사람들을 강제로 잡아간 게 아니란 말이오."

"그러면 당신들이 조선을 약탈한 것은 어떻게 설명할 거요?"

"약탈이라구요? 하하하!"

사이토는 큰 소리로 웃었다.

"우리는 조선을 약탈하지 않았습니다. 약탈한 것은 당신네 미국, 영국, 유럽 제국들이오. 당신들이야말로 인도니 남미니 중국이니 아시아 각국을 약탈하지 않았소? 우리는 열강의 침략으로부터 아시아를 지켜야 한다고 생각했단 말이오. 아시아에서는 우리 일본이 앞섰으니 다 같이 힘을 합해 서구 열강의 약탈로부터 우리 아시아의 자원을 보호하자는 게 우리의 이념이었소."

"힘을 합한다구요? 그렇다면 명성황후는 왜 죽였소?"

"명성황후? 민비 말이군요. 민비는 열강 중 하나인 러시아를 끌어들인 여자요. 당시 민비를 제거하고 조선과 일본이 힘을 합쳐야 한다는 것은 아시아의 숭고한 이상이었소. 우리는 안타깝지만 하는 수 없이 민비를 제거해야 했으며, 우리의 지사들은 눈물을 흘리며 민비를 베었소."

스펙터 박사를 비롯한 한국의 학자들은 사이토의 간교한 발언에 치를 떨었지만 증거가 없는 한 현실적으로 방법이 없었다.

위원회는 드디어 막을 내리려 했다. 이때 갑자기 좌중이 소란해졌다.

"황태자비다!"

"황태자비가 오셨어!"

청중들은 물론 유네스코 심사위원이나 한일 양국의 학자들도 모두 놀랐다. 황태자비가 심사위원회에 나타날 줄은 아무도 몰랐던 것이다. 청중들과 학자들, 유네스코의 심사위원들까지도 모두 일어나 황태자비에게 경의를 표했다. 황태자비는 갑자기 소란을 일으켜 미안한 듯 고개를 숙이고는 얼른 수행원이 안내하는 자리에 가서 앉았다.

이번 행차에는 경호원들 외에 다나카와 모리, 그리고 곤도도 동행하고 있었다. 지난번 가부키자에서의 경호에 불만을 가지고 있던 모리는 쉴 새 없이 눈동자를 굴리며 감시의 눈길을 보냈다.

막 발언을 마친 사이토는 득의만면한 모습으로 황태자비에게 고개를 숙였다.

한국 대표 박원순 변호사는 자신의 눈을 믿을 수 없었다. 마치 꿈과 같은 일이 벌어지고 있었다. 박 변호사는 양복 주머니에 넣어 둔 메모지를 꺼냈다.

박 변호사님, 오늘 황태자비가 증인으로 출석할 것입니다. 그분은 이제까지의 일본 측 논리를 일거에 무너뜨릴 증거를 가지고 오실 겁니다. 분투하시기 바랍니다. _임선규

박 변호사는 누군가가 이 메모지를 전해 주었을 때 장난이라고 생각했다. 세상에 그런 일은 일어날 수 없었기 때문이다. 하

황태자비 납치사건

지만 지금 메모지를 다시 꺼내 든 박 변호사의 두 손은 떨리고 있었다. 망설여지는 순간이었다. 자리에서 일어나 황태자비를 증인으로 신청해야 할지 어떻게 해야 할지 판단이 서지 않았다. 잘못하면 큰 망신이 될 수도 있었다.

한일 간에 첨예하게 대립하고 있는 이런 예민한 사안에 일본의 황태자비가 한국 측 증인이 된다는 것을 상상한다는 것조차가 희극이었다.

그러나 메모지의 이름에 몇 번이나 거듭 눈길을 보내던 박 변호사는 마치 주술에라도 이끌린 듯 자리에서 벌떡 일어났다. 메모의 맨 뒤에 있는 임선규라는 이름은 바로 황태자비를 납치한 자의 이름이었다. 박 변호사는 임선규를 믿기로 했다.

"위원장님, 새로운 증인을 한 사람 신청합니다."

위원장은 몇 사람의 위원에게 의견을 물어보고는 고개를 가로저으며 자리에서 일어났다.

"이제껏 우리는 수많은 증인의 증언을 듣고 여기까지 왔습니다. 지금 이 자리는 더 이상 각론을 논할 자리도 아니고 새로운 증언을 들을 자리도 아닙니다. 한국 대표께는 미안한 말이지만 증인 요청은 철회해 주시기 바랍니다."

"지금 제가 신청하는 증인은 이제까지 출두했던 그런 증인이 아닙니다. 이 증인의 출두 자체가 있을 수 없는 일이고, 세계의 토픽이 되는 그런 분입니다. 하지만 그 모든 것보다 중요한 것은 증인이 일본 측 주장의 허구와 그 침략성을 단적으로 증명하는 결정적 증거를 가지고 오셨다는 사실입니다."

사람들은 박 변호사가 안간힘을 쓰고 있다고 생각하면서 동정을 보냈다.

"마지막 몸부림이군."

　사이토는 나지막한 목소리로 조롱을 보냈다. 하지만 그는 내심 한국 측의 증인 요청을 위원회가 받아들였으면 했다. 황태자비가 보는 앞에서 박 변호사와 그의 증인을 박살내 주고 싶었던 것이다. 공명심에 들뜬 그는 손을 번쩍 들면서 자리에서 일어났다.

"존경하는 위원장님, 저는 한국 대표의 마지막 증인 요청을 위원회가 받아들여 주었으면 합니다. 그들로 하여금 이 청원에 대해 한 점 아쉬움이 없도록 해주는 게 위원회의 임무라고 생각합니다."

　위원장은 잠시 위원들과 다시 상의를 한 후 고개를 끄덕였다.

"증인 신청을 받아들이겠습니다."

　박 변호사는 자리에서 일어섰다. 황태자비를 바라보는 그의 눈길에 긴장과 불안감이 흠씬 묻어났다.

"일본의 황태자비 마사코 씨를 증인으로 신청합니다!"

　청중과 일본 학자들, 심사위원들은 말할 것도 없고 한국 학자들도 모두 자신의 귀를 의심했다. 한국 학자들은 모두 박 변호사 옆으로 몰려들었다.

"박 대표, 지금 제정신이오?"

　박 변호사는 아무런 대답도 하지 않았다. 아니, 할 수가 없었다. 그 역시 황태자비에게 눈길을 보내고 있을 뿐 얼이 빠져 있었다. 이미 엎질러진 물이라고 생각한 한국 학자들도 모두 황태자비만 쳐다보고 있었다.

수행비서가 자리에서 일어나는 것이 보였다. 그리고 영민한 모습의 황태자비가 조용한 걸음걸이로 그 뒤를 따르는 것을 보는 순간 모든 사람은 다시 한 번 소스라쳤다.

"정신 차려요, 박 변호사. 어서 질문대로 가셔야지."

황태자비는 벌써 증인석에 다소곳이 앉아 있었다. 동료 학자의 말을 듣고서야 박 변호사는 황급히 질문대로 걸어갔다. 눈앞에 전개되는 상황이 믿기지 않았지만 그는 질문대에 서서 옷매무새를 가다듬었다.

"마사코 씨, 지금 이 자리는 한국 정부가 일본의 '새 역사교과서를 만드는 모임'에서 집필하고 후소샤에서 펴낸 역사교과서를 심사해 주도록 유네스코에 청원하여 만들어졌습니다. 이 점은 알고 계십니까?"

"네, 잘 알고 있습니다."

황태자비는 또렷하게 대답했다.

"그리고 지금 마사코 씨는 한국 측 증인으로 나오셨습니다. 맞습니까?"

"네."

간단하지만 힘 있는 대답이었다.

"그러면 증언을 시작해 주십시오."

박 변호사는 심장이 쿵쾅거렸다. 좌중의 모든 사람들도 숨소리 하나 없이 황태자비의 입에 눈과 귀를 모았다.

황태자비는 수행비서가 건네준 낡은 문서를 펼쳤다. 그의 곁에는 다나카와 모리, 그리고 곤도가 사방을 경계하며 서 있었다. 물론 문서를 보호하기 위해서였다.

뛰는 심장을 진정시키려는지 가볍게 한숨을 쉰 황태자비는 가냘프지만 단호한 목소리로 또박또박 말했다.

"이 문서는 일본의 낭인들이 조선의 명성황후를 시해할 때, 그 광경을 지켜보았던 전직 법제국 참사관이자 당시 조선 정부의 내부 고문관이었던 이시즈카 에조가 한성공사관에서 법제국 장관이었던 스에마쓰 가네즈미에게 보낸 전문입니다."

황태자비는 쥐 죽은 듯이 조용한 장내를 한번 돌아본 후 차분하게 문서를 읽어 내려갔다.

스에마쓰 장관님, 정말로 이것을 쓰기는 괴로우나 건청궁 옥호루에서 민비를 시해하는 과정에서 일어난 일에 대해 보고를 드리고자 합니다. 민비는 강제로 저고리가 벗겨져 가슴이 훤히 드러난 상태로 머리채를 잡혀 바닥에 쓰러졌습니다. 낭인 하나가 거센 발길로 민비의 가슴을 밟고 짓이기자 또 하나의 낭인이 민비의 가슴을 칼로 베었습니다. 일은 그 후에 시작되었습니다. 왕세자를 불러 죽은 여인이 민비임을 확인한 낭인들은 모두 민비의 주위에 모여들었습니다. 그들은 조선의 가장 고귀한 여인을 앞에 두자 갑자기 숙연해졌습니다. 왕비를 시해했다는 기분 때문이었는지 아니면 조선 제일의 미녀를 앞에 두어서였는지…… 낭인들은 민비의 하의를 벗겼습니다. 한 낭인이 발가벗

겨진 왕비의 음부를…… 숫자를 확인하기는 어려우나 몇몇 낭인이 결국은 바지를 벗고 성기를 꺼내 왕비의 희고 깨끗한 몸에……. 정액으로 얼룩진 조선 왕비의 시체를 앞에 놓고 낭인들은 대일본 만세를 불렀습니다.*

황태자비의 목소리는 떨리고 있었다. 간신히 눈물을 참아 가며 온 힘을 다해 마지막 구절을 읽고 난 황태자비는 결국 오열하고 말았다.

청천벽력이었다. 삽시간에 장내는 아수라장으로 변했다. 유네스코의 심사위원들은 너무나 엄청난 사실 앞에 말을 잊어버렸다.

박 변호사는 후들거리는 다리를 간신히 지탱해 가며 황태자비가 있는 증언석으로 가 문서를 확인했다. 세상에 이런 문서가 존재한다는 것이 믿기지 않았다. 문서에는 분명 극비라는 도장과 함께 문서를 작성한 사람의 이름이 선명하게 쓰여 있었다.

---

*편집자주: '에조 보고서'는 을미사변 당시 상황을 지켜봤던 이시즈카 에조(石塚英藏, 당시 조선 정부 내부 고문관)가 일본 정부 법제국에 보낸 보고서이다. 본문에서 '한성공사관 제435호 전문'으로 명명되고 있는 이 보고서는 소설이 발표된 연후 김진명 작가의 끈질긴 추적에 의해 그 실체가 발견되었다. 원문은 다음과 같다.
"낭인들은 깊이 안으로 들어가 왕비를 끌어내 칼로 두세 군데 상처를 입히고 발가벗겨 국부 검사(局部檢査)를 했습니다. 우스우면서도 분노가 치밉니다. 마지막으로 기름을 부어 소실했는데 이 광경이 너무 참혹하여 차마 쓸 수가 없습니다. 궁내대신 또한 몹시 참혹한 방법으로 살해했다고 합니다.
野次馬連は深く內部に 入み王妃を引き出し二三個處刀傷を及し且つ裸體とし局部檢査(可笑又可怒)を爲し最後に油を注ぎ燒失せる茅 誠に之を筆にするに忍びざるなり 其他宮內大臣は頗る慘酷なる方法を以て殺害したりと云う."

'조선 정부 내부 고문관 이시즈카 에조.'

아수라장이 되었던 좌중이 갑자기 정숙해졌다. 황태자비가 다시 마이크를 잡았기 때문이다. 황태자비는 눈물로 얼룩진 얼굴을 닦지도 않은 채 흐느끼며 말을 이었다.

"저는 누구보다도 우리 일본을 사랑합니다. 저는 일본 국민이라는 사실이 자랑스러웠습니다. 이것은 비단 저뿐만이 아닐 겁니다. 우리 모두에게 일본은 신앙이요 희망이요 미래입니다. 그런데 우리의 신앙인 일본이 그런 엄청난 일을 저질렀습니다. 오늘 우리 일본의 역사는 이런 일들로 얽어진 것입니다. 저는 일순간 모든 것을 잃어버렸습니다. 그러나 저는 문득 용기가 솟아났습니다. 해야 할 일이 생각났던 것입니다. 바로 우리의 역사입니다. 비단 후소샤의 교과서 하나만이 문제가 아닙니다. 우리 일본은 지금 이런 일들을 덮어 버리려는 분위기로 가득 차 있습니다. 이런 허위의 바탕 위에서는 어떤 번영도 모두가 죄악의 산물일 뿐입니다. 우리는 그런 짓을 저지르고도 사과는커녕 속임수와 왜곡으로만 일관해 왔습니다. 이번에 우리가 다시 역사를 왜곡한 이 교과서를 받아들인다면 우리 일본은 이 세상에 존재할 가치도 없는 나라가 되고 맙니다. 저는 이 자리를 빌려 비탄에 돌아가신 명성황후와 한국의 국민들에게 진심으로 사과를 드리고자 합니다. 그리고 평생 그들의 가슴을 위로하며 살 것을 맹세합니다. 늘 그들에게 피해와 괴로움만 끼쳤지만 이제는 진정 좋은 이웃으로 거듭날 것을 맹세합니다. 존경하는 유네스코 위원 여러분, 이 교과서를 불량으로 판정해 주십시오. 그리고 일본 정부

황태자비 납치사건

에 가장 강력한 표현을 동원해 교과서의 폐간 또는 완전 수정을 권고해 주십시오. 그것이 진정으로 우리 일본을 위하는 길입니다."

방청석의 사람들은 황태자비의 말이 끝나자 자리에서 일어났다. 그리고 여기저기서 박수 소리가 터져 나오기 시작했다. 눈물을 흘리는 사람도 있었다. 급기야는 실내가 거대한 박수의 물결로 가득 찼다.

그 박수에는 역사 왜곡에 대한 부담감을 느끼면서도 구체적으로 거부할 동기를 갖지 못하고 살아온 선량한 일본인들이 지난날을 시원하게 털어 버리려는 의미가 담겨 있었다.

역시 대다수의 일본인들이 왜곡된 역사로부터 한국에 대한 편견을 가져왔음이 드러난 것이다. 그들은 올바른 역사를 제대로 알기만 한다면 왜곡된 역사를 절대 받아들이지 않을 사람들이었다. 마음으로부터 지난 일본의 과오를 참회할 사람들이었다.

한국 학자들 역시 일어나 박수를 쳤다. 그것은 선량한 일본인들에게 보내는 아낌없는 애정의 박수였다.

역사의 강은 멈추지 않는다

    유네스코의 마지막 심사가 그렇게 역전된 다음 날, 총리는 조용히 검찰총장을 불렀다.

"황태자비 납치사건을 어떻게 생각하시오?"

"무슨 말씀이신지……."

"기소를 할 건가 말이오?"

"물론입니다. 엄연한 실정법 위반입니다. 납치, 협박 등 여러 건으로 기소할 수 있습니다."

"허 참, 내 말을 못 알아듣는군. 기소를 하면 재판이 붙을 거 아니오?"

"네, 그렇죠."

"그러면 납치범은 왜곡된 역사교과서 수정을 위해, 즉 일본의 역사 왜곡으로부터 한국을 지키기 위해 범행했다고 자랑스럽게 외쳐 댈 것 아니냔 말이오."

"재판에서 아마 그렇게 진술하겠죠."

"그러니 문제가 아니오. 전세계가 주목하는 가운데 일본이 조선의 왕비를 살해하고 그것도 모자라 몹쓸 짓까지 했다는 사실이 토픽이 될 것 아니오? 그러면 아시아를 지키기 위해 나섰다는 우리의 일관된 주장이 먹힐 것 같소?"

"……."

"기소도 나라 사정을 봐가면서 해야지. 그렇게 무조건 기소했다가 망신을 당하면 어떻게 할 거요?"

"죄송합니다. 미처 거기까진 생각을 못 했습니다."

"더군다나 재판이 시작되면 황태자비 전하가 가만히 계실 것 같소?"

"네?"

"황태자비 전하가 범인 측 증인으로 나오시기라도 하면 어떻게 할 거요? 일본의 역사교과서가 잘못됐기 때문에 스스로 원해서 범인들과 있었다고 주장하시면?"

"그러나 그런 주장이 판사에게 납득될 리 있겠습니까?"

"실제가 그렇지 않소. 황태자비 전하는 납치 중 범인들의 편이 되어 버리셨단 말이오. 그것이 재판 과정에서 드러나면 문제란 말이오. 물론 공소유지는 되겠지만 얻는 것보다는 잃는 게 훨씬 많은 재판이 되고 말 거요."

"……."

"문제는 또 있소. 이시즈카 에조의 비밀 보고서가 공개된 후 우리 국민들의 여론도 확 달라졌소. 재판을 하게 되면 범인을 무죄 석방하라는 인파가 재판소에 밀어닥칠지도 모르오."

"……."

"그러니 방법을 강구해야 되오."

검찰총장은 잠시 머뭇거리다 입을 열었다.

"그러나……."

"총장은 내 말을 이해하지 못하겠소? 이 범행의 유일한 증인은 황태자비 전하요. 범인 중 한 명은 이미 사망했고. 그러니 무슨 방법이든 강구할 수 있을 것 아니오. 이 사건을 조용히 마무리 지으려면 그자를 풀어 주고 한국으로 추방할 방법을 마련해야 된단 말이오."

"알겠습니다."

총장이 엉거주춤한 자세로 집무실을 나간 후 총리는 다이얼을 돌렸다.

"황태자 전하, 검찰총장에게 지시를 했으니 적절한 방법을 강구할 겁니다."

"고맙소. 황태자비의 간청을 들어줄 수 있게 되었구려."

며칠 후 임선규는 풀려났다. 범행은 모두 김인후가 주도했고 범인은 협박에 못 이겨 가담했을 뿐이라는 수사 결과가 발표되었다. 현장에서 임선규가 김인후의 황태자비 살해 기도를 적극적으로 저지하는 것을 본 경찰관들의 진술 역시 임선규에게 유리하게 작용했다.

경시청에서 풀려난 임선규는 극비리에 한국행 비행기로 안내되었다. 임선규는 비행기가 동해상으로 나가자 황태자비의 수행비서가 전달해 준 도시락을 꺼냈다. 도시락은 황태자비가 직접

싼 것이라고 했다. 도시락 사이에는 연두색 편지 봉투가 끼여 있었다. 겉봉에는 '선규님, 그리고 하늘의 인후에게'라고 쓰여 있었다.

두 분과 함께한 시간은 제게 역사에 대한 새로운 눈을 뜨게 해준 참으로 소중한 시간이었기에, 제 진실한 마음을 담아 이 글을 보냅니다.

도시락과 함께 보낸 차는 황궁의 한쪽 정원에서 키워 말려 두었던 찻잎을 끓인 것입니다.

저는 차를 무척 좋아합니다. 말갛게 우러난 차 한 잔을 앞에 두는 때가 저에게는 더없이 행복한 시간이지요.

일본인들은 다도를 존중합니다. 그런데 그 다도가 한국에서 전해졌다는 말을 듣고 저는 깜짝 놀랐습니다. 고요한 산사의 스님들이 즐기던 차가 백제를 통해 일본에 전해졌다는 사실을 알게 되면서, 저는 한국이라는 나라에 호감을 가지게 되었습니다. 그러나 그 한국과 우리 일본 사이에 잔존하는 너무나 아픈 역사의 상처에 대해서는 사실 잘 알지도 못했고, 굳이 알려고도 하지 않았습니다. 두 분은 그런 저에게 우리 일본이라는 나라, 그 속의 우리 일본인들, 그리고 일본과 한국이라는 두 나라의 역사에 대해 진지하게 생각해 보는 계기를 마련해 주었습니다. 저는 불면의 밤을 지새우며 과연 무엇이 옳은지에 대해, 그리고 지금 내가 무엇을 해야 하는지에 대해 곰곰이 생각해 보았습니다.

1895년 10월 8일 새벽 조선 땅 경복궁 깊은 곳, 조선의 국모에게 상상조차 하기 힘든 엄청난 일이 있었다는 사실을 생각하면 지금도 가슴이 아려 옵니다. 그 순간 그녀의 참담함이 어떠했을지, 그 처참한 광경을 지켜보았던 조선인들의 마음이 어떠했을지…….

상상만으로도 가슴이 무너져 내리는 참으로 엄청난 사건에 대해 처음 들었을 때, 도무지 믿기지 않았습니다. 아직도 차마 믿기지 않는 그날의 비극이 우리 일본인들의 손에 의해 자행되었다는 것이 한없이 부끄럽습니다. 그럼에도 우리 일본인들은 아직까지 역사의 진실을 은폐하고 왜곡하려고만 하고 있다니, 얼굴을 들고 하늘을 바라보기조차 민망합니다.

'과거에 눈을 감는 자는 현재에도 장님이 된다'는 말을 떠올려 봅니다. 역사란 은폐한다고 덮어지지 않는다는 것을 저는 잘 알고 있습니다. 진실로 부끄러운 것은 잘못을 인정하는 것이 아니라 부인하는 것임도 잘 알고 있습니다.

조선의 명성황후와 일본의 황태자비인 저, 우리 두 사람은 동시대의 인물들은 아니지만 저는 그녀에게서 저의 모습을 보았습니다. 명성황후가 목숨이 끊어지는 마지막 순간 왕자의 안위를 물었다는 이야기를 들었을 때, 너무나 가슴이 아팠습니다.

한성공사관 435호 전문. 그것은 흘러가 버린 역사의 차가운 기록이었습니다. 100여 년 동안 깊은 곳에 묻혀 있다가 두 분에 의해 이제 비로소 한 줄기 햇살을 받고 세상에 드러났습니다. 그리고 마침내 과거가 아니라 오늘의 살아 있는 역사가 되었습니다.

황태자비 납치사건